從留學生

—臺灣旅美作家之

（1960～199

蔡雅薰

中國人恆久共通的生命旋律——代序

何淑貞

鄉關之戀是中國文學源遠流長的母題之一，自《詩經》、《楚辭》以來，不同時代、不同身分、不同個性的詩人們，都參與組成這一單純纏綿、旋律重複的大合唱。無論是登高望遠、孤燈獨對、雨裡羅襟、五更夢斷、雞聲茅店時的獨訴；或者是看月、看鴻雁、看征衣的線步，以及聽笛、聽猿啼、聽一片擣衣聲所吟嘯的，是中國人特有的渾厚深沉、恆久共通的文化情懷。

中國以農立國，農業人生基本需要承先啟後、敬宗延族的連續性，加以儒家親親、孝悌、仁愛、和諧的薰陶，孕育出和平、無爭、安詳、悠久的人文品性。中國歷代的懷鄉詩，幾乎都可以讀出詩人內心深處對安定的家園、寧靜的生活、平常的人生的渴求，這只不過是生命存在最基本的要求。詩人對和諧、安謐生活的永恆祈求，與中國長期動亂有關。就懷鄉詩而言，懷鄉的人大致可分為下列幾類：一、出征的戰士；二、遇天災逃難的人民；三、亡國的天子與庶民；四、和親的公主與宮妃；五、被異族俘虜的士人女子；六、因戰亂而漂泊異鄉的各階層人士；七、游宦的士子；八、遭貶謫的遷客。前六類都是因為戰亂、災難導致離鄉背井，甚至失去故土。這是舉國上下組成的大合唱，延綿幾千年的同一基調是：反征戰、求和平。清人盧元昌箋注杜甫《無家別》詩曾說：「先王以六族安萬民，使民有室家之樂。今新安無丁，石壕遣嫗，新婚怨曠，垂老訣絕，至戰敗逃歸者亦不免焉。唐之百姓，幾於靡有孑遺矣，其不亡也幸哉！」這種批評心態，反映其靈魂深處反戰求安的家國意識，通向代代相承的「天之大德曰生」、「萬物並育而不相害」的醇美追求。

中國人與社會的關係是以家為起點，要治國平天下，首先要齊家。所以孟子說：「天下之本在國，國之本在家。」家國通而為一的思維，常使志士仁人容易將一己的生命，與民族國家的大生命連為一體，詩人思家的感性情結，與國家社會的理性目的相結合。於是，懷鄉的詩篇，不再只是一己小我溫煦之情，而是與國家民族文化理想相通而莊嚴起來了，政治的治亂興衰，不再是外在於生命人倫之事，而是由生命展開出來的真實需求。忠而被謗的屈原，當他流放在家國之外時，賦＜離騷＞以明志，其中那份真摯忠懇之情，實已貫通家國而為一；感性生命欲求的「思家」，與理性的政治意識「戀闕」互相強化，至杜甫組成起伏相應的和諧複調：「西山白雪三城戍，南浦清江萬里橋。海內風塵諸弟隔，天涯涕淚一身遙。惟將遲暮供多病，未有涓埃答聖朝。跨馬出郊時極目，不堪人事日蕭條。」（〈野望〉）滯留異鄉的低回飲恨，與報國無門的遺憾交相輝映；到了南宋、晚明，國破家亡成為同一事實，這兩個調子便渾然融匯為深沉的時代悲音。文天祥說：「出嶺誰同出，歸鄉如不歸。」蕭立之說：「西來無道路，南去亦塵沙。獨立蒼茫外，吾生何處家？」家非家，國非國，即所謂黍離麥秀之思，字字血淚，令人不忍卒讀。

中國人的家充滿溫馨醇美的人倫情味，是中國士子心靈深處安撫精神的聖地。在中國詩人的潛意識裡，故鄉、家，永遠與蕭瑟淒冷的天涯，與險惡寂寞的仕途，相對存在真純樸厚的價值世界。每當疲於奔波、倦於爭逐之時，便自然而然的讓心靈返回家的意識，尋找慰藉，獲得安頓，等待復甦。晉人張翰見秋風起，便思吳中菰菜、蓴羹、鱸魚膾，立刻放棄名爵，命駕歸鄉。這個文化心理象徵，潛藏在中國詩人的生命底層，悠悠萬世，不絕如縷的相機呼喚。了解中國人特有的文化情懷，才能理解中國文學中鄉關之戀這組恆久共通的生命旋律。

晚清末年，列強敲開了中國的大門，中國舉步維艱的進入了現代世界。這個世上最古老、文化最連續的文明古國，敞開的門戶面對的是西方富強的壓力，西方文化挾船堅炮利而來的挑戰。西方進步的科技、發達的經濟讓我們重估中外的關係，清楚中國在世界的地位，了解人在宇宙的位置。西方那個文明開化、自由民主的美麗新世界，吸引了萬千中國人，奔向隔海那個本以為非我族類、其實是同一海天雲月的西方世界，希望「擴我奇懷、醒我塵夢」（魏源語），從此許多中國人有如蒲公英，隨風漂泊，不知何處為家而處處為家；在外來文化入侵而出現亡國滅種的危機中，也促使他們看到了人類大同的美麗遠景，同心協力的把中國推上那新世界的舞台。文學在外力的衝擊下，也順應潮流趨向融入世界，從晚清到五四，中國近代文學世界化發展的路線清晰可見。在世界化的包容下，中國現代文學的內因（中國文學傳統）與外緣（外來文化的挑戰）交互影響融匯，既保留了優秀的民族文化特性，又吸納外來文化的影響，讓各種文類都展現了嶄新的姿容。尤其值得注意的是在轉向的過程中，為了應付新環境的需要，發掘了久被壓抑的非主流文類如小說，肯定其教育功能，以為「感動人心，移風易俗，莫如小說」（傅蘭雅〈求著時新小說〉），梁啟超在《新小說》雜誌發表〈論小說與群治關係〉一文，認為最上乘的文學是小說，其觀點成了小說理論的主流，影響了其後的小說創作與批評，也帶動了小說雜誌的出版，使小說取代了詩歌散文，成為時代的主流文類。

二十世紀以來，由於中國長期分裂的不幸事實，不少中國人流寓海外，天涯漂泊，鄉愁又成為世紀性的文學主題。蔡雅薰君臺灣師大國研所碩士畢業後，曾旅美遊學數年，返臺考上高師大國研所博士班。以其多年對旅美作家小說創作的熱愛，及旅美生活的真切感受，選擇六〇至九〇年代臺灣旅美作家的小說作為研究專題，從文學史的角度，探索由「留學生小說」到「移民小說」發展的脈絡，以及二者之間的質性異同。不但對這時期具有代表性的作品產生背景、內容、主題、風格、藝術手法、美學意義等一一加以分析論列，更概論留學生、移民小說創作的淵源，及將來可能發展的多種方向，以見該文類的縱深開闊。選作論據的作家與作品，除了享譽文壇、在現代文學史上早已定位的名家名作外，還發掘一批頗具潛力的新秀，慧眼識得他們在這一文類發展史上的地位。

蔡君以六〇至九〇年代臺灣旅美作家群的小說，作為研究中國現代文學的起點，這的確是個特定且特殊的文學範疇，不僅是臺灣文學研究的重要領域，在海外華文文學研究中舉足輕重，更是中國現代文學史上不可或缺的部門。它所使用的載體是最圓熟精緻的華語文，使中國語文充分發揮表情達意的功能，留學生及移民小說是臺灣旅美作家帶著中國傳統文化精神，和異國當地文化互動交融、滋養出的奇葩異果，例如中國文學中鄉關之戀主題，旅美作家在世界多元文化刺激下，其漂泊情懷與鄉愁情結經過存在真相的探索，人生意義的探求，呈現出千姿萬態，指向澄澈的安頓。又如蔡君發現「書信」在旅美作家小說創作中的有機組合與靈活穿插，「不僅使作品呈現獨特的藝術形式，更能微妙的承載這些海外作家不同的鄉愁方位與文化座標等深刻內容」，指出旅美作家書信體小說是中西合璧的「融合實驗演出」。由於書信體在凝聚小說主題上的難度較高，東西方都少見以書信體為結構的小說。旅美作家肯定意識到「書信」在中國傳統抒情文學中所擔荷的那份集體無意識感情，作為天涯遊子的感情補償形式，是個終古常見、光景常新、充滿人倫情味的意象。於是掌握其特質，巧妙運用國語文的修辭手法，轉化西方文學理論與技巧，使書信體小說表情達意顯得儀態萬千。蔡君以研究文學的紮實基礎，加上對文本的熟稔，體會深刻，論文中隨處見精采，不遑序列，留待讀者細加品味吧。

何淑貞　謹識於高雄師範大學
民國九〇年十一月

自 序

一九九〇到二〇〇〇年是我個人一段出走與回歸的生命歷程。我因為追隨夫婿，從家鄉臺灣出發，遠離出生成長的水源地—高雄，也告別了就學七年的臺北，前往一個遙遠的新家園—美國。記憶若是可信，那該是研究所剛剛畢業，出國前帶著一種懊惱的心情：我絕不要再碰觸中國文學了。我這樣喜歡「文學」，可是「研究」有何意義？總感覺學術研究跟生命情感的背道而馳，至少，在我的學習過程裡，研究與生命並沒有同時開展或相倚相生，愈讀愈生硬，越寫越乾枯。心靈閉塞了，讀書沒有生機，研究如何活絡？當時的論文書寫，對我而言，既未開啟單薄的生命，也沒有餵養心靈的滿足。婚姻來得正是時候，出國成了自己對中國文學信仰的考驗，同時也帶著沉滯的心靈一起出走。

赴美初期，在研究所就讀，我成了一個語言不通的留學生；婚姻的關係，我卻是生活不適應的美國新移民。後來由於所學與工作，都是教中文為第二外國語，教華語與介紹文化同等重要，轉換了時空的座標，這時，「中國」的意義與「文學」的內涵，才在異鄉如夢初醒般地鮮活起來，學了多年的文學，真正寬慰了思鄉的愁緒，溫潤遊子的心靈。有一次，我在洛杉磯的圖書館裡看見一整牆的中文書，隨手一翻，是於梨華《傅家的兒女們》，真是愈看愈心驚：怎麼會有作家把留學生的神情、心理，捕捉得如此通徹淋漓？又有一回，是在惠提爾大學的圖書館翻閱陳若曦的《紙婚》，忘了時空，感應著小說中女性移民的內心世界，像初戀般小鹿亂撞的心，這樣的作品，與自己的生命、處境，貼近地呼應著。五年居住異鄉，慢慢地對華人在美國的生活形貌，有了較真切的認識，驚訝的是，身體的流放並沒有造成心靈的放逐。我深深體會著，無論在國外多少年的華人，工作如何兢業勤奮地融入當地社會，口中無論褒貶中國或臺灣，情感的故鄉與歷史的故鄉，兩者都令人魂牽夢縈，遊子心中是如何也斷不了中國的民族臍帶。這種情感，已不是單純的鄉愁，而是一如與生俱來的血液，知覺感應著母體的關聯，即使抽血、換血、輸血，若非同型，還要病變，產生抗體。

很珍惜，在一九九五年，因緣際會，居然能回到家鄉高雄。異鄉雖好，但家鄉讓人活得自在。出走時的心結，渙然冰釋，重回研究路上，是失而復得的心情。我對「留學生文學」與「移民文學」的濃厚興趣，既無形地與生活經驗微妙地結褵，何其有幸，竟能以「臺灣旅美作家小說」為題，寫作《從留學生到移民》的博士論文，夢想成真。歡喜研究的過程，能用自己的母語，寫給母親土地上的人來回應或批評，在面對自己生命作深層省視的同時，可以關懷過去、現在及未來的海外留學生與新舊移民。完成論文編排的此刻，更是我感謝家人與諸多師友恩典的同時。來不及親手獻給父親，但最最感謝母親蔡陳秋花女士、趙日彰先生、何淑貞老師、方祖燊老師、李瑞騰老師，以及好友琇禎、秀美、昭玟、秀蓉，當然還有高師大博士班的摯友群。今後，帶著您們的關愛，二〇〇一年，雅薰深切期許，這不僅是新世紀的開始，因為感懷恩典，我會從容出發。

蔡雅薰　謹識於高雄四維樓
二〇〇一年十一月二十日

目　錄

第一章 緒論

第一節 研究動機

近四、五十年來的中國，有不少文學作家，因為政治因素，或由大陸流寓臺灣，或有自臺灣回歸大陸者。中國政權長期分裂的不幸事實，又導致不少中國作家離開本土而移居海外國。離開故鄉，選擇新土，中國人根深柢固的本土性，加上濃厚的懷鄉情結，使得「鄉愁」與「漂流」幾乎成為早期海外華文作家不可缺少的世紀性主題[1]，李歐梵先生說：「四十年來的海外華文文學所反映的都是身在異域而心在祖國；在海外愈失落，對祖國愈嚮往，甚至於魂牽夢縈，變成了小說的內在主題和詩的主要意象」[2]；小說家陳若曦也提到：「不管是

[1] 當代不少海外作家在此一時期的作品中，表現「鄉愁」與「漂流」的共同性主題，如余秋雨將「文化鄉愁」列為白先勇作品的四大特質之一，見余秋雨〈世紀性的文化鄉愁〉，《評論十家》，臺北：爾雅出版社，1993,12，頁 15-18）。齊邦媛以張愛玲作品為例，說明她小說面對二度漂流的命運心結，見齊邦媛〈二度漂流文學〉，《評論十家》，臺北：爾雅出版社，1993,12，頁 29-30。簡政珍在〈張系國：放逐者的空間〉說：「張系國在七〇年代（部分延伸至八〇年代）所寫的小說，常觸及遊子或放逐者的思鄉和流浪情境。」見《中外文學》第 24 卷第 1 期，1995,6，頁 20。

[2] 見李歐梵〈四十年來的海外文學〉，收錄於張寶琴、邵玉銘等編《四十年來的中國文學》，臺北：聯合文學出版社，1995,6，頁 60。

自願或被迫流放，作家對故土都有一份濃厚的懷戀，甚至一份歉疚感。許多作家承認，僅僅為了排解鄉愁，不得不提筆寫作。」[3]。當移居國外成為事實，長期居住，日漸熟悉現實環境，作家以移民身分寫有關移民的小說，乃屬自然之事。這樣的小說內涵，具備了故土與新土的雙重意義，進而合為一體。「移民小說」正是此一時代下的產物，在當代文學發展上，又可謂是「留學生文學」延伸蛻變下的產物。

從「留學生文學」過渡到「移民文學」的過程中，不少評論家不約而同地注意到海外文學的獨特性與時代意義，但期間也曾提出海外文學主題發展的困境之疑，如王德威說：

> 海外作家的創作一直是當代中國小說的主力之一。原鄉的失落、人際的隔膜、時空的睽違等主題，每在異國文化背景的襯托下，成為這些作家的拿手好戲。久而久之，海外華人文學形成了一套獨有的言語敘述模式，一方面提供讀者各色轉手風土資料，一方面也預設不少「本該如此」的情緒反應——海外文學不談孤獨、疏離、流浪者幾希！正因此，如何在已有的模式下推陳出新，細膩刻劃異鄉華人面貌與心境，乃成為後起作家的一大考驗。[4]

事實上，早期「留學生文學」創作的瓶頸，正是日後海外文學推陳出新的起點。四十年的移植轉變，其中，心理的過渡、歷史的變遷，海外華人作家已從故土緬懷的窠臼，開闢對新土耕耘的成果，「移民小

[3] 見〈陳若曦、張錯—談「海外作家本土化」〉，《文學界》第7期，臺北：1986,5，頁60。

[4] 王德威〈異鄉風華—評蓬草《頂樓上的黑貓》〉，《閱讀當代小說》，臺北：遠流出版社，1991,9，頁215。

說」正是海外文學的新主流。然而「留學生文學」與「移民文學」二者之間，究竟有何同質異性？平路在〈留美作家的創作新路〉提出她的看法：

> 總之，不只原先充斥留學生小說的感傷與鄉愁在作者的自覺後漸漸絕跡，所謂回歸所謂認同所謂報效祖國的概念也在翻新的書寫中失去了它們的神聖符號意義，保釣、文革、八九民運，以及臺灣美麗島事件、解嚴前後政治風暴等等權充故事的背景無妨，但留美作家寫來最絲絲入扣的倒還是人與人之間的切身接觸，無論如何，大陸人與臺灣人在海外相處中繼續著大陸塊與島嶼作為政治實體的恩怨情仇，當然，交會時的牽扯傾軋，也永遠是描寫人間嗔慾的最佳題材！[5]

換言之，「移民小說」的特徵是：

> 少去了虛耗的熱情，少去了認同於政治的符號願望，對人情差異的掌握，以及關注於異族之間異文化之間的衝突融合，乃是海外作家尤擅勝場的地方。[6]

因此，「移民小說重在刻劃移民生活滄桑及家園尋根意識，留學生文學則偏重海外遊子情思與留學生涯寫真；移民小說之主題、人物範圍比較廣泛，可以涵蓋各個階層與角度，而留學生文學的主題、人物則較易侷限在校園與宿舍、打工場所的環境之間」[7]。所以，「移民小說」較「留學生小說」的視野更加宏觀，格局更家遼闊，強調寫「人」

---

[5] 平路〈留美作家的創作新路〉，收錄於邵玉銘、張寶琴等編《四十年來的中國文學》，臺北：聯合文學出版社，1995,6，頁 472。

[6] 同前註。

[7] 吉廣輿《孟瑤評傳》，香港：新亞研究所碩士論文，1996,5，頁 129。

的的感情糾葛，卻能超出地域、超越文化、越政治，是早期海外作家在遊走鄉愁的層層迷思後，重新開啟的一個新天地。

其實細細尋繹海外文學題材的微妙轉變，並非偶然。海外華人作家雖是處於文化與政治上的邊緣人，但所創作的文學，因能在差異甚大的特定環境中，激盪沉潛，故能充分反映潛在內心隱性的感知，是本土的延伸，也是生存的考驗，作品故能具備獨特的民族色彩，又能兼具反思的批判精神。近二十年來，移民熱潮方興未艾，人數激增，移民動機更形複雜化。除了移民之外，尚有流寓或回歸等情形仍在衍進，是故愈來愈多的作品，呈現出多樣的移民素材，新舊作家前仆後繼，「移民小說」愈顯豐贍，引起文壇的關心與各方學者的注意，甚至可以預見「移民文學將成大氣候」的前景。[8]

「留學生文學」到「移民文學」是臺灣當代文學發展史上一個重要的文學現象，可惜至今尚未得到應有的重視，也缺乏系統的研究。從近代到五四時期，留學生前往西方尋求救國真理，到六〇年代臺灣作家筆下的「留學生文學」，偏重倫理層面的中西文化衝突，再到近來移民華人著重政經層面文化衝突的描寫，留學生文學感應著不同時期中國人的中心課題，呈現了一條因時代而變遷的軌跡。因此，本論文擬從六〇年代開始追溯臺灣文壇出現的「留學生文學」現象，以「小說」為主要研究對象，針對臺灣「旅居美國」作家的小說作一深入的考察，理由是：當時所言之「留學生文學」或「留學生文藝」，都是指留美學生的小說創作而言，當時從臺灣出國的留學生以美國為大宗，留學美國者幾佔了所有留學生人數的八成強，因而留學政策的考

[8] 嚴歌苓〈《扶桑》得獎感言：挖掘歷史的悲憤〉，《聯合報》，1996,1,26。

量，往往以美國為主。有關這段時期臺灣的留學現象如表一所示[9]：

表一　核準出國留學生人數：國別

單位：人

西　元	總　計	美　國	日　本	加拿大	德　國	法　國	西班牙
1950	216	213	1	2	0	0	0
1951	340	332	0	7	0	0	0
1952	377	360	0	7	0	2	1
1953	126	120	2	3	0	1	0
1954	399	355	18	14	0	1	9
1955	760	626	97	15	6	0	13
1956	519	410	21	33	3	0	51
1957	479	400	40	18	13	2	0
1958	674	570	68	9	11	1	1
1959	625	521	77	13	4	3	0
1960	643	531	90	10	2	3	0
1961	978	733	186	15	23	8	2
1962	1833	1387	273	78	43	14	9
1963	2125	1685	225	129	33	15	10
1964	2514	2026	267	125	34	12	2
1965	2339	1843	281	111	39	14	2
1966	2189	1696	220	164	24	30	6
1967	2472	2047	167	144	29	21	8
1968	2711	2272	199	107	31	27	17
1969	3444	3015	122	58	54	66	36
總計	25763	21142	2356	1062	349	223	167
比率	100%	82.06%	9.14%	4.12%	1.35%	0.87%	0.65%

資料來源：《中華民國教育統計》，民國八十六年，頁 60-61。

---

9 見許擇昌《從留學生到美籍華人—以二十世紀中葉臺灣留美學生為例》，將臺灣的留學生現象作量化分析結果。國立暨南國際大學歷史研究所碩士論文，1999,6，15-18。

＊留學國別的揀擇標準以留學人數多寡而決定，其中英國及泰國為七〇、八〇年代的熱門留學地，但在五、六〇年代時則與其他國家一樣，留學人數皆只有個位數，所以本表並不列入。

所以由表一可知，美國不論哪一年，她都居於留學國的絕對多數。其中或只有日本與加拿大在六〇年代時，前往留學的人數稍多，但仍不足與美國抗衡。綜合五、六〇年代，美國留學生人數佔了當時主要留學國的留學生八成二強。這項數據以很能反映出美國在各項條件的優越性，她吸引了眾多的臺灣留學生到該國去。七〇、八〇年代，每年留學美國的人數更是屢屢打破五、六千人，更是形成美國留學人數獨霸的局面。[10]

這些留美學生作家的小說雖有不少是以留學生生活為題材，但也有不少作品是留學生活題材之外的去國懷鄉或探討異文化的作品，換言之「留學生文學」點出當時留學生作家作品的最主要特質，但並不能完全涵蓋旅美留學生作家的作品內容，因此概以「臺灣旅美作家小說」稱之，而毫無疑義地，留學生小說是六、七〇年代臺灣旅美作家小說的研究重點。本論文討論的對象，從發表在六〇年以後到九〇年代之間，針對在從臺灣前往美國的華文作家，以華文為創作小說的語言為主。筆者以為從六〇年代的開始的旅美作家小說值得探討的理由有三：一為此時期的留美作家或留學生，心態不同於以往的留美者，他們都不約而同地帶著以美國為人生最終落腳地的移根心態，而非短暫過渡的過客心情，是故小說主調帶著濃厚的思鄉情與離鄉怨，文人的心結，值得探究；理由之二為留美學生小說雖有取材面窄小之譏

---

[10] 同前註，亦參見《中華民國教育統計》，臺北：教育部，1997，頁 60-61。

[11]，但不少作者新穎的技巧，深刻的筆觸，刻劃了不只是代表少數知識份子的悲喜，而是整個社會的價值取向，對於生活與生命的追尋歷程，也具有文學的普遍性與獨特的藝術美感；理由三為六、七〇年代的留美學生小說不會被別的文學取代[12]。因為此時期的旅美作家小說背後的場景，是那個時代的民族命運與生活的反映，它具有存在的歷史條件與價值。同時，對於旅美作家小說的研究，更要往後推及七〇年代後期的發展演變，作一結晶性的統整；同時，繼續探勘臺灣留學生文學在八〇年代消褪的原因，及其如何在八〇年代過渡到移民文學之後，延續到九〇年代海外新世代與資深作家的在移民文學上的豐贍表現，說明移民小說對臺灣社會的轉型與美國社會風貌的捕捉，如何高於早期留學生小說層次的塑造和展現。總之，從六〇年代的臺灣留學生小說到現今仍然活躍的移民小說，實有清晰脈絡可尋，留學生小說像臺灣當代文學史上一脈強勁清流，經過時空的匯聚轉化，移民小說的滾滾江河已然成長。

---

[11] 例如王德威先生曾對五四以來到九〇年代的留學生小說作一綜觀，結論說到：「在世紀末回顧世紀初的留學生小說，我們可能要驚訝於留學生小說的素材其實何其有限。從羽衣女士到於梨華到鄭寶娟（《這些人那些人》1990），作家對留學生的心理活動，容或有日益精緻的掌握，但在寫作異鄉異故土、海外論國是等主題上，其實進境並不算大。」見王德威〈賈寶玉也是留學生〉，《九州學刊》第 5 卷第 3 期，1993,2，頁 137。

[12] 林燿德〈從異鄉客到世界人〉一文中指出：「過去海外知識份子所謂的『留學生文學』必將為新穎的『世界人文學』所取代。」《中縣文藝》第 5 期，1991,10，頁 27。

第二節　釋名與定義

一、「臺灣旅美作家」釋名及選取來源

本論文針對一九六〇年代以後，至一九九九年的「臺灣旅美作家小說」為研究範圍，在年代上，由於最有代表性的臺灣留學生小說的發表，都在六〇年代開始，例如於梨華在一九五三年畢業於臺大歷史系，同年赴美，在一九六二年完成第一部長篇小說《夢回青河》，一九六三年由皇冠出社發行初版；白先勇的留學生小說「紐約客」系列，最早從〈芝加哥之死〉、〈上摩天樓去〉、〈香港——九六〇〉、〈安樂鄉的一日〉等都發表在一九六四年的《現代文學》雜誌[13]，吉錚、孟絲的作品也集中發表在六〇年代的《中央日報》副刊，因此研究上限便從六〇年代開始。至於六〇年代開始的「臺灣旅美作家」頗多，筆者主要是根據行政院文化建設委員會出版之《中華民國作家作品目錄—1999》共七冊書中所蒐集的臺灣現代文學作家中，全面地過濾出1960-1999年之間從臺灣前往美國的旅美作家，並且是在到達美國之後有小說創作結集，而在臺灣出版者為主。李瑞騰在《中華民國作家作品目錄—1999》序言中說道：

[13] 〈芝加哥之死〉、〈上摩天樓去〉、〈香港——九六〇〉、〈安樂鄉的一日〉分別發表在《現代文學》第19、20、21、22期，1964年的1、3、6、10月份。以留學生人物為題材而最晚發表的小說，應該是〈謫仙怨〉，發表在1969年3月的《現代文學》第37期。

> 共同參與繁榮臺灣文壇的還包括一些四九年以後去了海外（美國等地），但和臺灣文壇關係密切的作家，以及從海外來臺就學的僑生、零星從大陸出來的寫作人士。[14]

《中華民國作家作品目錄—1999》的編例第二項如下：

> 本目錄所收作家凡一千八百位，以長期生活在臺灣且從事現代文學活動之作家為主。除此之外，也包括在臺灣出生、成長，或曾在此地受教育、工作與生活，而其作品曾在臺灣出版的現居海外之作家。其入選的基本條件是需要有一本以上的個人作品集。[15]

正因為《中華民國作家作品目錄—1999》是蒐羅臺灣旅美小說家目前比較完整的作者檢索資料，因此首先以該書，整理出臺灣旅美小說家，並考察其創作發表時間作一簡易的年代分界，從六〇到九〇年代臺灣旅美作家而有「小說」創作集出版的共有七十八位，包括六〇年代七位、七〇年代十一位、八〇年代二十五位及九〇年代三十五位。以下依照姓氏筆劃簡繁及其在《中華民國作家作品目錄—1999》編排冊數及頁碼的先後順序，臺灣旅美作家及其小說創作整理表列如下：

---

[14] 見《中華民國作家作品目錄—1999》李瑞騰序二，臺北：行政院文化建設委員會，1999,6，頁7。

[15] 同前註，〈編例〉頁9。

表一　六〇年代臺灣旅美作家及其小說目錄：

編號	姓　名	生　　年	姓別	作品／初版社／出版日期	數量	《中華民國作家作品目錄》冊數：頁數
1	水晶	1935	男	《青色的蚱蜢》（短篇）：臺北，文星書局，1965 《鐘》（中篇）：臺北，三民書局，1973,2	2	1：241
2	白先勇	1937～	男	《謫仙記》（短篇）：臺北，文星書店，1967,6 《遊園驚夢》（短篇）：臺北，仙人掌出版社，1968,10 《臺北人》（短篇）：臺北，晨鐘出版社，1971,4 《寂寞的十七歲》（短篇）：臺北，遠景出版公司，1976,12 《孽子》（長篇）：臺北，遠景出版公司，1983,3 《白先勇自選集》：香港，華漢文化公司，1987 《骨灰》（白先勇自選集續編）：香港，華漢文化公司，1987,11 《孤戀花》：北京，中國文聯出版公司，1991,6 《白先勇短篇小說選》：廣西，人民出版社	9	1：316
3	吉錚	1937～1968	女	《孤雲》（短篇）：臺北，文星書店，1967 《拾鄉》（長篇）：臺北，皇冠出版社，1967 《海那邊》（長篇）：臺北，文星出版社，1967	3	1：371
4	於梨華	1931～	女	《夢回青河》（長篇）：臺北，皇冠出版社，1963 《歸》（短篇）：臺北，文星書店，1963 《也是秋天》（中篇）：臺北，文星書店，1964 《變》（長篇）：臺北，文星書店，1965 《雪地上的星星》（短篇）：臺北，皇冠出版社，1966	18	3：791

				《又見棕櫚‧又見棕櫚》（長篇）：臺北，皇冠出版社，1967 《餘》（長篇）：臺北，皇冠出版社，1969 《白駒集》（長篇）：臺北，仙人掌出版社，1969 《會場現形記》（短篇）：臺北，志文出版社，1972 《考驗》（長篇）：臺北，大地出版社，1974 《傅家的兒女們》（長篇）：臺北，皇冠出版社，1978 《三人行》（長篇）：臺北，皇冠出版社，1980 《尋》（短篇）：臺北，皇冠出版社，1983 《柳家莊上》（短篇）：臺北，皇冠出版社，1988 《相見歡》（短篇）：臺北，皇冠出版社，1989 《情盡》（短篇）：北京，中國文聯出版公司，1989 《一個天使的沉淪》（長篇）：臺北，九歌出版社，1996,12 《屏風後的女人》（中、短篇）：臺北，九歌出版社，1998,3		
5	孟絲	1936～	女	《白亭巷》（短篇）：臺北，仙人掌出版社，1969 《吳淞夜渡》（短篇）：臺北，三民書局，1970,11 《生日宴》（短篇）：臺北，大林出版社，1980,10 《楓林坡的日子》（短篇）：臺北，中央日報社，1986,6	4	3：945
6	彭歌	1926～	男	《殘缺的愛》（長篇）：臺北，自由中國社，1953,10 《昨夜夢魂中》（短篇）：香港，亞洲出版社，1956,3 《落月》（長篇）：臺北，自由中國社，1956,8 《流星》（長篇）：臺北，中國文學	18	5：2015

				社，1956,8 《過客》（短篇）：香港，友聯社，1957,1 《煉曲》（中篇）：臺北，明華書局，1959,1 《尋父記》（長篇）：臺北，明華書局，1959,4 《歸人記》（中篇）：香港，亞洲出版社，1959,7 《象牙球》（短篇）：臺北，光啟出版社，1959,9 《辭山記》（短篇）：臺北，暢流半月刊社，1960,7 《道南橋下》（短篇）：香港，中外文化出版社，1961 《花落春猶在》（中篇）：香港，中外文化出版社，1961,9 《在天之涯》（長篇）：高雄，長城出版社，1963,10 《從香檳來的》（長篇）：臺北，三民書局，1970,6 《彭歌自選集》（短篇）：臺北，中華書局，1971,12 《K 先生去釣魚》（短篇）：臺北，華欣文化中心，1972,6 《微塵》（短篇）：臺北，中央日報社，1984,3 《黑色的淚》（短篇）：臺北，中央日報社，1989,5		
7	歐陽子	1939～	女	《那長頭髮的女孩》（短篇）：臺北，文星書店，1967,6 《秋葉》（短篇）：臺北，晨鐘出版社，1971,10 《歐陽子自選集》（合集）：臺北，黎明文化公司，1982,7	3	6：2424

表二　七○年代臺灣旅美作家及其小說目錄：

編號	姓　名	生　年	姓別	作品／初版社／出版日期	數量	《中華民國作家作品目錄》冊數：頁數
1	王克難	1937～	女	《離鄉的孩子》（中篇）：臺北，中華出版社，1979,6	1	1：135
2	江　玲	1941～	女	《坑裡的太陽》：臺北，文星書店，1966,8 《無調之歌》（中篇）：臺北，皇冠出版社，1976,12	2	1：361
3	李元貞	1946～	女	《還鄉與舊夢》（短篇）：臺北，長橋出版社，1977,4 《愛情私語》（長篇）：臺北，自立晚報出版部社，1992,7 《青澀私語》（中、短篇）：臺北，自立晚報出版部，1993,8 《婚姻私語》（長篇）：臺北，自立晚報出版部，1994,4	4	2：518
4	張系國	1944～	男	《皮牧師正傳》（長篇）：臺北，皇冠出版社，1963,12 《地》（短篇）：臺北，純文學出版社，1970,9 《棋王》（長篇）：臺北，言心出版社，1975 《香蕉船》（短篇）：臺北，洪範書店，1976,8 《昨日之怒》（長篇）：臺北，洪範書店，1978,8 《黃河之水》（長篇）：臺北，洪範書店，1979,10 《星雲組曲》（短篇）：臺北，洪範書店，1980,10 《五玉碟》（長篇，「城」第一部）：臺北，知識系統出版公司，1983,1 《不朽者》（短篇）：臺北，洪範書店，1983,8 《星塵組曲》（短篇）：臺北，洪範書店，1980,10 《夜曲》（短篇）：臺北，知識系統出	19	5：1765

				版公司，1985,1 《龍城飛將》（長篇，「城」第二部）：臺北，知識系統出版公司，1986,9 《沙豬傳奇》（短篇）：臺北，洪範書店，1988,12 《遊子魂組曲》（短篇）：臺北，洪範書店，1989,5 《一羽毛》（長篇，「城」第三部）：臺北，知識系統出版公司，1991,5 《捕諜人》（長篇）：臺北，洪範書店，1992,7 《張系國集》（短篇）：臺北，前衛出版社，1993,12 《金縷衣》（短篇）：臺北，知識系統出版公司，1994,11 《傾城之戀》（短篇）：臺北，洪範書店出，1996,9		
5	鄭慶慈	1943～	女	《偶像》（中篇）：臺北，皇冠出版社，1973,2 《流浪者之歌》（長篇）：臺北，中央日報社，1973,5 《鄭慶慈自選集》：臺北，黎明文化公司，1980,5 《七十年代》（長篇）：臺北，中央日報社，1981,10	4	6：2409
6	楊茯	1951～	男	《庸人的下午》（短篇）：臺北，皇冠出版社，1979,2 《天鵝》：臺北，皇冠出版社，1979,2 《山外青山樓外樓》（長篇）：臺北，皇冠出版社，1979,9 《再嫁》：臺北，出版社書局，1981	4	6：2159
7	蔣曉雲	1954～	女	《隨緣》（短篇）：臺北，皇冠出版社，1977,9 《姻緣路》（中篇）：臺北，聯經出版公司，1980,5	2	7：2457
8	劉紹銘	1934～	男	《浪子》：臺北，聯合報社，1976 《二殘遊記》（一～七回）（長篇）：臺北，四季出版社，1976,1 《二殘遊記》（八～十四回）：臺北，洪範書店，1977,2	10	7：2521

				《二殘遊記》（十五～二十四回）（長篇）：臺北，洪範書店，1977,12 《九七香港浪遊記》（長篇）：臺北，時報文化公司，1986,9 《二殘遊記新編》（一～十回）：臺北，時報文化公司，1987,1 《二殘遊記完結編》（十一～二十回）：臺北，時報文化公司，1987,9 《未能忘情》：臺北，三民書局，1992,8 《靈魂的按摩》：臺北，三民書局，1993,10 《偷窺天國》：臺北，三民書局，1995,10		
9	劉詠森	1948～	女	《心的桎梏》（短篇）：臺北，黎明文化公司，1974,4 《隨風而逝》（短篇）：臺北，黎明文化公司，1974,8 《層樓處處》（短篇）：臺北，鳳凰城圖書公司，1978,7 《第十個父親》（短篇）：臺北，環球書社，1979,4 《誰來愛我》（短篇）：臺北，采風出版社，1984,5	5	7：2526
10	聶華苓	1925～	女	《葛藤》（中篇）：臺北，自由中國出版社，1953, 《翡翠貓》（短篇）：臺北，明華書局，1959 《失去的金鈴子》（長篇）：臺北，學生書局，1960 《一朵小白花》（短篇）：臺北，文星書店，1963 《遣悲懷》：臺北，晨鐘出版社，1970 《桑青與桃紅》（長篇）：香港，友聯出版社，1976 《臺灣軼事》（短篇）：北京，北京出版社，1980, 《王大年的幾件喜事》（短篇）：香港，海洋文藝社，1980 《千山外・水長流》（長篇）：四川，	9	7：2691

				人民出版社，1984,12		
11	叢甦	1939～	女	《白色的網》（短篇）：臺北，向日葵出版社，1969, 《秋霧》（短篇）：臺北，晨鐘出版社，1972,11 《想飛》（短篇）：臺北，聯經出版公司，1977,7 《中國人》（短篇）：臺北，時報文化公司，1978,12 《猢猻國》：香港，中報月刊，1982	5	7：2718

表三　八〇年代臺灣旅美作家及其小說目錄：

編號	姓　名	生　　年	姓別	作品 / 初版社 / 出版日期	數量	中華民國作家作品目錄 1999 冊數：頁數
1	平　路	1953～	女	《玉米田之死》（短篇）：臺北，聯合報社，1985,8 《椿哥》（中篇）：臺北，聯經出版公司，1986,3 《五印封緘》（短篇）：臺北，圓神出版社，1988,4 《紅塵五注》（極短篇）：臺北，皇冠出版社，1989,7 《捕諜人》（長篇）：臺北，洪範書店，1992,7（與張系國合著） 《行遍天涯》（長篇）：臺北，聯合文學出版社，1995,3 《禁書啟示錄》（短篇）：臺北，麥田出版公司，1997,5 《百齡箋》（短篇）：臺北，聯合文學出版社，1998,3 《是誰殺了×××》（合集）：臺北，圓神出版社，1991,4	9	1：295
2	朱秀娟	1936～	女	《雨荷》（長篇）：臺北，皇冠出版社，1969,7 《再春》（長篇）：臺北，立志出版社，1969 《破落戶的春天》（長篇）：臺北，皇冠出版社，1972,2	26	2：418

				《歸雁》（長篇）：臺北，皇冠出版社，1972,11 《梧桐月》（長篇）：臺北，皇冠出版社，1976,4 《花墟的故事》（長篇）：臺北，皇冠出版社，1979 《萬里心航》（長篇）：臺北，黎明文化公司，1983,12 《晚霜》（長篇）：臺北，皇冠出版社，1984,3 《女強人》（中央日報社）：臺北，出版社書局，1984,3 《花落春不在》（長篇）：臺北，皇冠出版社，1984,11 《沒有明天的女人》（長篇）：臺北，皇冠出版社，1985,3 《燕單飛》（長篇）：臺北，皇冠出版社，1985,4 《木麻黃的眩惑》（長篇）：臺北，皇冠出版社，1985,6 《雙心繭》（長篇）：臺北，皇冠出版社，1985,11 《把她交給你》（短篇）：臺北，林白出版社，1986,2 《內在美》（長篇）：臺北，瑞德出版社，1986,6 《丹霞飄》（長篇）：臺北，皇冠出版社，1987,2 《別有情懷》（長篇）：臺北，臺灣新生報社，1987,4 《那串響亮的日子》（長篇）：臺北，中央日報社，1987,8 《握不住的情》（長篇）：臺北，皇冠出版社，1988,5 《那段時間曾經有你》（短篇）：臺北，皇冠出版社，1990,8 《十點半的情緣》（短篇）：臺北，皇冠出版社，1990,9 《內人在美國》（中篇）：臺北，皇冠文學出版公司，1992,7 《大時代》（六冊）：臺北，牛頓出版		

				公司，1994,1 《遲來的秋天》（長篇）：臺北，皇冠文學出版公司，1996,11 《另一類女人》（短篇）：臺北，青年日報社，1997,9 《朱秀娟自選集》（合集）：臺北，黎明文化公司，1982,11		
3	李永平	1947～	男	《婆羅洲之子》（中篇）：砂勞越古晋，婆羅洲文化局，1968,8 《拉子婦》（短篇）：臺北，華新出版社，1976,8 《吉陵春秋》（短篇）：臺北，洪範書店，1986,4 《海東青》（長篇）：臺北，聯合文學出版社，1992 《朱鴒漫遊仙記》（長篇）：臺北，聯合文學出版社，1998,5	5	2：525
4	李黎	1948～	女	《西江月》（短篇）：北京，中國青年出版社，1980 《最後夜車》（短篇）：臺北，洪範書店，1986 《天堂花鳥》（短篇）：臺北，洪範書店，1988,6 《傾城》（中篇）：臺北，聯經出版公司，1989,10 《浮世》（短篇）：臺北，洪範書店，1991,9 《袋鼠男人》（長篇）：臺北，聯合文學出版社，1992,3 《浮世書簡》（中篇）：臺北，聯合文學出版社，1994,3 《初雪》（短篇）：臺北，聯合文學出版社，1998,9	8	2：612
5	吳崇蘭	1924～	女	《愛河逆旅》：臺北，帕米爾書店，1953 《柳家姊妹》：臺北，紅藍出版社，1955 《蘭嶼木舟》（短篇）：臺北，臺灣省婦女寫作協會，1956 《素英小吏》（短篇）：臺北，中央日報社，1958	19	2：697

				《玫瑰夢》：臺北，皇冠出版社，1963, 《桃李春風》：臺北，立志出版社，1964, 《翠姑》：臺北，皇冠出版社，1965 《逝水悠悠》（短篇）：臺北，創作月刊社，1967 《九月憂鬱》（長篇）：臺北，創作月刊社，1967 《女人與男人》：臺北，皇冠出版社，1967 《斜角的故事》（中篇）：臺北，皇冠出版社，1975 《渡人》（長篇）：臺北，正中書局，1977,5 《二哥吳南如》：臺北，中外圖書公司，1977 《窗窗窗窗》（中篇）：臺北，皇冠出版社，1979,2 《為那輕輕一吻》（中篇）：臺北，皇冠出版社，1979 《彩虹夢》：臺北，中外圖書公司，1980 《從豪傑到裁縫》：臺北，中外圖書公司，1981 《生命的債》（短篇）：臺北，中華日報社，1985,2 《傷心碧》（中篇）：臺北，皇冠出版社，1989,4		
6	周腓力	1936～	男	《洋飯二吃》（短篇）：臺北，爾雅出版社，1987,3 《離婚周年慶》（短篇）：臺北，希代書版公司，1992,7	2	3：995
7	柯翠芬	1957～	女	《雨後微虹》（長篇）：臺北，精美出版公司，1985,（筆名季云） 《古鬼今說》（短篇）：臺北，皇冠出版社，1987,8 《但願今生》（長篇）：臺中，晨星出版社，1988 《與虎謀皮》（長篇）：臺中，晨星出版社，1990 《莫讓蝴蝶飛去》（長篇）：臺北，出版社書局，1990	18	3：1102

				《黑夜的記憶》(長篇):臺中,晨星出版社,1991 《獵豹的男人》(長篇):臺中,晨星出版社,1991 《調嘯令》(長篇):臺中,晨星出版社,1991,(筆名季荷生) 《鬼愛》(長篇):臺中,晨星出版社,1992 《謠言有一千個聲音》(長篇):臺中,晨星出版社,1992 《殺人遊戲》(長篇):臺中,晨星出版社,1992 《傾國怨伶》(上):臺北,大然文化公司,1992,(與游素蘭合著) 《傾國怨伶》(下):臺北,大然文化公司,1993,(與游素蘭合著) 《精靈,你要到哪裏去》(長篇):臺中,劇場出版社,1993 《等待一位蓮花女子》(長篇):臺中,劇場出版社,1996 《廢園故事》(長篇):臺中,劇場出版社,1996 《凝眸深處》(長篇):臺中,劇場出版社,1996 《第七封印》(1~10)(長篇):臺北,尖端出版公司,1997-98		
8	保真	1955~	男	《水幕》(中、短篇):臺北,道聲出版社,1975,7 《人性試驗室》(短篇):臺北,道聲出版社,1976,1 《大森林》:臺北,林白出版社,1978,3 《失去的原始林》(短篇):臺北,道聲出版社,1978,10 《林裡林外》:臺北,道聲出版社,1979,12 《邢家大少》(短篇):臺北,九歌出版社,1983,10 《尋人集》:臺北,道聲出版社,1986,1 《森林三部曲》(短篇):臺北,遠流	8	3:1171

				出版公司，1989,6		
9	唐德剛	1920～	男	《五十年代底塵埃》（短篇）：臺北，傳記文學出版社，1980,3 《戰爭與愛情》（上、下冊）：臺北，遠流出版公司，1988	2	4：1200
10	席慕萱	1939～1997	女	《負了東風》：臺北，現代關係出版社，1984,8 《斯人》：臺北，爾雅出版社，1995,7（《負了東風》重印版）	2	4：1211
11	荊　棘	1942～	女	《荊棘裡的南瓜》（合集）：臺北，爾雅出版社，1983,11 《異鄉的微笑》（合集）：臺北，爾雅出版社，1986,12 《蟲及其他》（短篇）：臺北，爾雅出版社，1996,11	3	4：1317
12	陳若曦	1938～	女	《尹縣長》（短篇）：臺北，遠景出版社，1976,3 《陳若曦自選集》（短篇）：臺北，聯經出版公司，1976,5 《歸》（長篇）：臺北，聯經出版公司，1978 《老人》（短篇）：臺北，聯經出版公司，1978,4 《城裡城外》（短篇）：臺北，時報文化公司，1981,9 《突圍》（長篇）：臺北，聯經出版公司，1983 《陳若曦小說選》（短篇）：北京，廣播出版社，1983 《遠見》（長篇）：臺北，遠景出版公司，1984； 《陳若曦中、短篇小說選》：福州，海峽出版社，1985 《二胡》（長篇）：高雄，敦理出版社，1985,8 《紙婚》（長篇）：臺北，自立報系出版部，1986,9 《貴州女人》（短篇）：臺北，遠流出版公司，1989,6 《走出細雨濛濛》：香港，勤十綠公司，1993	18	4：1561

				《陳若曦集》(短篇):臺北,前衛出版社,1993 《媽媽寂寞》(短篇):河北,教育出版社,1996 《貴州女人》(短篇):北京,時事出版社,1996 《女兒的家》(短篇):臺北,探索文化公司,1998 《清水嬸回家》(短篇):臺北,駱駝出版社,1999,5		
13	黃　娟	1945～	女	《小貝殼》(短篇):臺北,幼獅文化公司,1965,10 《冰山下》(短篇):臺北,臺灣商務印書館,1968,1 《愛莎岡的女孩》(長篇):臺北,純文學出版社,1968,3 《這一代的婚約》(短篇):臺北,水牛出版社,1968,5 《世紀的病人》(短篇):臺北,南方出版社,1988,6 《邂逅》(短篇):臺北,南方出版社,1988,6 《故鄉來的親人》(長篇):臺北,前衛出版社,1991,11 《山腰的雲》(短篇):臺北,前衛出版社,1991,11 《黃娟集》(短篇):臺北,前衛出版社,1993,12 《婚變》(長篇):臺北,前衛出版社,1994,5 《彼岸的女人》(短篇):臺北,前衛出版社,1996,4 《啞婚》(短篇):臺北,前衛出版社,1998,4 《虹虹的世界》(長篇):臺北,前衛出版社,1998,4 《失落的影子》(短篇):臺北,前衛出版社,2000,10 《媳婦》(短篇):臺北,前衛出版社,2000,11 《歷史的腳印》(《楊梅三部曲》第	16	5:1693

				一部）：臺北，前衛出版社，2001,1		
14	曹又方	1942～	女	《愛的變貌》（短篇）：臺北，大江出版社，1968,（後易名《假期男女》，由爾雅出版社出版） 《蝴蝶怨》（短篇）：臺北，四季出版社，1976 《綿纏》（短篇）：臺北，大漢出版社，1976 《捕雲的人》（短篇）：臺北，皇冠出版社，1978 《風塵裡》（短篇）：臺北，皇冠出版社，1978 《濕濕的春》（短篇）：臺北，皇冠出版社，1978 《雲匆匆雨匆匆》（中、短篇）：臺北，皇冠出版社，1979 《碧海紅塵》（長篇）：臺北，皇冠出版社，1981 《風》（長篇）：臺北，仕女雜誌社，1981,（方智出現社亦出版，易名《三朵白蓮》） 《美國月亮》（長篇）：臺北，洪範出版社，1986 《獨孤之旅》（短篇）：臺北，圓神出版社，1988,（後圓神再版，易名《摩登男子》） 《天使不作愛》（短篇）：臺北，出版社書局，1989 《藍珍珠》（長篇）：臺北，圓神出版社，1991 《愛情女子聯盟》（短篇）：臺北，圓神出版社，1996	14	5：1868
15	雲菁	1937～	女	《眉山月岡》：臺北，皇冠出版社，1970,1 《楓葉莊》：臺北，皇冠出版社，1971,4 《綠河橋》：臺北，皇冠出版社，1971,10 《弦》：臺北，皇冠出版社，1971,11 《梅花弄》：臺北，皇冠出版社，1971,12 《舐犢》：臺北，皇冠出版社，1972,10	13	6：2039

				《旅途》：臺北，皇冠出版社，1976,12 《風鈴的呼喚》：臺北，皇冠出版社，1977,11 《月兒彎彎》：臺北，皇冠出版社，1977,12 《花樹下的人》：臺北，皇冠出版社，1979,4 《那豔陽依舊》：臺北，皇冠出版社，1980,10 《帆兒紅了》：臺北，皇冠出版社，1981,10 《飄在風裡》：臺北，皇冠出版社，1986,1		
16	喻麗清	1945～	女	《紙玫瑰》（短篇）：臺北，光啟出版社，1980,7 《喻麗清極短篇》：臺北，爾雅出版社，1988,11 《愛情的花樣》：臺北，爾雅出版社，1991,11 《愛情的花樣》：北京，時事出版社，1996,1（《愛情的花樣》與《紙玫瑰》合集）	4	6：2050
17	誠然谷	1946～	男	《彩虹山》（短篇）：臺北，時報文化公司，1980,5 《請跟我來》（短篇）：臺北，時報文化公司，1988	2	6：2105
18	楊慰親	1939～	女	《人間有夢》（短篇）：臺北，中央日報社，1984 《不平行的愛》（長篇）：臺中，晨星出版社，1987,9	2	6：2180
19	葉　子	1948～	女	《瘦人天氣》：臺北，時報文化公司，1981,1 《破冬》：臺北，時報文化公司，1984,12	2	6：2200
20	農晴依	1957～	女	《小盼》（短篇）：臺北，采風出版社，1979,8 《梅姑》（短篇）：臺北，采風出版社，1981,5 《出路》	3	6：2251
21	廖清山	1936～	男	《年輪邊緣》（短篇）：臺北，名流出版社，1987,9	1	6：2284
22	蓬　丹	1950～	女	《未加糖的咖啡》（短篇）：臺北，希	2	7：2485

				代書版公司，1989,3 《失鄉》（合集）：臺北，正中書局，1980,7		
23	劉大任	1939～	男	《紅土印象》（短篇）：臺北，志文出版社，1970 《杜鵑啼血》（短篇）：臺北，遠景出版公司，1984,10 《浮遊群落》（長篇）：臺北，遠景出版公司，1985,6 《秋陽似酒》（短篇）：臺北，洪範書店，1986,1 《晚風習習》（短篇）：臺北，洪範書店，1990,1 《劉大任袖珍小說選》（極短篇）：臺北，皇冠文學出版公司，1996 《來去尋金邊魚》（短篇）：臺北，洪範書店，1996,9 《劉大任集》：臺北，前衛出版社，1993	7	7：2489
24	鍾　玲	1945～	女	《輪迴》（短篇）：臺北，時報文化公司，1983,6 《鍾玲極短篇》（極短篇）：臺北，爾雅出版社，1987,7 《生死冤家》（短篇）：臺北，洪範書店，1992,1 《大輪迴》（短篇）：臺北，九歌出版社，1998,10（《輪迴》增刪、重排版）	4	7：2654
25	顧肇森	1954～1998	男	《拆船》（短篇）：臺北，聯經出版公司，1979,4 《貓臉的歲月》（短篇）：臺北，九歌出版社，1986,3 《月升的聲音》（短篇）：臺北，圓神出版社，1989,2 《季節的容顏》（短篇）：臺北，東潤出版社，1991,4 《冬日之旅》（短篇）：臺北，洪範書店，1994,2	5	7：2822

表四：九〇年代臺灣旅美作家及其小說目錄：

編號	姓　名	生　　年	姓別	作品 / 初版社 / 出版日期	數量	《中華民國作家作品目錄》冊數：頁數
1	子詩	1943～	女	《情絮》（短篇）：臺北，大地出版社，1990,10 《神秘的女人》（短篇）：臺北，大地出版社，1993,2	2	1：42
2	王文華	1967～	男	《寂寞芳心俱樂部》（短篇）：臺北，允晨文化公司，1991,7 《天使寶貝》（短篇）：臺北，皇冠文學出版公司，1992,11 《舊金山下雨了》（中篇）：臺北，聯合文學出版社，1994,9	3	1：103
3	宇文正	1964～	女	《貓的年代》（短篇）：臺北，遠流出版公司，1995,10 《臺北下雪了》（短篇）：臺北，遠流出版公司，1997,3	2	1：339
4	李渝	1944～	女	《溫州街的故事》（短篇）：臺北，洪範書局，1991,9； 《應答的鄉岸》（短篇）：臺北，洪範書局，1999,4 《金絲猿的故事》（短篇）：臺北，聯合文學出版社，2000,10	3	2：584
5	李歐梵	1939～	男	《范柳原懺情錄》（長篇）：臺北，麥田出版公司，1998,5	1	2：614
6	林太乙	1926～	女	《丁香遍野》（長篇）：臺北，遠景出版社，1976 《金盤街》（長篇）：臺北，純文學出版社，1979,11 《春雷春雨》（長篇）：臺北，聯經出版公司，1991,3 《明月幾時有》：臺北，聯經出版公司，1992,11 《好度有度》（長篇）：臺北，九歌出版社，1998,12	5	3：810
7	阿仁(康	1968～	男	《囝仔兄》（長篇）：高雄，派色文化	2	3：959

	乃仁)			出版社，1989,10 《重金屬吉他手》：高雄，派色文化出版社，1993,7		
8	洛杜意	1961～	女	《歡喜牆》（長篇）：臺北，希代出版公司，1992,7 《有些女人不怕冷》（短篇）：臺北，皇冠文學出版公司，1994,11 《最後一場愛情雨》（長篇）：臺北，皇冠文學出版公司，1994,11 《追夢迷情》（長篇）：臺北，平氏出版公司，1995,7 《流雲・曾相識》（短篇）：臺北，皇冠文學出版公司，1995,12	5	3：1058
9	胡華玲	1938～	女	《緣非緣》（短篇）：臺北，九歌出版社，1992,7	1	3：1132
10	思理	1948～	女	《思理極短篇》（極短篇）：臺北，爾雅出版社，1993,7	1	3：1158
11	紀大偉	1972～	男	《感官世界》（短篇）：臺北，平氏出版公司，1995,9； 《膜》（中篇）：臺北，聯經出版公司，1996,3 《戀物癖》（短篇）：臺北，時報文化公司，1998,10	3	3：1184
12	夏　烈	1942～	男	《最後的一隻紅頭烏鴉》（短篇）：臺北，純文學出版社，1990,4 《夏獵》（長篇）：臺北，九歌出版社，1992,5 《白門再見》（短篇）：臺北，九歌出版社，2000,4	3	4：1252
13	許倬雲	1930～	男	《東遊記－－現代倫理寓言》：臺北，洪建全文教基金會，1995,1	1	4：1418
14	許雲林	1952～	女	《杜鵑牆》（長篇）：臺北，皇冠文化出版公司，1998,5	1	4：1421
15	章　緣	1963～	女	《更衣室的女人》（短篇）：臺北，聯合文學出版社，1997,7 《大水之夜》（短篇）：臺北，聯合文學出版社，2000,3	2	4：1463
16	陳玉貞	1956～	女	《流浪的雲》（短篇）：臺北，文經出版社，1989,3 《相見歡》（短篇）：臺北，知青頻道出版社，1990,11	9	4：1484

				《愛，這般寂寞的容顏》（短篇）：臺北，文經出版社，1991,7 《有情有意有自己》（短篇）：臺北，文經出版社，1992,9 《橙柚留香》（短篇）：臺北，僑委會，1994,8 《謝謝你的愛》（短篇）：臺北，文經出版社，1994,12 《情人知己》（短篇）：臺北，文經出版社，1996,8 《我不是花蝴蝶》（短篇）：臺北，探索文化公司，1997,7 《愛上真情流露的你》（短篇）：臺北，探索文化公司，1998,2		
17	陳怡如	1966～	女	《失去記憶的國度》（長篇）：臺北，皇冠文化出版公司，1997,12	1	4：1514
18	陳惠琬	1957～	女	《愛在驀然回首處》（短篇）：臺北，天恩出版社，1997,1	1	4：1581
19	陳漱意	1946～	女	《流浪的猶他》：臺北，皇冠文化出版公司，1985,10 《上帝是我們的主宰》：臺北，皇冠文化出版公司，1996,1 《蝴蝶自由飛》：臺北，皇冠文化出版公司，1996,1	3	4：1600
20	陳　衡	1937～	男	《紅塵裡的黑尊》（長篇）：臺北，聯合文學出版社，1993,7	1	5：1617
21	黃又兮	1966～	女	《誠徵一名會打蟑螂的男士》（短篇）：臺中，晨星出版社，1994,10	1	5：1650
22	黃美之	1930～	女	《流轉》（短篇）：香港，黃河文化公司，1992,1	1	5：1679
23	張金翼	1940～	女	《女與男》：臺北，爾雅出版社，1997,11	1	5：1779
24	張讓	1956～	女	《並不很久以前》（短篇）：臺北，聯合文學出版社，1988,4 《我的兩個太太》（短篇）：臺北，九歌出版社書局，1991,1 《不要送我玫瑰花》（短篇）：臺北，九歌出版社，1994,2	3	5：1863
25	莫　云	1952～	女	《彩雀的心事》（短篇）：臺中，璉亞興業公司，1994,2 《她和貓的往事》（短篇）：臺北，璉	2	5：1899

				亞興業公司，1994,8,		
26	琦君(民66赴美)	1917～	女	《菁姐》(短篇)：臺北，爾雅出版社，1954 《百合羹》(短篇)：臺北，開明書店，1958,9 《繕校室八小時》(短篇)：臺北，臺灣商務印書館，1968,11 《七月的哀傷》(短篇)：臺北，驚聲文物供應公司，1971,11 《錢塘江畔》(短篇)：臺北，爾雅出版社，1980,4 《橘子紅了》(中篇)：臺北，洪範書店，1991,9 《琴心》(合集)：臺北，國風出版社，1953,12 《琦君自選集》(合集)：臺北，黎明文化公司，1975,12 《文與情》(合集)：臺北，三民書局，1990,8	9	6：2027
27	褚士瑩	1971～	男	《吃向日葵的魚》(短篇)：臺北，尚書文化出版社，1990,9 《丼》(短篇)：臺北，皇冠文學出版公司，1992,11 《相逢黑夜的白雪》(短篇)：臺北，皇冠文學出版公司，1993,11 《像我們這樣一個家》(劇本改寫)：臺北，皇冠文學出版公司，1994,5 《愛琴海游泳》(短篇)：臺北，皇冠文學出版公司，1994,12 《裸魚》(長篇)：臺北，探索文化公司，1995,5	6	6：2107
28	楊　照	1963～	男	《蓮花落》(短篇)：臺北，圓神出版社，1987,4 《吾鄉之魂》(短篇)：臺北，時報文化公司，1987,9 《大愛》(長篇)：臺北，遠流出版社公司，1991,3 《獨白》(中、短篇)：臺北，自立報系出版部，1991,9 《紅顏》(極短篇)：臺北，聯合文學	8	6：2176

				出版社，1992,4 《黯魂》（短篇）：臺北，皇冠文學出版公司，1993,11 《暗巷迷夜》（長篇）：臺北，聯合文學出版公司，1994,3 《往事追憶錄》（中、短篇）：臺北，聯合文學出版公司，1994,3,		
29	葉文可	1952～	女	《紅塵外》（中篇）：臺北，皇冠出版社，1982,3 《失落的銀河》（長篇）：臺北，皇冠出版社，1982,5 《菩提樹下》（長篇）：臺北，皇冠出版社，1984,5 《火蓮》（長篇）：臺北，躍昇文化公司，1997,2 《風景》（中篇）：臺北，躍昇文化公司，1998,4	5	6：2201
30	詹玫君	1963～	女	《曾相識》（短篇）：臺北，希代書版社公司，1987,10 《血色的桃花》（短篇）：臺北，希代書版公司，1988,10 《憂鬱的貴族》（短篇）：臺北，出版社書局，1989,7 《蝶吻的季節》（短篇）：臺北，希代書版公司，1990,11 《尋找安娜》（中篇）：臺北，元尊文化公司，1998,11	5	6：2256
31	寧馨兒	1966～	女	《偶然的好友多刺》：臺北，合森文化公司，1991,1	1	6：2274
32	裴在美	1957～	女	《無可原諒的告白》（短篇）：臺北，聯合文學出版公司，1994,5 《小河紀事》（短篇）：臺北，皇冠文化出版公司，1996,4 《海在沙漠的彼端》（長篇）：臺北，九歌出版社，1998,4 《疑惑與誘惑》（長篇）：臺北，時報文化公司，2000,11	4	6：2354
33	鄧海茱	1953～	女	《閣樓上的提琴手》（長篇）：臺北，峻馬文化公司，1990,5	1	6：2435
34	劉安諾	1935～	女	《愛情的獵人》（長篇）：臺北，九歌出版社，1995,10	2	7：2499

				《浮世情懷》（合集）：臺北，三民書局，1994,11		
35	戴文采	1956～	女	《哲雁》（短篇）：臺北，洪範書局，1989,5 《蝴蝶之戀》（短篇）：臺北，出版社書局，1991,7 《在陌生的城市》：臺北，九歌出版社，1995,12	3	7：2625

實際上的臺灣旅美小說家當然不只此數，由於作家作品的蒐羅考訂，蔚映數代，從日據時期到光復以後，從政府遷臺到世紀之末，目錄編成不易，不免或闕或舛，例如七〇年代重要的臺灣旅美小說家郭松棻，漏列書中；方方、夏云、袁則難等亦是缺遺；旅美女作家如胡為美[16]、木令耆[17]、依犁[18]等人，也疏漏不見著錄。另外尚有不少海外作家，作品或者未能成集出書，卻在海外華文報紙持續發表作品等，必需考量其作品在藝術成就與小說發展意義上的重要性，在必要時一併研析論述。在這四十年之間，留美出國寄回臺灣發表的小說繁多，本論文無法關照到巨細靡遺，面面俱到，勢必有所取捨，此為本論文的研究困境之一。取捨過程兼及於小說的普遍性與特殊性，並以作家作品的質與量雙向考量，質為主，量為輔；若有人物相近、主題相近、

---

[16] 胡為美，美國威斯康辛大學諮商輔導學碩士。作品已出版的有《做一個快快樂樂的人》、《婚姻傳奇》等，另有報導文學及散文創作百餘篇。其小說〈一個永遠保守的祕密〉收錄在《三相逢—海外華文女作家小說選集》，臺北：爾雅出版社，1993,9。

[17] 木令耆，本名劉年玲，原籍湖北，曾求學於加州柏克萊、哥倫比亞、哈佛、英國劍橋等學校，任哈佛大學亞洲研究中心研究員，從事文學研究工作。一九八三年曾編選《海外華文作家散文選》，同時出版中篇小說《竹林引幻》，一九八六年出版評論及雜文集《海外文藝漫談》等。

[18] 伊犁，本名潘秀娟，浙江溫州人。香港中學畢業後赴英國學護理，現居美國。已出版的短篇小說集有《泥土》、《寶貝丈夫》、《十萬美金》等。

風格相近者，則擇取具代表性者討論。在這樣的考量條件下，本論文在作家作品分論部分，將從六〇到九〇年代間，再選取十五位重要的臺灣旅美作家之小說作品，進行全面地研究。有關背景論、人物論、主題論等綜合論述引用之例，則不在這十五位作家作品之限，以有代表性之作品為主。

二、「留學生小說」名稱與定義

有關一九六〇到一九九九年四十年間的臺灣旅美作家小說，六、七〇年代正是臺灣文壇上所謂的「留學生文學」。臺灣旅美作家與目前臺灣的研究者對於這些名稱各自有所定義，而這些定義都能有某種程度或層面地反映出旅美作家小說的特質。現在將目前所見有關「留學生文學」等名稱問題與所見的定義整理如下：

首先，李瑞騰先生以連續的疑問句點出「留學生文學」的許多面向，他說：

> 「留學生」大家都懂，指的是赴他國深造的學生，通常年紀都比較輕，他們為什麼要出國讀書？去什麼國家？讀些什麼？究竟是公費去的，還是自費？學成是立即返國，還是或長或短一段時間再回來？抑或是落地生根，入籍成了那個國家的公民，只在有必要或有機會時返國探親？這樣的人如果提筆寫作，會寫出什麼樣的作品？寫異域的孤寂和懷鄉的苦楚，還是深刻反省自己所來自的鄉土，嚴正地加以批判？寫小自我的際遇與心境，還是寫耳聞目見的異國風情，以及留

學生群體和本國人在異國生活的複雜面貌？[19]

李瑞騰提到留學生文學值得注意的關鍵點包括：留學的國家、動機、去留問題、作品中距離效應的文化視角、作家本土性與海外性等，這些重點足以顯現留學生小說的文藝特質。

王德威曾說道：「留學生小說是現代中國文學的一支奇兵」[20]。他注意到從留學生文學在中國文學發展的歷史流變，並提出以留學生為題材的作品形成值得注意的小傳統。[21]他說：

> 五四時期以來的三〇年代，留學生小說所代表的意義，約略有以下數點。第一，留學生小說以國外為背景，為中國文學引入了異鄉情調，相對的也烘托出鄉愁的牽引，及懷鄉的寫作姿態。第二，五四以來的留學生小說藉著孤懸海外的負笈生涯，凸現了彼時知識分子在政治及心理上的種種糾結，進而形生一極主體化的思辨言情風格，頗有可觀。第三，留學生出國、歸國與去國的行止，不只顯現留學生個人價值抉擇，也暗指了整個社會、政治環境的變遷。[22]

檢視這段對五四與三、四〇年代的留學生小說，王德威先生點出了留學生小說與其他小說具體內涵的不同、作品風貌的相異之處及其具有在野史料的作用與價值，雖未對留學生小說的定義加以明確規範，但對於留學生小說的內涵，如鄉愁的姿態、留學生的思辨言情、價值抉擇等，已經有了具體的勾勒。

---

[19] 見李瑞騰〈鄉愁的方位・前言〉,《文訊》第 172 期，2000,2，頁 30。

[20] 王德威〈賈寶玉也是留學生—晚清的留學生小說〉,《小說中國》，臺北：麥田出版社，1993，頁 229。

[21] 同前註，頁 237。

[22] 同前註，頁 247。

趙淑俠點出臺灣留學生小說中，以美國為重要發源的區域性特色：

沒到過外國的人寫不出國外生活，而臺灣的留學生主要集中在美國，所以，不單「留學生文藝」裏的男女主角是美國留學生，作者也是美國留學生，故事的發生地當然更是美國。[23]

除了點出在六〇年代臺灣文壇以美國為主的留學生文學盛行之外，她進一步指出留學生小說最原始的面貌與內容，她說：

「留學生文藝」的內容，多半是描述留學生們在現實的美國，心懷深重鄉愁，精神上生活上經過種種折磨，有的在奮鬥過程中抵抗不了環境的誘惑，墮落了，有的受不了考試失敗的打擊，自暴自棄的放棄了，有的為了出國付出巨大的代價，得不償失。不過大多數的主人公都能咬牙苦撐，達到最後目標—得到企盼已久的學位。[24]

可見最早之臺灣留學生小說內容充滿求學艱辛與難解的鄉愁，在國內優秀的學子，在異鄉卻成了落難書生與異鄉的流浪者。

朱芳玲的碩士論文《論六七〇年代臺灣留學生文學的原型》對於「留學生文學」有明確的定義：

凡本文預定討論的作家是於六、七〇年代赴美的臺灣旅美作家，或小說主角是臺灣或中國留美學生，及因種種原因而在當地工作、定居，其身份為旅美學人或旅美華人者皆為本論

---

[23] 趙淑俠〈從留學生文藝談海外知識份子〉，《文訊月刊》1984 年第 13 期，頁 150。

[24] 趙淑俠〈從留學生文藝談海外知識份子〉，《文訊月刊》1984 年第 13 期，頁 150。

文主要文本分析來源。[25]

由於朱芳玲所考察的對象時間只限定在六、七〇年代，因此從上述的定義中，時間定為「六、七〇年代」已清楚標示出研究的斷代時間，「留學生文學」的研究區域也是以「美國」為限，作品文類只限於小說，作家身份不一定是留學生，可能是短期居留於美國或長期移民於美國者。小說主角是「臺灣或中國留美學生，及因種種原因而在當地工作、定居，其身份為旅美學人或旅美華人者」。這樣的定義，對於臺灣旅美作家的留學生小說可算完備。然而因為本論文研究之小說時間是到九〇年代，留學生作家群仍持續有所創作，這些作品既屬於斷代與區域文學的研究，時代與地緣這兩個因素充分影響作家與作品的特質。因此在定義上有需做必要的調整。本論文的「留學生小說」定義從四項著手：

一、作者：是從臺灣到美國的留學生、學人、赴美定居或工作者。

二、時間：從一九六〇到一九九九年間，在美國期間所創作的小說。

三、出版：以華文書寫，在臺灣出版或美國華文報章刊載為主。

四、題材：以留學生初到海外的留學生涯、打工戀愛的甘苦、從留學生到海外學人的學界生活、海外華人群像、及其隨著時代政局與文化風潮下所反映的臺灣旅美華人的故事為主。

---

[25] 朱芳玲《論六七〇年代臺灣留學生文學的原型》嘉義：中正大學中國文學研究所碩士論文，1995，頁18。

由於臺灣旅美作家身處海外時期的作品，不一定以海外生活為藍本，可能有不少是作家對早期家鄉人物的懷鄉之作，著名的例如白先勇的《臺北人》，於梨華《夢回青河》等，本論文則列入次要的研究範疇，一併放入個別的作家作品論時討論，主論文部份仍以海外題材書寫為主要研究對象。

三、「移民小說」之定義

由於臺灣當代文學的研究中，尚未注意到八〇年代以後的旅美作家的專門評論，「移民作家」或「移民小說」這樣的名詞極少見於臺灣當代文學評論中。譚雅倫〈了解與誤解：移民與華裔在創作文學中的互描〉一文以比較文學的研究方法，將截至八〇年代為止的美國華人文學作品分為兩種，一為土生華裔的英文創作，一為移民作家的中文作品。文中提到「移民作家」一詞的定義是指一般在中國長大，受高深教育，然後定居美國的華人作家。」[26]文中所引用的「移民作家」包括白先勇、歐陽子、於梨華、吉錚等人在六〇年代的留學生小說。由於譚雅倫該文完成在一九八二年，當然也尚未見到八〇年代中後期如雨後春筍的新移民小說之作。因此她所指的「移民作家」其實就是本論文所指稱的臺灣「留學生小說」作家。

由於在七〇年代末期到八〇年代的旅美小說家之作品，無論在內容、題材、人物都有極大的轉變，論述者多半以為「留學生小說」一

---

[26] 譚雅倫〈了解與誤解：移民與華裔在創作文學中的互描〉，收錄在張錯、陳鵬翔編《文學史學哲學—施友忠八十壽辰紀念論文集》，臺北：時報文化出版事業有限公司，1982,2，頁 201-230。

詞已無法涵蓋其範圍，而大多泛稱為「海外華文文學」或「流放文學」等。例如作家叢甦便一再主張以「流放文學」一詞來說明八〇年代以後的海外文學創作，她說：

> 「留學生文學」是二十世紀五、六〇年代特定的歷史與政治環境下的特定產物。但是我總覺得這名詞太局限，太「稚嫩清純」，也太含糊曖昧。什麼是「留學生文學」？作品是留學生寫的？抑作品是以留學生涯為主題？「留學生」做為作者或主題都不能老滯留在「留學生」的階段，總要有長大、成熟與必然衰老的一天。所以它必須超越「留洋學生」的小小天地的圈囿。因之把「留學生文學」正名為「流放文學」或許更為恰當。

叢甦提出以「流放文學」一詞取代「留學生文學」一詞，是因為本身即為六、七年代著名的留學生作者群之一，但創作的新路已經明顯轉變，留學生作家是清楚自已創作成長與轉變。然而海外的文學創作本質乃是起源自作家與故土的流放，所以她說：

> 「六十年代文學」在臺灣的文學發展史上佔有一個奇怪的地位。它有閃爍，也有滄桑；有叛逆，也有懷舊；有吶喊也有喟嘆。….而當「六十年代」的作家群重新越洋過海「留美」時，他們已是「二度流放」：美國是新土，臺灣已成「故園」。[27]

其實六、七〇年代的「留學生文學」一詞確能明白顯現由臺灣留學生作家執筆，描寫臺灣留學生生活的作品，問題是八〇年代之後，作者群身份已變，加上新移民作家群投入大量的海外書寫與創作，成績斐

---

[27] 叢甦〈沙灘的腳印—「留學生文學」與流放意識〉，《文訊》第 172 期，臺北：2000,2，頁 49

然，此時再限以「留學生文學」一詞，既不能代表身份的轉變，亦無法適切掌握作品精神，故提出「流放文學」一詞來取代。九〇年代的旅美作家張讓也提出相近的看法，贊同「流放文學」一詞，她說：

> 表達這種夾纏兩地之間的文學，臺灣一度叫「留學生文學」，現在無以名之則稱「海外文學」。其實若必要掛名，可稱「漂流文學」或「流放文學」。漂流，或者流放，其實是每人必然的經歷。一個人即使未曾離鄉去國，至少必經過兩種流放：一是出生，是自母胎的流放；一是長大，是自童年的流放。廣義的流放，因此不只是空間的漂泊，同時也是時間的放逐。狹義的流放，則是空間的花果飄零。[28]

張讓與叢甦不約而同以「流放文學」來說明海外作家尋找心靈原鄉的故事。李黎則進一步以「拓荒者文學」來表達她個人的看法，她說：

> 一九八一年諾貝爾文學獎頒給了德國三十年代「流放的一代」作家卡內提，因而被認為是「諾貝爾文學獎承認了放逐的一代之文學成就」。這引起一個有趣的問題：這些海外華人作家，是不是也算「放逐的一代」呢？……海外華人的文學不該是流放文學，而是拓荒者的文學，是伸向空中的枝葉投給大地的消息，是來自遙遠的域外的書柬，是檢視這一個遷徙動盪時代的見證與史歌。[29]

李黎認為八〇年代的海外華文文學不該是「流放文學」，海外華文作家也不算是「放逐的一代」，而是以創作作為時代的見證與史歌，擁

---

[28] 張讓〈鄉愁的方位〉，《文訊》第 172 期，台北：2000,2 頁 63。

[29] 原文見於李黎編《海外華人作家小說選》序文，轉引自李黎《傾城》附錄〈李黎的創作歷程〉，臺北：聯經出版事業公司，1989,10，頁 136-137。

有拓荒的無限潛力自許命名。

筆者以為，八〇年代的旅美作家小說確實不宜再囿限於「留學生小說」一詞，而以「移民小說」一詞最為妥切。因為近二十年來的臺灣新移民創作作品中，儘管也有相當一部分是名副其實的留學生，但總的來看，作家身份比之前顯然要駁雜得多。其次，儘管在新移民作家創作的作品中，難免也有前行者們的那種漂泊無根、徬徨困惑的情緒流露，但由於身份地位的不同，決定了他們所敘寫的更多傾向於對生存的艱難，與對不同文化、不同價值觀念衝擊碰撞所產生的震撼。基於這樣的認識，尤其是從涵蓋面的寬泛度著眼，八〇年代之後的臺灣旅美作家小說的內涵，無疑以「移民小說」更為貼切合理。以下是八〇年代臺灣「移民小說」的定義：

> 特指自二十世紀七〇年代末八〇年代初以來，因為各種不同的理由或目的，如婚姻、留學、經商、投資、依親、轉變教育環境等訴求而移居美國的臺灣人士，以華文作為表達工具而創作的小說，反映移居美國期間的生活境遇、心態等諸方面狀況的小說創作等稱之。

第三節　目前研究概況

目前有關臺灣旅美作家小說的研究，其論文大多收納於海外華文文學的研究專輯之中，至於針對六〇年代之後的旅美「留學生小說」或「移民小說」者，為數並不多，以下分臺灣、大陸等兩個區域的研究概況來說明：

一、臺灣地區

臺灣地區針對六○年代以來的旅美作家小說，也就是「留學生小說」及「移民小說」等，單篇論述零星散見，但目前為止未見完整的系統研究。王德威先生最早提出「留學生小說」已自成一個文學史上的小傳統，是值得注意的奇兵[30]。〈賈寶玉也是留學生─晚清的留學生小說〉[31]一文勾勒晚清留學生小說的一個側面，也從其間看出現代國家意識滋生的端倪。這一國家意識在五四及三、四○年代的留學生小說中，有更為深切複雜的發展。〈出國・歸國・去國─五四與三、四○年代的留學生小說〉[32]接續他對晚清留學生小說的論述，以點將錄的方式，將各路留學生小說，稍作歸納。由「出」國到「去」國，那一代留洋知識份子的辛酸與感慨，盡繫於斯。齊邦媛教授〈留學「生」文學〉[33]最早有系統介紹六、七○年代的「留學生文學」，包括作家作品，文類也包含了小說散文及詩，雖不是嚴謹的學術論述，卻已勾勒出六、七○年代留學生文學的藍圖。劉秀美〈試論留外華人題材小說中之「悲情意識」〉[34]申論從晚清到六、七○年代的臺灣留學生小說的題材及主題意識。另外，筆者也發表數篇相關論文，如〈六、七○年代臺灣留學生小說述論〉[35]、〈七○年代臺灣留學生小說析論〉[36]、

---

[30] 參見王德威〈賈寶玉也是留學生－晚清的留學生小說〉，收錄於王德威《小說中國》，臺北：麥田出版社，1993。

[31] 見王德威《小說中國》，臺北：麥田出版社，1993，頁 229-236。

[32] 同前註，頁 237-247。

[33] 見齊邦媛《千年之淚》，臺北，爾雅出版社，1990，頁 149-177。

[34] 見《中國現代文學理論季刊》第 10 期，臺北，1998，6，頁 291-304。

[35] 收錄於陳義芝主編《臺灣現代小說史綜論》，臺北，聯經出版事業公司，

〈試析移民小說的幾個特質〉[37]、〈新移民的弦歌新唱〉[38]、〈臺灣留學生文學到移民文學的發展與近況〉[39]等，除了分論旅美作家於梨華、白先勇、張系國、叢甦、劉紹銘以及九〇年代新生代女作家如章緣、張讓、裴在美、嚴歌苓等人作品之外，更進一步釐析「留學生文學」與「移民文學」之定義、發展進程與文學史上之意義等觀念性的綜述。

在「文學史」書籍的研究部分，葉石濤先生《臺灣文學史綱》中第五章「六〇年代的臺灣文學」，以「無根與放逐」點出以白先勇為代表的來台第二代作家文學的基本精神，除了白先勇之外，另有張系國、歐陽子、於梨華等作家與作品的扼要介紹，但在六、七〇年代皆找不到「留學生文學」這個名詞，更無海外作家的相關評介；古繼堂先生《臺灣小說發展史》第六編第三、四、五、六章雖用相當的篇幅介紹了留學生作家與作品，如白先勇、陳若曦、歐陽子等，但並未整體提出或說明「留學生文學」在文學史上的意義，遑論系統性的研析。《文訊》雜誌在千禧年為「留學生文學」與「移民文學」作了專題，定名為「鄉愁的方位」，論述部分為留學生文學的發展蛻變重新作一番檢視與探究，另有十二位海外作家的海外創作經驗談，包括於梨華、趙淑俠、殷志鵬、東方白、陳若曦、叢甦、張系國、喻麗清、黃娟、蓬草、呂大明、張讓等作家的海外心語，其中旅美作家占了大部

1998，12，頁 248-272。

36 收錄於《中國文學與美學學術研討會論文集》，國立歷史博物館研究組編輯，臺北，2000,5,頁 71-82。

37 見《中國現代文學理論季刊》第 6 期，臺北，1997，6，頁 265-279。

38 發表於《文訊》雜誌主辦第四屆青年文學會議，2000，12，15。

39 見《文訊》雜誌第 172 期，臺北：2000，2，頁 31-34。

分[40]。《文訊》雜誌在同年八月號第 178 期又以「出走與回歸」為專題，由李奭學、柯翠芬、保真等十位作家，談流放經驗與歸鄉的心路歷程，及其對創作的諸多影響。

至於學位論文部分，朱芳玲《論六、七○年代臺灣留學生文學的原型》[41]是目前僅有以「留學生文學」為題的碩士論文，作者採用弗萊神話原型批評方法，找出六、七○年代留學生小說的共性與演變。作者在架構弗萊原型方法論花了將近二分之一的篇幅，在歸納留學生文學情節單元的用心頗深，但對於歸納出來的原型，如何回歸當時的時空座標，予以歷史的詮釋與文化上的解讀，尚有開拓性的空間；其次，作者選擇性地採用文本，未能全面觀照「留學生小說」的樣貌，缺乏對留學生小說與中國文學源流關係的探究及其歷史的嬗變，亦少對留學生小說作者及藝術內涵深入探求。許擇昌《從留學生到美籍華人—以二十世紀中葉臺灣留美學生為例》[42]是史研所的碩士論文，以史學研究的方法，深入剖析臺灣第一代留學生到「臺灣華裔美國人」在美國落地生根的經歷，從法律的規定，數據的顯示，以及問卷調查的結果分析，對於呈現臺灣留學風潮與移民現象，尤有助於詮釋留學生小說與移民小說的社會背景與文化情感。另外有幾部博碩士論文，針對旅美作家作品單獨論述，例如江寶釵《論《現代文學》女性小說家—從一個女性經驗的觀點出發》[43]，對旅美女作家於梨華、陳若曦、叢甦、歐陽子等作家，以女性主義切入分析旅美女作家的作品及其女

---

[40] 趙淑俠、呂大明、蓬草是旅居歐洲的海外作家；東方白居住在加拿大，其餘皆是旅美作家。

[41] 國立中正大學中研所碩士論文，1995,12。

[42] 國立暨南大學史研所碩士論文，1999,6。

[43] 國立臺灣師範大學國研所博士論文，1994。

性意識的發展；范怡舒《張系國小說研究》[44]與林燕珠《劉大任小說中的家族國族》[45]不約而同對七〇年代的旅美作家張系國與劉大任的小說精微闡述，同時對於七〇年代旅美作家的創作心境與保釣事件的歷史背景，點出重要的關鍵性。專書部分，行政院研考會編印之《人民外移現況及問題之探討》[46]偏重臺灣移民國外地區及人口的數字統計等。

此外，臺北世新大學於一九九九年十月六日成立「世界華文文學資料典藏中心」，為海內外第一所以世界華文文學為典藏的中心。除了「世界華文作家協會」所捐贈的華文作家資料及圖書作品外，亦不斷徵求其他華文文學組織之檔案資料及作家個人的文學作品，並籌設資料庫及專屬網站，成效斐然。臺北「文化總會」也有專屬之「世界華文作家協會」，由符兆祥先生主持，是目前臺灣對於海外華文的研究單位，其中有不少相關的「旅美作家」文學活動概況資料。

二、大陸及香港地區

關於臺灣旅美留學生小說與移民小說的研究，大陸地區顯然比臺灣熱絡，大部分是收錄於「海外華文文學」的範疇之下。陳賢茂主編的《海外華文文學史》[47]（1999）共四卷，第四卷第一、二、三章為

---

[44] 國立臺灣師範大學國研所碩士論文，1999,6。

[45] 國立中興大學中研所碩士論文，2000,8。

[46] 行政院研究發展考核委員會編《人民外移現況及問題之探討》，臺北：行政院研考會，1989,7。

[47] 陳賢茂主編《海外華文文學史》（共四卷），福建：鷺江出版社，1999,8。

「美國華文文學」（上、中、下），內容兼提大陸與臺灣旅美之小說、散文、現代詩等代表作家及其作品，同時提論臺灣旅美學人的研究成果，深具宏觀視野。另外，屬於「海外華文文學」的相關著作，重要的尚有趙遐秋、馬相武主編《海外華文文學綜論》[48]、公仲主編《世界華文文學概要》[49]、潘亞暾《海外華文文學研究現狀》[50]、黃萬華《文化轉換中的世界華文文學》[51]、中國社會科學院文學研究所編《走向 21 世紀的世界華文文學》[52]、潘亞暾等著《海外奇葩—海外華文文學論文集》[53]等，這些著作同時是對亞洲華文，如香港、澳門、新加坡、菲律賓、馬來西亞、泰國、印尼、印度等地的華文文學深入淺出的介紹，同時論及歐洲、美洲、澳洲等地的華文文學發展概況。在美國華文文學的部分，這些研究成果雖然都觸及六、七〇年代臺灣留學生文學的探討，但是共同的現象是少見對於八、九〇年代臺灣移民文學逐步取代留學生文學的現況的說明，也未見對臺灣八、九〇年代的旅美代表作家及其作品的申述。

除了海外華文文學史及概論綜述等書籍，大陸地區在「臺灣文學史」研究中，也曾提到臺灣的留學生文學現象，例如劉登翰等《臺灣

---

[48] 趙遐秋、馬相武《海外華文文學綜論》，山西：山西教育出版社，1995,9。
[49] 公仲主編《世界華文文學概要》，北京：人民文學出版社，2000,6。
[50] 潘亞暾《海外華文文學研究現狀》，北京：人民文學出版社，1996,8。
[51] 黃萬華《文化轉換中的世界華文文學》，北京：中國社會科學出版社，1999,10。
[52] 中國社會科學院文學研究所編《走向二十一世紀的世界華文文學》，北京：中國社會出版社 1999,10。
[53] 潘亞暾《海外奇葩—海外華文文學論文集》，廣州：暨南大學出版社，1994,11。

文學史》[54]下卷第四編第七章「『留學生文學』與臺灣旅外作家」及第二十四章「八〇年代臺灣旅外作家的創作」等。另外有關美國華人社會文化學的相關著作，例如麥禮謙《從華僑到華人—二十世紀美國華人社會發展史》[55]、吳前進《美國華僑華人文化變遷論》[56]等是。而潘亞暾、汪義生著《海外華文文學名家》[57]及彥火著《海外華人作家掠影》[58] 是海外作家身影與訪談，書中都談到若干臺灣旅美作家的近況與創作觀。

在研討會部分，大陸地區，由於八〇年代以來的留學生文學熱潮，有「留學生及域外題材創作研討會」[59]的召開，探討兩岸的留學生文學，並比較其面對異文化衝擊感觸的相似性與相異性，但是評論者往往因為意識型態的過於化約，欠缺對於臺灣當時特殊而複雜的社會背景與文化情境的諸多考量，無法真確地申述臺灣留學生文學在「鄉愁」名下的複雜情結，於是將臺灣留學生文學片面地導向於喪失中國文化母體帶來的無根感受，宣稱「六〇年代的臺灣留學生文學是祖國分裂後失落海外的魂魄」[60]，有深入之處，也有見樹而不見林的

---

[54] 劉登翰、黃重添等主編《臺灣文學史》(上、下卷)，福建 1993,1。

[55] 麥禮謙《從華僑到華人—二十世紀美國華人社會發展史》，香港：三聯書店有限公司，1992,1。

[56] 吳前進《美國華僑華人文化變遷論》，上海：上海社會科學院出版社，1998,10。

[57] 潘亞暾、汪義生著《海外華人文學名家》，廣州，暨南大學出版社，1994,9。

[58] 彥火著《海外華人作家掠影》，香港：三聯書局，1984，2。

[59] 例如由中國作家協會與中國社會科學院文學所合辦之「留學生及域外題材創作研討會」，1992 年在北京舉行。

[60] 方道文〈從「無根一代」的煩惱，到「大陸學子」的抗爭——海峽兩岸的留學生文學〉，收錄於《河北師範大學學報》，1995,4。

欠缺。

三、美國地區

美國地區有關旅美作家的相關研究活動，尚處冰河雪凍之中。只有一些文藝相關性質的活動帶引華文創作的風氣，較少學術嚴謹的氣息。定期舉辦的活動如在舊金山灣區的「海華文藝季」。八〇年代以來，文學座談與講座活動較為活躍。例如一九八五年十一月十六日，在紐約市立大學亞洲學系與中報聯合座談會，議題為「海外作家的本土化性」，聘請陳若曦、張錯、楊牧、張系國、洪銘水、叢甦、李渝、唐德剛擔任主講。多數與會者都以為「羈鳥戀舊林，池魚思故淵」。作家應保持文學的本土性，以保持作家創作泉源及強烈的生命力。此外，像加州柏克萊大學和史丹福大學等學術機構，近來也經常邀請兩岸作家專題演講，但未必是旅美作家研究之相關議題。比較重要的，如一九八七年紐約美洲僑報曾為推動美華文學創作，舉辦過一次「留學生文學座談會」，但是是針對八〇年代新湧現的大陸留學生文學進行廣泛的討論。一九八九年二月二十四日在哥倫比亞大學曾舉行一場「留學生文學研討會」，以二十世紀中華史學會的名義，聯合哥倫比亞大學東亞所與紐約晨邊社團，在哥大國際關係大樓一個演講堂舉行。該研討會的意義是：第一次把近代中國的留學生文學從五四時代談到八〇年代，與會主講人如方仁念、唐翼明、唐德剛、於梨華、琦君、龐濟民、于仁秋等，或為精通文學史的學者，或為著名的旅美作家，他們大多曾是留學生，對留學生文學現身說法，尤其深具意義。

第四節　臺灣旅美作家在美國的活動狀況及相關文學團體

八〇年代後期，美華文學空前繁榮，其間眾多華人作家社團的湧現，確實起了推波助瀾的作用。美華社團及文學活動，總的來看，東部地區較西部地區活躍。「紐約文藝協會」是七〇年代出現的一個美華作家組織，稍後有以留學生作家為主的「晨邊社」。現將臺灣旅美作家在美國的活動狀況及相關文學團體介紹如下：

一、「晨邊社」（1987～）

「晨邊社」是一群在紐約的大陸留美學者和作家們組成的一個研究「留學生文學」的團體。在一九八七年成立，發起人為唐翼明、王渝、于仁秋、查建英、吳千之、譚加東、江宇應等人。晨邊社的宗旨是結合一批志同道合、興趣相近的學友，作經常性的接觸，互相切磋鼓勵，集合眾人的智慧和力量，專研於文學創作、研究，並譯介當代的中國文學，尤其是對留學生文學方面的關注與推動，並在大陸、臺灣、香港以及海外各地，有關留學生文學領域內的聯繫和交流，同時在海外努力推動一個有生氣的文學潮流。

晨邊社成立之後舉辦過各種活動，其中包括定期的專題性討論，例如「留學生文學」座談，也曾邀請國內外著名作家演講或與作家座談討論，如劉賓雁、高曉聲、戴厚英、阿城、北島、於梨華、李黎等作家。晨邊社的成員，一部分從事創作，一部分專事評論，在第一年內共發表各類作品三十多篇，分別刊在美國《華僑日報》海洋副刊以及大陸《人民文學》、《小說界》、《文匯月刊》、《十月》、《收穫》等文學雜誌上。其中成員查建英及黃旦璇的作品先後在大陸與臺灣得過獎項。晨邊社成立一周年時，社員曾經自編一本《晨邊社資料匯編》及《晨邊社成員作品選》，因為資料不足，並未大量印行出版。未來展望是期待有更多的留學生文學團體的出現，有更多人參與留學生文學的創作，並在將來籌備發行一份以留學生文化生活為主要內容的雜誌。[61]該社在美洲華僑日報「海洋副刊」上亦開闢專欄，作為社員發表作品的園地。[62]

二、「海外華文女作家協會」（1987～）

「海外華文女作家協會」創立於一九八七年九月，一批居住在美國的華文女作家有鑑於海外華文女作家人數眾多，於是發起一個以聯絡感情、交換寫作經驗，促進文學交流與發展為宗旨的非謀利、非政治性的組織。會員包括居住在中國大陸、臺灣以及香港以外地區，以華文寫作的女作家。創會時的名稱為「海外華文女作家聯誼會」，在一九九三年六月改名為「海外華文女作家協會」。

開會與活動狀況如下：首屆會議在一九八九年七月一日、二日於美國柏克萊召開，於梨華為副會長，並議決每兩年召開一次會員大會。第二屆會議於一九九一年十月十一日至十三日於美國洛杉磯召

[61] 以上參見唐翼明〈一個“留學生文學”熱正在興起〉，發表在 1989,2,24 在哥倫比亞大學國際關係大樓的「留學生文學研討會」。

[62] 有關「晨邊社」的介紹，可參見潘亞暾《海外華文文學現況》第六章〈美國華文文學〉，頁 299-304。

開，按照組織章程副會長自動升任為會長，戴小華被選為副會長。會中議決增設一個五人審核委員會，認可會員入會資格。第三屆會議於一九九三年十一月十二日至十五日，一連四天在馬來西亞吉隆坡召開。會議召開前，已完成會員名冊及會員自選集。目前會員散居美洲、歐洲、澳洲、東南亞等地區。此協會會員作品選集已出版者包括《三相逢—海外華文女作家小說選集》（臺北：爾雅出版社，1993,9）、《海外華文女作家散文集》（臺北：圓神出版社）、《海外華文女作家詩、散文自選集》（中國婦女出版社）等，對於海外華文文學的創作與比較研究都有有相助益。[63]

三、「臺灣文學研究會」（1982～1993）

北美「臺灣文學研究會」在一九八二年創立，參加會員大都是來自臺灣的旅美學人。當時成立的時代背景是因為「臺灣文學」在八〇年代的臺灣本土，依舊是個政治禁忌。於是旅居美國的作家和學者們，便利用客居他地自由的研究環境，盡力想把這個缺憾彌補過來。文研會章程裡開宗明義指出：「臺灣文學研究會是一個純粹的學術團體，不分黨派與籍貫。」但文研會對於「臺灣文學」也有兩種不同見解：一是主張獨立的臺灣文學，一是主張「臺灣文學是中國文學的一

---

[63] 對於該協會的狀況，可參見戴小華在琦君、於梨華、陳若曦等著的《三相逢》一書的前言部分。臺北：爾雅出版社，1993,9，頁 1-3。另外戴小華〈海外華文文學女作家協會在世界華文發展中的角色〉是有關該協會之專篇論文，參考價值亦高，該文收錄於潘亞暾等著《海外奇葩—海外華文論文集》，頁 110-114。

支」，因此該會雖是以「發揚臺灣文學傳統」為職志，但因為對臺灣文學見解上的歧異，使得文研會的會員因為理念不同，退會離去者不少，重要會員在一九八六年相繼退出，後期的文研會幾乎是臺灣籍，少有外省籍的會員[64]。該會的活動狀況是每年召開定期年會，發表研究論文，可以說是旅美作家、學者共同從事臺灣文學研究的第一個海外社團，同時海外開了研究「臺灣文學」的先聲，在多次的年會中，以一九八九年在日本東京筑波大學舉行的「臺灣文學國際文學會議」最為盛大，論文成果豐碩，宣讀的論文，也為解嚴後的島內臺灣文學研究，提供了研究的先鋒模式。文研會第一任會長是許達然先生，後有張富美、黃娟接手，謝里法是最後一任會長，年會論文已出版的有《先人之血，土地之花》（1988），作家黃娟亦將她在文研會十年來發表的論文整理成書，訂名為《文學與政治之間》[65]。文學研究會於一九九三年七月二十四日在歐洲維也納召開最後一次年會之後，宣佈解散。

四、「北美華文作家協會」（1991～）

「北美華文作家協會」於一九九一年五四文藝節成立，總部設在紐約，現有紐約、新英格蘭、華府、休士頓、北卡、洛杉磯、北加州、

[64] 文研會的會員因為不同的理由離去，如杜國清、陳若曦、洪素麗、許達然等，詳細情形可參見黃娟〈臺灣文學研究會與我〉一文，收錄在黃娟《心懷故鄉》，臺北：前衛出版社，1994,5，頁 163-190。另外文研會的成會經過，也可參考謝里法〈十年臺灣文學研究會回顧〉，《公論報》，1993,8 月 14、18、21 日。

[65] 黃娟《文學與政治之間》，臺北：前衛出版社。

南加州、芝加哥、達拉斯等十個分會，可謂是目前在美國規模最大的華文社團。

「北美華文作協會」是在聯繫及結合成名作家的基礎上，同時也吸收對於在海外有興趣於華文寫作的人士入會。其成立的宗旨除了鼓勵海外藝文活動的各種創作，對於宣導北美僑區年輕一代學習華文寫作，提高對華文閱讀與寫作興趣，從深處紮根，對於在海外傳播中華文化的艱辛工作，頗有佳績。

五、「臺灣查某」(Taiwan Women)(1995～)

「臺灣查某」（Taiwan Women）是九〇年代在美國第一個臺灣女留學生組織，由洪儷倩、范雲等人籌辦發起。她是以北美洲的女留學生為主的跨校社團，成立於一九九五年。其緣起是一群臺灣女生有感於異國留學生活裡的許多遭遇，都和她們「身為女人、來自臺灣」的身分有關，遂決定成立一個共同組織，透過這樣一個社團，交換在異國浮沉於生活、學習、愛慾、認同裡，掙扎與成長的生命歷程。此外，「性別議題」是她們的核心關懷，相信女性主義是她們的實用生活哲學。年度並舉辦「臺灣查某營」（Taiwan Women Camp），並已出版《臺灣女生留學手記》[66]一書，雖非以海外文學創作或研究為成立宗旨，卻有不少臺灣女留學生在異國書寫的各類文章發表，同時有專屬網站聯繫徵稿，其網站為：http://www.tw-women.formosa，是值得持續觀察的海外新社團。

---

[66] 臺灣查某編著《臺灣女生留學手記》，臺北：玉山社，2000,7。

六、其他

除了上述協會社團之外，尚有「北美中華新文藝學會」，由老作家謝兆瑩、紀弦擔任該會的榮譽理事與顧問，而後也接受來自大陸的作家。另外值得一提的是愛荷華大學的「國際作家寫作室」。一九六五年，由作家聶華苓向愛荷華大學校方建議成立「國際寫作計畫」，擬以每年九月到十二月把世界各國作家請到美國愛荷華，為他們提供一個安靜的寫作環境，以便進行寫作、討論、旅行和文化交流。一九六七年終於在愛荷華大學資助之下，「國際作家寫作室」宣告成立。一九七〇年以後，該寫作室又得到美國國務院的經費支持，成為國際文化交流，特別是中美文化交流在文學方面的橋樑。臺灣有不少作家參加該寫作室，例如陳映真、七等生、王文興、吳錦發等人。

第二章　晚清到五〇年代之中國旅外小說及其寫作背景

文學與文化的研究，一方面應有橫面的廣度，另一方面應有縱線的深度。換言之，歷史的「橫切面」並不能完整的提供我們全觀式的去「接近」歷史，縱線的研究，尤其是探討文學中所謂的「時代精神」應更有其必要性。就留學生文學與歷史，大可上推至唐代，留學之風，在唐代極盛一時，玄奘[1]、鑒真[2]等，均可視之為留學的先驅，他們在中外文學和文化的交流史上，作出了巨大的貢獻。明代的朱舜水亦可如是視之。中國留學生史、留學生文學史，不僅可作為歷史的一章，也是文學上一個等待開拓的新領域。

移民文學亦然。中國東南沿海省份很早就有許多人民往外移民，確實的年代今天或已無法考察，但南洋各地的華僑情況，在唐代已見諸典籍。中國移民足跡所至，遠及加拿大、美國、南美、澳洲、非洲、

---

[1] 玄奘（602-664），唐代高僧，河南偃師人。曾於貞觀三年（629）西行，孤身涉險，歷經艱難，經秦涼高昌等地，抵天竺北境，越過今新疆北路，經土耳其斯坦、阿富汗而進入印度境內。

[2] 鑒真（687-763），唐代高僧，江蘇江都人。早年出家，曾於天寶元年（742）東渡日本弘傳律法，但五次東渡不順，或因國人不捨高僧東渡，或東渡遭受海賊、暴風等而未能成行，其間顛沛長達十一年之久，後雖雙目失明，卻不稍減其赴日決心。天寶十二年，日本遣唐使藤原清河等人復請東渡，是為鑒真第六次啟航日本，終於成行，時年六十六。

日本、東南亞各地。到晚清年間，幾乎所有的白人殖民地都訂定對華人的各種苛刻限制。晚清華工小說，主要便在描述華工移民在異地他鄉飽受摧殘之苦悶心聲，也可謂是中國移民小說之先聲。

第一節　晚清華工移民小說及其背景

反映人生、反映時代同是小說的使命，而時代的形成，有文化、政治、社會以及經濟的因素等。移民小說所以有其獨特性，實與作品的時代背景有密不分的關係。因為「移民」的產生不論是出於被迫或自願，必定是時代的洪流已對他們的命運產生巨大的衝擊，使人們必需作出出走的抉擇。小說家正是歷史的蠶證者，把命運苦難，收於筆端；將社會不平，訴諸筆墨，表現對人生的悲憫與時代的抨擊。早在晚清，便有不少海外華工小說，背景大多是發生在十九世紀美國西海岸的華工移狀況，這些近一百五十年前的華工移民史，簡言之是一部移民小說血淚史[3]。晚清的海外小說，已有「移民小說」與「留學生小說」兩條清晰的脈絡。當時的「移民小說」的作者或筆下的移民，並不同於八〇年代初期的臺灣移民挾帶著優越的經濟勢力與相當的知識水平，相反地正是為了金錢，改善家鄉貧窮窘況而前往異鄉淘金的華工移民。若欲了解早期華工移民小說的內涵，必須先對華工移民的特殊背景有所認識。

---

[3] 有關美西的中國華工移民史的史實紀錄，可參考以下專書：一、張錯《黃金淚》，臺北：時報文化出版，1985,6。二、Ruthanne Lum Mccunn 著，金恆煒、張文翊譯《悲涼之旅》，臺北：時報文化出版社，1980,5。

一、晚清華工小說產生之背景

十九世紀中葉，因為加州發現金礦，早期因為開發需要，勞工極度缺乏，因此吸引了大批移民。中國人也在這批大移民潮中迅速地進入美國加州和西部其他各地。一八四八年全美國只有五十四名華人，兩年後驟增至四千多人。十年後復增至四萬多人[4]。中國華工刻苦耐勞，安靜無爭，又忠誠可靠，很受顧主歡迎，甚至在一八五二年的加州州議會中，被加州州長稱許為「最近加入美國移民群中最值得稱許的一群」[5]。但中美勞工與雇主的蜜月期約二十年左右，排華運動與排華法案緊接而來。中國人立刻成為眾矢之的，其遭到歧視與排斥的主要原因有二，一為經濟利益的衝突，一為種族偏見與文化差異。所謂經濟利益衝突，主要緣起於一八四九年，加利福尼亞的薩克拉曼多（Sacramento Valley）發現金砂。一年後來淘金礦的人有八萬人[6]。其後由於北美淘金熱潮，吸引了中國大量的農民，這批出賣勞動力者，原為中國農村無土地的勞動者及城鎮貧民。這批華工遠赴重洋的目的，幾乎是為了賺取金錢，以改善家鄉的經濟窘困現象。而配合著該一時期的工業化起步，如著名的北美洲的鐵路建築，勞工的需索與經濟的誘惑造成戲劇性的中國勞工移民高潮。然而勞工所以只能在某一短暫時期受到歡迎，卻不能長期為當地居民所接納，就在於華工在異國為了存活，特能吃苦耐勞，不求薪酬，不計工時，混亂了原來白種居民工作的常規與常態分配，引起白人潛藏在內心爭奪工作的恐

[4] 吳劍雄《海外移民與華人社會》，臺北：允晨文化出版，1993,10,頁 114。

[5] 同前註，頁 114，轉引自 R.D.Mckenzie,Oriental Exclusion,Chicago,the University of Chicago Press,1928,P.26.

[6] 見臺北美國新聞處印行《美國歷史大綱》，頁 127。

慌，他們的不安自然增長了對華人的反感。一八七七年（清光緒三年），美國加州的經濟不景氣，貿易不振，股票跌落，工事頓乏，進入經濟恐慌時代，因此引發反華工運動，制定「華工禁約」。吳劍雄先生說：「白種工人的確認為中國移民威脅到他們的利益，他們指責中國人過於溫順、服從，並且接受較低的工資，和白人作不公平的競爭，搶去了他們的工作機會。」[7]一八七九年，美國加州州議會首先訂立苛待華工的法律，要點有四：

(一)各工廠公司不許僱用中國人，即使在此之前與中國人訂合同的，也視為廢紙。

(二)中國人不許有選舉權，不許受僱於公家職業。

(三)議院須定條例處罰招僱華工的公司。

(四)中國人在美國，須設例規加以限制，如有不遵例者，立刻給予驅逐出境。[8]

在法律與民情的相互作用之下，因而排華情緒高漲。一九八二年美國國會又通過「限制華工法案」（The Chinese Restriction Act），是真正結束華工自由移美的法律。華工因為語言不通，加上過度隱忍的民族性情，白種工人也在不解的情況下，產生畏懼、妒火、憎惡等複雜情緒，無由宣洩，此亦直接導致雙方的緊張關係，使得衝突一觸及發，排華聲浪提高，華工受害事件迭起。

此外，造成排華運動與排華法案的另一原因，乃是因為種族偏見

---

[7] 吳劍雄《海外移民與華人社會》，臺北：允晨文化出版，1993,10,頁 115。

[8] 參見張存武《光緒三十一年中美工約風潮》。此外，可參考賴芳伶〈論晚清的華工小說〉一文，針對美國當時的具體排華行動與相關法案亦有所整理論述。該文收錄於林明德編《晚清小說研究》，臺北：聯經出版事業公司，1988,3 頁 155-184。

與文化隔閡。所謂「大熔爐」的觀念只適合於高加索民族，而不適用於東方民族。文化的迴異，同樣使得白人難以理解，於是中國人的溫柔敦厚、沉默寡言與忠誠可靠的性格，全都變成白人攻擊的對象[9]。最後，華工受排斥的理由，或也由於本身素質良莠不齊。有些素行不良的華人開煙館、設賭場，巧立堂號私收規費，大白天裡鬥狠嗜殺，往往攻擊同種華人偷漏入境、報官、作線，惹事生非。至於一些無業遊民的華人雜居在一起，更是污穢狼藉，惡劣不堪[10]。這種種情景在美國人眼裏，日漸加深惡感，終於導致幾乎全美上下一致的大規模排華運動。

二、晚清之華工小說

晚清的華工移民小說的內容，都是反映華工禁約運動前後的旅美華工生活感思，敘述旅美不平受虐之事。當時之作雖然文學性弱，但真實性極強，重要作品如梁啟超所著《新大陸遊記》[11]、署名「支那自憤子」所作的《同胞受虐記》[12]、民任社出版的《抵制禁約記》[13]、無著者姓名的《苦社會》[14]、中國涼血人所著的《拒約奇談》[15]、碧

---

9 吳劍雄《海外移民與華人社會》，臺北：允晨文化出版，1993,10,頁 115-116。

10 參見賴芳伶<論晚清的華工小說>，林明德編《晚清小說研究》，臺北：聯經出版事業公司，1988,3 頁 156。

11 梁啟超於一九〇三年遊美，作《新大陸遊記》，該書並見於《飲冰室叢著》，又有光緒三十年廣智書局單行本，題名《美國華工禁約記》。

12 該書於一九〇五年上海發行，為印贈本之小冊子。

13 一九〇五年民任社出版，內容對華工禁約一事本末敘述詳盡。

14 《苦社會》共四十八回，一九〇五年上海圖書集成局刊印，共六萬餘言，

荷館主人所著的《黃金世界》[16]、《劫餘灰》[17]、《人鏡學社鬼哭傳》[18]等是。次要作品尚有《苦學生》、《僑民淚》、《豬仔還國記》等[19]，其正確刊行時地不詳，大約亦此期間的作品。阿英《晚清小說史》說：

> 《同胞受虐記》所記載，以在美華人所受種種虐待事實的敘述為主。《抵制禁約記》則詳於華工反對禁約的情形，並輯載關於這一運動的論著文電等。這些大部分都被寫入華工禁約運動小說中，有很多真實性材料。大概梁啟超書以敘述約例之沿革為詳盡，《同胞受虐記》和《抵制禁約記》則側重事實的演述，三書相合，可得反華工禁約運動的全面史實。至於運動的經過，則具體的見於當時反映這一運動的小說。這一類小說內容，也可以說全是『豬仔生活』的敘述。[20]

這些書或敘述華工最初出航所受不人道的待遇，及到美國因種種糾紛所受種種虐待及被囚禁的事實，是真實的華工血淚生活的記錄，文學成就雖然不高，但卻有史實記錄的保存價值，對於研究美西移民小說中的早期華工生活背景與真相，具有相當的參考價值。晚清華工小說

亦見《中國近代小說全集》第一輯《晚清小說全集・苦社會》第 19 冊，臺北：遠博出版有限公司，1984,3。

15 一九〇六年啟智書社出版，內容分八章，文言之作，亦收錄於同前註。

16 共二十回，分上下卷，一九〇七年小說林刊印。

17 一九一〇年群學社刊，分十六回，載於《月月小說》第一卷第十期到第二卷末止。

18 《月月小說》十號，一九〇七年刊行。

19 皆可見於收錄在《中國近代小說全集》第一輯《晚清小說全集》第 19 冊，臺北：遠博出版有限公司，1984,3。

20 阿英《晚清小說史》，臺北：天宇出版社，1988,9，頁 54-55。

主要意義如下：

（一）華工受虐的紀實寫真

《苦社會》是晚清華工小說中最重要的作品，小說中暴露華工在海外悲慘的非人遭遇。書中是以三個人物為小說貫穿的線索，忽分忽合地寫盡華工受虐、血淚斑斑的孤魂生活。小說書前有署名漱石生的序言，說明該書的血淚生活的紀實性：

> 是書作於旅美華工。以旅美之人，述旅美之事，固宜情真語切，紙上躍然，非憑空結撰者比。故書都四十八回，而自二十回以後，幾於有字皆淚，有淚皆血，令人不忍卒讀，而又不可不讀。良以稍有血氣，皆愛同胞。今同胞為貧所累，謀食重洋，即使賓至如歸，已有家室仳離之慨。況復慘苦萬狀，禁虐百端？思歸則遊子無從，欲留則楚囚飲泣。此中進退維谷，在作者當有無量難言之隱……[21]

小說中書寫華工自上船開始到死亡為止的種種辛酸，尤其是二十回之後，寫華工慘遭比奴隸更不如的非人遭遇，數千人被鎖於船艙之中，而門戶未開；成堆腐屍在船上發出惡臭，只得用鐵鏟鏟除，棄置竹簍，拋入海中，紀實得令讀者不忍卒讀。此外，華商在海外生活亦無自由與保障，華工禁約逼得華商被迫放棄十年經營的產業，匆促逃命，也將彼時唐人街風聲鶴唳的情景，歷歷呈現，將在美華工華商海外孤魂般的悲慘哀絕，顯現無疑。

（二）陰沉苦悶的文學基調

晚清華工小說多重現實景況的披露，如《僑民淚》中描述華工被關進木屋後待審受辱的不人道遭遇；《苦社會》第三十五、三十六回

---

[21] 見《苦社會》序，上海圖書集成局刊。

華商搭船到舊金山時，甫一上船，只有華人需要解衣種痘，不論先前是否已經完成種痘與否，對於排華情緒，種族歧視，都有細微真實的披露；《黃金世界》對於身處異域的華人礦工在礦中生活的寫實描述，或由鐵鍊拴鎖，或被拳打腳踢，傷痕累累，尤其華工在「木屋」中受虐被殺害的驚懼苦痛，其詳盡不下於《苦社會》。小說著眼於現實的描述，幾乎無暇於藝術的精工，然而小說結構雖有紊亂之嫌，但形銷骨毀的悲情意識，已確立晚清華工小說的創作基調：陰沉剛烈，相伴相生；杜鵑泣血，鬱悶苦澀。除了對於現實的披露，反映某一層面的時代問題，傳述中國人在患難中的生命哲學，面對生死的去留抉擇，那種苦悶氛圍的心境傳達，也成了晚清華工小說的文學特色之一。

（三）新移民小說的歷史源頭

華人僑居海外的歷史雖然漫長，然而移民小說的歷史卻顯片段短暫，晚清華工小說可謂是當代移民小說的前驅，也是清晰可見的歷史源頭。七〇年代末到八〇年代初以來，不論從大陸或臺灣先後走出國門去尋找另一種生活方式的人數驟然激增，新移民小說作者用不同的語調，不同的敘述模式書寫尋夢的生存故事，移民小說中的詠嘆調或鍍金夢，像是浪漫與寫實上下擺盪不止的天平，現今讀者或許熟悉當代移民小說面對「愛情、家庭、事業」等海外生活的好奇視野，然而晚清華工小說或者更能彰顯移民小說源於中國海外華文傳統「血緣、文化、政治」三位一體的嚴肅思考，它不僅是一種新舊文體遞嬗間的橋樑，也是日後興起的白話文學發展的重要源頭之一，更重要的是，對於海外華文發展的歷史淵源，對於現今的「新移民文學」的歷史承接與溯源部分，晚清華工小說反映相當程度的華工現實問題之外，同時連帶宣揚民族自覺、尊重女性、廣興教育等進步的思潮，它的歷史源頭意義與價值是值得肯定的。除了展現晚清時代華工華商移民特有的歷史性意義，對於日後五四時期與三、四〇年代的中國留學生小說的發展，也有著內外呼應、承先啟後的開啟貢獻。

第二節　晚清留學生小說及其背景

「晚清」大約是指一八四〇年到一九一一年這七十二年之間，而「晚清小說」的蓬勃發展，卻在一九〇二到一九一一這十年之間。晚清小說在中國小說史上可謂為繁榮的時代，在中國文學史上，特別是處於舊、新交替的階段，尤其顯現其重要意義。基本上晚清小說是前五四的本土文學運動的一環，但是自從五四以來，一直成為文學斷層部份。追溯臺灣留學生小說的源頭，最早可追溯晚清的留學生小說，不僅因為相關作品陸續在該時出現，當然與晚清的留學制度有一定相倚相生的互動因素。我國的留學制度誕生於清末洋務運動，走過挫折、恢復發展與日漸完備的艱辛歷程，終於得以延續至今。留學運動對清代後期、社會、政治、經濟、文化、軍事等各方面皆有不可忽視之影響，晚清留學生小說的背景形成，也應從清末留學生制度說起。

一、清末起伏之留學制度

余光中在於梨華小說《會場現形記》一書序文中說：「我國最早的留學生文學，恐怕是《西遊記》了吧！」語出推臆之詞，但可見留學生文學起源甚早。自從梁啟超先生撰寫〈千五百年前之中國留學生〉

一文[22]，人們常將古時中國到西域和天竺求法的僧人視為「留學生」。事實上他們在域外生活與遭遇跟現今的留學生確有相似之處。根據目前所見的研究，第一位西行求法的中國沙門是「朱士行」，已為學界所公認，也有研究認為是「法顯大師」[23]，但從生卒年及留學事蹟來看，朱士行前往于闐確實較法顯大師前往印度之行早，朱士行之說較為可信[24]。若摒除古代沙門離開國界，西行求法，中國真正的第一位留學生應該是晚清的容閎，他於一八四七年一月四日自願隨美國教師留學，也是第一位畢業於耶魯大學的中國學生[25]。當時留學風氣未開，列強環伺，虎視眈眈，容閎以第一位接受西式教育的學者，並倡議派遣留學生，然而出洋留學建議，仍未落實。一八七一年，兩江總督曾國藩及直隸總督李鴻章會奏了「選派聰穎子弟赴美習藝並酌議章程十二條」，經總理衙門議覆之後，又會奏「選派幼童出洋應辦章程六條」，終於在一八七二年初，奉旨依議，根據章程規定，一百二十名年齡在十二到十六歲之間的幼童，分四批留學美國[26]，可謂是晚清

---

[22] 該文收在《佛學研究十八篇》，臺北：商務印書館，1956。

[23] 例如式謙居士撰寫的〈中國第一位留學生—法顯大師〉，見《覺世旬刊》第966期，高雄：1984，頁2。

[24] 根據曹仕邦〈釋法顯抑朱士行—誰是中國第一位留學生？〉指出數點證據，朱士行之說應較可信。見《大陸雜誌》，第70卷，第5期，頁195-197。

[25] 容閎，一八二八年誕生於廣東澳門西南彼多羅島南屏鎮，家中排行第三。七歲，入英傳教士瑪麗遜所設之洋學校攻西文，一八四六年，主持瑪麗遜學校達七年之久的美籍教師勃朗將返國，行前宣佈願攜帶三五舊生，同赴新大陸。一八四七年，容閎與另外兩名學童黃寬、黃勝，自黃埔起航前往紐約，是我國第一批留學生。

[26] 參見楊學萍〈試論清末留學制度〉，《遼寧大學學報》第128期，1994第4期，頁63-66。

留學制度的初步建立。

自洋務運動時期，中國留學生剛走向世界的第一步，然而留學制度的訂立與執行前後，仍遇到許多的強大阻力。一八八一年六月，清政府做出了留美學生全部撤回的決定，另有留英、法學生也在派出三屆以後斷線。中日甲午一戰，李鴻章精心培育的北洋海軍全軍覆沒，洋務運動的精華成果頓為幻影。康有為、梁啟超等人掀起變法運動，英國傳教士李提摩太向光緒帝呈遞「新政策」一折，其一建議便是派赴學生留學。此外日本人對於留學一事鼓動最力[27]，不論提議目的為何，留學提議確是應合了清政府當時的需要。一八九八年，總理衙門制定了具體的留日規章，一八九九年，留日的清朝學生有一百十餘人。從第一次由政府明定規章派出留學生的清朝洋務運動時期，而後時起時伏的留學浪潮，可知清政府在改革的保守的態度與焦慮的傾向，對於留學生有寄予厚望的幻想，但也不乏排斥厭惡的兩種極端心理。這種中西土洋之爭的矛盾，也類此反映在晚清留學生小說之中，故有浪漫幻想與抨擊嘲弄一體兩面的表現，既有對留學生的描述過份抬舉，也有揭發黑幕的蓄意嘲弄。

二、清末留學生小說概述

晚清描寫留學及留學生的小說不少，可分以下幾種類型：

（一）寫實之苦留學生涯

[27] 例如日本參謀本部的宇野宮太郎曾與張之洞晤談建議張派學生留日；福島安飛在南京見劉坤一，也提出同樣建議；日本使臣矢野文雄寫信並親自到總理衙門，向清政府發出正式留學申請等。

主要在暴露出國讀書的艱苦以及留學生社會的黑幕。阿英在（錢杏村）《晚清小說史》中所列的包括履冰《東京夢》（一九〇九）、叔夏《女學生》（一九〇八）、老林《學堂現形記》（一九〇九）、遯廬《學生現形記》、（一九〇六）等、等，皆屬此一範疇。而杞憂子《苦學生》、《文明小史》也紀錄了海外留學生的種種活動。《苦學生》寫留學生黃孫在海外的艱苦遭遇，包括遭受移民官員的虐待，飽受中國領事之刁難，以及求學歷程中歷經美籍師生的排擠，幸獲華僑前輩資助，苦學而成，是諸作中最能表現清末留學生小說寫實一脈的精神者，足為許多未來留學生小說之藍本。

（二）譴責留學生不學無術之黑幕

晚清留學生小說的另一大宗，主要在揭發留學生以讀書為名，放蕩海外，留而不學的醜態；或反諷留學生歸國挾洋自重，招搖撞騙的醜態。例如南支那老驥士《新孽鏡》（一九〇六）中的青年學生沈偏滋，假日本留學之名，因辦理雜誌而在國內成為青年偶像，實際上虛有其表，狂嫖濫賭。小說中對主人公的描述雖是嘻笑怒罵，反諷揭露之意極為明顯。清末民初的短篇小說，尤其能夠及時反映當時社會的實況，其中更有不少揭發留學生醜態之作，例如卓呆的《溫泉浴》[28]，以第一人稱「余」（我）的敘述手法，「余」在日本箱根「旅館之夜」，聽到隔壁兩人對話，其中一個自稱「留學生」的發表了關於「嫖妓」的高論，而打聽嫖妓的竟是國內的「某改良會長」，既譏刺留學生，也諧貶國內官員之嘴臉。此外，呂大明《西裝客》[29]，尤其堪稱一絕，

---

[28] 參見于潤琦〈我國清末民初的短篇小說〉，收錄在于潤琦主編《清末民初小說書系・社會卷》上冊，北京：中國文聯出版公司，1997,7，頁 4-5。

[29] 呂大明〈西裝客〉，原見於《星期六》第 94 期，1916,3，亦收錄于潤琦主

一名留學生回國執教鞭於某中學，衣著西裝，是日所教為商務書館之英文新讀本，課文名稱是「The boy who would not tell a lie」，西裝客教師解釋課目為「乃述司馬光故事也，彼生於漢朝，終身不謊語，卒為大將軍。」學生笑而責問，教師進一步說明司馬光大將軍之事見於《史記》，學生皺眉說「不知史記中有司馬光也」。西裝客說：「司馬光之作史記無人不知，即世所謂太史公者非歟。」以漢朝大將軍霍光誤為司馬光，將司馬遷誤為司馬光，一則以同名，一則以同姓之謬，嘲弄留學生西裝客的金玉其外，敗絮其中。

（三）浪漫荒謬之留學狂想

署名南武野蠻《新石頭記》是《紅樓夢》的續貂之作，將才子佳人寶玉及黛玉送出國去，接受新學，鍍金救國，發憤用功，最後終於奉旨成婚。作者用熟悉的小說人物，利用留學模式造成時空內容的遞嬗，創造寶玉黛玉後續的留學神話，也算是另類詮釋了清末社會的怪現狀。這樣的留學狂想，事雖荒謬，所透露的時代訊息，可知留學實為晚清現代化運動的具體表徵之一。

（四）藉留學生小說商榷國計

筆名嶺南羽衣女士的羅普所寫的《東歐女豪傑》，創作動機固在開啟民智，其目的是為救國圖存。小說是藉一名到瑞士留學的中國女性，結識許多俄國虛無黨的女學生，小說中所謂的女豪傑，指的是當時極受矚目的俄國女革命家蘇非亞・波羅斯卡亞（Sophia Perovskaya），她鼓吹虛無主義，在小說中也牽引出這位女革命領袖

編《清末民初小說書系・警世卷》，北京：中國文聯出版公司，1997,7，頁 270-271。

的種種政治活動，是清末較早介紹虛無主義的小說[30]。小說中的主題思想，實與彼時時代氛圍羅織而成，在清末政經禮俗、傳統價值觀念、文化思潮將要解體而尚未解體之時，《東歐女豪傑》發表政見以商榷國計，以小說的普及性當作開民智、鼓民氣、新民德的傳播工具，可見救亡圖存深度用心。

三、清末留學生小說之意義

從杞憂子《苦學生》中，以寫實之筆，充分表現早期留學的悲苦淒涼，到《新孽鏡》、《西裝客》等嘲諷譏刺留學生的迂腐顢頇，清末留學生小說正一點一滴折射現實生活在小說於形式與內容的新舊雜陳上；從《新石頭記》將《紅樓夢》時空架接到國難當前，讓非凡寶黛移植到海外鍍金的浪漫狂想，到《東歐女豪傑》介紹新思潮以開拓時人閉塞之心，或有作者讀者喜愛玩世不恭的遊戲之作，也不乏反映清末大眾對於留學想像之極端期許。晚清留學生小說既有說書人的傳統，也有熟諳白話語彙的地方風情，結構雖顯粗糙，卻為五四以下及以後的相關作品，開下先河。王德威說：

> 有識之士渴望藉著先進國家的知識技術乃至政教模式，重為一己及家國找尋定位。而飄洋過海、行走異邦的經驗本身，也必曾引生浪漫、或艱險的異國情調。但另一方面，留學也

---

[30] 參見賴芳伶〈清末小說《東歐女豪傑》析論〉，《文史學報》第 23 期，第 64-65 頁，王德威也有類此觀點，以為該小說是「晚清留學生小說闡揚某一政治主張最力者。」，見王德威〈賈寶玉也是留學生〉，收錄在《小說中國》，麥田出版社，1993,6，頁 235。

> 可能成為知識份子逃避現實困境的方法，其或一條夤緣致仕的登龍捷徑。這些問題已可得見於《新石頭記》等晚清小說，而在未來的七、八十年中，不斷地為留學生文學演繹。[31]

因此，不論是在晚清留學生的眾生相，舊時期婦女留洋漸染的女權薰染，國內國外的留學百態的悲壯衝擊與醜態嘲諷，晚清留學生小說與日後留學生小說的主要特色，除卻同質一脈相傳，也自具其時代的憂患身影。

第三節　五四時期～四〇年代中國留學生小說

一、「留學生」與五四時期以來的現代文學發展

「留學」是二十世紀中國一個重要的教育、文化與政治現象，而留學生小說所述的形形色色正為這一現象提供豐富的見證。留學對當時新青年產生了相當的吸引與挑戰，即使面對不可知的未來世界，準留學生群不免心生憂懼，然為掙脫閉塞落後的社會羈絆，出國是自求解放的直接門徑。

綜觀五四時期以來的現代文學重要大家，如魯迅、周作人、郭沫若、徐志摩、聞一多、郁達夫、冰心、張愛玲、林語堂等人，他們所

[31] 見王德威〈賈寶玉也是留學生〉，收錄在《小說中國》，麥田出版社，1993,6，頁 230。王德威也有類此觀點，以為該小說是「晚清留學生小說闡揚某一政治主張最力者。」

以能對中國現代文學的歷史發展發生巨大影響，都與他們本身作為「留學生」的質素密不可分[32]。一九一六年胡適在美國哥倫比亞大學時，發表了〈文學改良芻議〉，激起了日後文學革命的大浪潮。一九二一年以後，各式各樣的文學社團如雨後春筍：「創造社」是清一色的留日學生，如郭沫若、成仿吾、張資平等；「新月派」是清一色的英美留學生，如聞一多、徐志摩、梁實秋、余上沅等；「文學研究會」的成員既有留日的周作人，也有留蘇的瞿秋白，留美的冰心，留歐的朱自清及留學東南亞的許地山等；「語絲社」有留日的二周、留歐的林語堂、劉半農等。這些社團中的作家，本身曾經負笈異邦，親嘗海外就學的苦樂，除了發抒獨在異鄉為異客的憂思感慨，兼及感情世界的消長歷練；弱國子民的傷痛，更引發感時憂國的胸中塊壘。因為受到新思潮的薰陶，渴望將新信息帶回國內，故自五四時期以來，到四○年代的中國留學生小說，創作不輟，不少都成為具有影響之作。

二、五四時期～四○年代的中國留學生小說分類

王德威先生說：「中國小說的風格在五四時代丕然為之一變。以留學生為題材的作品曾經形成一個小傳統，值得注意。」[33]五四時期以來的留學生小說可分以下幾方面說明：

---

[32] 此部分可參考方仁念在〈中國現代文學的發展與文壇上留學生隊伍的分化組合〉，文中有較詳盡的闡述。該文發表於 1989 年 2 月 24 日美國哥倫比亞大學「留學生研討會」。

[33] 見王德威〈出國・歸國・去國〉，《中國小說》，麥田出版社，1993,6，頁 237。

（一）承襲晚清的諷刺之作

此時期承襲晚清的諷刺之小說不少，例如魯迅〈阿 Q 正傳〉中的假洋鬼子、許地山辛辣嘲諷之作〈三博士〉、老舍〈東西〉中利用抗日大發國難財的留學博士、〈文博士〉以及〈二馬〉中描述的形形色色海外華人與留學生，都是明顯地使用諷刺的筆法，寫下自識甚高的留學生群的愚昧搖擺，言行庸俗，甚至假留學之美名，貪婪枉法。然而此時期的作品雖然承襲了晚清諷刺的精神，小說卻已在不同的作家經驗、風格與嘗試之下，開拓新格局。

魯迅的實際創作，對留學生的著墨不多，但在〈阿 Q 正傳〉中的「假洋鬼子」，令人對他深惡又痛絕之的「是他的一條假辮子。辮子而至於假，就是沒有了做人的資格。」連阿 Q 都瞧不起。其實魯迅筆下的阿 Q 與假洋鬼子，所謂的地痞與「裏通外國的人」的留學生，並沒有高下之分，同樣是他要嘲諷的「愚弱國民」[34]，藉這些人物代表可怕的民族弊病與欺善怕惡等等國民弱質，需要進行精神性的改造。魯迅善用反諷之筆，陰沉的氣氛，流露出他對中國的悲觀，同時也是對近百年來中國屢受列強欺侮慘狀的一大諷刺。許地山〈三博士〉的諷刺最淋漓盡致，歸國不可一世的留學生，在國外寫的卻是不倫不類的論文。許地山以生活化的浮世繪，針砭留學生的虛偽貧弱，作為他諷刺的飽和點，內心深處感情的最強音。老舍的〈二馬〉同樣不免因為悲憤激情，掩蓋了諷刺的筆觸，但總能在複雜的材料中，拒

---

[34] 魯迅《吶喊》自序中，提到在日本的一次留學經驗，對於觀看「日俄戰爭時中國人遭到屠殺」的影片。片中的殺戮場面，居然吸引一群津津有味的中國「看客」。魯迅在叫好聲中的日籍同學間，頓然省悟：「凡是愚弱的國民，即使體格如何健全，如何茁壯，也只能作毫無意義的示眾和看客。」。

絕單純自囿的愛國，反而是在一般海外華僑的屈辱裡，揭露國家重建的問題。其成就乃於悲憤之後有著深沉的思維超脫，小說能利用東西方不同背景衝擊襯托之下，點出中國國民性的軟弱與中國社會的病態。因此，除了著重諷刺膚淺的留學生與知識份子，也能多面向的兼及留學過程對保守的中國人在心理與異國的省思轉向。

（二）憤世自憐的悽惻之作

另外有些小說則側重憤世自憐，小說中充滿悽惻的情緒。如郁達夫〈沉淪〉、郭沫若〈喀爾美夢姑娘〉、〈落葉〉、《飄流三部曲》之首部、〈陽春別〉、〈殘春〉、冰心〈去國〉、張資平〈約檀河之水〉、長篇《沖積期化石》、巴金《霧》的作品等是。這種憤世感傷的頹廢基調，主要是來自兩種因素：一為異國情緣的栖遑苦惱，另一是來自感時憂國的躁鬱悸動。一趟留學之旅，成了作者心靈上的奇遇，既有情慾的追尋，更有家國的召喚。郁達夫〈沉淪〉是留學生個人心理與生理的生命律動，露骨真率，又與政治感情的挹鬱合而為一，於是少年留學生的蒼白自憐，更映襯出留學生內心洶湧的主觀激情，流露情慾燃燒的悽惻。最後青年在面臨庸腐迂敗的政局下，絕望走向大海自戕，終於化作動魄驚心的哀號傾洩。郭沫若〈喀爾美夢姑娘〉、〈落葉〉等作品，也具有性與政治潛意識交錯的心理特徵，小說中飽滿熱烈的主情色彩，靈與肉的淒美戀史，正是這類異鄉情緣篇的留學生小說藝術生命之所在。冰心的〈去國〉是她最被稱道的留學生小說，英士歸國，一心貢獻所學，無奈軍閥混戰，報國無門，最後再度黯然去國，「可憐呵！我的初志絕不是如此的，祖國呵！不是我英士棄絕了你，乃是你棄絕了我應英士呵。」哀痛之語實是出自一種淵深無奈的家國之情。其餘如女作家陶晶孫〈音樂會小曲〉、滕固《壁畫》、鄭伯奇〈最初之課〉、盧隱〈時代下的犧牲者〉都能題材與表現意旨上，突破拔升，添加留學生小說的精彩註腳。蘇雪林〈棘心〉、白薇〈留學〉、張愛玲〈紅玫瑰與白玫瑰〉、《金鎖記》等。青年的感情之事，性的苦悶，又與政治意識交相錯綜，引生出強烈的異國情調，提供一種不同以往的浪漫想像空間。

三、五四時期～四〇年代的中國留學生小說意義

五四以後的留學生小說，上承晚清留學生小說的遺緒，下開六、七〇年代白先勇、於梨華、張系國等臺灣留學生小說的先河，在現代中國文學史上，具有重要的傳承意義。王德威說：「五四時期以來的三〇年代，留學生小說所代表的意義，約略有以下數點。第一，留學生小說以國外為背景，為中國文學引入了異鄉情調，相對的也烘托出鄉愁的牽引，及懷鄉的寫作姿態。第二，五四以來的留學生小說藉著孤懸海外的負笈生涯，凸現了彼時知識分子在政治及心理上的種種糾結，進而形生一極主體化的思辨言情風格，頗有可觀。第三，留學生出國、歸國與去國的行止，不只顯現留學生個人價值抉擇，也暗指了整個社會、政治環境的變遷。」[35]檢視這段對五四與三、四〇年代的留學生小說，王德威先生點出了留學生小說與其他小說具體內涵的不同、作品風貌的相異之處及其具有在野史料的作用與價值。

---

[35] 同註 33，頁 247。

第四節　五〇年代之中國旅美作家小說

一、五〇年代中國旅美作家之文藝活動與留學生刊物

從晚清華工小說及留學生小說的細細涓流，到了五四時期延續到三、四〇年代，中國留學生作家群持續的創作，可謂綿綿不絕。若以旅美之華文作品為主線考察，到了四十年代，旅美小說又迎來了一次高峰。旅美華人知識份子在北美這片新大陸進行艱辛的墾殖，確有不少豐碩的成果。由於在抗戰前，出現過留學高潮，中美結成同盟，美國於一九四三年廢除「排華法案」，華人受到美國法律的保護，華僑又積極支持抗日，因此出現了大量的華文文學作品。這使旅美文學的崛起提供了良性的外在條件。當時的美華文學與五四新文學及國內抗戰文學可以說是同步交匯的，以林語堂等三、四〇年代活躍於美華文壇的作家為例，這些作家雖然經歷的是戰爭動亂下的出走，然而大都是在中國接受五四文學運動影響之後東渡北美者。當時的華人社團在美國也比較活躍，華文作家還成立了一個「美洲華僑青年文藝社」，這是抗日戰爭時期，美華文學第一次興起的產物，也為美華文學社團和文學活動的發展奠下一塊基石。此外，還有一批華文報刊出現，如《抗日救國周刊》、《留美學生月刊》、《華僑日報》、《大美晚報》、《新報》、《世界日報》、《商報》、《先鋒報》、《綠洲》、《新苗》等，相當繁榮，直接促進了美國華文文學的發展。在這些報刊上，短篇小說、散文、詩歌、雜文，各體兼備，但在美國的留學生文學作

品裡，內容主要還是在反映抗戰。而《天風月刊》、《海外論壇》則保存了不少五〇年代中國留學生小說的原始面貌，值得研究者的注意。

林語堂在一九五二年成立「天風社」，創辦了《天風月刊》，當時正是中國大陸進行土改、鎮反、肅反的血腥時代，而臺灣當時的文壇則是寒夜星光冷的枯寂時期，林語堂卻在紐約實現了創辦性靈文學雜誌的願望，由他本人擔任社長，二女林太乙作主編。當時社團上的基本成員仍屬三、四〇年代上海派作家的延續，如熊式一、徐訏、謝冰瑩、沈有乾、蕭瑜夫婦、李金發等人，執筆的另有較晚一輩的唐德剛、顧獻梁、王方宇、鍾嘉謀等人。雖然《天風》一共只辦了九期，不足一年，即因林家遷往南洋辦學而停刊，然而《天風》所刊登的中國留學生小說，正是臺灣六、七〇年代留美學生小說的前身。雖然當時《天風》並非唯一書寫留學生文學的園地，但是那時華文僑報裡面出現的「打工文學」，多半篇幅短小，未求於文藝上的加工，近似旅美通訊的小雜文或報導文學性質，文學價值不高，多半不受注重而遺佚。[36]以唐德剛一九五二年在《天風》發表的〈我的女上司〉[37]為例，故事滑稽生動，筆調幽默佻達，妙見精解留學生涯，讀來笑中有淚，淚中帶笑，擺脫了五四到三、四〇年代留學生小說的情感壓抑之筆與報國無門之憂，是不折不扣的新風格留學生小說。另一份在五〇年代重要的留學生刊物是《海外論壇》。當時的《海外論壇》是在美國集稿，編輯後寄交香港友聯出版社排版印刷裝訂，再航寄到美國發行。

---

[36] 唐德剛〈回憶五十年代來美留學生的文藝活動〉。該文發表於 1989 年 2 月 24 日美國哥倫比亞大學「留學生文學研討會」。

[37] 唐德剛〈三婦人〉原載《海外論壇》，1960 年 8-9 月，第 1 卷，第 8-9 期。

當時的創辦人是許世牧、李和生、周策縱等學人。其意義與價值，同樣是保存了五〇年代中國留學生文學的重要作品，如唐德剛〈三婦人〉[38]、〈學跳舞〉[39]、〈瘋院去來〉[40]〈露娜今年三十歲了〉[41]等。除了為五〇年代的留學生小說留下美妙註腳，也是留學歐美的中國知識份子所辦的高水準雜誌，確是五〇年代塵埃中不褪光澤的珠玉[42]。

二、五〇年代重要的中國旅美作家及留學生小說

五〇年代著名的中國旅美作家不多，但年長學者或年輕留學生都有代表性創作，為讀者所熟知的如林語堂、鹿橋、唐德剛等人。但這批中國旅美作家的海外文學，不少都以中國家鄉或抗戰為背景。有關以北美移民為題材的，除了中文的小說創作，也有英文的作品，例如林語堂《唐人街》（一九四八年出版）、黎錦揚《花鼓歌》（一九五七年出版）、宗林之《邊緣人》（一九六三年出版）等，都是探討移民在美國的種種生活問題。至於五〇年代的中國留學生小說最重要的應屬唐德剛以中文書寫的留學生小說。

林語堂（1895～1976）著作甚豐，旅居海外三十多年，東西思想

---

[38] 唐德剛〈三婦人〉原載《海外論壇》，1960年8-9月，第1卷，第8-9期。

[39] 唐德剛〈學跳舞〉原載《海外論壇》，1962年1-10月，第3卷，第1-10期。

[40] 唐德剛〈瘋院去來〉原載《海外論壇》，1960年6月，第1卷，第6期。

[41] 唐德剛〈露娜今年三十歲了〉原載《海外論壇》，1960年4月，第1卷，第4期。

[42] 參見胡菊人序唐德剛《五十年代底塵埃》，臺北：傳記文學出版社，1980,3，頁1-8。

文化交錯影響。因為從小學到大學一直在教會學校讀書，英文素養深厚紮實。一九一九年赴美留學哈佛，攻讀語言學碩士，後又轉往德國攻讀語言學博士學位。一九二三年回國任教，擔任學界重職。一九三六年去美國執教，並從事創作，又前往英國、義大利，而後旅居法國，一九五〇年由法國返回美國，繼續從事創作。《唐人街》於一九四八年在美國出版，以美國境內的早期中國城為背景，書寫來自世紀初的華工移民生活史。小說開始即以十三歲的中國小男孩—湯姆，用他的東方眼睛張看美國新世界，上溯十九世紀末從中國沿海前往美國淘金的老祖先，以及在「金元王國」賺金元的父親馮老二，還有兩位非法跳船的親兄長，展開馮家團圓後，中國人遷移美國唐人街的異域求生錄。林語堂在這部長篇的移民小說中，精妙地將中國文化介紹給西方人，同時又把外國文化介紹給中國人。小說背景既以華工移民歷史軸線布局，又能連繫中國抗戰時局的時代脈動，海外華僑與國內同胞的精神音容，交織成體；東方與西方的接觸，橫向比較。從倫理觀念、婦女問題、宗教信仰，語言習慣，甚至幼嬰滿月等民間習俗，借題揮灑，中西對照。小說中格局恢宏，藉馮家長幼六口移民生活的紛擾，寫成了詮釋東方中國求生的藝術哲學。因此《唐人街》不單是一部中國北美移民史小說，更是古今融會的文化小說。

唐德剛（1919～）可說是五〇年代美華文學最早的耕耘者之一，除了在五〇年代初期，得到林語堂的支持，與志同道合的中國留學生創辦《天風月刊》，又先後成立「白馬文藝社」和《海外論壇》，專門刊登留美學生的作品，頗受當時知識份子的歡迎。唐德剛的專長尤其表現在史傳文學，一九五二年發表的〈梅蘭芳傳稿〉是其成名之作。

《五十年代底塵埃》[43]則是他的留學生小說輯佚，也是五〇年時局逆流下僅存的留學生文學碩果。他形容當時文章散佚，如同時代塵埃的留學生的心情：

> 一九五〇年代的除夕，鴨綠江畔炮聲正濃，我在紐約忽然收到一份刻著「無法投遞」的「退稿」。那原是我一九四九年初所寄出的七八篇「通訊」的最後一篇。它顯然曾分飛入國門——有京滬兩地郵戳為憑——但是在祖國它顯然是無枝可棲，所以又飛回美國了。……它祇是像一九四八年我的紅帽子朋友所說的鈔票一樣，一捲廢紙而已。它也和它的塗鴉主人一樣，同是在那不平凡的年代裡，隨風飄蕩的一點塵埃。[44]

留學生文學作品，輾轉海陸，終究在廢紙堆中遺佚，《五十年代底塵埃》更顯得彌足珍貴。該書作品皆取材於美國的留學生活，從不同的角度和層面，寫留學生活的酸甜苦辣，時而突梯滑稽，冷言尖語；時而心懷悲憫，令人感慨。〈我的女上司〉寫典型的美國老處女；〈求婚〉寫博士書生以學術大計追妻不成的鬧劇；〈瘋院去來〉寫中國留學生在療養院的孤單無助；〈露娜今年三十了〉寫多才多藝的中國少女到新大陸來研究藝術，而後在逐步迷失成了脫衣舞孃；〈學跳舞〉寫兩個鄉巴佬在紐約學跳舞，因為「身為留學生而不會跳舞，實在太『無恥』了！」語多詼諧；〈三婦人〉寫流落異邦的波蘭女子，去國去鄉，與她們同住的這位中國留學生，何嘗不然？

唐德剛的留學生小說像是生活苦境的昇華，除了作者對人性深厚

[43] 唐德剛《五十年代底塵埃》，臺北：傳記文學出版社，1980,3。

[44] 見唐德剛代序《五十年代底塵埃》，頁 7。

的同情心懷，他更懂得「藝增」（寫得有趣一點）的文章妙訣[45]。他的作品頗能代表當時大陸、臺灣、香港「三不要」和中英「兩不通」的留學生心境[46]，他在苦悶的留學滋味外，卻能有審視陋境的通達，他說：

> 「五十年代」在中國歷史上是一段不平凡的日子。那一些流浪在太平洋彼岸的老中青三代知識份子，如何打發這段日子？……在那一段隨東風作嫁的日子裡，那兒有嘆息、有徬徨、有苦笑，也有絲微阿Q的歡娛。[47]

除了苦笑與嘆息，唐德剛也寫出了留學生苦中作樂的嗔與真。除了《五十年代底塵埃》，他近期的新作是《昨夜夢魂中》，在報上連載兩年，在臺灣出版發行時，易名為《戰爭與愛情》[48]，是六十萬字的長篇小說。這部小說時間跨度由民國初年貫穿至八十年代，空間由中國延伸到美國，有性格的人物多達四百餘人，是《紅樓夢》的最佳承傳，也是一部兼具藝術價值和史料價值的大作品。

---

[45] 參見唐德剛《五十年代底塵埃》代序，頁 4。

[46] 當時唐德剛等人在「白馬文藝社」與《海外論壇》的社團裡，留學青年常常自嘲是「失去的一代」，以五〇年代的海外學生是「三不要」和「兩不通」之人，表達內心的惆悵與苦悶。參見潘亞暾《海外華文文學名家》，頁 309。

[47] 唐德剛《五十年代底塵埃》代序，頁 2。

[48] 《戰爭與愛情》（上、下冊），臺北：遠流出版公司，1988。

第三章　六〇到九〇年代之臺灣旅美作家小說及其寫作背景

「留學生小說」是臺灣當代文學發展史上一個重要的文學現象，但卻一直沒有得到足夠的重視，也缺乏系統的研究。從近代到五四時期，留學生前往西方尋求救國真理，到六〇年代臺灣作家筆下的留學生小說，偏重倫理層面的中西文化衝突，再到近來華人移民著重政經層面文化衝突的描寫，留學生小說感應著不同時期中國人的中心課題，呈現了一條因時代而變遷的軌跡。本章擬從六〇年代開始，針對在臺灣文壇出現的「留學生文學」現象，以臺灣旅美作家小說為主，作一考察，推及七〇年代後期的發展演變，作一結晶性的記錄；同時，繼續探勘臺灣留學生小說在八〇年代消褪的原因，及其如何過渡到移民小說。九〇年代海外的移民小說也在臺灣文壇大放異彩，小說對臺灣社會的轉型與美國社會風貌的捕捉，使移民小說有更高於早期留學生小說層次的塑造和展現。總之，從六〇年代的臺灣留學生小說到現今仍然活躍的移民小說，實有清晰脈絡可尋，留學生小說像臺灣當代文學史上一脈強勁清流，經過時空的匯聚轉化，使移民小說如滾滾江河不斷成長。

第一節　悲憤沉鬱的六〇年代臺灣留學生小說

盛行於五〇年代的懷鄉文學與反共文藝，在臺灣政治一黨領導、社會一元化體制及文藝政策指標的意識形態下，話盡憂患離思的滄桑，艱苦的回憶逐漸為現實的生活取代。自五〇年代的後期開始，因為中美軍事協議，經濟交流，臺灣對美國依賴的社會情勢，造成崇拜美國的人心思想，五〇年代的知識青年，已把留美當成人生最大的目標。在文學的反映上，六〇年代臺灣文壇出現一個特殊的現象，是所謂的「留學生文學」的流行，趙淑俠則將「留學生文藝」在當時的情形作如下比擬，她說：

> 文學的脈流像河流，主流之外有支流。如果說「現代派文學」是六〇年代的主流，「留學生文藝」就要算一脈強勁的支流。[1]

當時所言之「留學生文學」或「留學生文藝」，都是指留美學生的小說創作。這些小說在當時帶給讀者新鮮的題材，也頗能滿足對留學嚮往的青年朋友的好奇。這些小說的內容大抵都在描述留學生在留美期間遇到的各種不適與苦惱，心境的徬徨，文化思想上的震撼，同時交織著才子佳人般的留美學生的學業與愛情。由於此時期的留學生心態不同於以往的留美者，他們都不約而同地帶著以美國為人生最終落腳地的移根心態，而非短暫過渡的過客心情，是故小說主調帶著濃厚的

---

[1] 趙淑俠〈從留學生文藝談海外知識份子〉，《文訊》月刊第 13 期，臺北市，1984,8，頁 149。

思鄉情與離鄉怨，但不少作者新穎的技巧，深刻的筆觸，刻劃了不只是代表少數知識份子的悲喜，而是整個社會的價值取向，對於生活與生命的追尋歷程，也具有文學的普遍性與獨特的藝術美感。六〇年代的留學生小說的時代性強，就現代文學發展的特殊意義上，絕對有她獨特的價值與地位，因為此時期的留學生小說背後的場景，是那個時代的民族命運與生活的反映，具有存在的歷史條件與價值。

一、六〇年代臺灣留學生小說產生之社會背景

在臺灣現代小說史上，六〇年代的留學生小說雖然只是一個小小的支流，但它的水源清新，有生命的活力，而它也同時是一條奏鳴著時代苦悶的嗚咽小河。然而，若沒有去國的留學經歷，寫不出遠託異國，望風懷想的切身傷感。於梨華若沒有赴美的留學生經歷，便無由成就「留學生文學鼻祖」與「無根一代的代言人」之名[2]；白先勇提到〈芝加哥之死〉的創作，緣起於初到美國，一次到芝加哥密西根湖邊過耶誕的奇異感動，他說，「黃庭堅的詞：『去國十年，老盡少年心。』不必十年，一年已足，尤其是在芝加哥那種地方」[3]；張系國也在留美期間，因為躬逢海外保釣的盛事，才有《昨日之怒》的留學生的慷慨怒吼。六〇年代留美學生的小說，大多因為這段留學經歷，

[2] 於梨華在一九五三年臺灣大學歷史系畢業後赴美，相對於其他臺灣旅美作家，於梨華最早去美國，生活的時間也最長，而她的小說創作最先，也是最多描寫臺灣留學生題材，故有「留學生文學鼻祖」之稱。參見黃重添《臺灣長篇小說史》臺北：稻禾出版社，1992,8，頁 68。

[3] 白先勇《寂寞的十七歲》後記，臺北：遠景出版社，1984,2，頁 338)。

而成就他們個人創作歷程的不同轉捩點；也因為六〇年代臺灣特殊的社會背景，才使臺灣文壇在該時期有此特殊的文學現象；而此時期的留美學生小說，也有不同於其他時期的留學生文學的情調與內涵。有關於六〇年代的留美學生小說應提出說明的社會背景有二：

（一）戰後美援推助留美狂潮

沒有一股強有力的留學狂潮持續，便不可能形成特殊的「留學生文學」現象，而六〇年代留美學生小說的產生，與其時的留美狂潮有絕對的因果關係。提到留美熱潮的掀起，與戰後臺灣接受美國強勢的經濟援助與軍事援助有密切關聯。顏子魁先生在〈美援對中華民國經濟發展之影響〉一文提到，自一九五一至一九六五年間，透過美援，對穩定臺灣經濟、影響經濟政策，公共建設、農業發展、工業發展及提高我國人力資源品質等方面有諸多貢獻[4]。美援在臺灣民間無形培植親美勢力，造成崇洋心理可知，更在臺灣形成親美技術官僚，透過軍事、外交、文化、新聞、經濟等管道對台進行的協助與掌控，造成臺灣社會對美國文化、政治的絕對崇拜[5]。一九五〇年以後的臺灣，到美國留學深造成為青年最高的理想，一九六〇至一九七六年間可說是人才外流的高峰期[6]。檢視六〇年代留美小說作者幾乎都在這段留

---

[4] 顏子魁〈美援對中華民國經濟發展之影響〉，《問題與研究》第 29 卷第 11 期，頁 85-98。

[5] 游勝冠先生在《臺灣本土論的興起與發展》一書中，在「疏離本土的 50、60 年代」部份，談到西化論與現代主義文學時，提到美援對臺多方面強勢的影響。游勝冠《臺灣本土論的興起與發展》臺北：前衛出版社，1996,7，頁 157。

[6] 黃光國在〈臺灣留學生出國留學及返國服務之動機〉一文中提到，「臺灣在 1960 年代開放留學大門之際，正是美國全力向外吸收人才之時......1968

學熱潮中出走國門，於梨華、白先勇、吉錚、孟絲、歐陽子等作家，都沒有例外。

（二）為留美學生留而不走的心態問題的探討

六〇年代的留學生小說的灰暗主調，主要都來自人物去留問題的徬徨。於梨華《又見棕櫚，又見棕櫚》中的牟天磊，白先勇〈芝加哥之死〉的吳漢魂、〈謫仙記〉的李彤、〈謫仙怨〉中的鳳儀，張系國《昨日之怒》中的葛日新、洪顯祖、施平，每些主人翁不回去也苦，留在美國也苦。小說這般，這些小說的作者也同樣感同身受。對留學生出國便成了留而不走的學生的心態問題，趙淑俠、葉石濤兩位先生皆提出相近的理由來說明，即當時臺灣政經格局小，特別對外省第一、二代，由於對臺灣土地無法產生生根的疏離感，故而出國成為目的，不是過程的心態，來加以解釋[7]。朱芳玲在《論六、七〇年代臺灣留學生文學的原型》中也有相同的看法，她說：

年，聯合國發表世界各國人才外流統計，顯示臺灣人才外流人數高居世界各國之首」，故將 1960-1970 年期間，稱為「人才外流時期」。黃光國〈臺灣留學生出國及返國服務之動機〉，《民族學研究所集刊》第 66 期，1987,8，頁 136-138。其次，鄭美蓮先生也針對 1970 到 1976 年的臺灣人才外流情形作統計研究，在此時期，經青輔會統計資料顯示，由美國回臺灣服務的留美學生，僅占 16.7%，也就是說有六分之五的留美學生選擇學成之後居留美國。鄭美蓮〈中國留學生為何選擇居留美國之研究〉，《東吳政治社會學報》第 2 期，1978,12，頁 138-139。

[7] 趙淑俠提到，一九五〇年以後的臺灣，「......這個時期的留學生已經把留學當成目的，不是前輩留學生那樣，把留學當成過程了。」，同註 1，頁 152。葉石濤說到白先勇等作家，「他們大都屬於來臺第二代作家，......這塊土地雖給他們眾多新奇的經驗和印象，但他們還沒有充分的時間紮根於這塊土地。」見葉石濤：《臺灣文學史綱》高雄：文學界雜誌社，1996,9，頁 114。

> 留美熱的產生，顯而易見的原因，是因為當時臺灣的青年學生普遍感到臺灣的格局太小，政治經濟的發展不大。尤其是隨家由大陸流寓臺灣的外省第二代，受到父輩「過客」心態的影響，覺得在臺灣無根，大陸又回不去，留學對他們來說，最根本的目的是離開臺灣，移居國外。留學便也由手段或過程變為直接的目的。他們到了國外，也大都成了「留」下不走的「學生」。[8]

這種說法是真確的，它解釋了當時大部分外省籍出國者的去國心情，可是也無法涵蓋六〇年代所有留學生小說中留學生留下不走的複雜原因，故難顯示此時期留學生小說的豐富意涵。例如白先勇〈安樂鄉的一日〉中，偉成與依萍夫婦看不出是否為外省第二代，偉成在美國事業順利，物質生活過得相當優渥，對美國的生活環境非常滿意，當然不想回國；依萍因為婚姻關係，便與夫婿留在美國，這並不代表她對臺灣環境沒有認同感。因此，除了上述提到的個人因素、臺灣的政治與經濟因素之外，鄭美蓮先生在〈中國留學生為何選擇居留美國之研究〉中，考慮到留學生在美國之後的個人轉變，從個人、政治、經濟、社會文化與教育等因素，來說明留美學生中這群「不歸者」（Non-Returning）做決定的程度[9]；黃光國先生在〈臺灣留學生出國

[8] 朱芳玲《論六、七〇年代臺灣留學生文學的原型》嘉義：國立中正大學中文碩士論文，1995,12，頁 2。

[9] 以教育因素為例，在鄭美蓮的研究中，留美學生滿意在美國的教育，或認為美國教育體系較臺灣優秀，或在美所得的學識能回台應用的程度，以及為了讓子女接受美式的教育的留學生，會選擇居留美國。這說明留美學生決定留美的複雜因素，並不全然決定於留美學生是否為外省籍。該研究參見註 6，頁 140-145。

留學及返國服務之動機〉中，也從美國的局勢與臺灣內部的經濟社會，互動參照[10]。藉著政治、社會與心理學等多元的角度，可以輔助說明留美學生小說衝突的豐富意涵，而作者在美國的新環境經驗，也直接影響到留美學生小說的藝術特點，不論對人物不同性格的刻劃與轉變，對異國環境的描寫技巧，以及不同作者在小說中寄寓的不同主題，在兩個國家不同的社會背景的激盪後，已成為留學生小說的藝術特質。

二、六〇年代臺灣留學生小說：悲情沉鬱

六〇年代海外留學生作家標誌著「無根的一代」的徬徨，所創作的流放之歌，是六〇年代臺灣「留學生小說」悲愴的基調。由於當時臺灣出國的留學生以美國為大宗，留學美國者幾佔了所有留學生人數的八成強[11]，當時文壇所見的留學生小說，也都是留美學生的小說創作。臺灣第一波留學生文學的興起與六〇年代臺灣的時代氛圍緊密相關。對於外省籍人士而言，故鄉之地已成飄渺回憶，對目前立足之地，又未必能完全融入，加上崇尚西方的普遍社會心態，使臺灣掀起一股留學熱潮。此時的留學生文學題材，大都在圍繞海外學子身處異鄉求學、打工或為了奮鬥綠卡的艱辛、困惑以及戀愛婚姻的痛苦經歷鋪排

[10] 詳細互動情形可參見註 6 黃光國部份，頁 137-138。

[11] 見許擇昌《從留學生到美籍華人—以二十世紀中葉臺灣留美學生為例》一書從一九五〇到一九六九年，將臺灣的留學現象所作量化分析結果。許擇昌《從留學生到美籍華人—以二十世紀中葉臺灣留美學生為例》，國立暨南國際大學歷史研究所碩士論文，1999,6，頁 15-18。

成文的。代表作品如於梨華《又見棕櫚‧又見棕櫚》、《變》、《歸》、《餤》；吉錚《拾鄉》、《海那邊》、《孤雲》等是。白先勇〈芝加哥之死〉、〈謫仙記〉、〈謫仙怨〉、〈上摩天樓去〉等文中，充滿浪跡天涯的失根痛苦與惆悵的體驗，對西方文化的憎惡與對民族的認同，也是《紐約客》系列的凝重基調。施叔青〈困〉以悲劇心境來寫臺灣新娘初到異邦的不適應，得到的卻是喜劇效果，超越當時留學生文學打工求學戀愛的狹窄境界。黃娟以女性溫婉、細膩筆觸經營小說，其長篇《愛莎岡的女孩》寫六〇年代臺灣高壓統治下的留美熱潮，以及青年階段的虛無、迷失，為見證時代之作；彭歌《從香檳來的》、《在天之涯》二書暢寫留學生唸書、打工、戀愛婚姻各方面生活實況，夏志清先生稱譽是「傑出的留學生小說」。歐陽子的留學生小說表現出她特有擅長的人物心理分析與自我覺悟過程。六〇年代的留學生文學人物大多是各式各樣的男女留學生，少見學界之外的人物。共同特點是留而不回，文學展現出一種留也不是，不留也不是的矛盾狀態。去而不歸的留學生最多，描寫最精彩的是難以抉擇去留的徬徨者。女留學生的人物塑造也有特色，那就是從「把夢頂在頭上的大學生，到把夢捧在手中的留學生，到把夢踩在腳下的家庭主婦」的女性心理刻劃得絲絲入扣，「主婦病」也是早期留學生文學常見主題，悲憤沉鬱則是此時期的主要風格。

第二節　七〇年代臺灣留學生小說的開拓與轉變

在臺灣現代文學的領域中，一提到「留學生小說」，常常令人連想到六〇年代於梨華《又見棕櫚‧又見棕櫚》中徘徊去留的牟天磊，或者是白先勇《紐約客》系列筆下的悲劇人物，如〈芝加哥之死〉中的吳漢魂、〈謫仙記〉裡在威尼斯遊河時跳水自殺的「中國公主」李彤等。這些海外留學生作家標誌著「無根的一代」的徬徨，所創作的流放之歌，是六〇年代臺灣「留學生小說」悲愴的基調。到了七〇年代，保釣運動興起，留學生小說從「寫自己」漸為「寫留學生群」、「寫海外中國人」的文學內在轉變。留美學生小說的主題上也有重要變化，簡言之是「價值尺度上由個人本位到民族本性的變化；思想內涵上由表層反映到深層觀照的深入；感情流向上由無根失落到認同回歸的發展 。」[12]。

一、七〇年代臺灣留學生小說轉變之重要因素

七〇年代的留學生小說的一個明顯的轉變是長於思想，饒有知性，小說有豐沛的社會感與時代性，同時可見政治性題材的增強，相對於六〇年代那種充滿個人立足的失落感，已逐漸被追求民族本位的使命感所取代。何以會有如此變化，其重要原因分述如下：

（一）作者的自覺反省，立意跳出以往留學生小說原有的局限

楊牧總括六〇年代留學生小說情節發展而歸納出的如下看法，他說：

> 六〇年代的留學生小說為我們勾畫了各種結局，但共同的一個信念是「他生未卜此生休」，從此以後任何笑容都漫著破

[12] 見盧菁光先生〈從告別談起—談 70 年代前後臺灣留（美）學生文學的一個發展過程〉，《海外奇葩—海外華文文學論文集》廣州：暨南大學出版社，1994,11，頁 137。

滅的陰影。這各種不同的結局有了格式，就令人疲倦。[13]

六○年代的留學生小說為我們勾畫了各種結局，但強調初戀的無比重要，愛情只能生一次死一次，像浪漫時代的宿命觀，接踵而至的悲傷沮喪、憤懣屈辱，不約而同地形成固定的模式，使後來的留學生作家生厭不滿。二殘在《二殘遊記》中也不斷提出他對六○年代留學生小說的反省，他說到因為留學生限於個人經驗，創作題材多半只注意到留學生的相關問題，然而「留學生各式各樣的問題，這十多年來，已有人正面側面的寫過了，而且，實在說，也早已花事盡了。」[14]張系國在〈地〉增訂後記的結語說：「我拒絕再充當『留學生文學』這荒謬文學裏的荒謬角色。『留學生文學』是一條死胡同，……」對原有的局限，顯然更加不滿。這使得他在一九七六年出版的《香蕉船》及一九七八年出版的《昨日之怒》從原有的格局中另闢蹊徑，關懷層面更為深廣。齊邦媛從六○到七○年代的留學生小說轉變的簡述更加明晰：

> 隨著臺灣十年來經濟政治的進步，出國的動機和留學歐美的心態必然不同。讀者對一再重複的題材和表現形式會產生疲乏厭倦；而作者自覺的創新希望都催促海外作家（許多已不在學，也非「生」了）從訴說失落之苦的灰黯格調中走出來，把關懷各人生活的種種抉擇擴大到對世事、國事乃至人類共同命運的關懷。[15]

可見得六○年代以留學生為題材的小說已然遇到瓶頸，這不僅是創作者清楚

---

13 見楊牧為曹又方《美國月亮》一書之序，臺北：洪範書店，1986,6。

14 二殘《二殘遊記》，臺北：洪範書店，1989,6，頁 71。

15 齊邦媛〈留學「生」文學〉，《千年之淚》，臺北：爾雅出版社，1990，頁 160。

的自覺反省，同時以往的寫作模式已不能滿足閱讀大眾的需求。

（二）作者身份從「留學生」到「美籍華人」的微妙轉變

隨著留學生出國後十多年的奮鬥，「域外生根」的情形逐漸明顯，留學生完成了終身大事，與配偶在美國共組家庭，結婚生子，家庭事業都在美國，留學生因種種因素考量而決定永久居留，看似一種滯留的延續行動，背後卻代表種種心態的轉變，這使得七〇年代的留學生小說關注的焦點不同以往。簡言之，因為作者身份從「留學生」到「美籍華人」的微妙轉變，他們的家庭工作，改變他們原有的接觸面，使得生活圈與社交圈不同於六〇年代早期的單純留學生，新經驗與新體會跨出以往的種種格局。因此七〇年代的留學生小說創作題材翻新，主題意識蛻變，風格多元多樣。叢甦以「沙灘的腳印」比喻留學生為先來後到、但滯留沙灘過久的泳客，並指出「留學生文學」不能涵蓋七〇年以後的作品：

> 「留學生文學」是二十世紀五、六〇年代特定的歷史與政治環境下的特定產物。但是我總覺得這名詞太局限，太「稚嫩清純」，也太含糊曖昧。什麼是「留學生文學」？作品是留學生寫的？抑作品是以留學生涯為主題？「留學生」做為作者或主題都不能老滯留在「留學生」的階段，總要有長大、成熟與必然衰老的一天。所以它必須超越「留洋學生」的小小天地的圈囿。[16]

「留學生文學」所以無法涵蓋後來的留學生小說的內涵，主要來自「留學生」三個字。作者因為不再是留學生，小說的題材也不再以留學生

---

16 叢甦〈沙灘的腳印—「留學生文學」與流放意識〉，《文訊》第 172 期，臺北，2000, 2，頁 46。

為限之故。叢甦說她在《想飛》集子裡的情節和人物百分九十是虛構的，「也許是報紙尾巴上偶讀的一條小新聞，人群中偶遇的一雙眼睛，街頭偶見的一個身影」，小說中不再是自己熟知的單純留學生，代之前所未見的異族同性戀題材，異族文化相斥相吸，對十多年來跑過半個地球的追尋，對中國認同的大破大立，懷疑人性最基本的善惡問題，她的小說可謂是七〇年代從「留學生」身份到「美籍華人」域外生根心路歷程的黯淡跋涉，也是海外中國人的流放經驗的族群記憶。叢甦說她在〈芝加哥的一夜〉和〈豔茱莉夫人〉所要傳達的主旨是她堅信「人在心靈深處的純真和無辜」及「孩提時期的純真和善良」，然而創作的思維實來自十六年住在「非人化」的紐約日復一日的疲勞轟炸 17；她小說集中，以憐憫之心看待對唐人街住民，開始對海外流浪中國人的關注與探討，都是域外生根過程與在美華人的人際關係互動下的產物。二殘的《二殘遊記》基本上就是海外學人的生涯翦影與心靈劄記，也是二殘從「留學生」到「美籍華人」在域外生根的一種真實註腳。

（三）保釣運動的衝擊

相較於五、六〇年代的海外留學生的靜默與壓抑，七〇年代則是一個胎動與覺醒的年代。七〇年代對不少留美學生不僅是個抑鬱的年

---

17 叢甦說：「我自從一九六一年底自西海岸到紐約，在這個所謂的「世界第一大城」一呆就是十六年，……由一九六〇年的中期黑人暴動開始，殺人放火、搶劫強姦的新聞在報紙上、電視上已經是家常便飯，在這種日復一日、月復一月的疲勞轟炸裡，人在非人化（Dehumanization）的過程裡不免變得淡漠冷酷，麻木不仁，甚至於有時不免懷疑人性最基本的『是善是惡』問題。」《想飛・寫在後頭》，臺北：聯經出版事業公司，1987,12，頁 184。

代，同時還是個殷憂的時代，尤其是七〇年代留美學生保釣運動對留學生產生直接的衝擊，也使得七〇年代的留學生小說有了新的面貌與內容。最明顯的例子也最具代表性的便是張系國的《昨日之怒》。

保衛釣魚台運動發生在一九七〇年，當時由留美學生發起，影響所及，台港地區的青年學生也曾熱烈響應。何以在六〇年代以來的暗潮表面，一般留學生從不甚關心國事到保釣運動時，海外知識份子會對中國政治問題抱著一種難以描述的關切，劉源俊在〈我所知道的留美學生保釣運動〉一文中有深入詳盡的說明，歸納幾個重要原因：一是留學生較以往深切反省留學的目的與生命的價值；二是留學生因越戰後產生崇洋與蔑洋的衝突意識；三是受到一九六八年哥倫比亞大學學潮達到高峰，留學生受到感染衝擊，想到必須以行動團結海外中國人。[18]王永中也說明當時參加保釣留學生的普遍心態，他說：

> 近數十年來絕大部分的留學生實如水上飄萍，既不能認同所在的外國，也不能和本國的同胞打成一片，一方面受外力的刺激，民族自尊心特別強，對任何有辱「國格」「國體」的舉動感受都特別敏銳而痛苦。另方面他們的「特權」意識，也使得他們對本國的社會同胞產生隔閡。這幾種因素相同互的影響，在單純的「愛國保土」主題引導下，爆發了這一波及海內外中國人的自發愛國保釣運動。[19]

留美學生保釣運動起於一九七〇年十一月，而於一九七二年五月正式

---

[18] 此段原文說明詳盡，可.參見劉源俊〈我所知道的留美學生保釣運動〉，《人與社會》，臺北：第 6 卷 3 期，1978,8，頁 42。

[19] 見王永中〈留美學界的保釣運動〉，《人與社會》第 6 卷第 3 期，臺北：1978,8，頁 36。

結束，歷時共一年半。第一個半年裏大體可說是以無黨無派的方式，團結了海外的青年，第二個半年則因時局的劇變，促使親共及投機者現形，以及學生運動的分裂及對立，第三個半年「統一運動」與「反共愛國運動」針鋒相對，而五月十三日保釣遊行則為最後的點綴。[20]回顧檢討，保釣從醞釀到結束，只能算是一個短命的政治騷動，肇始時的動機與目標都十分單純，旋及被中共利用，變質成統戰運動，加上臺灣當局採取規避消極的策略，使得愛國學生孤立無援，未能發揮應有的力量，達成保衛釣魚台主權的原始目標。整個事件的發生，更因為地處海外，沒有群眾基礎，已先天不足，加上國際時局的劇變，使保釣運動從緣起、立場、性質及發展過程，都曾引起一連串的誤解與傳言，對參加保釣的當事人自身產生的意義，已遠大於社會改造或者改變歷史發展軌跡的意義。張系國的《昨日之怒》便是他個人對海外釣運中的一種可能解釋，他說他並非是最夠資格寫海外釣運的人，但有資格有能力的人，他們一直不肯寫，寫了也未必肯發表。張系國為了昨日逝去之愛而寫，也提出他個人對釣運的看法：

> 《昨日之怒》只寫海外保釣運動，對國內保釣運動及其後的發展，無法兼顧。……但從海外保釣運動的演變裏，一些左右中國政治運動的基本問題，同樣清楚呈現出來。這些問題一日不解決，中國的現代化就一日不會完成—至少，這是我個人的看法。[21]

張系國善盡那一代知識份子的責任，正視當時留學生心靈上的差異與距離，在小說中敘述當時海外釣運發生的經過與演變，表達留學生所

---

[20] 參見註 18，頁 51。

[21] 見張系國《昨日之怒》後記。臺北：洪範書店，1982,12，頁 299。

處的詭譎政治環境，以及華人在國共政治夾縫中的鬥爭與認同。這部七〇年代代表留學生小說轉變的主要標誌，不僅是那一代海內外知識份子心態的一個縮影，更是保釣運動衝擊下的

二、七〇年代的臺灣旅美作家小說內容

七〇年代的臺灣留學生小說存在的歷史條件和時代意義確已不同於六〇年代，臺灣留學生小說在此時有了格局的開拓與題材的轉變。就廣度來說，七〇年代以後的海外學作品，很多已不再限於個人自身在異國的悲歡離合為題材，而將視野推及上一代的歷史、下一代的未來，身處的這個異國社會的現狀與變化，且更關注地推向彼岸——自己所從來的地方：臺灣、香港、中國大陸。就深度來說，也是由異國飄零的生活感受層面挖掘下去，思考探索了文化差異、認同、民族主義、歷史等等較深刻的問題[22]。

七〇年代留學生文學的變化與特點表現在三方面：價值尺度由個人本位到民族本性的變化，例如叢甦《中國人》；思想內涵由表層反映到深層觀照，例如於梨華《傅家的兒女們》；感情流向由無根失落到認同回歸的發展，例如張系國的《昨日之怒》。叢甦擅長描寫人心的焦灼、苦悶與慾望的傾軋。六〇年代初赴美的創作《盲獵》是一篇寓言小說，作者藉著陰森可怖的大森林，折射出留美學生的內心感受。七〇年代以來，她的創作轉變，由為文學而文學轉為為生命而文學。《想飛》、《中國人》開始注重海外中國人漂泊的蹤跡，這些流

[22] 參見於李黎編《海外華人作家小說選》序文，轉引自李黎《傾城》附錄〈李黎的創作歷程〉，臺北：聯經出版事業公司，1989,10，頁135、

浪的中國人，不止反應了時代的變遷，也顯示了中國人在異鄉社會的成長，更將海外留學生對祖國的認同和歸屬感烘托得淋漓盡致。〈窄街〉的成就不僅於意識流技巧的運用，而在於它觸及到一個深沉的隱痛—華埠傳統道德維繫力的衰頹，新生一代與保守自制的古老精神疏離。叢甦的留學生文學，注重海外中國人漂泊的蹤跡，這些流浪的中國人，不止反應了時代的變遷，也顯示了中國人在異鄉社會的成長，更將海外留學生對祖國的認同和歸屬感烘托得淋漓盡致。

於梨華《傅家的兒女們》通過留學生的婚姻題材，來反映東西方文化衝突的作品。不同以往的是，傅家的兒女一概棄父親的榮耀期許不顧，而棄學從業，小說表現出留學生既為西方精神所吸引，不屑回到古老東方傳統的束縛，但他們又與西方社會及文化精神格格不入，反應留學生的思想心態不再是單純浪跡天涯的孤獨與懷鄉的落寞，而是深層的倫理層面與西方社會巨大差距產生的兩難情境。

題材重心轉移也是七〇年代留學生文學發展的現象，政治題材的出現是一大特色，張系國堪稱這一轉折的代表作家。他在一九七八年出版的長篇小說《昨日之怒》以一九七一年觸動海外中國人靈魂的「保釣運動」為背景，描寫臺灣留學生在這一運動前後的熱情和消沉，團結和分裂。作品也顯露著留學生對於中華民族的巨大向心力，像大磁場般凝聚大我的民族精神。《香蕉船》中的「遊子魂組曲」基本色調是憂鬱的，內容所寫的全是浪跡在美洲的人物的寂寥與挫折，而這些人物的掙扎與結局一律是死滅，人物也不再局限於留學生。

劉紹銘以二殘、殘二等筆名，在七〇年代也陸續發表以美華知識份子眾生相的作品。《浪子》與《二殘遊記》行文酣暢，在敘述的語調上是誇張詼諧，近乎滑稽，實則正言若反地表現美國學界的內幕與求取生存的心路歷程。《浪子》中的袁思古與《二殘遊記》中的二殘似是不約而同地患了一種叫「Obsession With China」的相思病，而這樣的症狀正是不少留美學人對家國的基本態度，劉紹銘懷舊心情的消閒之作，也成了七〇年代留學生文學的雪泥鴻爪。

第三節　八〇年代從「留學生文學」到「移民文學」的過渡期

一、八〇年代臺灣旅美作家移民小說產生的背景

（一）留學生眷屬出國及開放觀光新政策

自戰後政府遷臺以來，臺灣對於人民出境與外移政策一向採取管制的措施。光復後很長一段時間，政策規定只有外交人員、留學生及公務員因工作上的需要才能出國。對於留學生的眷屬出國，也限定要等到留學生出國滿兩年後才能接眷。後來在出境及移民的政策規定的幾項重大改變，直接影響出境及移民人數的變化，而這些重要政策對於臺灣人民外移美國的現象，也正反映在對於留學生小說從七〇年代末期轉變為八〇年代的移民小說的文學現象。在相關政策及法規中，較重要的是准許留學生眷屬出國及開放國人觀光新政策的影響。

國人到國外留學生數量逐年增加，影響留學生眷屬出國的人數也有逐年增加的趨勢。出國的眷屬包括留學生配偶、子女及父母。由於不少留學生學成後居留下來，也連帶影響以後其兄弟姊妹等親屬也前往依親或探親，留學生父母出國探親更為常見，此與國人事親至孝的傳統美德有關，年輕人一旦學成想到圖報親恩，乃安排機會接請父母

出國觀光。其次，政府於一九七九年一月一日開放國人出國觀光政策，促使更多國人出國。此外，另有便利農工礦商事業人員出國考察的政策、鼓勵國際學術科技交流的政策，以及為展開國民外交政策的各種民間團體，到國外進行訪問考察，這些出國的人口中，部份也久留不返，成為國外的移民[23]。

（二）臺灣政治、社會、文化等環境的改變

七〇年代末到八〇年代開始的移民現象，除了肇始於國內政策制度有了海外觀光探親的可能性，有助於移民現象，對於臺灣社會、經濟、政治等時代環境的改變，更是直接助長國人移民海外的強烈意願，引發八〇年代留學生之外的臺灣新移民潮。

人口的移動重要的起因是政治因素，尤其臺灣人民在七、八〇年代開始陸續遷往美國的移民潮，更與國內政治事件的影響有密切關係。導致前往美國的移民高潮有如下數點政治因素：(1)一九七一年我國退出聯合國，影響部分國民不便與不安，乃萌出國定居之念；(2)一九八〇年底中美斷交，一九八三年英國又同意在一九九八年將香港還給中共的國際政治事件，導致不少國人積極想要遷往國外定居；(3)一九八〇年美國新修訂移民法，同意分配給在臺出生人口每年兩萬名的移民配額，此事也直接影響往後的期間每年遷移美國的人數增加。

在社會層面而言，羨慕出國者的風氣形成，便是一項重要因素。出國遠遊移民代表一種財富、地位與特殊管道，非所有人能及，加上社會中長期以出國留學或移民為一種重要價值，蔚然成風，互為影響，尤其中上階層者互為仿傚。

---

[23] 有關臺灣政策影響人口遷出外移的因素細節，可參見行政院研究發展考核委員會編印之《人民外移現況及問題之探討》，頁 157-160。

在文化因素上，影響移民最重要的因素就是家族主義，也就是重視家族關係的觀念與價值。許多移民者的動機是為了與以移出的家屬在異國團聚，或受已移民的子女或兄弟姊妹等親屬之鼓勵與協助申請而獲准移民。此外尚有教育等因素，也導致移民美國意願的提高。例一九八五年立法院的一次質詢及國建會的討論，使「小留學生」問題浮出檯面[24]，臺灣家長尋求管道將子女送往美國，主要是因為子女的教育問題，除了父母的崇洋心理之外，不滿聯考制度對子女產生的壓力，因此美國舒適良好的教育環境成為誘因。

二、八〇年代臺灣旅美作家移民小說內容

八〇年代的旅美移民小說，是一般所稱的第三波移民。周腓力以美國新移民的身分，道出此時期旅美作家不同以往之處：

> 在美國的華人，約可分為三種類型：第一波華人，在十九世紀中至二十世紀初抵達，他們多充當苦力，如礦工、鐵路工人、洗衣工人等；第二波是學人與留學生，在抗戰勝利後的十數年間抵美，他們多有高學位，謀職比較容易，從事的也是高層次的工作，最多的是教書或做研究；第三波應屬一九七〇年以後湧到的新僑，一般而言，他們在體力上不如第一波華人，在學問上不如第二波學人，因此如需在美國謀生，往往高不成、低不就，這些人中有很多人是移民過去的，身

[24] 詳見郭實渝《由臺灣前往美國的「小留學生」問題之研究》，臺北：中研院歐美所，1992。

上帶了些過往的積蓄，可以做些小買賣。[25]

換言之，第三波華人新移民經濟狀況好轉，且不少是在臺灣事業有成的中年人，他們不是為了留學而離開臺灣，有工作經驗與自己的事業基礎。年齡與閱歷的不同，使旅美作家小說有了基本的轉變。原來的留學生作家從以往的青澀成長，漸次為美國學界知識份子所取代，而更多的移民小說特質又逐步超過留學生小說的打工色彩，八〇年代是「留學生小說」過渡到「移民小說」的時期，臺灣旅美作家的小說創作回到一個新起點，走上更寬闊的道路。

在六、七〇年代的旅美作家，鮮少出現從大陸出來的人物或作家，八〇年代之後，大陸來的新移民增加快速，使八〇年代的臺灣移民小說華人生活圈多樣豐富了起來；原來的留學生作家或減產滯筆，不見學生時期的創作熱力，時代的轉變，代替的是新一代的作者，他們的人生經驗與前留學生作者迴異，筆下展現的是另一番風情。作品的內容不再是單一的描寫留學生生活，而可分為三方面：一是著眼於整個華人世界裡的各種現象，例如下一代的教育和認同、華裔老齡社會的問題；二是以描寫「臺灣」的時空為主，刻劃臺灣島內與海外親友的新愁舊恨；第三則是兩岸三地的華人在美國的第三類接觸，移民小說成了兩岸人民海外交流的最佳舞臺。當時留學生小說創作的瓶頸，正是日後臺灣旅美移民小說推陳出新的契機。移民小說翻寫在美國地區華人交會時的恩怨情愁，因能超出地域、文化與政治的單一思維，因此閱讀起來視野更宏觀，格局更遼闊，確是早期留學生作家在遊走鄉愁的層層迷思後，重新開闢的新天地。

---

[25] 見田新彬〈「老蚌生珠」的文壇「新秀」周腓力〉，收錄在周腓力《洋飯二吃》，頁237。

陳若曦一九八〇年發表《向著太平洋彼岸》標示著她創作的新轉折點。由傷痕文學轉向寫從大陸或臺灣去美國的華人知識份子生活。《突圍》寫居住在舊金山灣區五十九歲大陸籍中國學教授駱翔之的生活道路婚姻愛情，展示了正處於蛻變中的美國華人知識界的風貌與境遇。《遠見》借廖淑貞和來自大陸的學者應見湘這兩個人物，對美國、臺灣和中國大陸三個社會進行多角度多層面的審視。《紙婚》以日記方式，敘述來自大陸女子尤怡平為了合法居留，而與同性戀的美國男子項・墨非開始一段真誠執守的紙上婚姻故事。

周腓力是第三波華人新移民，旨在表現美國謀生不易的一斑，由此道出了廣義留學生文學題材重心轉移到經濟層面的現實原因。周腓力〈洋飯二吃〉、〈一周大事〉、〈先婚後友〉等小說，以誇張的漫畫式手法配合詼諧的自嘲，笑中有淚刻，劃旅美華人靠假結婚幫人申請綠卡以謀生，或因忙碌，連夫妻關係也如例行公事一樣，規定每周一次等畸形奇特的景象。顧肇森以「旅美華人譜」為副題的《貓臉的歲月》，通過各種類型的人物，從利用姿色走紅的女企業家到淪落風塵的按摩女郎，從行醫於黑人區最後遭搶劫致死的華人醫生到走火入魔，蕩盡家財的賭棍，從受丈夫欺壓的家庭主婦到「滿腦袋只是居留居留居留」的綠卡狂等，展現旅美華人的艱難處境下為求生存的種種掙扎和艱辛。保真《邢家大少》，寫的都是在美國「流浪的中國人」。儘管其性格命運不同，卻都交織著迷惘、焦慮、孤獨、痛苦、掙扎等錯綜複雜的感情世界。

於梨華的作品也從「無處是家」的留學生迷惘走向「處處是家」的華人世界。《尋》及《相見歡》是她試圖從學界裡掙脫出來，轉而描繪商界、醫界及其他生活領域的寫作新方向。李黎的小說為海外華人解開「國土斷裂」與「自身流放」的兩大愁思。黃娟八〇年代作品如長篇《邂逅》、《啞婚》等，以「台美人」感情婚姻生活為主題，寫出美國臺灣人社區的孤立與無奈；《故鄉來的親人》更以台美斷交後的移民熱潮為經，緯以美麗島事件等臺灣大事鋪敘而成，確立她作為台美文學旗手的地位。曹又方《美國月亮》改寫以往留學生文學那種「他生未卜此生休」的陰影，老留學生在一個年齡相差二十歲的樂觀女孩影響之下，面對現實生活，不再幻滅，在現實人生的壓力下，產生嚴肅人生的一面。

第四節　九〇年代新舊移民小說的寫實與顛覆

九〇年代的旅美移民小說創作，有三種趨向：一是旅美新作家的崛起，如張讓、章緣、裴在美、紀大偉、褚士瑩、阿仁等，他們以全新的文學視野與文學感性，弦歌新唱，巧妙運用「新移民」浮生現象為題材，翻新的寫作手法，在臺灣所舉辦的各項重要文學獎中，初聲啼鳴，不僅反映出當今文學潮流的遞嬗，也成為九〇年代新移民小說風貌的具體縮影，傳達有別於六〇年代以來海外小說創作的審美信息。冷漠的都會，騷動的情欲，以及女性自我追尋等議題，以及轉趨個人自省式的獨白，海外新世代的小說創作，也像一隻風向球，預領了未來文壇的風騷。二是六、七〇年代的留學生作家群與八〇年代移民小說作家的創作不輟，如於梨華、陳若曦、張系國、黃娟、李黎、荊棘等，他們的小說對海外華人自我定位的「第三種文化」[26]演化歷

[26] 丁果在〈華人的第三種文化—海外華人的自我定位〉一文中提出後現代色彩的第三種文化，他說：「什麼是第三種文化？它既不是中國本土文化在

程，尤其呈現貼切的闡釋，其可貴之處在於它蘊含了東西文化碰撞交融後的昇華，突顯「移民文化學」的意義。第三是許多旅美著名的學者或非文學領域的專業人士，也在九〇年代加入小說的創作，如李渝、李歐梵、夏烈、林太乙、許倬雲等是。九〇年代的旅美作家小說，處處可見後設的創作手法，甚少傳統上的束縛，也少見意識型態的偏執，注重文化的異同互補，反映解構特色，具有相當的後現代色彩，也有作家存在著離開本土、本土的跨國化、全球地方化等九〇年代的新移民性質，不少實驗性創作展現解放文學創造力，與八〇年代的移民小說有了相當程度的轉變，主要的原因，與一九八七年解嚴後的臺灣「後現代主義」文壇現象相呼應。

一、九〇年代後現代移民小說的背景因素

自六〇年代後，以社會思潮而言，西方伴隨「後工業社會」(Post-industrial Society)[27]狀況而生的文化情境，被稱為「後現代性」，

海外的自然延伸，也不是西方文化的一個『亞種』，它是東西文化碰撞交融後的昇華，是世界多元文化中的一朵奇葩。說得仔細一些，第三種文化是東西兩種文化通過海外華人這一特殊的文化『載體』，從生活方式到價值取向進行了互動與融合，從而形成與發展出的一種新的文化。」該文原載於《文化中國》，亦收錄在楊樹清《天堂之路》，臺北：旺角出版社，1997,1，頁229。

27 「後工業社會」是美國社會學者貝爾（Daniel Bell，1911～）提出的名詞，其意指一種較成熟的工業社會，貝爾將社會分成：（一）前工業社會：意圖與自然競爭，其資源來自採掘業，受到報酬遞減律的限制，生產律低下。（二）工業社會：意圖和虛擬自然界的競爭，以人和機器之間的關係為中心，利用能源把自然環境改變為技術環境。（三）後工業社會：為人與人

在後現代性之上發展起來的各種理論，被稱為「後現代主義」[28]。在一九八七年中華民國政府宣佈解嚴，不僅臺灣社會在許多地方以深受後現代主義的影響，在文學創作尤其明顯[29]。但後現代主義的「大敘述」（Grand Narrative）[30]瓦解，在八〇年代後期的旅美移民小說創

之間的競爭，在這種社會裡，以資訊為基礎的「智識技術」和機械技術並駕齊驅。見貝爾《後工業社會的來臨》，臺北：桂冠出版社，1989，頁146。後工業社會以資訊為主，因而在學術界也有人將具有後工業社會狀況的社會稱為「資訊社會」。

[28] 「後現代主義」可以連接著三個觀念進行理解：「現代性」、「後現代主義」、「後現代」。「現代性」指西方自啟蒙時代以來，以理性為本的世界觀；「現代化」則指歐美十九世紀以來，以啟蒙為基礎所發展出來的整套文明；「現代主義」是對現代化過程中出現的弊病的反動與反省；「後現代主義」要反省的對象主要是「現代性」與「現代化」而非現代主義，故其與現代主義之間的關係應非斷絕，亦即有繼承亦有超越之處。繼承指的是二者皆在對現代性作出批判；超越指的是後現代已不再對現代性依賴。參見廖咸浩〈後現代風潮與本土創作〉。

[29] 例如林燿德、孟樊論述八十年代後期的文學史特色：「與此世代更替完成的同時，為七〇年代文學主流的寫實主義，在時序進入八〇年代這個新的世代後，逐漸失勢且失寵，換上來的新面孔是氣勢日大的後現代主義，新的文學典範駸駸然形成，成為新世代文學創作及評論的標竿。」見《世紀末偏航》之〈總序：以當代視野書寫八〇年代臺灣文學史〉，臺北：時報文化出版公司，頁9。

[30] Grand Narrative中文譯為「大敘述」或「堂皇敘事」或「正統敘事」。此術語出於李歐塔《後現代狀況》一書，原指西方啟蒙運動以來，伴隨那種以單一標準去裁定所有差異的「元敘事」（Metanarrative）而來的兩套冠冕堂皇的神話，一為科學求真，一為自由解放，這兩種神話為制度化的科學研究辯護，從而促使科學的突飛猛進。以臺灣旅美作家自六〇年代以來海外時空環境而言，留學生、移民等海外「流浪的中國人」顯然是海外華文小

作仍不明顯，解嚴後文藝政策的開放與鬆動，對於旅美作家的小說創作尚未明顯轉變。到了九〇年代，新生代的旅美作家開使以「多元的意識形態」發聲，眾聲喧嘩，確實給予移民小說換上多樣新裝，使移民小說在九〇年代呈現「新舊典範交替」的過渡意義，後現代風潮無疑是九〇年代旅美移民小說中最重要的一個趨勢，除了新的旅美作家新人類之外，如張系國、平路的新作《捕諜人》、李歐梵《范柳原懺情錄》等作品，無不以詭譎的後現代筆法，將現實與虛構雙重疊影，脫離大敘述所形成的藩籬，以邊緣性的小敘述，消長大敘述的單一焦點，這些都是在九〇年代旅美作家「後現代性」充分體現。至於九〇年代旅美移民小說所展現的新貌，可以廖咸浩之說看見梗概：

> 這些後現代思潮——包括了女性主義、性別論述、後殖民論述、弱勢論述、後結構主義、日常生活論述、資訊理論——的後現代共同特色就是，都是從超越啟蒙的前提——對最終解放與大敘述的質疑——出發。[31]

而九〇年代的旅美移民小說議題轉向或新發展的主線在此。這些後現代性的移民小說，對傳統敘事模式質疑、顛覆、實驗，明顯地向傳統留學生小說或移民小說舊敘事分道揚鑣，小說的寫作風格與語言結構也有嶄新表現，後設手法的引用與「寫實成規」的六、七〇年代的留學生小說或八〇年代的移民小說迥然不同，對於國族、資訊、人性絕境、性別差異、弱勢社群等後現代性意義的深度消解，使移民小說的

說的傳統大敘述，小說人物、題材縱有千百姿態，仍不脫離作家在異鄉懷戀故土的意識之下創作。

[31] 見廖咸浩〈複眼觀花、複音歌唱—八十四年短篇小說選的後現代風貌〉，收錄於《八十四年度短篇小說選》，臺北：爾雅出版社，1995,頁 5。

單一詮釋不再，從大敘述的解構到邊陲主體的建立，旅美移民小說在九〇年代譜寫了後現代的歷史新頁。

二、九〇年代臺灣旅美移民小說內容

除了後現代的移民小說在九〇年代成為主流，同時也有一批旅美作家沿續以往的創作熱忱，對九〇年代美國僑界的環境變動，及文化觀念之轉換，加以筆繪刻劃。這些作品已逐步跳脫故土緬懷的窠臼，重新開闢對新土耕耘的結果。於梨華、陳若曦、黎錦揚等雖已逐漸遠離創作的高峰，仍視文學創作為生命般鍥而不捨。於梨華與陳若曦不約而同為「女性」陳言。於梨華《一個天使的沉淪》是為了受過性摧殘或受其他性傷害的女性而寫；《屏風後的女人》以三代之間的衝突，寫下在不同文化下產生的代溝，是老中青三代婦女的海外塑像。陳若曦《女兒的家》、《清水嬸回家》對海峽兩岸三地社會轉型，留下註腳。書中對中年男子的情欲世界與中年婦女的精神生活，有數種典型形象與時代性意義。基本上，老將的新作特色是已臻融合異國文化而生新體驗，抱持「此心安處是吾鄉」的客觀態度，採取平視姿態，彼此尊重，互相吸收，來檢視異國異鄉的文化習慣與人情事物，使移民文學進入寫實的傾向。至於新移民者或以新手之姿，經由文學獎參賽，闖入臺灣文壇，來自大陸的嚴歌苓的移民文學已獨樹一幟。《少女小漁》、《海那邊》、《倒淌河》中的移民人物多得令人目不暇給，獨特的闡釋魅力與敘述觀點，幾乎顛覆以往的所見的移民文學。《扶桑》更以一百五十年前的移民婦女與華工為題材，史實與想像在第一代與第五代女性移民中對話，展現作者極大的可塑性與創造力。章緣

《更衣室的女人》沒有任何一句女性主義口號，卻有十足的震撼力；裴在美《無可原諒的告白》、《小河紀事》、《海在沙漠的彼端》善用後設手法；張讓《我的兩個太太》彰顯兩地文化環境對人的影響，題材與風格與以往迥然不同。總之，新移民者作品多反映後現代思潮與解構特色，創作手法翻新，對於性別差異、女性身體與情欲書寫才是作家的偏好焦點。

由上所述，六〇年代臺灣留學生文學到現今移民文學的發展與演變，有其清楚的流脈，許多臺灣當代文學史上重要作家與其代表作品，跟他們本身作為留學生或旅居美國的素質是分不開的。以聶華苓為例，《桃紅與桑青》被國內外評論者稱為「臺灣有史以來野心最大的小說」，聶華苓感慨道：「如果我沒到美國來，我寫不出這樣的小說」。因此留學生文學及移民文學是很多作家成就的重要原因。出國往往是作品轉變的標誌，也是個人創作歷程風格轉折的關鍵。臺灣當代文學發展上的每一階段，都有某一部分作家作品，或具體或隱微地與文壇上的留學生經驗的轉化有關。其興起轉變，與整個臺灣社會及文壇關係更是互涉交錯，目前也還在演化中，探討空間大，恐非「邊緣」數字可以定論，值得研究者深入的考察。

第四章　臺灣旅美作家小說之人物論

第一節　留學生眾生相

六、七〇年代臺灣留學生小說的人物刻劃論，集中在海外知識份子面對去、留或回歸的問題上，這種情形並非首見，早在二〇年代末期，老舍長篇小說《二馬》便已巧妙地烘托出海外留學生歸與不歸的兩難問題。《二馬》中的英雄馬威是個浪漫的愛國主義者，但寄居異國，一腔熱血終化為一場無所寄託的空想。然而小馬儘管愛中國，末了卻遠離到法國，流放與回歸的兩難抉擇，當時已經顯現。其實留學生去留問題表層顯現的是人生自我體驗的歷程，在他們難以抉擇去留的自我選擇與自我追求中，人物性格的深度與心靈的探索價值，已不是純粹的自我尋找，而是微妙地承載了社會、文化、歷史深刻的意蘊。例如留學生從才智、能力以及心理接受能力各方面來論，應不比美國人低下，但是留學生附加上的民族習性、原社會根植的價值觀，以及政治變亂的烙印時，留學生人物身上便昭示了這一族群在異國承受的心靈創傷與肉體痛苦的不同反應，顯現了留學生特有的自我心靈與人格的種種變化。因此，留學生自我探索所體現的價值，顯現了一種理性的意義：留學生的去留與回歸並非純粹的自我，而自我的完善與追求只有與道德觀念相輔相生，納入民族長久以來的文化系統、社會價值之下，才能融匯成健全的、豐實的人格特徵。換言之，若要細剖留學生小說人物的去留與回歸之間的拉鋸辯證，必不能脫離時代、社會或民族歷史的自我追尋，如此才能顯現其全面的、豐富的意義與價值。綜觀而言，臺灣留學生小說中的留學生人物，在去美、留美與回歸的內心世界，有以下幾點意義，值得注意：第一是六、七〇年代的留學生小說人物多反映個人存在的虛無感受，理由是臺灣留學生對於中國的歷史文化傳統，正走向由全面認同到逐步疏離的內心衝突階段，因為知識份子身處美國，面對西方文化的強勢，心中又要堅持固守中國傳統文化，兩者敵對衝突，產生強烈的心理辯證，留學生人物的去留問題因而清晰凸顯，小說便於此處鮮明著墨；八、九〇年代的臺灣留學生因為普遍已對西方文化由欲迎還拒，轉向傾心擁抱的過渡階段，去留與回歸不再有強烈的雙元文化衝突，因此留「學」西方之後返鄉，或學成而「留」西方，留學生心中已少有過去知識份子的傳統道德壓力，責任驅力也削弱許多，這是臺灣社會群體的普遍現象，同樣地反映在旅美作家小說中，八、九〇年代便少見留學生人物去留與回歸的問題。其次，六、七〇年代的留學生小說中人物的情感衝突，除了自我情緒的發洩，還有小我情志與大我情操的心理拔河；六〇年代的留學生人物形象較為統一，因為失根心理，強調留學生個人孤獨感的濃重悲情。金耀基說：

> 中國知識份子的孤獨感之產生，基本上是因為他們是美國社會的「外員」：他們職業上的成就並不易使美國人對他們產生一「我群」意識；而中國的歷史意識也不易使他們放棄對中國的強烈的認同。他們清清楚楚地知道，在第一義與最後義上，他們是中國人。在午夜夢迴的時際，他們所看到的是祖國家園親人的面影，在落葉飄風的季節，他們所想到的是

祖國田野的阡陌黃花。[1]

因為當時六〇年代的留學生普遍以「中國人」為第一義與最後義的中心價值，而又身處西方文化為統宰價值的信仰與社會中，因而留學生成為美國社會的邊陲外員，心中形成強烈的疏離與失落感。然而到了七〇年代，留學生的保釣運動，在美國充分發揮中國知識份子關心社會天下的傳統，認為保釣運動是「五四精神」與「重慶精神」的延續發揚[2]，此時留學生小說中的人物，將讀書與家事國事天下事連在一起，不僅顯現中國文化成就道德的性格，大我情操更表現出留學生人物對於時代社會與民族歷史的自我追尋，因此，七〇年代的留學生小說人物，多見表達個人與社會的積極關聯，無論在身份、性格、心理的塑造開拓，顯然繁複多樣。

一、留學生去留抉擇的四種典型

六、七〇年代的臺灣留學生小說中的人物刻劃，大多集中在海外「知識份子」（Intelligentsia）在面對去、留或回歸的問題上，藉此塑造出人物的不同性格，創造出那個時代的留學生的幾種典型。有關去留徘徊的問題上，大概可以分成四種典型的留美知識份子：一為去而不歸的留美者；二為去留間難以抉擇的徬徨者；三為心繫祖國的不

---

1 金耀基〈孤獨的一群—談在美國的中國知識份子〉，《中國現代化與知識份子》，臺北：時報文化出版公司，1994,5 二版，頁 84。

2 見〈第二次保釣運動的意義與方向〉一文，原刊於「波士頓通訊」地 81 期社論，1978,9，收錄在《留學生的十字架》，臺北：時報文化出版公司，1982,6 初版，頁 84。

歸者；四是愛國的回歸者。

（一）去而不歸的留美者

第一種留美知識份子的類型是去而不歸的留美者，又分「流亡他鄉型」與「異鄉勝故鄉型」。這些人物典型在六、七〇年代的留美學生小說中佔最多數，但此類型人物中又有不同的心理與性格。白先勇筆下的「紐約客」大多屬於「流亡他鄉型」，他說到紐約客創作的緣起，歸納後有三：一是出國受外來文化衝擊，產生認同危機，因為文化饑渴，影響他對自我發現與追尋的情緒；二是有一次在紐約看到外國人拍攝的中國歷史片「一時不知身在何方。那是我到美國後，第一次深深感到國破家亡的徬徨」；第三是「去國日久，對自己國家的文化鄉愁日深，於是便開始了『紐約客』，以及稍後的『臺北人』」[3]。在紐約客中的數篇小說人物，不論是從大陸赴美，如〈謫仙記〉中的李彤，或經由臺灣輾轉赴美，如〈芝加哥之死〉的吳漢魂、〈謫仙怨〉裏的鳳儀，大都無奈地在美國漂泊生活，又對自己的文化鄉愁日深，故在思想上產生極端的苦悶徬徨。

此外，去國不歸的留美者的另一種類型是「異鄉勝故鄉」型。這類型的人物性格塑造，大多是懷抱著「此心安處是吾鄉」的心情，他們是有意識的選擇留在美國，而沒有前者那種內心的悲戚與矛盾，只是平平實實努力工作，為居留而居留，有時內心不免空虛，但從未動搖客居美國，另起家園的強烈意願。白先勇〈火島之行〉中的林剛，是個中國味濃厚的單身漢。拿到碩士之後，找到高薪工作，做事八年，是道地的紐約客；〈安樂鄉的一日〉中的偉成，「在美國日子久了，一切習俗都採取了美國方式」，從生活習慣到教育子女，一切採用美

---

[3] 見白先勇《寂寞的十七歲》後記，臺北：遠景出版社，1984,2，頁 339-340。

式，小說的衝突來自身留美國卻拋不掉中國傳統的太太依萍，面對自小在美國出生的小女兒寶莉不願當中國人，而與偉成起了勃豁，但偉成卻從未動搖留在美國的意願；〈上摩天樓去〉的玫倫，沒有沉重的家國之思，為了在美國居留生活，放棄音樂改學圖書館管理等，都是「異鄉勝故鄉」的例子。張系國小說中也有不少「異鄉勝故鄉」型的知識份子，但對此類人物，張系國小說有嚴重的批判意味。《昨日之怒》中的洪顯祖，是現實功利、心中只為「小我」精打細算的個人主義者；同書中的吳寒山，也是一個生活形態完全洋化的旅美學人，他的生活沉醉在史學與八本自著專書中，人生目標則汲汲營營於生財之道。他的身旁盡是一些忘本的旅美學者及勢利的富商大賈，他的婚外單戀豔史，也被剛畢業的雀斑姑娘拒絕後，尷尬結束。比較之下，對於去而不歸的留美知識份子，白先勇筆下的人物偏重個人的生活根源迷失的失落感與生命歷程的追尋，反映出六〇年代的海外中國人漂泊失根的心態；張系國則質疑當時的人心指向與社會脈動，對七〇年代迷失在異鄉中，只顧追逐名利的知識份子的怯懦與妥協，表示不滿與憂心；海外知識份子理想性的沉淪，也是張系國的留美學生小說中感時憂國的根源。

（二）難以抉擇去留的徬徨者

第二種留美知識份子的類型是難以抉擇去留的徬徨者，於梨華《又見棕櫚，又見棕櫚》的牟天磊是最具代表性的典型人物。

在《又見棕櫚，又見棕櫚》一書中，牟天磊回台省親的過程中，回顧的正是旅美十年各種形式不同本質不變的寂寞。他形容出國過的是「那種像油條一般的，外面黃澄澄，飽滿挺直而裡面實在是空的美國生活」。而那種空的感覺在他「學成」、「業就」的過程，無時無刻不侵擾著他：夏天打工時，他在夜裡開運冰的大卡車來往三藩市與卡美爾之間，「行著人間最寂寞的掙扎的路」；戴博士帽時，他獨守著家人或朋友認為值得忍受的寂寞，但是「手裡的一卷紙裏的有多少淚，多少醒悟，只有他自己知道」。美國豐厚的物質生活，無論如何也填補不了內心渴望家鄉親情的溫潤。所以在佳利家中，他聽見古老的中國民歌「蘇武牧羊」，使他憶起母親燈下縫衣裳的情景，李陵答蘇武書那種「遠託異國，昔人所悲；望風懷想，能不依依」的心情，在於梨華小說中，不言而喻。牟天磊的旅美生涯讓他體悟留學生的成熟，「是經過各種各樣對生活的失望」，他原以為回家鄉平凡實在的生活是解決他自己種種矛盾、層層空虛與種種問題的唯一途徑，但他發現他得回去美國，因為「我回去，還是為了我自己。在那裡雖然沒有根，但是，我也習慣了，認了，又習慣了生活中帶那麼一點懷鄉的思念。同時，我發現，我比較習慣那邊的生活。最重要的，我會有一個快樂的希望，希望每隔幾年可以回來，有了那麼樣一個希望，就可以遐想希望所帶來的各種快樂」4。牟天磊的情志一直在去留之間徬徨掙扎，而小說的重點不在當中的人物作了回鄉或留下的決定，而在於表達去留過程的內心體悟，尤其是家國對海外學子心靈上的意義，從思鄉的情緒到文化鄉愁的情志表達，正是此類型人物性格塑造與形象描寫的重心。

（三）心繫祖國的不歸者

第三類型的留美知識份子的典型是心繫祖國的不歸者。這類型人物的中國情結深重，他們也是懷抱著崇高理想的愛國主義者。他們關心臺灣、關心政治，沒有個人的私心，放下小我的種種慾望，一心存念著大我的存在與愛國的理想。張系國在《昨日之怒》中的葛日新是

[4] 於梨華《又見棕櫚・又見棕櫚》，臺北：皇冠出版社，1996,2，頁159。

此類典型人物。葛日新是《昨日之怒》的主要人物，也是作者情感的寄託者。小說中的葛日新傾注個人力量，謀求群眾之權益，藉葛日新在一連串驚滔駭浪的保釣群眾愛國運動中，走出讀書人的象牙塔，拋去知識份子的臭汗衫，在理想與現實中，接受一次次的磨鍊和考驗。張系國有意以葛日新代表堅持理想卻備受冷落的知識份子，以洪顯祖與吳寒山等人做為對比，代表只重個人安危，漠視母國強弱、對爭取民族權益冷然觀望的另一種海外留學生的態度，藉此觀照七〇年代留美學生對於國家民族的關懷程度，同時反映海外知識份子對保釣的不同心態。然而，這位心繫祖國的愛國者，在熱情的參與保釣運動後，面對現實的生活，卻是付出相當沉重的代價。葛日新關心臺灣，卻有不能歸去的苦衷，尤其在同居人王亞男懷孕之後，他的精神壓力更加沉重，他有家歸不得的理由在於：

> 他不願意在美國找事。也許他應該回臺灣去？畢竟那是他生長的地方。可是他還能適應國內的環境嗎？他知道，他的政治理想，他過去的活動記錄，都對他極為不利。他愛那片土地，他無時無刻不夢想回去。祇有在那片土地上，他能一展所長，他才能問心無愧的生活。他唯一熱愛的是臺灣，他唯一所關懷的就是那塊土地。為了她，他可以放棄一切，甚至自己的生命。可是他回去能夠做什麼？別人肯讓他做什麼？別人肯給他任何機會嗎？[5]

雖然，葛日新、施平與金理和他們在美國不願有一絲一毫的安定生根的感覺，但他們一想到在國外一事無成，學位沒有唸完，加上過去的記錄也可能影響在國內的前途，認真考慮回國問題，其實也是困難重

---

[5] 張系國《昨日之怒》，臺北：洪範書店，1982,12，頁 173。

重。最後施平選擇做「多少對幫助海外中國人的團結有一點貢獻」的工作，回到紐約華文報社，「就讓我永遠站在外面做一個守望者吧。有危險來了，我會呼喊，讓他們知道。我會盡力保護他們。我不一定能再回到老家裏面看看，可是看到不看到又有什麼分別？至少我有權利做一個守望者」6。葛日新在政治因素無奈的情況之下，「是預備不回去了，已經走到這個地步，不可能再走回頭路」；金理和也不曾再回到臺灣，而留在美國的他，生活只有兩個嗜好「中國是我唯一的愛，釣魚是我消磨時間唯一的方法」。張系國筆下這一群心繫祖國的不歸者，在受到釣運思想的洗禮，心靈的震撼及時代一連串驚心動魄的歷史場面之後，成為滯留海外的知識份子另一種苦悶徬徨的典型。

（四）出走後的回歸者

第四類型的海外知識份子是出國後決定回國者，於梨華《又見棕櫚，又見棕櫚》的邱尚峰老師是代表人物。邱尚峰是牟天磊大學時期的老師，後來得到福特基金的資助而到史坦福大學去研究了一年，而後他毅然放棄西岸一個大學教授中文的聘書，原因是「離不開家鄉的窩」，「雖然亂，雖然髒，但它是我的窩，我在這間屋子裡覺得最快樂、最安全。沒有去史坦福以前，我怕回到這間屋子來，實在太髒了，所以走時心裡很痛快，終於離開這窩了。誰知到了那邊沒多久，想的就是這個窩，才知道這個窩的好處。」[7]。他希望牟天磊留下來，和他一同在臺灣辦雜誌，但不用回國服務等堂皇的理由，「我總覺得像我們這些學文的，一支筆，一份想像力，並不需要美國任何機器的幫

[6] 同前註，頁 288。

[7] 同註 2，頁 192。

助，卻需要自己的土壤與肥料，應該在這裡」[8]。邱尚峰老師這樣的人物，在當時的留美學生小說中並不多見，也表現了當時海外知識份子的個別性。雖然他也是眾多的留美學人之一，但從他生活上的不修邊幅，也暗寓他不受世俗價值觀左右的性格，；邱尚峰的磊落灑脫正對應著牟天磊的優柔寡斷，這也是於梨華小說人物不同品性氣質塑造的表現。

《昨日之怒》中的胡偉康，在留美留德之後，也返回國內大學兼課。與邱尚峰不同的是，邱尚峰過的是積極而充滿生命力的生活，辦文學雜誌是要做點有意義的事的強烈理想性使然，即使過程不免寂寞，心境也是豁達而不頹廢的。胡偉康則不然，他仍然沉迷於存在主義，即使外面世界起了大變化，而他的世界依然故我。他否定人們在現實世界的努力，認為愛國的情緒、激昂的心境，都歸於政治的影響，稱此是庸俗的文化論；胡偉康有著對哲學的堅持與不妥協的勇氣，但是他與世隔絕的心態，與家事國事天下事，事事不關心的犬儒主義，也反映了出國後的回歸者的另一種面相。

二、旅美學人形貌

描述留學生在去留之間的抉擇，顯現了六、七〇年代臺旅美作家筆下留學生的普遍性與典型性。然而，留學生小說中的留學生與旅美學人如此眾多，尚有作家描寫出來幾種不同的學者形貌，使留學生人物性格的發展包容了複雜性、變化性與個別性的塑造。現就以下幾種不同的性向思想，介紹旅美學人的不同形象：

[8] 同註 2，頁 197-198。

（一）耿直狷介的留美學人

中國知識份子「達則兼濟，窮則獨善」，都立意追求人格的純潔，保持起碼的良知與正義感。於梨華對於描寫留美學人耿直狷介的正直性格有深入的描繪，黃娟對於奉公守法，負責守己的華人特質也有生動具體的縱橫描寫。於梨華在《考驗》中的鍾樂平教授便是耿直狷介型的學者，他學識豐富，又積極進取，但不善於交際，也不主動爭取自己權益，結果總是被犧牲排擠。他三次聘任於學界，又三次失去工作，雖爭取到永久聘書，升上正教授，還是因為擔憂人事不和而自動辭職。於梨華對於旅美學人鍾樂平的正直性格在剖析中另有反思之意，從學者異國生活的感受表達，逐步轉向事業搏鬥背後的中國知識份子性格的探索解剖，既對其耿直狷介的正面形象有所肯定，但也對其怒而不爭的保守清高有所批判。此外，黃娟短篇小說〈弱點〉的安地，以及〈劉宏一〉中的陳克夫、吳光雄、鄧耀宗等人，都是奉公守法、耿直認真的臺美族，但他們也沒有因為「守規矩」、「負責任」的做人原則而在職場平順升遷，知識份子的不善交際、不肯逢迎成了他們的致命傷。小說藉著性格正直耿介的學人，被置放在美國學界或職場的不同環境條件之下，在理想性與庸俗化之間，引發生存課題的種種考驗，從知識菁英面臨有所為或有所不為的堅持，或通權達變的圓融處世智慧的化解過程，增強小說生命的張力，強化了正直性格人物的形象與命運。

（二）迂訥軟弱的留學人

於梨華在描寫留美學人耿直狷介的性格有深入的描繪，對於迂腐軟弱、怯懦麻木的留學生，實有更精彩的剖析刻劃。陳友軍談到於梨華小說中，有關於留學生自我心靈價值的探尋，歸納出他們人生道路的兩端，他說：

> 我們應該看到留學生人生道路的兩端：一端是自我不能實現而走向精神的虛無，尋求物質的撫慰；另一端面對現實與人生理想的不調和，背負起沉重的精神負擔，艱難地支撐起人格的尊嚴。[9]

觀察六、七〇年代的臺灣留學生小說，留學生並非困守在傳統中國知識份子的感傷情結中，在旅美作家筆下的留學生，經過重重的身心煎熬，都漸漸地將個人的憂傷感懷內化為現代知識份子獨特的氣質心靈與行為特徵，有的因而自我覺醒，堅持了主觀的理想性，有的卻在美國新的世俗性文化淘洗之下，自覺或不自覺地養成冷漠現實的估算性格，冰凍了他們的熱情與理想，也就是陳有軍所言留學生「走向精神虛無，尋求物質撫慰」者。例如於梨華《傅家的兒女們》中的如曼、如傑、如俊和如豪，都從光鮮的留學生走向失意的留學人，他們或者情感失意，或者學業未竟，無一獲得人生的幸福，原因都與他們屈服軟弱的性格有密切相關。《考驗》中的鍾樂平教授，在耿直的性格中，也有迂訥軟弱的一面，為了在美國學界「獨善其身」，有時顯得退縮怯懦，於梨華對於性格患有「軟骨症」的留美學人，在小說中予以有力鞭撻。《會場現形記》是另一種「軟脊骨動物」的留美學人，為了求在學界的生存，煞費心計，吹捧逢迎地氣節喪盡，也是軟弱迂訥的學人典型。

（三）落拓浪子的留學生

殘二的《浪子》是留學生典型的反面書寫。沒有六〇年代留學生徘徊去留的心酸血淚，不見張系國筆下留學生的熱血、國魂與希望，

---

9 見陳友軍〈華人文化觀念的文學投影—於梨華小說的價值結構〉，收錄於趙遐秋、馬相武主編《海外華文文學綜論》，頁 126。

坦然面對留學生涯的徹底失敗，離家出走，找尋自我。小說也改寫以往所見的留學生小說毀滅結局，袁思古放棄學業，要在異國真實地活下去。袁思古為了長期居留美國，把一個美籍中國女孩徐蕙珊肚子弄大，這是留學生另一種現實反映，在當時卻是少見的大膽書寫。他靠裙帶關係，在大學教中文，可是沒興趣做學問，教書不耐煩，於是離家出走，暫時投靠老友陶天然夫婦的餐館打工。藉著書信、記憶，在腦海裡援筆直書，發洩怨氣，對頂頭上司、假淑女偽君子、甚至自己妻子冷嘲熱諷，立意要擺脫徐家的援助，靠自己本事活下去。袁思古言語苛薄調侃，滿腹牢騷，殘二所塑造的是留學生落拓江湖的浪子形象，不論是否「譁眾取寵」[10]，確實引起讀者對留學生小說異樣的感受。曹又方的《美國月亮》背景從七〇年代渡向八〇年代的美國，留學生陶士敏因為初戀情人雪晴的離去，他索性放棄學業，一口氣在餐廳打了十年的工，「幹的是給人呼來叱去端盤生涯」，得過且過，沒有「捨我其誰」的浪漫情調，也未曾想過以驚天動地的方式去推動歷史運會的變革，他不是意氣用事，也並非意志消沉，只是落拓在美國社會求生角落的浪子型學人，是打破留學生人物形象的另一種獨特詮釋。

（四）感情出軌的旅美學人

旅美作家對於感情出軌的旅美學人多有深刻的描寫，他們事業上的努力成就使物質生活不虞匱乏，但在情感的世界卻是無力的一群。從反抗婚姻關係的窒悶，到出走尋找新的親密關係，多數走不出傳統道德的規範，最終仍然放棄婚外情感。小說的共同點是除了寫出異鄉

[10] 例如評論者亞菁〈譁眾取寵—讀「浪子」〉一文提出對《浪子》一書的看法。收於《現代文學評論》，（台北：東大圖書公司，1983 年），頁 95-98。

華人高級知識份子的精神空虛與孤獨心態之外，隱藏在背後的主題因著不同的作者，意蘊也大異其趣。陳若曦《突圍》裡的駱翔之教授與欣欣一比他小三十歲、剛從大陸到美國的姑娘相戀，由此引起一系列傳統婚姻家庭的精神困境，婦女面對高學歷的丈夫移情別戀，外遇的精神壓力如影隨形，卻又無可奈何。《突圍》既寫學人的婚外出軌，也藉此反映兩岸華人在海外的情感激盪與矛盾衝突。李黎〈浮世〉中的歷史教授寧遠與小留學生菲比，從師長對年輕學生精神的寬慰、探索師生不同的人生觀與愛情觀，到兩人從性愛關係觸及生命的課題，六〇年代的留學生與八〇年代的小留學生相遇，有的是歲月時空的隔膜，青春記憶與歷史因果的交錯，兩個世代的距離，縱有肉體的風情仍無法觸及心靈深處的差距，這是旅美學人最深的無力感。黃娟小說《婚變》也寫事業有成的中年男子婚變題材，小說中陳和雄醫師認為作丈夫的除了努力於事業及穩定家庭經濟，尋求外遇應是被允許的，陳醫師認為妻子淑珍的端莊氣質是理想的原配；惠英的撩人風騷適合陪他尋歡作樂。黃娟有意藉這樣的題材，批判臺灣普遍存在的男尊女卑觀念，認為臺灣傳統社會向來給男人特權和地位，在重男輕女的社會之下，又無形地使一個受傳統歧視的女性再度跟著傳統，使歧視女性不斷循環，藉此類小說帶出女性覺醒的深刻意義。

（五）安身立命的學者

二殘《二殘遊記》可說是旅美學人生活形影與思想觀察的大拼盤。不同於張系國《昨日之怒》裡的八面玲瓏、但缺乏人品的洪顯祖與吳寒山，在子虛省烏有市任教的二殘，揚棄中國知識份子傳統上的道德優越感，沒有高高在上的位置，帶著自嘲的語調，但盡小我的本份，在異國找到安身立命的目標。二殘已遠離無根一代的陰影，在異鄉建立新家園，正視異國的文化，關心華僑與當地社會的關係，注重下一代的教育與認同問題，但對學人熱衷名利、崇洋媚外的種種醜態，也會口誅筆伐，小說中將許多旅美學人自大又自卑的心理，拼貼呈現，趣味橫生，而二殘卻是在異鄉安身立命的學者典型。

第二節　留洋婦女肖像

在臺灣旅美作家小說中，留洋婦女人物眾多，從擁抱出國美夢的大學生，到失意墮落的留學生，從女留學生到悲困失落的家庭主婦，又從家庭主婦到職場女強人，甚至是海外自行創業的「頭家娘」，每一種留洋的婦女都有性格思想的共性與個性。留洋婦女形象的心理塑造，更完整呈現了是當代女性自我追尋的成長史，在父權宰制下展開反思，在失落的自我與傳統宿命下走出自我實現的正面意義。六〇年代多見在家庭中壓抑困頓的留學生太太，於梨華、孟絲、吉錚、黃娟等作家極早在海外婚姻的城堡裡默默質疑，在中國女性久習於被動的處境中蠢蠢欲動，她們充分把握女性成長過程的精神狀態，從充滿夢想的女孩到自我壓抑的女性，描寫家庭的絲繭如何將留學婦女牢牢捆綁，心理失調。到了七〇年代女留學生的形象便不同以往，擺脫了「主婦病」呻吟，女性開始把握美國這個可以開拓個人命運的機會，漸漸接受美國的事物與文化便是其中的心理轉變。透過女性人物身心的精細觀察，深入透視缺憾人生的真實，寫出留洋婦的內在人性，也勾勒出海外女性成長經驗所面對的傳統限制及時代觀念的參差變化。以下就留洋婦女的幾種典型與內在心理作一剖析。

一、女留學生

有關女留學生人物在現代小說中出現得很早，陳衡哲這位新文學運動第一個女作家，以她在美留學的經驗，寫出幾篇關於女留學生人物的感思。她的小說〈一日〉刊於一九一七年《留美學生季報》，敘述女留學生在校一天所見所聞，像是優美的散文化小說；〈洛綺思的問題〉寫的是女研究生洛綺思一心想在哲學上有所成就，而毅然放棄訂了婚約的瓦德白朗教授，是女研究生為了畢生理想而犧牲愛情的故事。小說中刻劃了師生兩人的心理矛盾與哀怨折磨，這樣的女留學生愛情在當時是相當前衛的書寫。六、七〇年代的臺灣留學生小說中的女留學生群，較少書寫她們對於家國失落的鄉愁悲情，也少見她們對於學成業就的強烈企圖或遠大抱負，反而多集中在女留學生在海外面臨婚姻的選擇，尤其是真愛與現實的兩難抉擇，也包括女留學生在學成前後、婚前婚後，失婚或不婚的狀態下，面臨失落之後的共同寂寞與悲哀。吉錚長篇小說《海那邊》的女留學生于鳳便是典型人物。她美而脫俗，才華洋溢，卻也充滿幻想，在異鄉的艱辛的求學與打工生涯中，逐步放棄夢想，面對闊少雷亨瑞的熱烈追求，使相戀六年的男友范希彥更加不安。小說的不同處是于鳳勇於面對自我，追求真愛，擺脫了女留學生抓住安全、捨棄愛情的俗套。白先勇〈謫仙記〉李彤也是形象鮮明的女留學生，在父母遇難前，她是一位心性高傲、光豔照人又純潔無瑕的貴族型留學生。無奈遭逢國內戰亂，父母逃亡船隻遇難後，李彤由於巨大的精神刺激而變成萬念俱灰的悲觀厭世者，終以遊戲人生的態度包裹受傷的靈魂，含恨死於異鄉。白先勇〈謫仙怨〉的黃鳳儀是另一種女留學生墮落迷失的人物塑造。舉目無親的黃鳳儀在繁華熱鬧的紐約市，當起「蒙古公主」的應召女郎，選用出賣青春的方式，企圖麻木自己海外孤單的苦痛與孤寂，她的出賣肉體，自甘墮落，與李彤童心未泯的單純人性，是截然不同的女留學生點典型。

二、留學生太太

留學生小說中的「留學生太太」大多擁有高學歷，婚後為了成全先生在學界或職場上的衝刺，放棄所學專長，留守在家中，安頓一切的起居雜務，全力支持並配合先生的各種需求。在旅美女作家筆下「留學生太太」是書寫不盡的心理掙扎，也是無法擺脫的命運悲劇。黃娟在〈野餐〉中清楚地寫出留學生太太的處境：「女人的事都是一樣，除了燒飯、洗衣服、打掃房子，就是帶小孩……在臺灣這樣，在美國這樣，擁有碩士學位的如此，擁有博士學位的也如此。」（《世紀的病人》，頁 88）因此留學生太太一樣是難以擺脫身為女人的宿命。有關留學生太太的人物特徵可從以下幾項說明：

（一）失落悲困的形象

於梨華、孟絲、吉錚、黃娟等作家開拓了許多以海外女留學生太太為主的人物類型，她們的共通點是呈現失落悲困的統一形象。誠如西蒙・波娃所說的，女人從婚姻中得到的是「鍍了金的庸俗，沒有野心，缺乏熱情，在悠長歲月中重複地度著毫無目的的日子，讓生命悄悄地滑向死亡。」[11]留學生太太為了先生和子女身心勞瘁，為先生的前程願景犧牲自我，她們維繫了天倫和樂的家人關係，卻失去了自己生命的平衡點，整個婦女心理失序的過程，也正好反映了人類適應歷

---

[11] 引自鄭至慧〈存在主義女性主義〉，收錄於顧燕翎主編《女性主義理論與流派》，臺北：女書文化事業有限公司，1997,1，頁 95。

程的共通本質，並在文化因素以及傳統價值觀念的衝擊下，顯現婦女心理的存在困境。留學生太太的矛盾衝突在小說中，不約而同地努力在失落與悲困中存活(surviving from lose and sadness)，且各自烙印著不可磨滅的深刻形象。吉錚《拾鄉》裡的留學生太太之怡，從留洋之前的喜悅，到回鄉路上裝載失鄉迷離的哀傷，之怡與昭谷九年失意的婚姻路，真實呈現留學生太太生命歷程的轉變與適應。於梨華《變》、《雪地上的星星》等寫女性在婚姻成為習慣後失去自我的困境，描述留學生太太遠離青春夢想與面對苦悶現實的掙扎。雖然不同的小說各有不同的發抒出口與詮釋方式，但相同的是她們都在失落與悲困中掙扎，發出「也許不快樂，也許不是不快樂」[12]、「不是不快活，只是不是不快活的人」[13]的聲音與告白。

（二）怨婦的愁思心結

於梨華、吉錚與孟絲筆下的留學生太太所以成為失落悲困的海外怨婦具體理由有二：一是她們大多與自己不愛的男人結婚，卻很少有勇氣跳出一個沒有愛情的婚姻；二是她們都是學有專長的女留學生，卻在婚後失去發揮專長的場域，而陷溺在日復一日的家事中，使她們不禁有「作人或作女人」的天問，重估傳統婦女角色的價值，究竟是「神聖義務」或「自我犧牲」的疑惑。除此之外，小說中的留學生太太形象所以顯得悲困失落，與她們的海外家庭面臨「時空易位」(out of place)及頓失「存有與歸屬感」(being and belonging)也有密切關係。高淑清對於「海外華人留學生太太的生活世界」的研究指出，「時空易位」對留學生太太而言是身心的折磨，也是影響她們情緒與家庭生

---

[12] 見於梨華《歸》自序。

[13] 見吉錚《孤雲》後記。

活的無形殺手，她說：

> 對於這些留學生太太而言，旅居海外的土地上，煞有如夢如幻的錯覺，尤其是對從來未踏出國門的某些華人家庭而言，腳雖踏在別人的土地上，心向與意念都還停留在自己熟悉的時空背景下，當偶然抬頭於異鄉街頭，耳聞一些不甚熟悉的洋腔洋調，撲鼻而來的不再是家鄉令人垂涎的中國菜或臺灣海鮮時，這才驚覺到自己已不再那麼熟悉，時空已不復從前，世界原來已變得陌生起來。[14]

對於置身新國度的留學生太太的生活適應，確實造成她們心理的深層焦慮，若不能頓悟時空易位的意義，調整適應新土的環境，便很難在失落悲困中尋找出路。黃娟〈炎夏的故事〉與〈冬眠〉寫的就是留學生太太迷失在時空易位的環境而倍感孤獨寂寞。〈炎夏的故事〉中育德的太太說：「半年來，這『只有一個人』的『孤獨感』，是多麼深刻地刺進了她的肺腑。這近乎『絕望』的『孤獨』的感覺，絕不是『寂寞』二個字，可以形容的。」留學生育德的太太因為太過孤獨，又極端恐懼黑人，在陌生環境中因為害怕過度，導致心臟痲痺死亡；〈冬眠〉的素珊，因為嫁給回國省親的留學生而搬到美國，面對白雪紛飛的異鄉，自己猶如與世隔絕，她失落悲困的心情如同窗外毫無生氣的冬眠狀態，在孤獨黑暗的夢中，跌入無邊的寂寞。至於失去「存有與歸屬感」也是不少留學生太太經驗到不安、擔心、恐懼及害怕隔絕(isolation)的感覺，高淑清說：

> 「存有與歸屬」是一種對時空(time and place)、對所處社

---

[14] 高淑清〈來自異鄉華人的心聲：海外華人留學生太太的生活世界〉，臺北：中央研究院「第五屆華人心理與行為科技學術研討會」，2000,12。

> 會的心理聯結，是一種辨識「社會共同體的意識型態」(the ideology of close social association)所衍生的強烈感受。欲尋找存有與歸屬感乃在於從所寓居的社區中去建立關係，去調適「易位」(out of place)後所帶來的衝擊，因此它是個體想要進入一個不同文化中的社會化過程及強烈的心理需求。[15]

因此，不少旅居在外的遊子，會因為頓感失去國家的庇蔭保護而引起悲困之感；正因為離開那個原是歸屬感來源的地方，意謂著存有與歸屬的重新定位與自我省思。旅美小說中的留學生太太許多都藉著極力「尋找存有與歸屬感」，來減緩自己的孤立不安。白先勇〈安樂鄉的一日〉的依萍是最明顯的例子，她因為在異鄉要尋找自己存有的歸屬感，住在美國高級住宅區，卻費勁地要維持中國人的模樣，並要求她的女兒寶莉承認是中國人，因而引發母女的衝突，其實失去自己的存有與歸屬感才是依萍的失落與悲困的由來。

三、面臨婚變的婦女

失落與悲困同樣是海外棄婦的共同形象。「失落」來自原有的不復在，也來自熱絡轉趨冷落的心理感受，例如孟絲〈藍喆春〉裡，丈夫程啟人迷戀光芒四射的杜咪咪，藍喆春知道在美國自己顯得過時與庸俗，先生也不眷戀多年的夫妻情份，他以開會等種種理由離家，整日不在家，她不只是被蓄意冷落的海外棄婦，還得忍受惡言的難堪與暴力相向的淒涼。「悲困」意含著悲傷與困難，面臨婚變的婦女的悲

[15] 同前註。

傷，主要來自於無助與沮喪，困難則是來自經濟與生活的不獨立。孟絲筆下的〈藍喆春〉面對婚變，首先求助於也是華人的譚教授，在艱困的環境下完成碩士學位，找到化驗師的職位，尋求經濟的獨立，也改變了自己的一生。顧肇森〈王瑞夫婦〉中，王瑞嫌棄妻子不能入境隨俗，並交上了網球搭擋海倫，王瑞的太太忍氣吞聲，先生只是得寸進尺，加以羞辱，王瑞太太終於認清婚變的事實，撥電話給友人茱莉，尋求解決之道。黃娟長篇小說《婚變》中的淑珍是標準的賢妻良母，無奈先生迷上主動追求的惠英，難以割捨，惠英懷孕，企圖以生子栓住與陳和雄醫師的婚外關係，在聖誕佳節，淑珍心知先生移情別戀，宴會上只有強顏歡笑，卻有「不知身在何處」的落寞感。未料深夜一通電話，惠英陣痛開始，淑珍還得與和雄一起陪惠英上醫院，她對自己扮演的窩囊角色十分氣惱，陪丈夫送情婦到醫院，還攙扶那女人，又幫忙提行李，忍讓一切的背後，只是衷心渴望夫婦倆人能破鏡重圓。有關在海外面臨婚變的婦女，生活遭遇都是刻骨銘心的錐痛。但作家在描述婦女面對家庭中種種不堪忍受的過程，也刻劃出面對婚變的女性隱含著一股堅強的韌性，一股從失落與悲困中掙脫存活的生命力，她們本來藉著與丈夫的關係來肯定自己的存在，然後一步步走向經濟與精神完全的獨立。孟絲短篇小說〈白蘭花〉裡的秦心蓮，也是經過十餘年的努力，從一個在異國始終感到格格不入的留學生太太，經歷蝕心蝕骨的不幸婚變，被迫成長與覺醒，終於獨立而且成功地立足於商界，以自己的過去的成長歷程，照顧並鼓勵正面臨婚變的女職員秀晴。廖清山〈潮〉寫賴貴雲與荷西的異國戀情。婚後與墨西哥籍的荷西一家九人住在一起，終因年紀、種族、背景的不同，很難避開衝突。在海外她藉著家鄉文學書籍的閱讀來排遣孤獨，無奈荷西意外中彈身亡，她不願意繼續忍受沒有止境的辛酸囓蝕，於是帶著幼兒，離家開始新的生活，卻因為經濟的強大壓力，勉強接受一萬美元報酬的代理孕母後，生活在憂悒的罪惡感中。

四、主動追求男子的女性

在留學生小說中的女性，並非都陷溺在父系文化的陰影中，或未能擺脫性別壓迫的磨難。有些小說描述女子對於自由生活與純真愛情的大膽追求，表達女性獨特生活經驗的另一面。例如孟絲〈塵緣〉中那位風姿綽約的離婚女子何琳琳，她挑動剛出國的單純已婚男子李峰，讓李峰情不自禁陷入情網，何琳琳卻有情似無情，無法捉摸。而後在一次晚宴中，何琳琳當著李峰面前宣布與亞當蒙先生訂婚，令李峰措手不及，是一場塵緣迷惘。顧肇森〈曾美月〉是典型的都市產物，也代表了紐約數以萬計的新女性，她對於自己的愛情與事業，都清楚知道自己的需求，主動出擊，表現出不同於女留學生或家庭婦女的感情態度與藝術趣味。旅美作家藉著女子主動追求男性的小說情節，除了表現留洋婦女另一種真實的樣貌之外，有的是作家立意要淡化留學生小說的哀傷氣氛，例如黃娟的短篇小說〈擒〉寫一名藉出國考察名義的女性，與筆友國外相見，但她並不滿意，想起自己曾經心怡的男子在美國留學，於是決定在異鄉另起爐灶，苦心積慮地設計一場美麗的陷阱，自導自演一幕女追男，為自己在國外找到圓滿的歸宿。小說採用寫實的筆法，從笑中帶淚，淚中有笑的過程中，以喜劇收場，淡化了一般「留學生文學」中的哀傷與苦澀[16]。

---

[16] 黃娟有關海外生活的小說，都能「就地取材」，並有意「淡化哀傷」。有關<擒>這篇小說，黃娟自己便說是「確實有意淡化『留學生文學』中太多

五、華人老闆娘

七〇年代末期到八〇年代，在美國的臺灣新移民人數驟增，他們的生活是繁複多樣的，有的家庭為了應付強大的經濟壓力，女性移民者也設法擔起分擔家計的責任，特別在餐飲事業的開創，當起美國華人老闆娘。這些以老闆娘為主的女性故事，沒有「奇蹟」，只有汗水與耕耘，一切都是實實在在地努力，沒有不實的幻想，現實性很強。臺灣旅美移民作家周腓力以自身的移民經驗，對這些海外的華人老闆娘有真確的觀察，他說：

> 第三波移民中，女強人特別多，這是因為第三波移民多是攜家帶眷而來，那些做太太的，在踏進美國之門後，往往發現家裡的男人（包括父親、丈夫、兄弟），對新環境的適應力很差，且不足以維護家庭的安全，她們一方面惶恐不安，一方面咬牙堅持，激發出甚具韌性的求生本能，也逐漸變成沒有女人味的女人。[17]

這些移民女性多半是第一次當「頭家娘」，原本在家中是賢妻良母，由於美國人工昂貴，為了節省成本，於是與先生成了人力資源的最佳拍檔。周腓力在〈一周大事〉及〈洋飯二吃〉中，對於妻子兼老闆娘的人物形象，有相當突出的描寫。例如在〈一周大事〉中的妻子掌管玩具批發店，像是個上了發條的潑婦，韌性強悍，出口卻相當粗魯：

的哀傷和苦澀味。」見黃娟〈異國鄉音〉，頁 57。

[17] 見田新彬〈「老蚌生珠」的文壇「新秀」〉周腓力〉，收錄在周腓力《洋飯二吃》，頁 239。

「你要警告她（隔壁商家），如果她再搞惡性競爭，被我查到，當心我撕破她的純棉內褲！」（1995，頁 33）她訓練兩個稚齡孩子幫忙作生意，也把丈夫驅使得團團轉。為了生意，她對於丈夫與拉丁女人的調情可以睜一隻眼、閉一隻眼，將華人老闆娘潑辣精明的形象，描寫得極其傳神。此外曹又方《美國月亮》的起鳳，則是另一種風情的華人女老闆。起鳳是臺灣七〇年代小康社會培養長大的新女性，她現實懇切，樂觀進取，她嚮往美好生活卻絕不幻想，她嫁給開餐館的老留學生陶敏士，面對紐約的新環境並不幻滅。她首先主動要求到丈夫的餐館去幫忙，不僅不以餐館營生為忤，也不嫌廚房油腥進進出出，並且在腦中擬出一本賬冊，並積極主張擴大餐廳的營業項目，增加酒吧生意。消極的留學生丈夫不滿小妻子「干預朝政」，起鳳卻與餐廳合夥人老黃及其他夥計們鼓噪計劃，從此她成為「快樂時光」最年輕耀眼、最有活力的女老闆娘：

> 只見她帶著一片由衷的笑靨，在吧檯內團團轉，給客人調酒、端酒、斟酒，十分享受和喜愛她的這份新工作，讓敏士氣惱得簡直說不出話來。她那一口愈來愈為洋腔洋調的英文，用她那甜脆的語音吐出來，簡直像一針針在刺扎著他的神經。……起鳳亮著喉嚨高嚷著加添春捲、排骨和雞翅小碟的音韻像某種微帶歌詠調子的市聲，稔熟而毫無羞澀之意。敏士每每握緊了雙拳，感到自己的太陽穴和血脈在不由自主地賁張，心底竟然老是湧出一種類似勾擱的不堪！[18]

起鳳深愛敏士，她從毫無餐飲經驗背景，投入自家餐廳，一點一滴重新學習成長，開設酒吧，生意愈作愈旺，讓丈夫從不捨得她過於疲憊、

[18] 曹又方《美國月亮》，1986,6，頁 156。

不樂意見她周旋常客，到最後接受太太的經營管理。敏士在起鳳健康樂觀的影響下，逐步脫離留學生海外十多年陰鬱自卑的性格。起鳳平實懇切，她所抱持的不僅是「夫唱婦隨」的文化心態，在傳統與現代交纏的時空之中，也走出依賴男性的羽翼，開創出一個因緣與奮進的美麗人生，因此「美國月亮」沒有不同，幸福人生也沒有僥倖，曹又方所塑造的起鳳，改寫了留學生小說中女性的浪漫與悲情，除了保有以柔克剛的傳統魅力，在移民小說中也不同於毫無女人味的女強人，她的清新風格，沒有任何矯情，卻顯現了活潑多姿、自信自尊的女性形象。

六、職場女性

無論是留學生小說或移民小說中所描述的職場女性，不約而同的焦點都在探討海外時空的不同地域與文化情境之下，職場婦女所面對的社會處境與心理狀態，其中也顯現了數十年來女海外婦女處境所歷經的快速變遷。早期的留學生小說中所描述的職場女性，多半著重在描述她們情感空白的虛空，吉錚〈孤雲〉中的蘊茹便是典型例子。由於她始終忘不了男子高翔與斯黎的影子，這些沒有結局的愛情，便形成她心靈上難以填補的缺口，單身使她缺乏家庭角色中女性特質的肯定，即使工作圓滿仍無法開展她獨立自信的性格。因此當時的小說，女性的天空仍然是低沉的，即使事業有成而無婚姻的職場華人女性，仍是孤芳自賞、落寞黯淡的傳統婦女形象。七〇年代之後有了逐步的轉變，例如張系國《昨日之怒》中的咪咪完全美國化，在會計界立足向上，伸展抱負；王亞男離婚之後獨立生活，仍極力爭取女兒監護權；

《二殘遊記》中的胡潔芬看開婚姻的悲劇，工作沉穩，獨立生活等。到了八〇年代黃娟〈彩色的燈罩〉，寫臺美族女強人李秀琴，在家鄉父老的殷切期許之下，在國外拿到博士學位。她對於事業有強烈的企圖心，男友國雄希望秀琴為他管家生子，放棄學業與事業，為此，秀琴與他分手。她擺脫了傳統婚姻觀的束縛，但在美國的社會卻又不得不受制於膚色、種族、陞遷管道上的諸多艱難，在競爭激烈的職場上奮鬥十年，雄心壯志仍被囿限而得不到發揮的機會，顯現女性希冀解放的身影，但處於仍然存在性別歧視的社會，職場女性的前景仍然渺茫。黃娟另一短篇小說〈劫〉寫綺華的特殊專長在於餐飲館理。她在美國從事飯館經營與店長，極為稱職，也受到相當的肯定，但因為遇到數次歹徒行搶，使她幾乎喪命的辛酸歷程與不幸遭遇。

七、賣淫女子

旅美作家小說中的女性，大多是處在家庭、社會的邊緣徘徊。生活在異國，無論走入家庭還是走出家庭，似乎都找不到自己的位置。然而不論是賢妻良母或職業婦女，能對婚姻或母職制度性思想性的試探，都還算是道德價值觀上的好女人。顧肇森〈梅珊蒂〉寫的是賣淫女子的故事。梅珊蒂雖是靠出賣肉體求生，受盡人身和人格的凌辱以換取金錢的撈女，但她對於同行新手伊娃卻十分照顧，既同情她為了姆媽的醫藥費而下海，也傳授她自我保護的竅門。小說除了暴露紐約「健康俱樂部」假健康之名從事色情交易的黑暗面，也寫妓女們為了強奪接客而產生的嫌隙，同時藉著梅珊蒂與早年的香港友人在紐約的會面，勾劃出她離鄉背景的流浪圖鑑，一個時代下的小女子，如何從純潔的心靈逐步走到人間暗巷，染上貪婪，是旅美小說中最具悲劇形象的婦女輓歌。

第三節　移民人物

中國人自古至今移民到國外，多少都帶著逃難的意味。至於臺灣人口外移，也與國內外的政治、經濟、社會、教育等因素有關。從六、七〇年代的臺灣留學生，帶著眾親友的期望與祝福，無依無助地往陌生的國度，到八〇年代的臺灣新移民者，他們複雜的心態仍不乏「難民」的心理，與難民存乎「移民」的意志嚮往，目的卻是一致的。尤其八〇年代舉家遷往異鄉的新移民，或因為對臺灣的政治的不確定性與不安全感，總希望綠卡在手，以備不時之需；或為了免除孩子在教育階段在求學競爭裡受煎熬，用盡心思送孩子到國外讀書，所謂的「小留學生」、「臺獨份子」（先生獨自留在臺灣）、「內在美」（內人在美國）、「空中飛人」等名稱的出現，隱藏著新移民者身心無法交融的迷亂，以及蒼茫破碎的心神。而這些自八〇年代到二十世紀末的社會新課題與移民新素，突顯新移民身在海外，心卻擺盪在美國與臺灣之間的現象，同時也開掘了新移民在異文化氛圍自現實至心理層面的適應不良症候群。因此，從「舊華工」的刻板印象到「新移民」的多元詮釋，移民與難民彷彿是一條模糊的延長線，既有時代性的指標意義，也為旅美作家小說注入活水，開拓新題材、新視野。以下針對八〇年代以來的臺灣移民小說中的移民人物，作一分類說明與分析：

一、移民家庭

八〇年代後的臺灣旅美移民小說中，不少是以移民家庭為主，在異鄉發出心酸的詠嘆調，內容又以傾訴生存的艱難為主旋律。廖清山短篇小說集《年輪邊緣》、黃娟長篇小說《故鄉來的親人》、顧肇森《貓臉的歲月》、以及周腓力《洋飯二吃》等都寫出新移民為生存付出的沉痛代價。

廖清山《年輪邊緣》中的主人翁大部分是六、七〇年代以後旅美的臺灣人，他們放棄原有的優異職位與工作機會，因為不同的理由來到新大陸，開始他們艱辛的旅程。〈荒冷幃幕〉寫詹淑玲與振榮夫妻的移民故事。淑玲原是小學老師，但是先生振榮卻無法安於現實，為了逃避工作上的瓶頸，不甘平庸的上班生活而決定出國，夫妻的在美國的移民生活結果卻是「去也不是，留也不是。」而且既然「頭已洗，不剃也不行。」只有留在美國做倉庫管理員，惶惑終身。〈消失〉是寫素珍與宏仁這個移民家庭的悲劇。素珍和宏仁在日本苦戀而結婚，到美國之後，兩人艱辛地經營雜貨店，宏仁因為意外不幸截斷手指，脾氣怪異，素珍則為了愛情，放下千金身段，扛起送貨工作，未料被黑人顧客強暴懷孕，生下黑嬰孩，最後投海自殺，這個單純的移民家庭為了簡單的生存付出了慘痛的代價。〈誦經〉寫新移民者經營汽車旅館的艱辛。美珠和錫豐在新的國度，原本意在深造，卻因為經濟因素，先到汽車旅館打工。每天目睹美國人失序的夜生活與色情交易，猶如是罪障的門扇。他們面對汽車旅館內的淫穢如同可怕的惡道，身處活生生的地獄，因而感到異常的不安，美珠了悟今生的苟安，常藉著誦經，求叫菩薩，使她脫離苦惱死厄。廖清山的移民小說特點充分表現出移民者身份的駁雜，也明白地呈現出夢想與現實衝突的不同形式。由於不同的宗教信仰與價值觀，加上文化的差異，新移民們自身主觀條件的種種差別，以及冥冥之中無法預料的因緣際會及內外在因素組合碰撞，使得新移民們的命運遭遇出現了變幻莫測的排列組合。〈年輪邊緣〉則寫一個曾受政治迫害的臺灣牧師，回顧被誣指參加叛亂被審的殘酷不仁，多年來身心的苦痛，僅能藉著與上帝對話，寬恕受傷的心靈。小說指出青年牧師離開傷心地的另一種不幸原因，是因為臺灣當時存在省籍之間的醜陋偏見，造成政治事件衝突的影響，即使牧師在海外經過了三十五年，回憶時仍然心有餘悸。臺灣牧師對於故鄉有著熱切的關懷。〈隔絕〉寫臺美族白領階級與島內暴發戶的心靈差距。耀民是臺灣來的暴發戶，他不時賣弄炫耀自己的財富，以金錢為衡量一切的價值觀。〈灰色的條件〉是廖清山批判臺灣另一種形態的暴發戶－－民意代表。臺美族吳國欽接待陳議員時，見識到臺灣送禮風氣與浪費奢侈之風，還有賄賂金錢的惡劣習氣。小說中藉著陳述臺灣議員與吳國欽的對話，描寫民代享盡特權的醜惡姿態，並談論到河川污染問題、臺灣投機之風與農村人口外流等社會現象，批判新移民所帶來的暴發戶庸俗成見及浪費惡習，這也是廖清山藉小說熱切關懷故鄉的深切感思。

臺灣旅美移民小說除了是移民者在異鄉生活的生存紀實，摹寫人生際遇的喟歎，小說同時也能觀照人生深層屬性。顧肇森以「旅美華人譜」為副標題的《貓臉的歲月》就寫出不少移民家庭流浪於異域的矛盾心態。例如小說〈王明德〉他們一家人租賃在紐約的一處地下室，他每幾個月便匯幾百塊美金回去給父母，自己過的卻是如地鼠般不見天日的勞動生活：「很多老中過的在這裡過的是老鼠的生活。住地下室、坐地下車、在地下工廠打工。」但是王明德在臺灣本來是高中老師，太太是醫院的護士長，由此揭示許多被臺灣人所稱羨的旅美華人移民真實生活的情景，跟一般人想見的美國幸福天堂的樂土形成強烈的對比諷刺。尤其是黃種人在美國難以避免的歧視與文化隔閡，即使是在街頭行乞的醉漢看見王明德也像看到怪物驚叫「支那人！」王明德在紐約失去了做一個人的基本尊嚴與生命意義，小說以中國城浮起喧鬧的爆竹聲中，王明德卻恍如隔世地踏向茫茫的雪地作結。顧肇森擅長窺探臺灣旅美移民異域生涯的窗口，從他們精神的扭曲與心靈的斫傷，去燭照思考闖蕩世界的真實人生圖景，移民小說的深刻意涵也在於此。

臺灣旅美移民小說的出現，至今只有將近二十年的時間，小說的主題意義多在顯現移民者生存的窘迫與困境與致富的夢想。但是在書寫的藝術層面，包括敘述意識與描寫情緒，始終有不同面向的閱讀感覺與新鮮趣味。周腓力以「黑色幽默」[19]的獨特寫法，將移民生涯的悲哀失望在自我解嘲中宣洩，使移民小說在表現感受世界的現實層面，轉化為獨特幽默的反應，有時顯得突兀荒謬，在滑稽中透出對於冷峻生活的無可奈何。他的〈一周大事〉裡五歲的男孩要燒飯，四歲的女兒也會幫著作生意，笑中帶淚的現實無奈，使讀者在艱辛的現實事物中，隨著作者丑角式的自我解嘲，玩世不恭的逗趣裡，總能發出會心一笑，雖是同是表達移民生存艱難的小說，活潑的語言風格卻是

---

[19] 「黑色幽默」是六〇年代美國的重要文學流派，由小說家弗里德曼（Bruce Jay Friedman）編輯的短篇小說《黑色幽默》而得名。弗里德曼認為，黑色幽默是一種晦闇的思想情緒與幽默文體的結合。在美學上，黑色幽默屬於喜劇範疇，但隱然又帶有濃重的悲劇色彩，是病態的幽默、絕望的喜劇。

大異其趣，以輕鬆詼諧的態度取代了強烈的悲觀情緒。周腓力一反常態的移民小說，確實開拓了語體創作的不同風格，使移民小說呈現活潑多樣的面貌。

二、移民老人

近二十年來，臺灣地區人口外移而居留在國外者，老人的比率也相當高[20]，在臺灣旅美小說中也出現了許多以探討移民老人的心境為主的故事，人物包括返鄉探親的老人、沉湎於過去光環的老人、被歷史遺忘的老人、養老院中的老人等。這些長者在小說中的形象都浮雕出面容與心情的蕭索沉重，在他們的回憶中顯現過去生命的時代感與此時無奈的現實感。除此之外，也有積極享受老年生活的移民者，他們以健康圓融的生命態度，在異鄉含飴弄孫，也跟兒孫「活到老，學到老」，真誠認識新世界，享受愛與被愛的權利。

張系國遊子魂組曲中的〈冬日殺手〉寫在七〇年代，是臺灣留學生小說中少見以臺灣老人移民為主的小說。小說以回溯的方式，寫一對老夫妻死於一場平凡簡單的搶劫案，白描出他們流浪生命的最後一日，老者數十年鷹揚的記憶，寬厚的生命哲學，終究禁不住搶匪的凶殘重擊，老人海外身體與精神的飄泊，內心的掙扎與身體的薄弱是張系國想表達的「華人的飄泊與掙扎」的主題。八〇年代，移民小說中不約而同出現不少美國華人移民返鄉探親或老者遠走異鄉，到了美國，面對死亡、生命潦倒的故事，若陳若曦《二胡》、白先勇〈骨灰〉

[20] 有關老人人口外移的具體成長與比率，可參考行政院研考會編著《人民外移現況及問題之探討》，頁 181-183。

都是代表作品。《二胡》中的老人胡為恒年輕時因不滿父母安排的婚姻而赴美留學，五十年後終於與家人取得聯繫，決定返鄉與家人相聚。胡為恒的人生處境與流離的時代同調，邈遠幽怨，猶如古老的二胡奏出一曲當代中國人的悲歌。白先勇〈骨灰〉寫兩位被歷史遺棄、受生命嘲弄的老者。由於羅齊生即將由美國回大陸去尋找父親的骨灰，利用轉機停留在舊金山時，去拜訪住在唐人街老人公寓的大伯羅任重，而他的表伯龍鼎立則剛從上海到舊金山。兩位老人在館子裡不勝噓唏地話說往事，從抗戰的民國史到文革，雖然兩人曾經因為立場不同、理念不同而對立，但昔日英姿煥發的抗戰英雄羅任重與鼎鼎有名的優生學教授龍鼎立，如今只成為拄杖的衰殘老人，在國外見面頗有「此身雖在堪驚」的滄桑。大伯羅任重的生命只剩一張與蕭鷹將軍合照的相片，是他驍勇沙場的生命見證，也是他的人生觀照，時代的縮影。張讓〈皮箱〉也是寫老者決定回大陸省親的故事，當年他代子從軍，隨軍來臺，就始終是孤單一人。他雖被歷史遺忘，卻又不肯承認失敗，小說企圖表達老人對於他們那一時代的歷史與個人不幸的特殊經歷，只有兩口皮箱與他一同流離失所，而現代的青年卻跌落在沒有歷史感的迷茫之中。

九〇年代則出現在養老院中的老人，荊棘〈人到老年〉寫美國「安老園」裡的生活。八十五歲的陳老與八十歲的王老太的暮年之愛，雖年老卻一樣有愛怨、有同情、有爭執，但是因為老了，他們在養老院失去抉擇的自由、失去愛與被愛的權利，失去一個完整的人所曾擁有的一切，孤獨寂寥，無人聞問，雖尚未消失於世間，卻已經成為親屬游移於記憶內外的影像，甚至快成為親人遺忘的個體。張讓的〈道歉〉寫懷正的爸媽替丈公安排到「四海之家」養老院，雖然老人看似是家中的眼中釘，但懷正對丈公卻油然而升幾許同情，他認為爸爸看不起失敗的人，於是到安養院去替爸爸道歉。未料丈公不但毫不抱怨，反而勸慰他：「如果你經驗過我所經驗的，你就會知道你爸爸已經是難得中的難得。一個人到我這年紀，知道對人不應要求太多。」三代之間原無恩怨，只因人世經歷不同，體悟不同，年歲不同，小說在包容中冰釋人間的無奈憂怨。林太乙〈好度有度〉中的馬氏夫婦是移民小說最可愛的老人。在馬先生退休之後，他們從臺北移民美國並與兒孫同住。到美國之後，老人目睹許多怪現象，例如超市看不見有頭有尾、有皮有骨的鮮魚；在家中燒燻雞卻引起測煙器警鈴大響，以及美國人寵愛狗兒勝過於老人等奇特現象，既有趣，也令他們飽受虛驚或難以理解。由於中西文化的差異，他們必須處變不驚，以毅力設法適應，才能在美國安然住下去。林太乙獨具慧眼，觀察東西文化的各別特色，以幽默的筆調，寫出馬氏夫婦的美國經驗談，新生活與舊傳統在老人的寬容智慧中，洋溢快樂家庭的溫馨及中西文化多元豐富的面向。

章緣的移民小說，也寫出了現今幾種移民老人的典型。〈今天有記者來訪〉寫版畫家朱山事業由盛到衰的蕭瑟難堪，他是躲在國外沉緬於過去光環的老人。朱山曾經是記者戀戀眼神中的魅力藝術家，旅美藝術家的頭銜曾讓媒體對他追逐信服，而後朱山也在失去媒體追逐的暗淡處殞落。這使他決定再度離開臺灣，遠赴美國，以避免在臺灣在藝術界中聲勢往下墜的末世感。小說的結構在主角預設的訪問稿中走過自己的流金歲月，從擺佈媒體到被媒體擺佈的踉蹌灰敗，也寫媒體炒作的現實，當他名字不再響亮，失去新聞價值時，朱山的風光便畫上休止符。小說以反諷的語調「：創作是不是一條必須甘於寂寞的路？」之語作為結束。〈無法測量的心跳〉則寫在健身房中的退休老人。他選擇到會員組織的健身房去消磨時間，不單純為了健康，也是認識人的好地方，該地成為老人找情找欲的庇護所。章緣〈有口難言〉與張讓〈吳老的早晨〉則都以曾在臺灣擔任政府高階、退休後到美國的老人作為小說探討的對象。章緣〈有口難言〉的藉老人陶公在美國體認學英語的重要，探討外省族群的語言繆思。陶公於四六年推行國語運動，在臺灣住了三十幾年，一句臺語也不會說。出國後卻認為應該好好學英文，「來這裡十幾年，像啞巴都不會講，說不過去的。」作者藉此深刻地反映老人在美國普遍的「有口難言」的痛苦。張讓〈吳老的早晨〉寫兩代之間不同的價值觀。吳老曾任省議員期間，人人稱謂他為謙謙君子。但他堅持自己子女出國，又怕他們成了只會講英文的美國人。吳老無時不刻叮囑子女在美國要作中國人，卻又不准他們回國發展，「你住在美國，可還是中國人。不要忘記你是吃米喝粥長大的！美國只是一個落腳的地方，不是你祖宗！」么兒允堅決心回臺灣發展，吳老認為養虎噬人，子女造反，感嘆老來無用論。

三、「內在美」的移民婦女

八〇年代的臺灣移民小說中，出現不少探討分偶家庭的心事，這些夫妻選擇臺灣、美國兩地生活，有其背景原因。在七〇年代中期以後，臺灣出現顯著的移民潮，分別是出現在退出聯合國、中美斷交，以及蔣經國總統去世之後，多半是擔憂臺灣政局不穩定，而帶著逃離的心理，其移民特質是大都舉家遷離。到了八〇年代之後，移民動機逐漸複雜，連帶著也影響家庭結構的變化。根據一九八九年一項移民動機調查顯示，國人出走的主要原因是：國外的生活品質較好、不願讓子女受升學聯考之苦、國內治安惡化、國外福利制度健全等[21]。而八〇年代的移民風潮和早期不同之處是舉家遷移的不多，新移民的特質是犧牲夫妻關係，演出現代版的生別離，家庭選擇「有進有出」、「進可攻、退可守」的策略，夫妻為了工作、為了小孩，寧願委屈配偶，帶小孩到國外過陪讀的生活，先生則把事業留在臺灣，維持美國家庭妻小經濟的供應。因為這種「經濟掛帥」、「子女掛帥」的想法，於是移民家庭出現了「內在美」（內人在美國）、「臺獨」（先生在臺灣獨立生活）、「太空人」（坐飛機兩地奔波）等現象。臺灣移民小說就出現不少以「內人在美國」的移民婦女為人物，描寫移民者因為時空的考驗，加上人性的脆弱，分偶家庭敲響情變的警鐘，而造成結局悲慘的解體婚姻。朱秀娟《內在美》中的美鳳，陳若曦《遠見》裡的廖淑貞，以及陳若曦短篇小說〈素月的除夕〉等，都勾劃出「內在美」事件主角的移民婦女，在美國忍受寂寞感受，並挑起教養子女海外生活的責任，卻又必須面臨先生在臺灣因為外遇事件，感情變質離異的移民故事。朱秀娟《內在美》中的美鳳是個疑心病重的婦女，她本來就不願赴美，遠在美國，卻不時打電話向先生查勤。先生萬台生原以為自己行為端正，可以把持心性，當「臺獨」身份曝光，燈紅酒綠的社會性試探接踵而來，加上麗香小姐積極主動，他尚能自持，未料自己竟愛上同住大樓的單身鄰居白采，終於引發情感複雜的多重糾葛，造成事業與家庭崩潰的危機。陳若曦《遠見》裡的廖淑貞也同樣為了先生吳道遠的移民「遠見」，同時為了陪女兒到美國來升學，飽受幫傭的凌辱與異國的寂寞，終於拿到綠卡，回到臺灣，先生外遇

[21] 參見滕淑芬〈分偶家庭的心事〉,《光華雜誌》第 19 卷第 11 期，臺北，1994,11，頁 42-46。

並生了兒子，廖淑貞心痛神傷地回到美國。

四、小留學生

中國的小留學生最早要溯源自晚清曾國藩、李鴻章倡導幼童留美，並派出「大清幼童出洋肆業洋局」（Chinese Educational Commission, 1872-1881）駐節康州哈德福城（Hartford），主其事之正副委員即是中國第一位留美大學生容閎及陳蘭彬兩人[22]。該局四年前後四批，共派出一百二十名幼童來美，是中國政府官費留學生派之創舉。他們到美國去「學習軍政船政步算製造諸學，約計十餘年，業成而歸，使西人擅長之技，中國皆能諳悉，然後可以漸圖自強。」[23]這些中國最早的小留學生出國平均年齡是十二歲半，回國平均年齡是二十一歲[24]。這些聰穎幼童身懷重任，為了中國現代化的圖強，成了官費學生，規定不得入美國籍或留美不歸，也不得自謀他業。回顧百年來，這些莘莘學子，負笈美國，他們對於中國追求現代化有不可磨滅的貢獻[25]。

---

[22] 見高宗魯〈容閎（1828-1912）與中國幼童留美（1872-1881）〉，收錄於李又寧主編《華族留美史：150 年的學習與成就國際學術研討會論文集》，紐約天外出版社，1999,9，頁 47。

[23] 出自同治十年七月十九日（一八七一年）大學士兩江總督曾國藩等奏。該文收錄於《洋務運動文獻彙編二》，臺北：世界書局，1963，頁 153。

[24] 見高宗魯〈容閎（1828-1912）與中國幼童留美（1872-1881）〉，頁 59。

[25] 這些小留學生回國後大多留在政府服務，嶄露頭角，或為政界人士，或為外交官員，或服務於鐵路局、電報局，有的則為國捐軀，效死疆場等。參見同上註，頁 66-82。

而八〇年代臺灣社會也出現幼童留美的熱潮，這些為數眾多、年齡層在十歲到二十歲之間的的兒童或青少年，由於父母不滿臺灣教育制度缺乏彈性、或為避開升學壓力、或為逃避兵役等因素，而設法將未成年子女送往國外就學，成為臺灣前往美國的小留學生的問題的探討[26]。九〇年代文壇出現不少當年的小留學生或陪讀家長，以散文之筆或報導文學的方式，將他們旅美求學過程的利弊得失與心靈點滴，化為文字，涓滴成河，例如王智弘《一個臺灣小留學生到哈佛之路》[27]、《菜鳥醫師上前線》[28]，林之平《我要回家——個小留學生發自內心的吶喊》[29]、《享受孤獨——個小留學生的住校日記》[30]，曹純《後移民心情——個陪讀母親的告白》[31]等作是，大抵書寫小留學生在異國所面臨的種種問題與困境，例如語言問題、文化認同問題、種族歧視問題、缺乏家庭教育的孤獨、非法居留問題等。至於臺灣旅美移民小說中，也有不少作品對於小留學生人物的孤立無援，以及他們在學校普遍面臨的困難，被安置在親友或寄宿家庭中的身心狀況等，作深入的描寫。陳若曦《紙婚》、《遠見》、〈素月的除夕〉，李黎《浮世》，保真《邢家大少》等，都以小留學生人物為主要人物。陳

[26] 「小留學生」滯留海外問題，在一九八五年立法院的一次質詢及國建會的討論，問題浮現出來，受到重視，也因此成為熱門話題。

[27] 王智弘《一個臺灣小留學生到哈佛之路》，臺北：健行文化出版社，1995。

[28] 王智弘《菜鳥醫生上前線》，臺北：健行文化出版社，1999。

[29] 林之平《我要回家——個小留學生發自內心的吶喊》，臺中：日之昇文化事業有限公司，2000,9。

[30] 林之平《享受孤獨——個小留學生的住校日記》，臺中：日之昇文化事業有限公司，2000。

[31] 曹純《後移民心情——個陪讀母親的告白》，臺北：旺角出版社，1999,12。

若曦《紙婚》裡的臺灣小留學生郭誠，父母怕他考不上好大學，也為了逃兵役，送他到美國讀中學。在母親陪讀一年後，將他獨自留在美國的友人家中，母親一回臺北，便因為父親外遇，傳出鬧離婚的消息。郭誠在國外除了金錢不愁之外，舉目無親，小小年紀悒鬱寡歡，老成持重，想回臺灣卻是在美國沒有護照的幽靈人口，母親在美國當地銀行的所寄存的十萬美金，因為是屬於「黃單存款」（沒有社會安全卡號碼的客戶），在銀行倒閉後，卻不能獲得聯邦政府的賠償。郭誠長期面對海外無依的孤寂，如今學業、經濟也面臨困境，小留學生自殺獲救，引起當時社會的注意，在僑界與臺灣外交部的協助之下，終於在補發證照，圓了返鄉探親之夢。〈素月的除夕〉裡的兩個小留學生兄弟，有母親素月作陪，在美國這個兒童天堂裡，很快適應並融入美國的學生文化，令母親既喜且懼。李黎《浮世》中的小留學生菲比，正像她最愛的小竹籃裡的乾燥花，散放出複雜的加工香味，但終究是失去光彩色澤、沒有生氣枯枝散葉。小說形容她的容顏是屬於「九十年代的月光蒼白」，有形體卻氣息幽幽，泰然自若的沉靜也隨性的性格，不認同不反抗的沉默，是另一種小留學生面對不能決定在自己生長的地方接受教育，深沉地表達了一種無力的抗議。保真《邢家大少》中的小留學生湯米、郭棠與麥克邢，他們並不真的喜歡臺灣，但都想回臺灣做事。有的遭家人強烈阻止，有的又看不慣臺灣很多事情。他們年幼赴美，遠離家鄉，日漸疏離家鄉事，「已經不完全是中國人了」，作者保真為小留學生的進退兩難的處境處發出深沉的感慨。《邢家大少》以第一人稱「我」為敘述觀點，小說中有一段「我」去「尋找中國」的敘述。有個美國小男孩在大清早喊「中國」，原來「中國」是一隻中國家庭賣給他且會說上海話的「鸚鵡」，這隻名叫中國的鸚鵡迷了路，失落在遼闊的林蔭中。小說以「呼喚失落的鸚鵡」象徵了小留學生盤旋已久的心聲,「歸去來」正是小留學生群長久的旅人之夢。

五、綠卡一族

除了上述常見的移民人物,包括移民家庭、移民老人、小留學生及陪子女讀書的婦女之外,在旅美小說中還可看見為了拿到綠卡,在美國不擇手段地設法留下來的中年男女。他們不是留學生,也不是為了個人的志業夢想,卻一味地以拿到綠卡為目標,荒謬地、茫然地在異鄉虛度歲月。這些既學有專長的中年男女,為了綠卡,往往只有設法與有居留權者結婚,因此有的人只好犧牲愛情,有的是用金錢製造假結婚,設法躲過移民局的調查,引發小說中啼笑皆非、或弄假成真的情節發展,例如保真〈姜以豪與錢嬿華〉,顧肇森〈林有志〉、〈李莉〉,張讓〈我的兩個太太〉、周腓力〈先婚後友〉等是。

保真〈姜以豪與錢嬿華〉中的姜以豪在中國餐館非法打工,身份不明,卻仍揹負著接臺灣的父親出國的心願。他期待美國政府宣佈一次大赦,以獲得居留權,卻遙遙無期,他雖喜歡錢嬿華,可是當錢嬿華說她沒有居留權時,他又猶豫起來,這使姜以豪的生存與愛情面對殘酷現實的考驗。顧肇森〈李莉〉中的老林,本來也是來讀書的學生,到美國後卻「滿腦子居留居留居留」,為了上司答應幫他辦居留權而欣喜若狂,自稱「有了綠卡,找老婆也容易一點」,可以說是為綠卡而失去基本尊嚴的凡夫俗子。張讓〈我的兩個太太〉以第一人稱敘述觀點,平實而帶諧趣的語言調,毫無矯飾地寫出為綠卡而千瘡百孔的人生。小說中「我」原是船員,船公司倒閉,迫使他提早下船,另尋工作。在陸地上身無長技的他在臺灣幾番折騰後,為經濟所迫決心舉家移民，先單身赴美打天下，再求綠卡。無奈正常管道難尋，於是想到「假結婚」。但是這個為了辦綠卡的假結婚，卻有實質，有形式，有內容，他並未向對方慕良說明結婚是假的，慕良以終身大事慎重辦理婚禮。有兩個太太看似風光幸運，其實卻無法享受齊人之福，因為心理對舊太太有情有義，身體卻由不得大腦管束，享受了新太太溫存，又受仁德良心的責罰。小說將一臺一美的兩個太太個性與作風刻劃突出，也彰顯兩地相異文化環境對人的影響，男主角夾在兩個太太之間，顯得困惑懦弱，在沒有脫離這個兩難的人生困境同時，身上卻養出一圈肥油，過得很不錯。周腓力〈先婚後友〉也是以諧趣幽默的語言，寫一個以假結婚為業的鰥夫，與一位急於取得綠卡的女經濟犯第三度結婚。不同於其他批判「綠卡」所帶來的人性負面印象的小說，〈先婚後友〉避開負面指責，誇大追逐綠卡的荒謬與趣味，凸顯世紀末崇洋媚外、糾纏不清的移民心結，在嘲諷的笑語中感受綠卡一族的無奈悲涼。

第四節　唐人街人物

唐人街最初的形成是因為早期華人移民無法跨越美國的語言、法律、文化等障礙之下的產物，加上中華文化傳統的封閉自足性，所以呈現在旅美作家筆下，唐人街常是一個執意固守「傳統」的象徵。如今的唐人街不僅是單純的民族居住地，也是「以一個有凝聚力的民族社會結構為後盾的民族經濟聚集區」[32]，它以其根源於中華傳統文化

[32] 周敏《唐人街—共生與同化》，鮑靄斌譯，商務印書館，1995,1，頁 30。

的特定社會結構容納了數量龐大的海外華人生存與創造能力，而唐人街的生存狀態也格外引起旅美作家的注意，有時也成為小說創作中「原鄉」的寄託想像的重要載體。有關臺灣旅美作家小說筆下的唐人街人物分述如下：

一、幫會份子

唐人街的會館、同業工會、文化中心、中文學校等重要組織，代表著華人社區的特徵，有別於其他種族社區的群體。而唐人街的「幫會」組織也和其他組織的形成一樣，都是在特定的情境下為一定的利益集團服務的手段，它的形成與活動狀況，研究唐人街的學者吳景超解釋如下：

> 幫會是一種在敵對的環境之下能為賭博或賣淫活動提供方便的組織。它保護並幫助其他成員從事這些活動以及其他非法活動，如走私。起初，它的成員只是些沒有道德觀念的人。在它的影響擴大之後，店主為了好做生意參加了這種組織，本分的人為了免受某些幫會分子的無理騷擾，也成了它的成員。[33]

由此可見，唐人街的幫會龐大而複雜，只要與生產活動相關的店家，大多加入幫會的組織。從十九世紀末，幫會在唐人街已逐步形成，掌控著那裡的賭博與娼妓賣淫等活動，是華人中間的祕密組織[34]。由於

---

[33] 吳景超《唐人街共生與同化》，筑生譯，天津：天津人民出版社，1991,4，頁 197。

[34] 有關百年來唐人街的幫會活動狀況與幫會之間的武力衝突，可參見周敏

幫會不是只有一個，因此除了敲詐、勒索與謀殺事件之外，有時也會因為要保護特定勢力範圍的既得利益，談判不成便引發幫會之間的武力衝突，可見幫會之間所隱藏的神祕性與危險性。由於唐人街是早期華人在美國生活的重要場所，七〇年代的留學生文學作家，或出於憐憫之心、或基於民族情懷，他們以唐人街閃逝的形影作為小說主要人物，叢甦〈窄街〉便是典型的例子。小說共有兩條交錯的主線，第一條主線是以唐人街幫會從事陰暗的販毒事件為背景，兩個幫會為了地區的壟斷與爭奪，使通尼・李、郭三等幫會人物與以黑龍為主的另一幫會無可避免地發生了槍擊事件。另一主線則是單純的年輕男孩劉小荃為主，他在唐人街長大，半工半讀，是上進勤奮的青年。父親因為一次意外，被地鐵輾斃，而後他也在一次回家的途中，無辜地被幫會火併時誤殺身亡。小說以劉小荃父親在意外現場所遺留的手錶，說明劉小荃每天生活的緊湊性，同時也隱藏幫會爆發武力衝突的時間逐漸地接近，同時劉小荃在滴答聲中逐步走入死亡現場，幫會衝突從飯館內追逐到場外，槍聲四起，劉小荃意外中彈倒地。小說便是藉著通尼李、郭三、黑龍等唐人街交錯複雜的人際關係與黑貨交易，呈現華埠傳統道德維繫力的衰頹，而唐人街的新生一代卻無聲無息地陣亡於這保守自制、精神疏離的中國城。

二、車衣廠女工

在唐人街婦女的就業情形，從十九世紀末期的中國移民婦女到二十世紀戰後的華裔婦女，除了洗衣店、餐館和雜貨生意，服裝加工生

《唐人街—共生與同化》第九章與第十章的研究報告。

意也是她們的一項重要職業[35]。服裝加工業起始於家庭縫紉，到了二十世紀初期，唐人街車衣廠數量不少，規模則大小不等，縫紉女工們由衣服件數來掙取工資，儘管工資低，工作環境惡劣，但由於工作時間的靈活性，仍吸引移民婦女來衣廠作工[36]，即使到了現今的唐人街，已有不少移民女性努力向上，打破偏見，獲得高學位，大大地拓寬了她們的工作範圍，進入商界、科學、藝術等新領域，但大多數中國移民婦女的活動天地，仍然局限於華人社區，從事低技術或無技術的體力勞動工作，而車廠女工們就是屬於不諳英語，又不具備美國勞工市場所需的最低技術者。顧肇森的〈素月〉就是以紐約唐人街的「富貴衣廠」為背景，寫一個車廠女工追求愛情幸福的故事。素月十四歲時全家移民到美國，受完高中教育，便到車衣廠當女工。她沉靜卻樂於助人，由於年輕，加上手腳靈活，多年來，已有了自己的公寓，且頗有積蓄。二十五歲的她，雖然多年在車衣廠工作，對於自己的婚姻對象頗有主見。一次意外邂逅，認識了在餐館打工、氣質不凡的大陸留學生李平，深具好感。李平因為天安門事件而到中國領事館去示威，上了黑名單，獎學金也被取消。素月為了幫助他合法居留美國，主動提出與他結婚，以便替李平申請綠卡。熱鬧的婚事之後，素月察覺李平的沉鬱，並被車衣廠的其他女工看見李平另交女友，素月嚴肅查問，得知是李平上海的未婚妻後，將李平逐出公寓，在幫他辦完綠卡之後離婚。小說中完全以「粵語」對話，這是旅美作家小說中少見

---

[35] 有關十九世紀末期到二十世紀的中國移民婦女的就業詳細情形，可參見令狐萍《金山謠—美國華裔婦女史》，北京：中國社會科學出版社，1999,10。

[36] 參見令狐萍《金山謠—美國華裔婦女史》，頁 77-79。

的異數[37]，描寫部分才用國語的書寫體，這樣語言的結合，不僅能凸顯唐人街語言的特性，也較精確地呈現唐人街車衣女工的口語實況。鄭樹森更提到這篇文章題材的獨特性：

> 六十年代的臺灣留學生小說，多在學生圈內打轉。情節轇轕幾全自男歡女愛。八十年代的大陸留學生小說雖略有變異，但也未能突破原有的框架。美籍華文小說家似也極少關注唐人街的廉價勞工。本篇將勞工的題材和天安門屠殺結合，把個體的卑微存在與國族的集體命運連繫，在關懷社會的「批判現實主義」傳統及特重個人感情追求的留學生小說成規之間，另闢蹊徑。[38]

的確，在臺灣旅美作家小說中，這是目前僅見以唐人街車衣廠女工故事為題材者。小說中將車衣廠的工作環境，女工之間彼此的感情，特別是年輕女工的感情世界，包括精神的孤獨和內心的波瀾，甚至對於年老的移民婦女，從語言、思維各方面的細節，寫她們在唐人街的生活情態，都有深入的描繪。除此之外，小說的另一成就是透露了一個嚴重的現象：華埠的勞苦群眾普遍仍受特殊勢力集團的剝削，「她們的工資是以件計酬，手慢的，縫一天也只有幾十塊，抽了所得稅，繳過每三個月一次的工會會費，所剩無幾。」[39]華埠的一些特殊勢力，使唐人街華人婦女族群數十年如一日地孤立於美國主流社會，利用她們的語言障礙與教育水準的弱點，剝削其勞力，而未致力於主動地推

---

[37] 在臺灣旅美作家中以唐人街為題材的小說本來就不算太多，其中除了陳若曦〈貴州太太〉、顧肇森〈素月〉之外，極少見到以粵語書寫小說。

[38] 鄭樹森對〈素月〉一文的〈決審意見〉，收錄《小說潮—聯合報第 12 屆小說獎既附設報導文學獎作品集》，臺北：1996,11，初版第五刷，頁 73。

[39] 顧肇森〈素月〉，收錄於《季節的容顏》，臺北：東潤出版社，頁 78-79。

展移民婦女與主流社會的同步進化[40]。顧肇森〈素月〉除了小說藝術受到肯定，文中關懷唐人街廉價勞工問題的意義尤其顯現於此。

三、唐人街老人族群

喻麗清小說集《愛情的花樣》裡有三篇小說皆與唐人街的老人族群有關。〈晚間新聞〉敘述發生在紐約中國城的一個華人家庭的命案。露茜是個智能低下的女子，她的母親是父親回廣州時自己物色來的妻子，一個英文字母也不會。在他的父親病故之後，母親便賣掉唐人街的魚鋪子，錢卻不肯存在銀行，而全數放在床舖底下。一個冬夜，母親覺得在地下的父親很冷，便把平生積蓄的美金當冥紙燒給他用，由於黑煙迷漫，鄰人誤以為縱火而報警，母親從防火梯逃出時，不慎失足，墜樓而死。小說中露茜的家庭是唐人街生存狀態的縮影，露茜「在學習班裏上英文，回家來聽的是廣東話，出門鄰居的中國小朋友又流行說國語，她給弄得糊裏糊塗」（頁 78）。小說中有一段是在她父親死後，有關她母親的現象描述：

> 家裏的男人一死，她母親更是怯生生的像地裏的老鼠一樣，見人就躲。賣了魚鋪子的錢，說什麼也不肯存進銀行。家裏

---

40 羅斯·李在其學術著作《美國華人》中對於華人無法與美國主流社會同化的問題，提出獨特的見解，她認為，在美國白人社會對於華人充滿敵視與仇恨的年代，華人組成自己孤立閉塞的唐人街是可以理解的。但是，當白人社會對於華人的敵視態度減退時，故步自封的華人社區則失去其原有的意義。她指出華埠的僑領們為了私利，竭力使華人社區孤立於美國主流社會。但是，華人社區的普遍群眾則受盡這些特殊勢力集團的剝削與壓迫。參見令狐萍《金山謠—美國華裔婦女史》之引論，頁 155。

> 的收音機固定在一個地方——每天有個把鐘頭的粵語節目的那個電臺——誰動一下，她就急得要死。怕從此跟誰失去了音訊一樣。（頁 79）

這些敘述清晰地呈現出這個華人家庭嚴重地構築了心理、語言及習俗的屏障，母親的強硬固執，使唐人街的住處當成她們生活唯一熟悉且信賴的環境，但唐人街也堵住了他們與外界的溝通管道。喻麗清以時態鮮明的「晚間新聞」形式，寫出了唐人街華人生存狀態的一種典型，那就是中國城的老人族群因為無視於時空的流轉，在唐人街的原點立足生存，時間彷彿可以靜止不前，誠如喻麗清在小說中的另一段呼應：「外頭的世界過個一百一千年，在中國城裏才像過了一年半月似的。這裡的歲月也像古董一樣。」[41]可惜唐人街老人族群這樣的閉鎖心態仍然禁不起現實的考驗。喻麗清的另一篇小說〈高老頭的禮物〉更是筆墨傳神地寫出了唐人街孤寂無告的老人族群。小說中提到當時唐人街中國文化中心建立時，亭子臺階下種了一株日本櫻花，引起老人族群的激憤：「中國就是中國，小日本就是小日本。在中國文化中心種什麼櫻花，簡直是污辱。」（頁 87）市長因此順了民心，挖掉櫻花，改種杜鵑，年事已長的老者也不再堅持種梅花，很快地平息了心中的嗔怒：「在這兒寄食，也不能得寸進尺的，是不是？」（頁 88），他們以「避秦時亂」的逃難心情隱喻寄居唐人街的心態，又因為老伴凋零，常聚在文化中心下棋度日，思念家鄉，又想念臺灣老朋友，與在美國的子女同住，又總有揮不去寄食託孤的百般滋味。陳若曦〈貴州女人〉則寫唐人街鰥寡老人的第二春故事。老人翁德和在唐人街工作生活了二十年，回貴州娶了個年輕的妻子水月，婚後一年，

---

[41] 喻麗清〈愛情的花樣〉，頁 58。

老人不能人道，竟因為害怕失去年輕妻子，默許水月與唐人街年輕友人阿炳的親密關係。但是因為阿炳找到自己合意的對象，決定抽身斷絕他與水月這段關係，老人與水月再度陷入尴尬的僵局。因此，綜括以唐人街老人族群的小說而言，老人面對生活的難題，首先是他們仍保持中國人習慣的特點，即使在美國的唐人街仍然感到格格不入；其次是一般老者所共有的孤雁心理，尤其在老伴離去之後，失去生活共同的伴侶，孤寂無告的心酸最是無可奈何的晚景淒涼。孟絲〈唐人街的故事〉也是敘述唐人街老人娶年輕妻子的故事，重心卻轉到年輕妻子的後續發展。年輕女難民鄭秀娟因為媒婆介紹，而嫁給年近六十的唐人街雜貨店陳老闆作填房。次年秀娟為陳老闆生了子嗣阿旺之後，他因為心臟病突發死去，年輕的女老闆娘遂與店中夥計小韓相戀，未料小兒子阿旺對小韓叔叔敵意甚重，秀娟在情人與孩子之間陷入膠著狀態的兩難抉擇。小說對於為了擺脫貧困病弱，為了一絲的求生希望的難民有真切的心理描述，也顯見移居到唐人街族群的複雜背景。

第五章　臺灣旅美作家小說之主題論

第一節　漂泊與鄉愁

「漂泊」不只是海外華文文學作品中的重要主題，每一個不同的時代與民族都有它漂泊的歷史與記錄。而身處異國的流放作家與故國的唯一牽繫，常常以自己最熟悉的語言文字，書寫朦朧混沌、又澄明清澈的故鄉心景。「鄉愁」正是旅美作家海外漂泊所引發的心靈震蕩，也是隔著時空與故鄉母土的永恆對話。因為作家面臨大致相同的問題，例如省思人生去留的抉擇，找尋生命的意義與價值，探索不同習俗的生活方式，對新環境的認識與新文化的質疑困惑等，於是試圖在形形色色的生活方式及價值觀中去確定並把握自我，「漂泊」與「鄉愁」正是整個省思過程在反芻之後，表現在文學精神上的共同性主題。留學生在海外的漂泊故事，早在五四時期即已出現，著名的如郁達夫的《沉淪》與老舍《二馬》、冰心《去國》等是。這些作品描寫漂泊在海外的中國人，書寫因為民族弱小而遭到歧視侮辱，由此產生孤獨寂寞的情懷，並藉由出國海外的遙遠距離，反省批判國民性的封閉成分與傳統文化的僵化腐朽的缺失，塑造早期出國的中國人流放心情與懷鄉心態。臺灣旅美作家同樣帶著傳統文化的背景，到達陌生的新土，留學的現實意義是「兩腳踩在語言不同，人情不同，風俗不同，氣候不同，食物不同的國土上」[1]。在這樣共同的基礎上，作家以自己的敘述語調、不同的關懷重點與獨特的情感色彩，呈現他們同質異構的流放心情與悠遠鄉愁。以下就臺灣旅美作家小說中的「漂泊」主題與「鄉愁」主題，論述如下：

一、遊子的出走

六〇年代臺灣留學生小說中呈現的漂泊感是屬於當時一整個時代的共同心聲，而漂泊的根源是起因於遊子的出走。小說中遊子的飄泊感是一種沒有認同的流離感受，它產生的時空背景是眼前現實與心中懷想的回國未來皆進退失據，外省族群無法認同狹小邊緣化的臺灣，本省族群也在政權轉移的主體分裂下，歷史、語言皆失了根，兩個族群的碰撞彰顯了層層的文化斷裂，加上西方文化的強勢衝擊，不論外省或本省族群均失去了國族的認同，這是「國府在臺建制中國歷史上最龐大興隆的放逐會社」[2]，而此會社明顯離開了原先的故土，卻又以放逐政府的型態存留下來，遊子在此文化動搖的時代，產生了強烈尋找自我的意向，「出走」是他們轉移國土與文化雙重分裂後的失落，驅趕離散徬徨，嘗試自我定位，並解決精神困惑的唯一途徑。而臺灣留學生小說中的漂泊感，正書寫記錄著這個時代的中國人集體放逐的境況。這群留學生的遊子出走，以自我放逐的姿態，背棄了故鄉國土，努力尋找自我以及自我所喪失的根的意識，這樣的文學基本

---

1 見黃娟《邂逅》，頁39。

2 簡政珍〈放逐詩學〉裡引塔柏里《放逐的解剖》之言，見《中外文學》第12卷第6期，頁7。

架構頗類似於來自加拿大的文學批評家諾思洛普・弗萊（Northrop Frye）所提出的浪子追尋的原型理論 [3]，研究者朱芳玲與小說家張系國，皆曾引用弗萊的神話原型批評，詮釋臺灣留學生文學的情節單元 [4]。儘管是相近的浪子出走、追尋自我的原型主題，如前面所述，臺灣留學生小說的產生有著作者性格的差異，以及所處環境地域與時空條件的特異性，屬於臺灣留學生的遊子出走所演繹的漂泊故事，自然產生它不同的變奏與發展。

二、邊緣人的夾縫感

遊子出走後，因為遠離國土與語言的依傍，加上內心潛藏著無法磨滅的家鄉記憶，於是產生強烈的失落情懷與漂泊無依之感。臺灣留學生小說也將這種失落的感受由表層寫到內裡，由淺層將浮面的漂泊情緒進入深層。叢甦將留學生生活遭遇所揭示的內在矛盾，以邊緣人的「夾縫感」，書寫留學生特有的漂泊意識。首先，叢甦在《中國人》

[3] 弗萊（1912-1990）出生於加拿大魁北克省，生前曾於美國十多所著名大學任職教授，是美國「新批評」以後理論批評的主要代表。他曾有系統地提出「神話原型批評」理論，其《批評的解剖》（Anatomy Criticism）被認為是原型理論的經典，該書由普林斯敦大學出版，1957。

[4] 朱芳玲在《論六、七〇年代臺灣留學生文學的原型》中，採用弗萊的神話原型批評為方法，找出臺灣留學生文學的共性與演變，該書為 1995 年國立中正大學中文研究所碩士論文。張系國在〈遊子文學的背棄與救贖〉一文中，也提到弗萊的原型理論的「浪子主題」，探討臺灣小說中「回歸與出走」的現象。該文收錄在張寶琴等主編《四十年來的中國文學》，臺北：聯合文學出版有限公司，1995,6，頁 456-467。

一書中，一再以「夾縫人」、「邊緣人」來概括流浪的中國人，例如〈野宴〉一文中，沈夢說：「在這個社會裏，我們只不過是夾縫裏的人，是的，夾縫人，邊緣人……我們的命運不在自己手裏。」[5]〈中國人〉一文中裡的文超峰，也因為邊緣人的夾縫感，加深了他的內心的寂寞，他說：

> 我們只是借人家屋簷避雨的人……在巨石的夾縫裏求生的小草，在歷史的夾縫，文化的夾縫，時代的夾縫，政治的夾縫……
>
> 他知道身為一個移植的異鄉人，他的存在充其量是邊緣的。[6]

在《中國人》一書中，叢甦藉著一個女留學生的愛情悲劇故事，從中推演透析這種「夾縫感」的種種內涵是「歷史的夾縫，文化的夾縫，時代的夾縫，政治的夾縫」。小說中的留學生文超峰與沈夢相愛卻不能結合，正因為隱含著中國人傳統心理背景的夾縫阻撓，而林堯成戰勝文超峰，順利地得到沈夢的愛，正意味著林堯成本人對於美國社會的參與性，已經戰勝並超越了文超峰對美國社會格格不入的分離性，中國傳統的古老文化心理顯然已無法適存於美國現代化的生活方式，這種深層的漂泊感受並不同於以往留學生的茫然的失落感受，僅只於表現在單一常見的陌生感、寂寞感、苦悶感等，而是同時出現了對留學生心靈感受的一種嶄新概括，盧菁光說：

> 這種“夾縫感”不是指產生於不同的地域、國度、人種而引發的陌生感、疏離感，而是指由於不同思想文化，民族心理的深刻歧異所引起的矛盾感、焦灼感。[7]

---

[5] 叢甦《中國人》，臺北：時報文化出版事業公司，1985,11，頁 137。

[6] 同前註，頁 215。

[7] 見盧菁光〈從告別談起—談七〇年代前後臺灣留（美）學生文學的一個發

叢甦提出邊緣人的夾縫感並非偶然，旅美作家聶華苓同樣提出相近的看法，解說華人漂泊心情，但她卻以邊緣可以返回中心的樂觀態度，健康地面對邊緣處境，她說：

> 我發現我這個「美籍華人」或「華籍美人」有個便宜可佔：我和華人和美國人都沾上了「邊」，他們的哀樂、他們的興衰、他們的榮辱，我全有份，我自稱「邊緣人」，我有「邊緣人」的自由，可以在各個地區的文化花園裡遊蕩，擇取不同的鮮花，扔掉枯草敗葉，自有我獨特的「文化」，自有我獨特的天空——可以看到世間任何地區的「人」的天空，「邊緣人」的處境豐富了我的生活，開展了我的視野。[8]

聶華苓以看似輕鬆的語調，用「邊緣人」一詞揭示旅美華人精神矛盾的艱辛處境，不無反面強化華人夾縫感的內心衝突之意。而叢甦本人則進一步說明夾縫感的痛楚由來，主要是留學生離開了「土地」與「語言」，形成強烈的流放意識，這是使異鄉人失去內在平衡的主因。在〈自由人〉一文中，女孩面對失了魂魄的瞢盂自由人，忍不住從心底發出陣陣無聲的哀嚎：

> 自由人，跟我回去吧，這裡不是我們的土地，不是我們的藍空，不是我們的太陽。自由人，回去吧，回到我們自己的人群裏去！同樣的膚色，同樣的鼻眼，同樣的語言，在那熟稔的喧囂裏，熟稔的風光，熟稔的藍天、草原，和土地的芬芳！

展過程〉，收錄於潘亞暾等著《海外奇葩—海外華文文學論文集》，頁138-139。

8 聶華苓〈華人心情〉，《時報周刊》，1992,1,8。亦收錄在顧肇森《槍為他說了一切》，臺北，東潤出版社，頁 130-131。

自由人，回去吧！[9]

叢甦在「中國人序」中，也以吉普賽人及俄國的屠克涅夫的自我放逐為例，明白而清晰地說明邊緣人的夾縫感，是失去了聯繫的「土地」與「語言」：

> 土地與語言！！對於一個流浪人，土地和語言是他在流浪生涯裏日夜渴望，不能忘懷的！土地象徵著他和他的祖國的根源的關係，語言象徵著他和他同胞的聯帶關係。沒有失卻它們的人永遠不會感到它們的可貴，而一旦失卻了他們，那流浪人卻像脫殼的遊魂，國際飄盪，日夜向風來的方向探尋故鄉的訊息。[10]

土地和語言正是流浪的中國人日夜渴望，不能忘懷的根源關係與聯帶關係。因此，從故土到異鄉，從掙扎到認同，但仍用自己的母體文字書寫自己的同胞、自己的故國，這不僅是旅美作家對故土剪不斷理還亂的深情眷戀，也使作家在漂泊過程中加重了對原鄉故土的傾慕，出聲召喚，使故鄉化成小說裡美麗巨大的美感形象。

三、地理鄉愁契入文化鄉愁

臺灣旅美作家書寫的共通特點，就是小說中飄溢著「故鄉」的芬芳，由於不同的作家描繪出的故鄉圖景，凝成宏偉深遠或清麗簡樸的人性家園。舉凡童年的往事，故鄉山河，海島美景，人物神韻，無不穿越時空，呈現當下的文化故鄉。這是因為作家到達異國之後，移植

---

[9] 同註 5，頁 108。

[10] 同註 5，頁 8。

新土的難言痛楚，格外引起對於家鄉若即若離的依戀，「鄉愁」成了他們小說中永恆的遊子吟唱。聶華苓在〈華人心情〉一文中有她寫的一首歌，表達她初到美國的心情：

江水啊，流啊流。
朝朝暮暮，暮暮朝朝。
我尋找。
江水在哪兒？
我到哪兒去找？
千山千山外嗎？
江水隨我流嗎？
大地上，天空下，
我究竟在哪兒？
這是我的手嗎？
這是我的臉嗎？
故鄉呀，你在哪兒？
伴兒呀，帶我去吧！
我一個人去嗎？
尋尋覓覓，冷冷清清。
我一個人去嗎？
江水啊，
流啊流。[11]

這是聶華苓橫越故鄉的千山萬水後，初到美國的失落心情，以來自鄉

---

[11] 聶華苓〈華人心情〉，《時報周刊》，1992,1,8。亦收錄在顧肇森《槍為他說了一切》，臺北，東潤出版社，頁128-129。

野的血液，歌唱她自己生命歷程與外在土地的關係，將懷念家鄉山水的地理鄉愁比喻歷史文化在異鄉的失落。然而臺灣旅美作家，有的出生於大陸，成長於臺灣，有的出生於臺灣，腦海卻承載著父母口述流傳的「中國老家」，有的生在臺灣、長在臺灣，卻輾轉由日本而赴美，因此在移居美國之後，他們思鄉的情愫，在島嶼與大陸之間游移，隨著歲月的流逝，地理故鄉凝聚而成的景致愈益鮮明，穿梭跳躍在小說人物的回憶中。這些「故鄉圖景」，不是單純的地理名詞，而是飽含著文化能量的人文景觀。白先勇筆下的故鄉圖景，除了桂林、南京、上海，還有在情感上、心理上的另一故鄉—臺北[12]，而《臺北人》一書中除了不斷對作者自己童年故鄉追憶，也是鄉土關懷的原始感情，同時也流露出對於中國歷史和傳統文化的思維深度，並藉著多樣的「臺北人」尋找自己的身分（identity）；於梨華的《夢回青河》充滿家鄉浙東舊居記憶的鄉音與變遷，但她的代表作《又見棕櫚‧又見棕櫚》的牟天磊回到的臺北，從仁愛路的三輪車，到乘坐火車觀光號疾駛通過萬華的稻田，旅行行經蘇澳到花蓮的美景，沿途遊走的正是遊子日夜思慕的「故鄉圖景」；聶華苓《桑青與桃紅》的逃亡路線從重慶回到南京，遍是長江兩岸的人文風情，寫山見其崢嶸，寫水見其靈動，為中國山水的臨場感（sense of immediacy）注入飽滿的感性與靈性；黃娟《虹虹的世界》透過老兵老張的眼睛，處處可見臺灣農村裡濃郁暮靄下的香蕉林，當老兵面對大海，鄉愁輕罩之時，「那湛藍柔

---

[12] 白先勇說：「故鄉？這很難說。要說我從小長大的地方，應該是桂林，但我在台北住得比較久，情感上、心理上，台北是另一個故鄉。」見謝其濬專訪白先勇〈一個小說家要懂得人性的孤獨〉，《遠見》雜誌第 177 期，2001,3，頁 229。

和的海水，似乎溫暖地包住他的全身，使他盡情地聯想另一個海邊的故鄉。」（頁 97）〈山腰的雲〉裡的場景則重回臺灣原住民的山林家園。黃娟藉著對臺灣鄉土的濃厚深情，批評污染、公害以及思考原住民的種種問題等。類此由鄉土記憶牽動的鄉愁主題，以具體有形的故鄉山水，表現真摯的信仰，宣洩真切的情緒，抒寫心靈抽象的思鄉情懷，藉由人物深層的細微孤獨，情景相互交感，微妙地反映著文學創作與家園記憶的獨特關係，於是旅美作家的鄉愁，寫出了人對土地的情感表白，也表達了對臺灣、中國的衷心關懷。這些臺灣旅美作家群的個體記憶表徵，其實也是旅居海外的遊子的集體記憶圖象，閱讀看盡的似是有形的故鄉山水，也是無形的鄉愁意象。換言之，臺灣旅美作家的鄉愁主題書寫，往往由「地理鄉愁」契入「文化鄉愁」。白先勇在《驀然回首》中說：

> 臺北，我是最熟的——真正熟悉的，你知道，我在這裡上學長大的——可是，我不認為臺北是我的家，桂林也不是——都不是。也許你不明白，在美國我想家想得厲害。那不是一個具體的「家」，一個房子、一個地方，或任何地方——而是這些地方，所有關於中國記憶的總合，很難解釋的。可是我真想得厲害。[13]

白先勇將這種海外遊子蒼涼的人生感悟說成是「文化鄉愁」[14]這種令人感動的情思，絕不僅是民族主義的情思，它氤氳升騰，瀰漫沉澱後，變成一種回顧性的意象，變成宏大的文學藝術與美學命題。余秋雨將這樣白先勇《臺北人》小說中濛鴻的歷史感與鬱積的文化鄉愁作了提

---

[13] 〈白先勇回家〉，白先勇《驀然回首》，臺北：爾雅出版社，頁 167-168。

[14] 白先勇《驀然回首》，臺北：爾雅出版社，頁 78。

煉式歸結：

> 由於受到這種鄉愁的神祕控制，「臺北人」中的每篇作品幾乎都構成了一種充滿愁緒的比照，大抵屬於「家鄉」的記憶的部位，總是迴漾著青春、志向、貞潔、純淨、愛情、奢華、馨香、人性、誠實、正常，而在失落「家鄉」的部位則充斥著衰老、消沉、放蕩、污濁、肉慾、萎敗、枯黃、獸性、狡詐、荒誕。[15]

小說家因為無法擺脫思鄉病的煎熬，這種對故國無法釋懷的衷腸，處處流露在作品之中，從家鄉地理的記憶，因著時空的隔絕引起思念懷想與追溯，這不僅是人情自然的牽掛，也是抵制自我迷失的良藥。於是鄉愁時淡時烈，時斷時續，若隱若現，就像影子般跟隨著浪跡海外的旅美作家，成了他們移居海外後的生命伴侶。保真〈西風的話〉寫主人公在海外想起小時候的一篇作文，當年的童稚心語，卻是延續自我與家國一生一世的盟誓：

> 我好像看見中國向我走來，我站在那裏等待她。我要把戒指套在她的手指上，願意一生和她生活在一起，同甘苦共患難。我要說無論在什麼環境，願意終生養她、愛惜她、安慰她、尊重她、保護她。[16]

在這樣神聖婚約見證下的「中國」新娘，絕不是理解政權意義上的狹義「中國」，也不是地理方位上的「中國」，而是側重文化意涵上的「美學中國」，作家追尋的不只是童年記憶或故鄉的懷念，更代表海

---

[15] 余秋雨〈世紀性的文化鄉愁〉，收錄於齊邦媛、余秋雨、等著《評論十家》，臺北：爾雅出版社，1993,12，頁16。

[16] 保真〈西風的話〉，收錄在《邢家大少》，1985,4 第9版，頁209。

外作家群更幽深的文化鄉愁。

四、飲食文化隱藏的鄉愁書寫

食物與飲食習慣，在不同的社會、族群便產生不同的文化意義。從飲食習慣或飲食文化裡隱藏鄉愁的意義，也引申出中國式鄉愁的特殊性。考察旅美作家的小說創作，在中國飲食上的細膩描寫，為濃重的鄉愁書寫，增添了畫龍點睛的神奇效果。七〇年代叢甦的《中國人》從中國留學生的野餐開始，衍生許多懷舊的情節；劉紹銘《二殘遊記》[17]中，記述二殘在花園種菜、好友小聚時出現的家鄉飲食，蜻蜓點水地把飲食的特性，用來表達作家對家鄉的思念，主角的鄉愁也微妙地隱喻其中。夏志清評論陳若曦小說時，也特別說「吃」在她的小說裡非常重要。在長篇小說《歸》中，她用了將近一萬字的篇幅，不厭其煩地描寫辛梅採購油、糖、板鴨、臘肉罐頭等吃的東西；在《遠見》裡，飲食的描寫更是屢見不鮮，「吃」幾乎成了小說不可或缺的組成部分，成了展開故事的契機；《耿爾在北京》外賓吃涮羊肉受到特殊禮遇，《大青魚》蒯師父賣魚的戲劇性描寫，陳若曦用心良苦，通過飲食折射出特殊的社會背景下的時代氛圍、政治狀態、大眾生活水準與百姓期望、追求與精神風貌。其中也有對往事的回憶，對歷史的思考，也有對「文化大革命」的挖苦諷刺，對「民以食為天」的傳統習慣和民族心理的認同[18]。總之，衣食住行這些最平凡的日常生活現

[17] 二殘（劉紹銘）《二殘遊記》，共三集，（臺北：洪範書店有限公司，1976年2月）。

[18] 見陳賢茂主編《海外華文文學史》第四卷，頁63。

象，是陳若曦小說中最重要的構成因素，是六、七〇年代旅美小說中表現鄉愁主題的穿針引線關鍵，也是不少臺灣旅美作家小說的血肉神經。

在八〇年代的臺灣旅美小說中，以飲食文化書寫鄉愁則有內涵與風格的雙重轉變。一九八三年平路的〈玉米田之死〉[19]，「由洋『食』的『玉米』到本土的『甘蔗』，從他鄉的美國到原鄉的臺灣，牽引出兩個男主角共同的『鄉愁』與『感時憂國』，[20]由玉米田之死促成回鄉之旅，重見甘蔗田的再生意義，將異鄉人物的主觀感受，延伸出國族文化的鄉愁意義來。一九八四年周腓力《洋飯二吃》[21]，以「美國人不給飯吃，我給美國人飯吃」的幽默感，嘲寫臺灣移民頂下舊店，經營中國小飯館的艱辛經過，擺脫以往充滿憤懣之心，描寫家國鄉愁的憂傷筆調，取而代之的是走上商場具體的飲食活動，將嚴肅的謀生大事，用輕鬆戲謔的文字，鄉愁輕鬆化，解構了嚴肅書寫的態度。

「鄉愁」雖是旅美作家心中揮之不去的小說主調之一，但在九〇年代的旅美新世代作家，卻用筆新意，重彈舊曲。在繁華多樣的創作中，「鄉愁」由海外族群生命組曲之一，淪成為即興表演中的插曲。

---

[19] 該小說是第八屆聯合報文學獎短篇小說第一名，原載於 1983 年 9 月 17、18 日聯合報副刊，收錄於《七十二年短篇小說選》李喬編，（臺北：爾雅出版社，1984 年 3 月），頁 211-233。後結集成書《玉米田之死》，（臺北：聯經出版事業有限公司，1985 年 8 月）頁 3-29。

[20] 見林鎮山〈飲食與鄉愁－論〈卡普琴諾〉與〈玉米田之死〉〉一文，收錄於《趕赴繁花盛放的饗宴－飲食文學國際研討會論文集》，林水福、焦桐主編，（臺北：時報文化出版事業股份有限公司，1999，12 月），頁 462。

[21] 〈洋飯二吃〉原載於 1984 年 1 月 26-28 日聯合報副刊，收錄於七十三年短篇小說選》馬森編，（臺北：爾雅出版社，1985 年 4 月），頁 1-21。後結集成書《洋飯二吃》，（臺北：爾雅出版社，1987 年 3 月）。

即使異國羈旅，談笑孤寂，作家也用心將悲愴的「鄉愁」面貌，轉變氣氛，換上新裝。張讓〈談笑英雄－「酒肉幫」外傳〉讓「鄉愁」在留學生的談笑間灰飛煙滅；章緣〈舊衣〉與〈美人魚穿鞋〉以穿衣哲學，表現海外都會女性精緻的品味，為「鄉愁」書寫注入掙脫傳統、忠於自己的新元素。張讓〈談笑英雄－「酒肉幫」外傳〉第一段便是「人生這事，總是有吃，有排泄，倒不一定有性交，有神有自覺。左右是從吃開始，也未始不可以吃終。」五對男女留學生，從一九八〇年的感恩節大餐，藉喝酒吃肉，油氣酒氣菸氣人氣，開始異國心靈抒懷，談笑鄉愁。小說藉用中國人的飲食文化特色，喝酒痛快，放言無忌，食物熱炒，在嘈雜熱鬧的談笑間，酣暢淋漓的場景下，描寫留學生群，藉著熟悉的味覺，溫熱的人氣，發抒在異鄉生活的無邊重壓，消弭人際的疏離。小說末尾又以水餃餐會後的交心對談，「人生得意須盡歡，莫使金樽空對月」作結，妻子精神外遇，男子私密心語，收束談笑英雄的詼諧逗趣，留下的是異鄉酒肉幫的曲終人散，改寫了以往冷清悲愴的鄉愁。張讓〈談笑英雄－「酒肉幫」外傳〉可說是繼續了劉紹銘、周腓力以來，用幽默輕鬆的態度，書寫對海外生活的嚴肅認知。不同的是，張讓以「飲食」來考察，充分彰顯東西文化碰撞後的交融，而不是對抗，從飲食的自然天性，到進行文化洗禮的過程，既有東西方的文化特色，又具有多重的配對性與倒錯的趣味性；從東西方食物、酬酢話題、以及獨特的交流氛圍，重新書寫了海外的鄉愁音容。例如，從東方熱食暢飲、杯盤狼藉的熱鬧餐敘，與西方 Party 的生菜沙拉，簡單清靜，留學生皆能盡興；消夜從初到異地，搓丸子煮紅豆湯，到後來試驗成功，成品是柔軟潤口的乳酪蛋糕，「大家暫時都滿足於這口齒間小小的安慰了。」（頁 43）休倫公園的野餐會，留學生「話說得少了，代之以生火、烤肉、丟飛盤、踢橄欖球、划獨木舟」（頁 8），在河上划舟，唱和著「五月五日賽龍船，源遠流長五千年」，這樣微醺的鄉愁，早已披上陶然浪漫的色彩。

章緣藉著名家或著名童話，考察鄉愁的主題，卻是不同流俗，新人耳目。〈美人魚穿鞋〉便是九〇年代鄉愁的另類書寫。故事以異鄉女子美儀新靴子的不合腳，引起紅腫指頭的疼痛，再以美人魚失聲換足的沉痛代價為經，童話灰姑娘尋回玻璃鞋，追尋幸福為緯，穿針引線，正反比喻，說明鄉愁是異鄉人命定的結局。〈舊衣〉以處理一件從臺灣帶來的短大衣，暗指異鄉人移植新土的種種尷尬處境。短大衣雖新，對紐約的冬天太單薄，因先生處理不當的意外丟棄，轉成在路攤上乏人問津的舊衣。章緣以舊衣覓主的情境，呈現異鄉人重新生活的勇氣，將鄉愁的心理紋路，變成曖昧的想像空間，巧妙移植在生活中的細節，章緣的〈舊衣〉也成為九〇年代鄉愁書寫的短小新衣。九〇年代既是海外華人的新移民時代，這個新移民狀態，也進入新世代旅美作家的小說之中。他們觀照海外華人的生活與心情，不但不疏離本土，甚且與本土之間形成了複雜的互動關係。小說家考察新移民的飲食習慣，文化傳統，同時對移居地文化作保有距離的反省觀察，從生活方式到價值取向，也進行了微妙的辯證與採納。沒有濃重的失落與鄉愁，是因為身處在多種文明交匯點上的新移民，已能出入想像家國，自我定位，將東西文化碰撞昇華，擺脫傳統冗長的篇幅和沉重緩慢的節奏，打散單線發展的敘述，以斷裂、簡短與急速的拼貼，融合真實與假象，回顧與前瞻，達到多線並行的可能，這些優勢，至少具有釋放文學創造力的正面意義，在飲食文化隱藏鄉愁的書寫考察，便是具體實證。

第二節　尋根與回歸

遊子出走，產生漂泊的失落感，引發懷念家鄉故土的情思，失去所依存的土地與語言的根源，因而引發對故土與母體文化的尋求與皈依。而文學中對於「尋根」主題的多重演繹，已不再是一個具體的概念，而是故土、親人和中國傳統文化的總和。旅美作家聶華苓說：「我的根在那兒呢？作為一個作者，我的母語就是我的根，作為一個人，華夏的歷史、華夏的文化、華夏的滄桑，就是我的根。」[22]這樣的自我告白同時也將留學生文學中的「尋根」主題的精神傾向，作了深刻的現代透視。臺灣旅美作家身上也保有中華民族文化傳統的歷史淵源根，他們使用中文進行創作，不僅小說中的語言已包含著一個民族特有的文化內容，寫作的動機與實際的創作行動，寄回家鄉來發表，未嘗不是尋求故土與母體文化的一種尋根的行為。本節將從旅美作家小說中，探討遊子放逐的尋根主題的心理淵源與其在文學表現上的意義。

一、從暫住寄蹤到「適彼樂國」

中國人的北美移民歷史雖有一百多年，但在一九四九年以前，在美國的華僑仍然抱持著濃厚的「落葉歸根」觀念。他們在美國辛勤工作，努力積蓄，以便可以回鄉養老。因此華僑在美國的心理只是暫時

[22] 聶華苓〈華人心情〉，《時報周刊》，1992,1,8。亦收錄在顧肇森《槍為他說了一切》，臺北，東潤出版社，頁 131。

寄居，他們的家鄉還是在中國，即使身在異鄉，仍然不免心繫故國。社會學家研究移民時，指出一種「暫時居住」(sojourn)的型態，華僑在美國正是屬於此種類型。[23]不僅是華僑，留學生尤其如此。自清末第一位留學生容閎以來，中國留美學生幾乎沒有人不是在學成之後立即束裝歸國，希望以一己所學貢獻於家國。因此在一九四九年以前，並無留學生一去不返的問題，華僑與知識份子同樣都抱持著暫住寄蹤[24]的心理，沒有久居海外的打算。

一九四九年以後，中國人對於在美國居留的問題，已明顯地從暫時居住的寄蹤心態改變為「適彼樂國」的落籍定居。這樣的大轉變，余英時從中國文化與現代社會變遷的新動向，加以考察說：

> 一九四九年以後，中國人對於留居美國在觀念上已發生了根本的改變。中國本土已不再是中國文化的根據地，而且成為銷毀中國文化的煉鑪。不願失去原有生活方式的中國人逐漸把美國的自由社會看作最理想的託庇之所。「逝將去汝，適彼樂國」。《詩經・碩鼠》這兩句詩便是新移民的心理最好的寫照。五十年代以後，中國人留居美國的人數大量上升，其中知識份子的比例更是達到了前所未有的高度。[25]

---

[23] 參見余英時〈美國華僑與中國文化〉,《中國文化與現代變遷》，臺北：三民書局，1995,8 再版，頁 51-52。

[24] 「寄蹤」一詞是引自已故蕭公權先生《問學諫往錄》中，他用〈萬里寄蹤〉的篇名來結束他中年以後留居美國的生涯。他並且說明在一九四九年受聘來美時，「沒有久居海外的打算」，後來年復一年地住了下去，他的心理也只是「且住為佳」而已。他在美國時所抱持的「寄蹤」心理，可作為大多數老一輩知識份子的情懷寫照。

[25] 同前註，頁 53。

六、七〇年代的臺灣留學生正是這一「適彼樂國」的轉變現象的人潮之一。但這段觀察尚未能全面解釋六、七〇年代「臺灣地區」留學生赴美留而不歸的心理。臺灣留學生當時去國之時，心理除了深沉的文化哀感，導致故國難返、有家歸不得心理，雖有少之又少的人回來，卻又失望地出去，這並非臺灣留學生對於成長受惠的鄉土缺乏溫情與關注，相反地，留學生寄居異國，縱有先進充分的進修機會，享有充分的自由與人權，臺灣留學生年復一年地一去不返，主要還有臺灣當時社會的現實因素，增添這群知識份子的悲愴與無力感，六〇年代臺灣旅美學者何秀煌便指出臺灣留學生的心情與處境：。

> 那些學業已經完成的，那些已經離開學校而不繼續深造的，為什麼背棄家園，長留異國；有時甚至寧可忍受寂寞與辛酸而不願意歸來呢？…..沉痛地說，許多留學生不願意歸國，原因是他們不喜歡臺灣的社會風氣與政治風氣；在現存的風氣之下，他們對於回國之後的前途沒有一個可以預料的展望。[26]

何秀煌在另一篇散文〈留學〉中，提到五〇年代以來到六〇年代的臺灣社會風氣與政治風氣的不健全，他說：

> 由於長年的戰亂，不僅國家元氣大傷，民生凋敝，特權橫行，人們的基本人權沒有受到有力的保障。久而久之，人民只養成只問溫飽，苟命保身的習慣。很少有人還有充分的熱情與勇氣去關懷國是，熱心政治，注重學術，追問人權。因此，

---

[26] 何秀煌〈政風・教育與留學生〉，全文完成於 1969,12,11，原載於《大學雜誌》第 25 期，1970,1。收錄於何秀煌、王劍芬合著《異鄉偶書》，臺北：三民書局，1971,8，頁 143-144。

> 時至今日，我們的社會仍然民生困乏，學術不振，人權不張，惡習不去；貪官污吏處處有之，回扣紅包比比皆是。經濟上仍然貧富不均，社會上仍有特權存在。處在這樣的環境裏，每一個國民，尤其是每一個青年人理應急起奮發，力求革新。無奈長年積習，已成痨痼，清貞之士，孤掌難鳴。從政者又不能痛下決心，刷清政風；鼓起氣魄，扭轉危局。長此以往，人們漸漸變得不思、不言、不問、不發、不作、不為；慢慢地形成了對自己的社會沒有熱情，沒有寄望，沒有夢想，……。在這樣的背景之下，難怪有許多人要乘留學之便，藉深造之名乘風而去，長留不返了。[27]

由上可知，因為不少臺灣留學生體認當時社會的諸多惡習，如貪污橫行與紅包回扣等不正常現象，便逐漸散失了對社會服務的熱情與勇氣，許多當年的學子從臺灣飛往美國留學之時，便已下定決心一去不返，尚未跨出國門便已感染鄉愁的悲愴，一跨出國門，感受更加真切深沉，因為「那是一種愛，一種溫情，一種期望，一種感傷，一種悲痛，一種失望，一種心灰意冷，一種從理性的小縫中伸出的嫩葉在情感的狂風中抖動，一種自己無法解開的內心掙扎。」[28]因此，留學美國不再像過去是抱持著「暫時居住」的寄蹤心理，六○年代的臺灣留學生前往美國，顯然已有「適彼樂國」的落籍心態。他們比較缺乏自己命運與社會榮辱密切關聯的純潔愛國情懷，在異地又面臨了新的文化環境的適應問題，物質層面如衣食住行的普遍性問題，制度層面如

---

[27] 何秀煌〈留學〉，1966,7,27。收錄於何秀煌、王劍芬合著《異鄉偶書》，臺北：三民書局，1971,8，頁 15-16。

[28] 何秀煌、王劍芬《異鄉偶書》，臺北：三民書局，1971,8，頁 30-31。

親屬、宗教、法律、政治、經濟等特殊性問題，文化上的適應過程，導致臺灣留學生作家群開始藉著文學創作的失根、斷根與尋根等主題，尋求安身立命的功能，寄託個人精神的歸宿。

二、從無根、斷根到尋根回歸

六、七〇年代的臺灣留學生小說，以描寫海外知識份子的生活狀況與精神心態為主，小說的主題幾乎全圍繞在留美學生對各式各樣的「根」的意識的表達與探究。黃重添先生將六〇到七〇這二十年間，這些以僑居異域（絕大部分是美國）為題材的臺灣長篇小說，定標題為「遊子情思與尋根意識」。他說：

> 他們飄泊在太平洋的彼岸，彷彿命運注定要受那麼多的坎坷，那麼多的磨難，那麼多的悲歡離合；然而，最令他們困惑的是「聊根無線如蓬轉」的失落感和懷國思親的連綿鄉愁。其中，既有「無根」的苦惱，「斷根」的絕望，更有「尋根」的熱忱。[29]

檢視此時期的留學生小說的主題意識，於梨華在《又見棕櫚‧又見棕櫚》中，牟天磊那種春蠶吐絲，繾綣錐心的寂寞傷感，主要便是肇始於「無根」的苦惱。白先勇在「紐約客」的一系列創作中，雖與於梨華是屬同一時代，相同處境的人，但小說卻有著更深層的沉痛，〈芝加哥之死〉中的吳漢魂、〈安樂鄉的一日〉中的依萍、〈謫仙記〉裏的李彤，他們內心的情境都凝聚在兩種文化中徬徨，人物強烈的幻滅，茫然無告的傷痛，其源皆起於「斷根」的悲哀絕望；張系國的留

---

[29] 黃重添《臺灣長篇小說論》，臺北：稻禾出版社，1992,8，頁 67。

學生小說落實到對現實世界的「大我」關懷，強烈的李陵悲風、家國情思，取代了留學生愛情與婚姻的糾葛。海外知識份子對國家民族的關懷，使張系國的留學生小說題材擴大，同時處處可見海外青年追尋「民族之根」的熱忱。

《又見棕櫚・又見棕櫚》是於梨華在一九六六年的作品，也是當時臺灣「留學生文學」的代表作。白先勇先生對這本書的肯定，主要是來自於梨華清楚的表達了當時留美學生的「無根」意識，他說：「直到《又見棕櫚，又見棕櫚》出版，於氏才真正成了『沒有根的代言人』，這說法正是該小說中創新的，一語道破了年輕一代的處境。」[30]於梨華在小說中表達的這種無根的意象，是在臺灣沒有根，在美國也沒有根。牟天磊曾對一心嚮往出國的意珊表示他的心境：「我不喜歡美國，可是我還要回去。並不是我在這裡不能生活得很好，而是我和這裡也脫了節，在這裡，我也沒有根。」[31]。天美與天磊的對話中，更清楚表達了外省第二代無根的心境，天美說到出國的留學生：「不見得都回來吧！而且他們的情形不同，他們在此地有根，而我們，我不知道別人怎麼想，我總覺得自己不屬於這，只是在這裡寄居，有一天總會重回家鄉，雖然我們這麼小就來了，但我在這裡沒有根。」天磊反問一句：「妳覺得留在那邊就有根嗎？......Gertrude Stein 對海明威說你們是失落的一代，我們呢？我們這一代呢，應該是沒有根的一代吧？」[32]。這一段對話道破了六〇年代那些漂泊海外的留美學生思鄉的根源，頗能反映外省第二代的苦悶心境與當時的時代心理。劉登翰等編

---

[30] 白先勇〈流浪的中國人—臺灣小說放逐主題〉，《明報月刊》，1976,1。

[31] 於梨華《又見棕櫚・又見棕櫚》，頁 132。

[32] 同前註，頁 158-159。

著的《臺灣文學史》以於梨華的作品為例，說明其「失落情結」，簡要清晰地說明了「失根」主題的小說：

> 她的作品中都有一個解不開的，或由陌生感、寂寞感、幻滅感、飄零感等等各個不同側面、角度和層次襲來的「失落」情結。這是那一個世代「既不願意回到中共統治下的大陸，也不願去到人生地不熟的臺灣，其實更不願滯留海外，只因無國可歸，無鄉可奔，便將就地留下來了」的留學生和留學生作家的共同情緒。[33]

歸結而言，六〇年代的臺灣留學生小說中的無根與斷根情結的由來，都因為遊子離鄉背景的駁雜因素所形成的失落感。牟天磊在美國留學與就業期間思鄉情重，望鄉心切，回大陸是不可能，回到臺灣同樣感到飄泊無根，但白先勇的留學生小說則絲毫不存在返鄉意念。簡政珍先生在〈白先勇的敘述者與放逐者〉一文中說：「在《紐約客》裡思鄉難以闖入放逐者的心靈」又說：「不論《臺北人》或《紐約客》，過去雖然在眼前招手，但歸鄉的意念總在意識之外。」[34]返鄉的意念所以不存在於紐約客的心中，最主要的原因，正是絕望的「斷根」意識使然：「對於『紐約客』來說，身陷異國，和家國的環鍊已斷，放逐者也無意去尋求這些了無蹤跡的環鍊。」[35]因為斷代的文化沒有接續傳承，家國的根又在異鄉迷失，白先勇筆下的《紐約客》放逐似的在美國，不論他們是學生、從商或白領階級，在心理與精神上永遠找

---

[33] 劉登翰等著《臺灣文學史》下卷，海峽文藝出版社，頁 244-245。

[34] 簡政珍〈白先勇的敘述者與放逐者〉，《中外文學》第 26 卷第 2 期，1997,7，頁 174。

[35] 同前註。

不到活水源頭，沒有心靈的回歸與安頓，只能在異國漫無目的遊走，斷了根的悽愴，使得紐約客孤零空虛，故小說時見死亡意識的閃現。

七〇年代的臺灣留學生小說主題，具體內涵非常豐富，然而最明顯的「尋根」主題的變化，已有先兆可尋。六〇年代的臺灣留學生小說展現的多重鄉愁與無根飄忽，已經流露出七〇年代臺灣留學生小說的可能性。張系國的留學生小說，首先肯定家國是存在的根源，一九七三年增訂本的短篇小說集《地》一書中，〈割禮〉已經點起留學生覺醒的火苗，文中以宋大端教授參加一個剛出生的猶太嬰兒的割禮儀式，看出民族意義的重大。《昨日之怒》繼之而起，以海外釣運中各種不同的知識份子對民族家國的不同態度，作不同詮釋。基本上，海外知識份子不論是心繫祖國的愛國者，或是出走後的不歸者，都沒有無根的迷惑或斷根的絕望，去留的抉擇，處處顯示民族根源的重要與尋回根源的熱情，而保釣運動的可貴，正在於它凝聚了民族精神的情感：

> 那次保釣運動，真正觸動了海外中國人的靈魂......分散的個人像數個方向各異的小磁石，只有通過感情的大磁場，這些小磁石才會整齊只向一個方向，凝聚成一種力量。這就是大我。這就是民族精神的泉源。[36]

正因為認清並肯定民族文化與鄉土根源的重要，張系國小說中的人物已從白先勇斷根心死的紐約客中覺醒復活，葛日新與施平不能在國外安心過一輩子，「不出來，不會知道崇洋的可怕。不出來，也不會知道中國的可愛。」[37]透過釣運的希望與目標，從個人捐棄私心到凝聚

[36] 張系國《昨日之怒》，頁 164。

[37] 張系國《昨日之怒》，頁 36。

群眾心力，從小我情志到家國為重的大我情操，張系國留學生小說的主題，擺脫於梨華無根一代的迷思，走出白先勇《紐約客》斷根的絕望，而充滿了尋根的覺醒，以熱血愛國與保土希望，熱情尋根。值得注意的是，當時執筆創作「留學生文學」的臺灣旅美作家，幾乎清一色是大陸來臺，再從臺灣到美國的外省籍作家，於梨華、白先勇、歐陽子、吉錚、孟絲、張系國、叢甦等皆是，少見臺灣籍出生的留學生作家對於家國之思的鄉愁小說或尋根小說。其實當時臺灣籍出國的留學生為數不少，但是臺省籍海外作家作品在六、七〇年代卻極少見，除了留學於加拿大的東方白《露意湖》曾為「留學生文學」留下「冰河之美」的註腳外，幾乎在文壇的留學生文學上缺席。作家黃娟說明當時的狀況與原因：

> 至於舊住民（本省）留學生，或因參加政治活動，或因被人誣告而上了黑名單，有家歸不得，被迫長期流浪在異國的悲淒（非無根也），則未在刻劃之列。這自然是由於舊住民留學生，缺少搖動筆桿的人才所致。[38]

總之臺灣籍的留學生作家大多因為政治的因素，被迫流浪海外，既無發表園地的空間，當時又較少強烈欲望創作文學，作為發抒放逐者共同情感的反應。

三、旅美小說中不同層面的回歸主題

回歸母體文化是全世界各國文學的共同主題之一，同時也是世界各國流亡作家集中探討的一個基本主題。而臺灣旅美作家小說從開始

---

[38] 黃娟《文訊》第 172 期，2000,2，頁 57。

對「根」的主題意識探求，逐步出現以「回歸」的欲望與舉動，來表現作家內心對於「尋根」心理的複雜心情，同時也可看出臺灣旅美作家對於中國文化的渴望與認同。他們在小說中，以情感回歸、地理回歸、文化回歸與藝術手法回歸傳統等不同層面，表現人類最原始的「回歸」欲望，又因為每位作家不同的成長與遭遇，「回歸」主題的小說具有豐富的意義。

張系國首先引用心理學、生理學的角度來探討文學中「回歸」欲望的原始衝動。此說從嬰兒來到世界，被剪斷臍帶的那一刻起，被迫離開母體，從此必須生活在變動不安的環境裡。[39]因此每個人潛意識裡多少都有回歸到母體的衝動，希望能重新獲得母體的保護。由此衍生，當一個民族面臨強烈內外挑戰的時候，往往就會產生回歸的潮流，這種回歸家國故土的衝動，無疑是人類最自然的情感反應之一。若從文學的發展與嬗變中，許多國家的文學史都曾反映「回歸土地」、「回歸鄉土」、「回歸歷史文化」、「回歸傳統」的潮流，此應當不是偶然現象。而臺灣旅美作家小說中的出走與回歸，正是遊子最大的矛盾，也是最富吸引力的地方。張系國從聖經的浪子故事，首先說明「回歸」主題小說的原始起點，他說：

> 基督教舊約聖經裡浪子的故事可說是一切浪子故事的原始起點：年輕人為外間的大千世界所迷，沉淪於感官的享受裡，最後終於覺悟到物質世界的虛幻，回歸到生長的地方，——或是回到母親的懷抱，或是奔向健康的大地，或是回到故鄉找尋初戀的情人。不論經由何種意象呈現，相同的是這種「回

[39] 參見張系國〈遊子文學的背棄與救贖〉，收錄於張寶琴等主編《四十年來中國文學》，頁 457。

> 歸」的欲望。[40]

的確，在臺灣旅美作家小說中，確實不難讀出旅美作者群回歸家園故土的迫切心情，小說賦予浪子故事新的層面解說與意涵，其中「回歸」存在的型態與「回歸」的因果關係，值得發掘新穎的潛在意義。八〇年代平路在〈玉米田之死〉，便把回歸故土的心靈比喻為母親雙手的溫柔呵護：

> 想像他舒展了手腳躺在泥土上，微風輕輕地呵護他，搖曳著的綠色枝幹像是搖籃，像是母親的手，在裡面人得到真正的安息……。[41]

小說中的駐外記者「我」，因為同胞陳溪山猝死異鄉的玉米田，引起他在調查命案過程中，理解死者陳溪山和他相似景況：中年漂泊異國、物化洋化的妻子、事業經濟心理的無所依傍，這種種異鄉人的心理困境，往往只有透過「回歸」的欲望與舉動，方能獲得精神上的寬解。小說中屢次出現美國的「玉米田」與臺灣的「甘蔗田」，將大地與植物提昇為家國與個人的象徵境界，小說中的陳溪山與駐外記者不約而同地追求生命的根源，相繫於故鄉的「甘蔗田」而不可得，藉土地及母親的重疊意象，表達回歸土地，回歸母親懷抱的強烈信息，此所代表的正是人類永恆的「回歸」追求。

在臺灣旅美作家中，較常見的是他們以自己的具體行動，表達了感情回歸與地理回歸，同時也反映在他們的作品中。於梨華在《又見棕櫚‧又見棕櫚》裡的邱尚峰，可說是臺灣旅美作家小說最早出現「回

---

40 張系國〈遊子文學的背棄與救贖〉，收錄於張寶琴等主編《四十年來中國文學》，頁 456-457。

41 見平路〈玉米田之死〉，《玉米田之死》，臺北：聯合報社，1985,頁 25。

歸者」，在美國他雖有大學聘書，卻毅然放棄，回到臺灣辦雜誌。這樣的回歸者在六〇年代的留學生小說中實不多見。像小說中邱尚峰的學生牟天磊在美國感到無根漂泊，回到臺灣省親，卻發現「在這裡也沒有根」，可見遊子的懷鄉病，並非匆匆返鄉回歸，就可痊癒。除了小說人物之外，旅美作家於梨華、陳若曦、聶華苓、劉大任、李黎等人也經由國外，回到大陸省親訪問，引頸而望的回歸期盼與心情，也流露在他們的作品之中。於梨華在美國多年之後第一次回大陸，小說《傅家的兒女們》也「由臺灣到美國留學而落戶的人」過渡到「尋找他們以一個中國人立場作出發點的心態」[42]。小說中的李泰拓便流露出回大陸的迫切心情；聶華苓《三十年後—歸人札記》便記錄了種種「歸人」的情懷感觸；陳若曦長篇小說《歸》以自己的親身經歷，寫下回歸之路的烏托邦幻滅與內心徬徨的點滴，可見作家從探訪親人的情感回歸走上地理的回歸，回到家鄉，故國尋根，因為他們的不同經驗與體悟，臺灣旅美作家小說也逐漸出現了回歸的人物，確立回歸的主題，並且有了新的精神面貌。例如聶華苓，《千山外，水長流》以獨特的表現手法，揭示回歸主題。小說以一個生長在中國的混血兒蓮兒，經歷文革後，回到父親美國愛荷華的家鄉。這部小說的獨特意義，是它開展了混血華裔的尋根之旅，使臺灣旅美作家小說的回歸主題首度出現「雙元文化」與「雙元血統」交錯的新模式，藉著探求家族歷史反思國族歷史。小說中的嘉陵江水不僅給予讀者無窮的美感，也象徵尋根回歸源源不絕的原始欲望，對於回歸主題的表現，也從以往作家的情感回歸、地理回歸，進一步邁向文化精神的回歸。此外，陳若曦對於回歸主題尤其作了完整而多面的挖掘與揭示，例如〈路口〉中

[42] 見於梨華〈前言，也是後語〉，《傅家的兒女們》，頁 10。

的余文秀、方豪都站在回歸的路口，兩人都想攜伴同行，但伴侶渴望前往的方向卻不相同，於是在回歸的路口，猶豫不前。余文秀面對臺灣的家鄉東港，母親正倚閭而望；後者懷著希望，盼回大陸講學，回歸主題，牽引著人物難捨的臺灣心結與中國心結，卻真實而深切地指出回歸主題小說的歷史心結與政治心結。再以白先勇為例，他的小說中的回歸主題，少見人物作探訪親人的情感回歸或地理回歸，除了後期之作的〈夜曲〉，其他小說主要是傾向於中國傳統精神上的回歸意義。他的小說不論是《臺北人》或《紐約客》系列，大抵展現著較濃厚的文化傳統的人文環境描寫，而此人文環境傾向於中華文化精神的回歸傳統，精準而妥切。在藝術手法上，旅美作家也傾向以傳統的敘述手法，傳統的意境追求，來表現回歸主題的小說。聶華苓的《千山外，水長流》便不同於《桑青與桃紅》現代派色彩濃郁的人格分裂拼貼；白先勇的近期之作〈骨灰〉也以平實的寫實手法取代意識流小說運用。因此，走向傳統、回歸傳統的藝術手法基於海外華文創作的自身規律，形成回歸主題小說的一股新流。

四、九〇年代出入想像家國的「回歸」表現

九〇年代的新世代海外作家，也在作品裡表現了回歸主題的小說。他們共同的特徵是以想像取代真實的出入家國，小說中「異鄉生涯」、「返回故土」、「重回來時路」是九〇年代臺灣旅美新移民小說的三重奏。因為遷徙之後，移民者還能不斷方便往來，或頻繁接觸於移居地與故鄉之間，作家藉著異鄉來書寫，同時也藉著書寫來返鄉，出入想像的兒時家園，故鄉成了充滿鄉音的另一個異鄉。以裴在

美《海在沙漠的彼端》為例，從利比亞的異國童年開始，貧瘠的沙漠形象，就是流浪躑躅的異鄉，沙漠的荒涼空寂，本是異鄉人不適居處的源起。從沙漠回到海洋的故鄉—臺灣，只是轉向另一個海洋的驛站。小說中出現多次回憶「迷路」的經驗，無論在家鄉、異鄉，一樣的格格不入，油然而升的陌生感，面對故鄉的西化與諸多變遷，與她在異鄉時父母所建構的家鄉記憶，相去太遠。當她再度告別臺灣，搬住紐約長島，「花整個白日以及夜晚面對海洋，完全是往年在沙漠公寓、抵死看守住一片大太陽以及日落之後沙漠的那種執著與荒涼。」[43]，兩個異鄉居處，一樣荒涼心境。由此之後，島嶼、沙漠、海洋，都只是生活驛旅史的某個定點，一個可長可短的驛站，「這以後，任何地方都沒有太大的分別了，生活就是生活而已。」[44]在小說中，「沙漠」與「海洋」都是錯置異國的方位，而臺灣的小河記憶，卻才是裴在美寫作定位的地標，只有如此，作家才能藉由作品返鄉，解開「失落與敉平的兩極」宿命，那如影隨形，無法釋懷的鄉愁姿態，她說：

> 我原沒有什麼鄉土認同，當然也就無所謂那樣一種對某個地域格外的不捨和依戀了。只是若有似無地，恍惚感覺有那麼一樣相似的東西存在著，像是某種內在穩定力量的陷落，一項無條件情感支柱的喪失，圍繞著令人心安舊有事物的不再，亦或發自內裡無端的焦灼徬徨……。
>
> 難道此等源自周遭環境乃至於生命本身的莫名焦慮；就是那個模糊到可以統稱之為鄉愁的東西？[45]

---

[43] 見〈幻象的逝滅〉，《海在沙漠的彼端》，頁 206。

[44] 同註 26，頁 207。

[45] 見〈失落和敉平的兩極〉，《海在沙漠的彼端》，頁 170。

正因為這種恍如所失的鄉愁情緒，神出鬼沒地佔有異鄉人的心靈，海外書寫雖有「此心安處是吾鄉」的務實心態，從異鄉書寫，返回故土，重回來時路，這三部曲式的進出想像的家國，確是新世代引領的新風潮。裴在美的《小河紀事》，從鄉土人情的破敗處入手，在痛苦的敘述過程走向美麗的昇華。章緣〈今天有記者來訪〉中的版畫家朱山，戴著紐約藝術家的光環，回到臺灣叱吒風雲，當他逐漸失去媒體的愛寵，折返美國，「在國內惶惶然，來到紐約還是惶惶然。」[46]；〈有口難言〉的陶公，住在臺灣三十年，一句台語也不會說，出了國卻認為應該好好學英文，「來這裡十幾年，像啞巴都不會講，說不過去的。」[47]不論版畫家遭逢的蕭瑟難堪，或是陶公在美國有口難言的語言謬思，都是作家的巧心，讓移民者透過出入故土，往返異鄉的「距離效應」，製造趣味的「失聲困境」與「回聲效應」，這也是以往旅美作家回歸主題中少見衍生的新面貌。

第三節　雙元文化的碰撞與交融

臺灣旅美作家群身居海外，將自身的文化本質，帶入西方社會，受到一次嚴厲的篩檢，作品中常常表現東西文化交融與衝突的主題。作家們身上無形的價值觀念的連續性，因為脫離文化傳遞的中心，因此失去了持續與原始文化體的交互發展與滲透，加上新環境產生對傳統文化的衝擊與壓迫，使得傳統文化的反省或排斥趨於強烈。文化根

---

46 〈今年有記者來訪〉，《更衣室的女人》，頁 124。

47 〈有口難言〉，《大水之夜》，頁 98。

源本為旅美作家群深厚情感的湧動緣起，也是他們心靈深處的精神原鄉，當他們形之於筆墨之時，自然就會流露出展示文化、理解文化、闡釋文化的自然傾向，不少臺灣留學生小說或移民小說主題，就以表現雙元文化的碰撞與交融的過程，東方與西方文化認知的誤解與了解的現象，甚至引發作家們對於中國人、華僑、美國人、臺灣人等國族的認同與歧異，演繹無數沉痛又深刻的精彩文化對談。以下就數種臺灣旅美小說中常見的情節，深入探究其中隱含的雙元文化的精義及其碰撞敉平的過程。

一、文化情結的成見與誤解的根源

六〇年代的臺灣留學生小說始終執著並鍾情於一種「尋找身分」（finding identity）的情懷，尤其身處國外時的飄泊，將認同中國文化的根視為真正心靈的歸宿，與其說這是一種文學現象，不如說是一種人文精神，是中華文化情結在心理底層的呼喚。六〇年代的留學生因為嚮往美國的科技文明，前往美國就學，他們對於西方文化應有相當的認識，然而在臺灣留學生小說中的留學生，雖不至於盲目推斷美國文化沒有禮教道德，但對於美國土生土長的華裔子弟，卻存有相當的成見與誤解，尤其是當他們自稱為「美國人」時，總是引起留學生相當的反感與排擠效應。例如於梨華短篇小說〈三束信〉裡女留學生向華便清楚地表達對於美國華僑子弟的歧視與成見：

> 我在那邊時幾乎從不和華僑來往的，我對他們很有偏見，覺得他們中不中，西不西，沒有深度，也許我的想法有錯誤，妳怎麼想呢？……多數的華僑好像祇會說台山話和不太動聽

> 的英文，中國人和中國人講英文，就像嘴上糊了一張紙吃飯似的，十分不對勁，所以我根本不想和他們打交道。[48]

類似這樣反映出留學生對於華裔僑民的成見與誤解的小說不少，於梨華《傅家的兒女們》中，來自臺灣的女留學生傅如曼因為和一個美國白人相好，被其他中國學生誤認為是假洋鬼子的「土生華僑」，而遭中國學生蓄意的隔離；於梨華〈之純的選擇〉中，之純對於那位有酒窩的華僑彼得也是成見頗深：「自認為美國人！你怎麼不把鼻子填高，眼睛裏灌一點藍墨水？」等。六〇年代臺灣留學生小說的描寫中，留學生對於華裔始終抱有鄙視的敵意態度，並流露出自我優越感，譚雅倫從早期華人作品對華裔的偏見描寫去追溯探究其中的道理，指出這樣的文學現象除了是中國文化優越感所驅使下的反應之外，也起源於大多數中國人對於「美國人」一詞的誤解：

> 不少近期移民作家，早在中國時，已經受了「白色美國」的文化洗腦。意識上他們認為「美國白人」就是「美國人」，而其他有色人種的美國人都不是「美國人」；不能以美國人代稱之。……對自己黃膚黑髮的華裔美國人，區別更甚，咬定他們只是中國人；他們自己受了自我文化中及民族優越感的驅使，只能稱華裔美國人為之「華僑」—「僑」居美國的中國人！這種稱呼，也就全盤否定了華裔土生美國人的正確地位，不接受他們是美國人，不能分享白種美國人所享用的「美國人」的統稱。[49]

---

[48] 見〈三束信〉，收錄在於梨華《歸》，頁 144-145。

[49] 譚雅倫〈了解與誤解：移民與華裔在創作文學中的互描〉，收錄在張錯、陳鵬翔編《文學史學哲學—施友忠八十壽辰紀念論文集》，臺北：時報文

這段從中國人的角度釐析說明了部分旅美作家群對華裔誤解認識的根源，乃是受到「白色美國」洗腦的緣故，也就誤認為無論是什麼背景的黑頭髮黃皮膚的華人，都應該是不折不扣的「中國人」。因此，美國的華裔只是黃臉孔的假美國人，同時是使「中國」顏面無光的假洋鬼子，應該棄而遠之，留學生是恥於跟這些假「老美」打交道。若要交美國朋友，也只與「純正」的白種美國人結交，方為正途。

不僅中國留學生對於美國華裔子弟存有成見，地域與族群之間，因為種族的優越感或自卑感，毫無理性根據的偏見與歧視，真正造成層層疊疊的文化誤解與歧見。廖清山〈荒冷幃幕〉中，臺灣來的淑玲對黑人幾乎有先天性的排斥，從普遍現象中開始深刻反思而得知，「偏見」以及種族之間的自卑感與優越感，正是造成種族歧視與文化誤解的根源：

> 她漸漸感染到民族與民族間的矛盾、偏見。白人輕視猶太人；（天知道！在她眼中，猶太人也是如假包換的白人，她一直就沒有辦法分別他們之間的差異。）猶太人又瞧不起南美來的人；（而南美來的人，也因為國家不同，彼此菲薄！）南美來的人既看不慣黑人；黑人更加不願和波多黎哥人來往：波多黎哥人則懷恨其他民族！[50]

因此，留學生小說與移民小說反映了異質文化在主流與邊緣之際的交會，在強勢與弱勢環境中的糾葛，加上種族的優越感與自卑心態的作祟，在人性幽昧地帶的偏見中成形，文學留存細微深邃的心靈感觸，在雙元文化的碰撞與誤解之中，臺灣旅美作家筆下的小說，使讀者深

化出版事業有限公司，1982,2，頁 207-208。

[50] 廖清山《年輪邊緣》，頁 15。

切感受到文化認同對於異鄉人所意味的精神寄託。

二、文化衝突的對象與常見情節

類此文化的誤解與根深蒂固的成見，不僅出現在留學生的社交場合中，在移民的家庭、師友的交誼、異國的婚戀中，都有類似的誤解，華人在美國確實面臨東西方倫理道德衝突的困境，而儒家傳統的倫理道德與西方以科學法治代替道德的作用，在小說中形成鮮明對比。旅美作家群建立在情感基礎上的文化訴求，往往促使他們更深刻感受到，在異質強勢的文化環境中，自身的生存模式與價值觀念正處於風雨飄搖之中，唯有緊緊抓住中國文化的根才能從容生活下去。這種隱藏心中的憂慮與恐懼，便形成臺灣留學生小說中或移民小說常見的敘事衝突對象：具有中國傳統觀念的父母與處於失衡的雙元文化波瀾浮沉中的子女，包括留學生父母與在美國出生的子女、臺灣來的父母與小留學生。白先勇〈安樂鄉的一日〉就赤裸裸地表達出這種美國華人家庭的母女衝突的典型現象，母親依萍要美國出生的小女兒寶莉做「中國人」，寶莉認為同學罵她「Chinaman」（支那人）是侮辱而不接受母親的論調。類此因為父母與子女對於東西方文化觀點的堅持而起衝突的不同版本小說，還包括於梨華〈女兒的信—ABC 的問題〉、陳若曦《遠見》、〈素月的除夕〉、〈母與子〉等。這些小說中的子女都具有雙元文化的背景，作者群都有意識地在雙重文化氛圍中構思情節，通過兩種文化的衝突碰撞展現人物性格與兩代之間的差距。於是中國家庭在面對中西文化撞擊下，旅美華人的親子關係無可避免地產生「文化代溝」。

這樣的親子衝突不僅發生在子女成長的過程，面對子女的婚姻選擇，因為種族文化認同的相異態度，又引起更巨大的家庭風波，例如歐陽子〈秋葉〉寫一個極端迷惘的中美混血兒與剛來自臺灣的年輕繼母的關係；於梨華〈情盡〉寫華裔少女爭取父母的諒解，應允她與白人男友結婚；吉錚〈會哭的樹〉寫華裔少女反抗父母對愛情婚姻選擇的干擾等。然而諷刺的是，身處標榜個人主義的美國社會，在享受高度的自由與發展之時，而自由的個體又往往感覺到無可依附的空虛與無助，不論是具東方文化的傳統父母或西化的子女，因為文化思想的隔膜，他們很少能夠分享或尊重彼此的生活，了解對方的態度，導致家庭出現親情的真空狀態，因而無可避免地感受到人性深處的孤獨。

此外，在臺灣留學生小說或移民小說中，異國婚戀題材的小說主題也幾乎是雙元文化的衝突，孟絲寫了相當多的異國婚戀故事，如〈白亭巷〉裡的樊易非與露絲、〈聖誕紅〉中的李傑青與海倫、〈姊妹〉的賓生與雷雯、〈花旗國〉中的朱紅雁與史華滋、〈小城秋冷〉裡的阮素梅與史提芬等，他們大多是異族通婚的失敗者，而東西方的文化迥異正是他們分手的催化劑，愛情的理想往往不敵生活起居中文化不同引起的磨擦，即使在外界的社交場合中，中國人極力入境隨俗，但在家裡或在心靈深處，美國的種族大熔爐未必能產生理想的文化融合效應。

雙元文化的衝突與融合過程，未必是東西方差異甚多的文化對立，在臺灣移民小說中更多見臺灣與大陸配偶，因為數十年時空分隔後的相遇或重逢，雙方必須面對歷史的空缺、心靈的距離，而中國與臺灣也有明顯的文化認知差距，情況也正如異質文化接觸時所產生抗拒或排斥的現象，例如陳若曦《二胡》中的胡為恒，由於長期居住美國，思想觀念與行為方式已經十分「美國化」了，老年時以「還債」

的心情重回故土。大陸妻子梅玖數十年抱著「從一而終」的傳統觀念，苦等丈夫，在臨終前面對胡為恒所說的只是「我不怨你。」這樣理解與寬容的人生境界，雖是舊式的中國文化精神，卻縮短了傳統與現代的時空差距，敉平了東西方文化的衝突，在文化相遇後交融而輕輕化解，中國婦人簡潔而單純的文化信仰，在小說中的文化意涵卻深刻而耐人尋味。戴文采〈哲雁〉也有別於一般以異國婚戀呈現東西方文化衝突的故事。唐亞黎與哲雁在美國相識而同居，除了黑頭髮黃皮膚、同樣說中文，他們沒有任何相似的背景。唐亞黎是典型臺灣留學青年，在聯考制度下完成大學教育後出國讀書，然後想辦法在美國居留。哲雁是經過大陸文革慘痛經歷的少女，亞黎對她總有隔霧看花的好奇。他無法抗拒因為好奇所形成的感情需索與強度，卻也永遠無法理解她陰沉冷異的性格是如何成形。哲雁秀雅柔弱的外表，卻隱藏冷面殺手般的好勇鬥狠；表面上順服無爭的沉靜，骨子裡卻潛伏著錯亂不安的成分。亞黎與哲雁無法跨越的文化隔閡，那不僅是臺灣與大陸不同時空下的成長差異，還有文革對於文化摧殘以及人性踐踏後造成無法彌補的變形與扭曲。

三、文化衝擊的模式與文化認同的深層結構

在臺灣留學生小說及移民小說中，常見的文化衝突模式與正與海外華文文學的敘事作品有相通的情形：「一方渴望著綿延，另一方則是無情的斷裂，一方是記憶中的過去，另一方則是正在變化著的現實。」[51]在這樣的文化衝突模式中，通過文化代溝的對峙來加以表現。

---

[51] 見饒芃子、費勇著《本土以外：論邊緣的現代漢語文學》，北京：中國社

通常小說中的父母或祖父母的形象與思維，代表著傳統美好的過去，他們試圖將文化的表徵延續下去；而兒孫晚輩則多缺乏歷史的負荷，易於接受並認同新的生存環境所賦予的一切，前面所敘述有關留學生父母與其子女衝突的小說，以及移民文學中有關臺灣父母與小留學生子女的問題，都有相似的文化衝突模式。這類作品在六〇年代的表現多為傷感式的，於梨華、白先勇都從自己寓居美國的飄泊經歷中，感受傳統禮儀在充滿科學精神的美國社會的難以延續，因此他們的小說基調是憂傷沉重的，結尾也不免帶有悲劇情懷。小說中的主人公心中之景總是美麗記憶拼貼的從前影像，然而眼前所面臨的卻是文化情境被割裂的恐懼，小說人物都在衝突中企圖尋求中國文化的根源，做為飄泊心靈的歸宿，焦慮、回憶、傷感、悲劇等，都是這一類小說美學風格最貼切的關鍵詞彙。七〇年代這類作品的表現逐漸轉為召喚式的，雖然仍然充滿悲愴的感時憂國情懷，但已出現宣揚文化之根面臨危機的呼聲，張系國《昨日之怒》與叢甦《中國人》等小說可為代表。

至於小說中文化認同的深層結構則可以分成三個面向來探討，分別是情感型、理智型、審美型三種文化認同取向[52]。情感上的中國文化認同包括家庭倫理觀念、堅持說中文的習慣、重視忠恕誠信，重義氣講人情等價值觀念，留學生小說更容易體會到儒家哲學的影響，包括知識份子憂國憂民的情懷。當小說人物在情感認同出現分歧對立的時候，中國人應具有的意義便成為小說文化衝突的爭論觀點。至於理智上的文化認同，作者多以開敞寬容的態度，盡可能擺脫主觀意識，將中華文化與西方文化置於平等地位，進行客觀比照，或顯現中國人

會科學出版社，1998,12，頁 44。

[52] 同前註，頁 49。

獨特之處，或反省批判文化中缺陷貧弱的質素。例如於梨華《考驗》中直指中國文人過於謙讓隱忍的處世性格，缺乏進取、不講法治保障是其缺陷。黃娟對於文化認同也傾向理智的批判反思。小說〈安排〉寫的是美國鄰居梅格老人去世，獨子道格拉斯便立刻前來搬走母親的家具，對西方親子之間現實澆薄的情感有強烈批判之意。〈燭光餐宴〉與〈相輕〉同樣指陳華人自我歧視的心理，明白提出華人有自己人欺負自己人的自殘習性。〈燭光餐宴〉中邱文典表現不俗，卻被裁員，可是老闆卻同是臺灣來的華人，「如果有裁員的機會，一定先向自己人開刀」，既可以排除自己的心腹之患，又可以向老美獻媚地說「我是大公無私的，我絕不袒護自己人」。小說藉此反思中國人由來已久的「大義滅親」在現實情況下的不合人性，因為犧牲自己人已違反人性，照顧自己人才是為人本然之情。黃娟也對華人剝削自己同胞，以及中國人性格中圓滑、勢利、諂媚的一面作深刻剖析。小說〈劉宏一〉寫善於討好洋人的東洋奴才劉宏一，他不靠自己的專業，只會施展「拍馬屁」的伎倆。小說裡也描寫華人之間的內鬥，感慨華人不及猶太人的團結，黃娟以自己海外生活的經驗，藉著對雙元文化的理智考察，重新審視國民性質變的問題，提供反向思考文化的角度。至於審美型的文化認同著重在中國形象的「美感經驗」，作品表現出對於「文化中國」或「美學中國」的渴求與嚮往。旅美作者群經過外國文化洗禮後，不約而同地返回傳統藝術裡尋找中國形象之美，這是一種更幽深的鄉愁，他們追尋的不是童年的記憶或故鄉的懷戀，也不是對於中國現況的焦灼關切，而是要回到永恆的古典中國裡，或中國詩歌、戲劇、音樂等藝術中，找到對於中國家園與歷史的深厚情感與嚮往之心，尋回那種超越於時空之外的空靈氣韻。例如白先勇小說中的崑曲是文學生命中的重要部分，於梨華也喜歡適時地引用「蘇武牧羊」、「長城謠」等民歌表達鄉愁，保真小說中的長輩常以蒼勁書法表現中國式的人生觀，章緣小說轉化中國戲劇《白蛇傳》的情節等，使海外生涯的現實痛楚，藉著中國傳統藝術的靈魂，提煉成雋永的中國印記，折射出旅美作家的文化深層記憶，間接地表達了小說中文化認同的精髓，卻直接地呈現作家心靈深處的美學神韻。因此，旅美作家群深受中華文化的浸潤，使留學生小說與移民小說也流露出中國式的思想品格、生活趣味及道德理想，這種審美式的文化認同影響，對作家群而言不僅是一種生命的存在，是他們在海外尋找的精神尊嚴，也是旅美小說作品特有的印記。

四、旅美學者雙元文化的分裂狀態

旅美作家小說中還常常出現海外知識份子的生活處於一種雙元文化分裂狀態的現象。這些旅美學者一方面扮出了十分適應美國現狀的洋化態度，另一方面又擺出正統中國學者的身份，過著滿意雙重文化分裂的生活，沒有環境衝突，也沒有文化對立的苦惱。例如白先勇〈冬夜〉筆下的吳柱國教授，居住美國數十年，在美國學界十分能適應環境的要求，個人在學界也名成利就。然而他的私人生活，卻數十年如一日，是不折不扣的中國人。當他到達退休年齡，也就是他與美國人關係即將結束之時，在放下美國人的身份同時，也放下了他長久以來對外戴著的「文化面具」，回歸中國，作最自在的中國人，返回原來中國人的面貌。保真〈斷蓬〉裡的季博士，因為躲避戰亂而到美國留學，是三十餘年未曾回到中國的生物學教授，表面上已極度洋化，似乎早已忘了自己是一個中國人，並宣稱自己未欠中國一份情。

但他身上始終攜帶刻有中國獅子和「斷篷」字樣的圖章，總是忘不了年輕時苦難家鄉的往事以及長輩為外國人當奴僕的情景，更無法改變血管裡流淌的中國人血液，其實季博士仍固守著中國人的倫理傳統和處事準則，誠如他所表白：「雖然穿著西裝，在美國的大學教書，我還是像大多數中國人一樣，知足，滿足……我還是受那個老中國的影響，但是我已經回不去了。」李黎〈浮世〉裡的中國歷史教授寧遠與臺灣來的留學生菲比的曖昧關係，正如他與身體裡揮不去的中國經驗與文化記憶，即使生活多年的妻子是美國華裔，比美國人更有條理，卻遠遠比不上菲比讓他牽掛，她的一轉身、一甩手，甚至她住處裡牽牽絆絆的小擺飾，總是顛撲著他錯亂似的心。其實菲比所帶給他的那些弄不清楚卻又新鮮愉快的經驗，正是觸碰到他血液裡沉寂已久的中國天性。聶華苓《桑青與桃紅》也是寫一名中國女子的海外經驗，「桑青」與「桃紅」正代表著她個人處於雙元文化極端分裂的狀態。但她不如那些旅美學者幸運，可以熟練操作兩種不同身份而各有相對應的文化面具，以適應不同的美式主外、中式主內的生活方式。國內的桑青在戰亂與動蕩中逃亡以追求自由，她帶著中國傳統觀念與道德標準來到高度物質文明的美國，卻因此陷入精神分裂的悲劇，當她沉溺在美國先進開放文明掩蓋下的腐朽與墮落，桑青時期的中國文化只成了美國不切實際的空妄寓言，失去精神支撐的桑青跨入另一場人生大逃亡，在美國逐步走入無垠的精神荒漠，終於淪為文化分裂的蕩婦桃紅，是雙元文化分裂繪製出的悲慘人生圖景。

五、東西方宗教的相容與獨立性

在臺灣旅美作家的雙元文化中，也表現在宗教信仰的相容與獨立性。林語堂《唐人街》將東西文化美好而和諧的融合過程，藉由小說中宗教信仰接觸的過程可見一斑。林語堂在小說中試圖以東方儒道佛的精神，以及西方天主教信仰的基本信念，探討一種民族性格的形成，並且進一步釐清東西方不同的宗教文化精神，提煉彼此認同相通的倫理道德與審美習慣，因此在雙元文化難以避免的衝突之外，華人能立足於美國社會，終有被接納與認同的相似觀點。林語堂最可貴的地方，是他長期在東西方宗教與文化精神的接觸中，從來不作優劣勝負的比較，相反地卻在兩者之中認識到文化互補或宗教精義相通的美好可能，因此小說便交融在儒道文化的人文理性精神與當代西方文化的科學精神中，兼容並蓄的特質成為《唐人街》主要演繹文化的主題之一。此外，黃娟小說偶有論及佛教思想影響臺灣傳統民俗，甚至影響海外華人的生活信仰。〈妻之死〉藉著討論小乘佛教的死亡輪迴觀，表達一對客居異鄉的恩愛夫妻的宗教意識與生死觀念，顯現臺灣對於宗教信仰的普遍傾向。

六、超越型的新移民文化認同取向

隨著時代的前進更新，國際間的交流日益頻繁，九〇年代的臺灣旅美作家不同於六〇年代以來的海外作家，他們不再從傳統的文化價值體系去確立自我存在的意義。新世代的海外作家對於文化認同多能採取多元化立場，甚少民族文化的情結，以超越民族視域的文化認同，擺脫了種族的歧見與壓制。這樣超越型的新移民文化認同取向的優勢是他們甚少傳統的束縛，也較無意識型態的偏激或將文化對立抗衡的主觀情緒，具有動態與包容的開放視角，欣賞文化的同異互補，在世界多元文化觀念的刺激之下，注重文化的互動，創造文化對談的契機，給東西方文化和平共存，帶來更迭轉化的新空間。對於九〇年代的臺灣旅美作家而言，傳統不再是經驗性的東西，而是被塑造的形象記憶，真相如何已無法具體考察。雙元文化如東方/西方、中國/美國、傳統/現代的痕跡，在他們的作品中已十分淡薄，所呈現的是一個更廣闊的人性地帶。小說中的孤寂之聲乃是執著於存在真相的探索，人生意義的探求，卻已游離出過去典型雙元文化的碰撞點。在超越型的文化認同作品裡，小說尚未顯現引人注目的特性，作品亦未必盡善，但顯然超越中國色彩的小說是擺脫了讀者的期待心理，也摒棄了傳統觀念的桎梏，如此旅美作家的作品將指向更澄澈的文學空間，臻至自由的自我書寫，值得等待觀察。

第四節　從主婦病到唐璜症候

臺灣旅美女作家基於自己生命的體驗，有不少以女性心理成長為創作重心的小說。她們受世界女性思潮的影響，也不斷審視中國傳統女性的命運。她們選取不同的角度，使女性在小說中面目各異，個性鮮明，關懷女性求學歷程的心境，書寫海外婦女的愛情婚姻與家庭生活，使女性書寫在海外面臨雙元文化的衝擊，在新舊價值觀的對立抗衡之下，提早指出抉擇的困境。例如臺灣旅美女作家於梨華筆下的女人總是抑鬱矛盾；歐陽子筆下的女人在徬徨不安背後，顯得狂亂浪漫；聶華苓筆下的女性愛恨分明，既有傳統美德的特質，也有情慾奔放的一面；吉錚筆下的留洋婦女困坐在婚姻的圍城而急欲突圍；陳若曦善寫女性的忍辱負重，目的是要控訴傳統宿命觀對女性的壓迫。她們藉著海外的新視野，表達女性意識與自我覺醒，卓然有成，在重塑女性自我成長的書寫中，既有時代風尚的普遍性意義，也凸顯了不同於臺灣女性小說的主題焦點，這些令人耳目一新的女性議題，也成了臺灣旅美作家小說獨特的寫作經驗，值得細究精研。

一、主婦病的女性主體意識

「主婦病」（housewife syndrome）一詞成為文學批評的專用，在臺灣是開始於一九七四年陳瑞文於《中外文學》發表的評論〈談於梨華的長篇小說—「變」中的人物及主婦病〉[53]，用以專指那些描寫家庭主婦偶然跳出生活樊籬的浪漫渴慾小說，並歸之於「主婦病」的類型主題。於梨華在《變》中，將婦女在結了婚之後，完全以家庭為主，沒有自我，沒有抱負，沒有事業，沒有夢想的平淡無奇婚姻，作了最詳盡的描繪。臺灣旅美女作家中，又屬於梨華與吉錚寫了較多以「主婦病」為主題的小說。於梨華《又見棕櫚・又見棕櫚》的佳利，也同樣是因為主婦工作的瑣碎，使心智活動減少，而滯留在生存（exist）狀態，不再成長（grow）：

> 出國的時候，抱著多大的希望，好像要在美國轟轟烈烈的做一番事業似的。我那時的志願，是要擠進美國的文壇。但是，讀完了書，發現再不結婚就有作老處女的危險，於是急忙的結了婚。結了婚之後，覺得該生個孩子，趕走一些兩個人相對的空洞，於是忙忙的生了孩子，孩子生下來之後，起碼交

[53] 陳瑞明〈談於梨華的長篇小說—「變」中的人物及主婦病〉，《中外文學》，1974年，頁30-42。

> 給他五年的時間，五年，這五年裡自己的希望一個個破滅了，等到孩子上了學校，手上有一大堆空的時間，但是已沒有當年打天下的雄心，怎麼辦呢？[54]

於梨華準確地將傳統婚姻模式帶給留洋婦女生活的轉變，使女性一步步成為將「夢踩在腳下的女人」。另外於梨華在《變》裡用女主角文璐對她十年婚姻的感想，更具體勾劃出十年如一日的「主婦圖」：

> 十年來就做這些瑣碎的事，撿起孩子們扔在地上的衣襪，收拾好他們散了一地的玩具，掛他們的毛巾，沖他們的牙刷，剪他們的指甲。把仲達的襯衫送出去燙，把他用髒了的手帕掏出來洗，找尋他失落的襪子，補釘他不見了的鈕扣，替他配失落的手套，給他尋遺忘了的煙斗……看不見又做不完的瑣瑣碎碎。十年來她沒有自己的身分，而成了他們的影子。[55]

文璐面對自己在結婚後的家庭角色，特別是女性因為婚姻而產生的責任、義務與規範，感到局限自己，又不能擺脫照顧家人的責任，這樣愈來愈強烈的不安與不滿的情感糾結，正是來自女性主體意識的萌芽、中國傳統家庭意識的不可挑戰性，以及親子之間的自然之情三者交互影響的結果。以「主婦病」為主題的小說，除了點出婦女婚後心理窒悶的處境，探究婦女情感糾結的內涵之外，更進一步指出婦女在壓抑過度之後的反彈，以及藉性慾重新建構自我所作的冒險。陳瑞文引用女權運動先進人物比提費登（Betty Friedan）的名著《女性的祕奧》（The Feminine Mystique）一書說：

---

[54] 於梨華《又見棕櫚・又見棕櫚》，頁 94。
[55] 於梨華《變》，頁 13。

> 費登女士又認為這些女人被家務纏著，除了演「主婦與母親」的角色外，不能養成獨特的性格，所以很多有心思的女性都遭遇到心理學家所謂「身份不明的危機」（identity crisis）。有很多時候，她們利用了性慾去堅持自我的獨立（sex as a means of self-assertion），糊里糊塗的利用性慾去滿足一些與性慾無關的需求（using sex to fill the needs that are not sexual）。[56]

《變》中的文璐跨出家門之後所認識的年輕人唐凌，吉錚〈偽春〉中的霏雯遇上丈夫的學生鍾磊，偶然短暫的相逢邂逅，或是雨中深情一吻，中國女性未必像費登女士所說的主婦病婦女，「利用性慾去滿足一些與性慾無關的需求」，但是臺灣旅美女作家筆下的主婦病婦女，確實是通過另一個男人的短暫愛慕，找回自己年輕時代的詩夢愛情，於梨華〈雪地上的星星〉、〈插曲〉、〈三束信〉以及吉錚〈會哭的樹〉、〈孤雲〉等小說，寫的都是「主婦病」這一類型的婦女。

二、從女性筆下觀照男性形象

臺灣旅美女作家不僅表現女人內在世界，也嘗試把男性作為被描述的客體，以女人來解說男人的內在世界，作為創作上的新嘗試。這不僅打破長久以來男主女從的文化關係，反映在藝術作品中，女性不僅能審視自己的女性特質，還能通過藝術作品中對男性的審視，使女性更清楚自由地表達自己的意欲，從而建立自我[57]。例如於梨華在《又

---

[56] 同註 53。

[57] 這種從女性角度觀照下男性其實是在「女性中心論」的女性主義批評理論

見棕櫚・又見棕櫚》創造出留學生牟天磊，而成為六〇年代「無根的一代」的典型；陳若曦藉著《突圍》裡的中國教授駱翔之，捕捉男性客體世界的具體情欲企圖，逐漸地以女性的視覺，建立起自己的敘述主體。李黎《傾城》中的兩個男性，中年的吳繼康及老年的韓治平，都分別意識到女性的強悍及男性自身的脆弱。吳繼康首先在性關係上，意識到必須通過女性才能肯定自己；韓治平發現太太在異國的適應力與面對生存的意志力也遠非自己所能比擬。小說中從男性的挫敗與困惑造成的「男弱女強」模式，在女性種種堅韌的生命力的映照之下，使男性不得不承認女人的耐力。類此從女作家筆下的男性角度去發掘男弱女強模式的寫法，在平路的〈椿哥〉、〈玉米田之死〉、〈在巨星的年代裡〉更是屢見不鮮。在〈玉米田之死〉裡，駐外記者「我」（男性）認同另一男性角色陳溪山的遭遇，因為面對強悍妻子的壓迫，他們有著相同的困境。小說中女性對男性回歸鄉土的欲望極度蔑視，在精力充沛的女人面前，男性徹頭徹尾成了女性的祭品，而男弱女強的挫敗，更被延伸為鄉土感情的壓抑受制。陳若曦、李黎、平路等臺灣旅美女作家在小說中，並未直接傳達女性主義的思想，而李黎、平路的作品甚至屢屢被誤以為是男性手筆[58]，王德威[59]、南方朔

下衍生的新的嘗試研究。薩拉・肯特(Sarah Kent)及傑奎琳・莫里奧(Jacqueline Morreau)所編寫的《女性眼中的男性形象》(Women's Images of Men)便以藝術作品為對象，指出女性如何塑造她們心目中的男性。馬薩・威爾遜(Martha Wilson)認為藝術讓人建立自我。因此，薩拉・肯特(Sarah Kent)進一步推論，通過藝術品中對男性的審視，女性更能清楚無懼、自由自在地表達自己的意欲，從而建立自我。參見李仕芬《女性觀照下的男性》，臺北：聯合文學出版社，2000,5，頁 11-16。

[58] 關於李黎的部分，在陳祖彥〈李黎的創作歷程〉一文提到，許多人認為李

[60]、張系國[61]等評論家也都曾以「顛覆」、「拆解」、「後設」等觀點撰文指出平路對傳統小說形式的挑戰。由此可見，臺灣旅美女作家在作品中，已將女性意識落實到文體或形式上的一種性別抗爭，更符合女性主義挑戰權威的精神。她們剖析男性的恐懼與逃避，揭穿他們脆弱的一面，並且毫不吝嗇地讓男性自己去發現並承認自己的懦弱，其中反被動為主動，反被看為觀看的兩性立場，正是她們小說創作的重要策略。

三、從〈袋鼠族物語〉到《袋鼠男人》

朱天心的短篇小說〈袋鼠族物語〉以辛辣筆觸，為飽受壓抑的女

黎的作品不像一般「女作家」的作品，他又特別提到她的小說裡，對男主角的心理描述「入木三分」。該文收錄在李黎《傾城》，頁 111-140。另外李黎〈從最後到最初〉(《初雪》序)中提到康來新教授向她問起〈譚教授的一天〉的作者「黎陽」，也誤認為是男性，並不知道該小說正是李黎之作。在平路部分，例如黃世岱〈走在不平路上的平路—《玉米田之死》序〉中說：「……她的文章裡，看不出多少女人的味道。」收錄在《玉米田之死》，頁 1。另外何人〈臺灣新生代女作家平路〉一文中說：「平路的作品，實在沒有一點點女人氣。」收錄在《海峽》第 47 期，1990,5，頁 173。

59 流出版，1991，頁 220-223。

60 南方朔〈在世界裡遊戲（代序)〉一文中說平路的小說是「或謂『知性小說』，或謂『後設小說』，或謂『後現代小說』」，又說她的作品如同「在遊戲中破除迷思。……是真正的顛覆者。」收錄在平路《在世界裡遊戲》，臺北：圓神出版社，1989，頁 1-6。

61 張系國〈旗正飄飄—為平路新書作序〉中稱平路是「最不像女作家的女作家」，因為她是擅長「『顛覆活動』的『恐怖份子』」。收錄在《是誰殺了×××》，臺北：圓神出版社，1991，頁 1-7。

性伸言。小說藉著袋鼠這既可愛又可憫的形象，呈現女子在傳統婚姻角色扮演下喪失自我的辛酸與無奈，點出了諸多臺灣當代女性對於女性自我備受壓抑的批判。臺灣旅美女作家李黎的《袋鼠男人》則顛覆了朱天心苦心營造的可愛的女性「袋鼠」形象，小說中的男子邁可，在擅長人工授精的婦產科醫師協助之下，在他身上造了一個人造子宮，在植入受精卵之後，邁可開始經歷婦女懷孕的狀況。因此李黎給這位「袋鼠男人」一個俏皮的註腳：「袋子是假的，袋子裡的東西是真的」[62]，袋鼠的「袋子」也和人造「子宮」成了天衣無縫的雙關，戲劇效果十足。這部小說指向處於社會邊緣地位的「性別差異」，也對爭取兩性平等的主張反其道而行，「懷孕」向來是母性孕育生命的嚴肅思考，也呈現男女本來就是不同的事實。但是透過現代具體的臨床醫療，似乎超越上帝造人的極限挑戰，「懷孕的爸爸」是她詮釋男性的另一次新挑戰，小說充斥的「邊緣性」（marginaliyt）與「顛覆性」（subversion）確實加強了作品的趣味感與新鮮感。這也是李黎寫作經驗裡的一個「異數」，她說：

> 這本書在我的寫作經驗中可算是「異數」，因為它在形式和關注對象上相當不同於我其他的作品。……在一般人心目中，他們的「科學家」和「醫生」頭銜很可能帶著不完全正確的「刻板印象」。而他們是我極敬愛的人，我很高興有這麼一個機會來寫這樣一些人。[63]

因此，這部小說的難度不僅是探討男女關係和男女不同的生理功能，

---

[62] 這兩句話原出自木心先生，李黎聲言是借用。見李黎〈袋子是假的，袋子裡的東西是真的〉（代序），《袋鼠男人》，頁三。

[63] 見李黎〈袋子是假的，袋子裡的東西是真的〉（代序），《袋鼠男人》，頁二。

包括生物和社會層次的主題，它觸及到的是作家必須面對文學形式的顛覆嘗試，從處理臨床醫療到生殖醫學的理論研究，從具體的臨床醫生的工作與生活細節到抽象的「懷孕爸爸」過程的心理變化，融合科技寫作與文學想像，跳脫刻板印象的科學家與醫師形象的開創性，打破長期以來無私、犧牲、奉獻的母性形象，顛覆男性沙文主義的陳舊觀點，小說的意義在於真正從女性的方向釋放出來，為文學開闢科技之「父」賦萬物以生機的新神話思維。

四、唐璜症候的兩性自省

事實上，臺灣旅美女作家不只是藉小說創作一面審視自己，走出「主婦病」的陰霾，一方面又創造或描摹男性對象，擺脫長期以來男性觀照的父權思想，她們也從另一個角度，重新審視兩性關係的互動制衡，指出錯誤的性別觀，以及根深蒂固的雙重標準，還有男性不成熟的性觀念及其在「性」方面的罪責，透過尋找自我的意識與個人的自省，真切地觀照兩性關係的新發展。以「唐璜症候」（Don Juan Syndrome）為主題的小說，就是臺灣旅美女作家對兩性關係最沉痛的自省。「唐璜症候」（Don Juan Syndrome）指的是一種癲狂與抑鬱交替的心理病。心理學家也把「唐璜症候」稱之為「性癮」（Sexual addiction）。孫康宜在〈女性、女性主義和唐璜症候〉一文中指出六○年代在婦女性解放以後，許多男人與女人都陷入這樣的「性癮」64。而犯了這種病的男人自以為是多情種子，其實是藉著不斷勾引女人來

64 孫康宜〈女性、女性主義、唐璜症候〉原載於《當代》，1998,4，收錄於《耶魯・性別與文化》，臺北：爾雅出版社，2000,1，167-177。

滿足內心的空虛。黃娟長篇小說《婚變》中的陳和雄醫師，在事業及家庭穩定的情況下，總是忍不住尋找撩人美女陪他尋歡作樂。作者黃娟除了要指摘臺灣男尊女卑的錯誤性別觀，批判長久以來傳統對待兩性的雙重標準，小說主旨更觸及男性「有性而無情」的問題，小說中的「婚變」是人們無法從「性癮」中擺脫出來，然而唯有男人從「性」走向「愛」，重建一個健康的情愛觀，男女兩性才有融合的可能。戴文采〈邊城雙俠〉裡的戚家軍是個年輕的玩世嫖客，他在美墨邊境的墨西哥小城對準備偷渡的少女買春。在不斷的性放縱中，他讓自己邊緣人的內心空虛，擺蕩在高潮與低潮之間；他以加價的利誘，讓墨西哥少女在作愛時用中文叫他「哥哥，哥哥」，以便產生心理幻想莫須有的「靈魂情人」(anima)。異鄉人戚家軍精神的痛苦經歷，透過「性癮」的表徵，表現出流落異鄉的悲哀。小說中美墨邊界的墨西哥人的夢想是在偷渡之後，而美墨邊境的中國人戚家軍的邊際心靈卻在「性癮」中無限沉淪。於梨華《一個天使的沉淪》又是另一個唐璜症候主題的長篇小說，她是為女性而寫，為曾遭受「性騷擾、性凌辱、性虐待、性摧殘」而「被擊倒的、有口不能說、有筆無法寫的女性們而寫」65。不同於黃娟《婚變》中陳醫師尋找寂寞女人下手或戴文采〈邊城雙俠〉戚家軍對賣淫少女買春，於梨華《一個天使沉淪》是和善的姑丈對六歲的小三子施以性騷擾，在她十六歲那年又強姦了她，有錢的姑丈用盡手段，把美麗的小三子當成「性玩偶」，父母過分信任親人的道德，從不疑心自己的家人也會有亂倫的行為，更增添小三子羅心玫無可抗拒的悲劇性。小說開始於一個六歲的女孩隨家人到香港探親

---

[65] 見於梨華〈她是我筆下最難忘的人物—序《一個天使的沉淪》〉，《一個天使的沉淪》，頁 1-3。

旅遊，沒想到風流成性的姑丈居然在小女孩身上打主意，從這一次偶然的「性騷擾」，到姑丈得寸進尺地污辱小三子身體，最後在一次變本加厲的性虐待中，小三子忍無可忍地把姑丈殺了。從前天真的孩童以為嚴厲的父母訓斥可能要比姑丈的猥褻更可怕，接著是小三子面臨典型中國家庭的溝通問題，而沒有足夠勇氣表白近親騷擾的問題。姑丈則是掌握了沒有人會相信小三子的童言，他儘可說是小三子誤解長輩對她的寵愛。因此，孫康宜對此書下結論：「患有色情狂或『性癮』的男人——不論他們的社會地位多麼高，不論他們是親人還是陌生人——都有可能隨時把女性當成洩欲的工具。」66 小說中羅心玫從脆弱到剛強，從退縮到勇敢，從無愛到有愛，最後通過殺人行為，為自身遭受物化作最後的反擊，終於拾回自尊，找到自我。只是這痛定思痛的自省顯然太晚，而殺人同時毀滅自己的代價未免過於沉重。於梨華以天使沉淪作為「走向女人」的返鄉道路，「一個她，許許多多的她，寫前負擔沉重，寫時心情沉重，寫完後，也一點不輕鬆」67。從向女性覺醒，到兩性差異的認識，到控訴男人不正當「性」事觸犯法網的罪過，臺灣旅美女作家走出限制她們思想的禁錮，在兩性差異中，找到了自己的聲音，這靈敏的婦女角度促使她們看到人性的豐富與文學視野的廣闊。

---

[66] 孫康宜〈於梨華筆下的性騷擾〉，原載於《世界日報》副刊，1998,2,16，亦收錄於收錄於《耶魯‧性別與文化》，臺北：爾雅出版社，2000,1，179-184。

[67] 見於梨華〈她是我筆下最難忘的人物—序《一個天使的沉淪》〉，《一個天使的沉淪》，頁 2。

五、九〇年代新世代旅美女作家的女性書寫簡述

九〇年代新世代旅美女作家張讓、章緣與裴在美，她們對於文學創作，鍥而不捨，固然因為人在異域，頓時在主流社會中失聲，更激發用中文來書寫的創作欲望，其實本身對於文學猶如經國大業的嚴肅看待，以及藝術標準的自我要求，尤其可貴。章緣謙稱寫作純為興趣，自嘲像是不可言說的本能，是「心中有對象，筆下無市場」68；張讓堅持不靠包裝，不寫速食文學，比喻是「自說自話，對月嗥呼」69。雖然面臨曲高和寡，雅俗共賞的兩難，新世代海外女作家的創作理念，具有我歌我徘徊的灑脫，對於女性的自我書寫，也有脫俗的表現。相對於不短的創作經歷，她們的作品不算多，但相當用心於「如何寫」與「寫什麼」的自我突破。70 有時出現用同一題材，兩種敘述觀點的寫法，例如章緣〈大水之夜〉是轉換敘事的實驗之作 71；裴在美的，〈耶穌喜愛的小孩〉與〈小河紀事一則〉筆調與營造的氣氛完全不同，內容卻是互相呼應的；張讓的〈我的兩個太太〉及〈慕良好人〉

---

[68] 參見方平〈游泳池裡寫小說的魚〉聯合報 1997.9.22. 46 版

[69] 參見張讓〈對月嗥呼－張讓創作觀〉。

[70] 例如張讓在〈歡迎到文字烏托邦〉一文提到腦中最常冒出「到現在還有什麼可說？」，以及反覆詢問自我的是「什麼讓人周而復始繼續下去？」。同註 7，《剎那之眼》自序，頁 7。

[71] 在章緣的得獎感言〈回溯〉一文中說：「此篇的寫作過程較為特殊。本來以全知觀點寫了一萬五千字，想投給某報刊，臨付郵時，心中卻湧現另一種敘述聲音，揮之不去，遂以第一人稱改寫成九千字。這是我第一次重寫已定稿的作品。」收錄於陳義芝編《向時間下戰帖－聯合文學獎一九九七卷》，（臺北：聯經事業出版公司，1998，1 月）頁 132。

前者以男性觀點出發，後者以女性立場來撰寫。此外，從「文學來指涉文學」的後設小說中，也可看出她們的創作觀與未來的寫作方向。例如章緣〈關於倒影〉，以一個參加寫作營的女孩，在山中遇見畫家的對話，說出自己為了滿足欲望的寫作夢想：

> 小說絕對不是為了反映社會，凝聚時代意義，不是為了實驗新技聳人視聽，也不是像一些文學雜誌常討論的什麼主義和對話。我寫小說，是為了滿足欲望，創造一個我希望存在、經驗的情境，其中有希望可以遇見或變成的人物。人生只能一回，而且多半重複、無趣，小說卻可以千百篇，有千百種寫法。這便是為什麼我有這樣的寫作夢。[72]

於是為了滿足欲望而寫，創作就像湖面的倒影，有真實下的千百種可能。此外，裴在美〈小河兒女二、三事〉中，藉女畫家阿幸之口，也說出她刻意標榜邊緣與逆流的創作理念與預測未來的書寫主流：

> 超現實、普普、歐普和極限主義都走到盡頭了，前衛藝術的觀念也過時了……。
>
> 現代主義的過去使得即將來到的末世紀將呈現某種不浪漫的新懷舊氣息，以及具干擾性而廣泛的政治意識，來建構一種參與新社會秩序重整的藝術形式與內容。所以—一切非主流的邊緣與邊緣文化不僅將抬頭，且有取代主流的趨勢！[73]

小說中既寫紐約蘇活區的藝術潮流，也間接表露了裴在美的創作議題與寫作策略的方針。

「獨白」也是九〇年代海外作家普遍的書寫方式，以「個人的感

---

[72] 見〈關於倒影〉，章緣《大水之夜》，頁 48。

[73] 見〈小河兒女二、三事〉，裴在美《小河紀事》，頁 121。

懷」替代「邏輯的制約」，是我歌我徘徊的自我書寫第二個趨向。客觀與寫實的創作原來都有一般的邏輯；獨白則形成每個個人獨特的腔調與思維的模式。章緣、張讓與裴在美偶爾會加上獨出心裁的花巧，例如獨白時刻意略去的標點，前後段不連貫的思維，語言錯置在不同的時空座標，敘述觀點的錯接與轉換等，有時很難一看就懂，不容易產生閱讀的興味。這樣新體小說，不免會失掉一批休閒性的讀者，但也會贏得另一批索謎的看客。無怪乎作者自我書寫時的投入與創意，卻可能造成讀者初時相見歡，「讀」後各分散了。

九〇年代，海外女作家也運用種種書寫策略，觸及九〇年代聲勢未見衰退的女性自覺，翻炒挑戰父權社會的議題。令人驚喜的是，她們選用「掙脫傳統，忠於自己」的風格，作為搶試當令新裝的標準。首先，章緣「更衣室的女人」，以另一種「身體意識」（body conscious），擺脫傳統「女為悅己者容」的價值包袱，既無罪惡感也毋需贖罪一樣有強烈的欲望和性自覺，毫不矯飾地顯露身體粗俗衰老的原貌，所展現的意義在於一個完整、沒有經過剝削壓制的女人，徹底改寫六、七〇年代海外女作家式，以性意識微妙地拆除男性神話的藩籬，小說不同於梨華《變》與吉錚〈偽春〉等小說中典型的「主婦病」，不見女性的浪漫渴慾與寂寞心境，也不是主張強烈的另類女子，但見隨性冷靜的留學生主婦，不按傳統的遊戲規則來處理兩性關係。張讓〈不要送我玫瑰花〉的思樂，不帶侵犯性也不帶有壓力，既不前衛，也不反對婚姻，單身懷孕，卻不願奉子之命，為子女結婚。她不想拘囿於傳統的價值觀，不認同女性模稜宿命的角色，即使海外單身是格外寂寞的：

> 思樂不常自憐，偶一為之，事後總對自己充滿鄙視。她不能忍受軟弱，為此她超乎尋常的好強。在廣大的美國單身的寂

> 寞是驚人的，但是她總顯得自足快活。這樣強自振作極耗精神，私下時便常虛脫了。每周打越洋電話，他們的關切更給她加倍的流放之感。她不但流放在母國之外，更流放在婚姻的社會主流之外。一個單身的人是一粒單細胞，無主漂流。思樂是豪放堅強的，但絕不前衛。她從未反對婚姻，理智的認為西蒙波娃和沙特為反叛而反叛，最後並不見得比別人快樂。也許他們自以為優越便已自足，思樂絲毫不覺自己優越。一個普通人，連平凡都追求不到，這是她奮鬥多年的自評。[74]

有起碼的自覺，所以能於寂寞中自足快活。思樂是心思精緻的現代都會女性，她和氣坦誠地拒絕家良的求婚，透過不斷的自我提升，掙脫傳統，展現特立獨行的魅力。章緣與張讓小說中所塑造的海外女性特質，是在溫柔與叛逆之外，走出美的新形象。迎接新世紀的同時，溫婉與叛逆同時過氣，小說中的女性，絕對的溫婉與絕對的叛逆已不再是唯一的主張。勇於掙脫傳統，忠於自己，是這個新世代海外女性的寫作容顏。

裴在美筆下的海外女性多樣化，〈死了一個人〉中的章雲紅，是標準的美麗壞女人，她挖空心思想要搶別人老公，為了金錢，靠性與利益輸送，讓男人向下沉淪，是拜金主義的反叛角色。〈小河兒女二、三事〉中的阿幸與阿孌，是另一種保守勢力的反撲，在競爭激烈的紐約蘇活區都會，她們擁有更多的自主權，擺脫男人附屬品的角色，對身體解放，顛覆禁忌，又能獨排眾議地挑戰父權，是掙脫傳統，忠於自己，在溫婉與絕對之外，算是另一種奮進開朗、出奇制勝的樣貌。

---

[74] 見〈不要送我玫瑰花〉，張讓《不要送我玫瑰花》，頁 121。

第六章　臺灣旅美作家之書信體小說

臺灣旅美作家的創作，自六、七〇年代以來，在臺灣文壇形成一股留學生文學熱潮，八、九〇年代又逐步由留學生作者群過渡為移民作者群，小說的內涵也從留學生自身的倫理層次與心理層次記錄，漸次轉變為移民華人對政經層面的文化衝突描寫，甚而對臺灣社會的轉型與海外移民群落的身心風貌作描繪[1]。在旅美作家多元多變的創作中，「書信」在小說中的有機組合與靈活穿插，成為他們不約而同的寫作特徵。這些以書信組合或穿插的小說，不僅使作品呈現獨特的藝術形式，更能微妙地承載這些海外作家不同的鄉愁方位與文化座標等深刻的內容，長短不一的書信，或發自肺腑，追今憶往；或異鄉孤鴻，道盡悲歡離合的行旅人生。若將海外旅人的書信單獨來看，寥寥數字或千言萬語，或成優美詩話，或為抒情佳文。穿插在小說之中，書信可能是主人翁的心靈點滴、愛的見證，也可能同時是作者精心巧製的禍心包藏，換言之，書信在小說中的表層功能是抒情敘事，議論獨白；深層的意義卻暗藏情節的推進或轉變的玄機。在遠行過程中，書信既然是當時留學生或移民者與家人親友的聯繫媒介，這自然是旅美作家使用書信作為創作形式的理由；就內容上，這些書信的重要意義，是它成為遷徙者離開本土、跨越國家與文化疆界的思考記錄；就創作的新意上，這些看似不連貫的書信組合，已經超越基本溝通的傳遞能

---

[1] 參見筆者拙作〈臺灣留學生文學到移民文學的發展與近況〉，《文訊雜誌》，(台北市，2000，2)，頁 31-34。

力，折疊出來的是一種充滿潛力的文體，看似作繭自縛的書信形式，透過虛擬真實的文學想像，破繭而出卻是令人驚喜的蟬蛻趣味。本章的研究目的，從六〇年代到九〇年代的臺灣旅美作家作品中，有關以書信組合而成的小說、或小說中穿插的書信文件作為考察對象，將這些少見的書信體小說作一類型簡介，並在內容上，將海外書信小說傳達的異鄉之音作主題分析；第三是探求書信形式在小說創作的各種功能與表現，以彰明書信體小說在旅美作家中所呈現的書寫特質、實驗意義及其具體成果。

第一節　書信體小說產生之因

書信是人際交往、傳遞訊息最重要、最普及的實用工具。中國古代上層社會的文人士大夫，都很重視書信的寫作，甚至把它看作是一個人的文化素養、精神品格、身份地位的表現形式[2]。而中國古代書信的發展與演變，經歷了一條漫長的道路，作品浩如煙海，現今可見不少歷代書信選注本[3]，甚至各斷代書信選粹[4]。近代如徐志摩、胡適

---

[2] 例如今存於《昭明文選》卷四十二〈阮元瑜為曹公作書於孫權〉一篇，就是典範之例，能文善詩的曹操，要寫給孫權的重要書信，也要讓「書記翩翩」的阮瑀代筆，可見其重視文學價值的慎重之意。

[3] 例如《古今尺牘大觀》是比較完整的歷代書信收藏，內容尚分為達情、論理、敘事等多項類別，中華書局印行。又如葉幼明、黃鈞、貝遠辰選注《歷代書信選》，長沙市，湖南文藝出版社，1991 年 8 月第 2 版；黃保真選注《古代文人書信精華》，台北，錦繡出版事業股份有限公司，1993 年 1 月等，都是目前容易閱讀到的中國古典書信選注本。

[4] 例如唐代、宋代、清代，都有客各時期的單獨書信選本，宋代書信選本如

的書信選，以及《傅雷家書》等，書信的功能不論作為表達情愛或者暢論文藝，大多有明確的收信對象。另有不少書信體寫就的文章，一開始即以教育或傳達理念為主，沒有特定的收信者，或是給青少年的公開信。如冰心《致小讀者》、朱光潛《給青年的十二封信》、楊牧《一首詩的完成》等，寫信者扮演導師或解惑者角色，藉著書信的親近特質，達到指點迷津的目的。基本上，「書信」在中國是具有文學創作特色的散文撰寫文體，卻鮮少運用於小說的創作。

所謂書信體小說，是「以許多書信貫串全書」、「運用書信安排小說情節者」[5]稱之。事實上，以書信體為結構的小說，在東西方都不多見，方祖燊先生認為理由在於書信中暢所欲言的自由，反而增加小說主題凝聚的難度，他說：

> 書信不像其他結構的嚴謹，寫來十分自由，你在一封信裡抒情、敘事、寫景、議論，可以悉依尊意，隨意安排；上天下地，過去將來，都可以毫無拘束寫了進去。書信體和日記體的結構，都有這種好處。不過，我們寫小說仍要注意到：每一部小說都有一個主題，用來表現作者的一個意念。[6]

羅盤先生也有相同的看法，他認為書信面對一位特別對象說話，已有形式上的拘限，因此，書信的體式用於小說創作，易流於單調，又怕過於複雜。[7]然而考察自六〇到九〇年代的旅美作家，如於梨華、白

楊志平譯注《宋代書信選粹》，天津市，天津教育出版社，1988 年 5 月。

5 方祖燊《小說結構》，臺北，東大圖書，1995，10，頁 290。

6 同註 5，頁 295。

7 羅盤說：「小說用於書信體，所見不多，比日記體更少。其原因是：以書信體寫小說，拘限較多，不易佈展，既怕太單調，又怕太複雜。」見羅盤《小說創作論》，臺北：東大圖書，1980，2，頁 257。

先勇、黃娟、張系國、劉紹銘、聶華苓、李黎、廖清山、李歐梵等作家，卻大量使用書信來創作小說，這樣的藝術形式，正微妙地反映海外作家所處時代的特殊因素，也是時空環境下的必然結果。小說中的主人公藉書信的往返與家人親友聯絡，本是當時最普遍的方式，既是現實的狀況，也是文學中的真實反映，自然而不造作，無怪乎此時期的留學生小說有這樣的藝術特點。

第二節　書信體小說類型簡介

本節將旅美作家的書信類型作一簡介如下：

一、滿紙鄉愁或懷想舊情之情書

於梨華《又見棕櫚·又見棕櫚》是六〇年代留學生浪跡天涯、書寫失根之苦的代表作。小說中用書信交錯更迭，時有所見。例如天美曾給天磊的信，表達她對結婚的熱切與期望，手足之情，溢於言表；邱尚峰老師給天磊的信，說明他留在臺灣辦雜誌的寂寞，如同蘇東坡夜醉而歸卻敲不開門，『倚杖聽江聲』那種既豁達又無奈的心情。《又見棕櫚·又見棕櫚》中最為突出的書信，便是天磊給意珊的情書，意珊喜歡天磊，並不是天磊會寫出色熱情的情書，反而是信中道出身處異國的惆悵及其深沉悲懣的筆調。小說中第七章連引六封書信的片段，說明天磊思念自己出生的水源地，以及在異鄉摔不開的寂寞。寫他鄉風光，憂悶陰鬱；述鄉愁心結，糾纏濃重，表達內心思歸的期盼，則真摯雋永，可謂是滿紙鄉愁的情書。

其實情書在西方書信體小說中已經自成一種文類（love letter as a genre），它本身具有許多形式特質（formal characteristics）例如：因愛人的缺席而書寫、追憶往日情懷、討論書寫信件此一行為（the act of writing）、哀嘆語言的限制、言不足以盡意等[8]。這樣言情的書信作品，在李黎《浮世書簡》中，都可以清楚發現。九○年代李黎的《浮世書簡》，藉著十八封單音式的獨白情書，娓娓道出一段已逝的戀情，在恍若排除第三者的監視目光之後，女子將她為愛朝向迎面而來的生命磨難，肆無忌憚，大吐真言。小說中的書信所透露的私生活成為一面反光鏡，讓讀者捕捉人物的性格形貌，及其從平凡、脆弱的多情女子，在現實無情中受到教益，當愛人與被愛在現實生活中變成沉重難題，藉由書信檢視浮生時光與沉積的記憶。十八封文句不雕琢精美、表意不刻求曲折的情書，悠悠出入在真實與虛幻的世間。寫信的女子來到陌生的舊金山灣區，只是一個短暫的過客，用好奇而陌生的眼光凝視異邦；用無悔深情遠眺自己的感情世界，迴溯追索情人的舊時行跡。書信中對往事的回想、把握和詮釋，以飽含抒情的筆調，優美溫潤。

二、報平安之外之家書

白先勇擅長運用書信格式，巧妙造就出小說懸宕的氣氛。在〈謫

---

[8] 胡錦媛引用西方學者 Kauffman，Linda S.對西方情書特質的說法，可參見胡錦媛；〈書寫自我－《譚郎的書信》中的書信形式〉，收錄於張小虹編《性/別研究讀本》，台北市，麥田出版股份有限公司，1998，8，頁 61。原載於《中外文學》22 卷 11 期，1994，4，頁 71-96。

仙怨〉中，小說由兩部分構成全文。第一部分以鳳儀給母親的一封長長的家書，說明她在美國的境況，表白她熱愛紐約的繁華，卻不想再讀書進修的意願。鳳儀給母親的家書如同一封真實的原始書信，從上款稱謂、正文到信末祝頌、下款署名及日期，具有書信體的基本格式，藉用留學生的書信，緩和並寬慰故鄉母親的心焦，書信的正文目的實為了對比出第二部分反轉的訊息，即有關鳳儀已在紐約輟學賣身、淪落在紐約的燈紅酒綠之中的真實狀況。因此，鳳儀美化紐約生活的家書，是紐約現實生活的反面預現，白先勇運用鳳儀隱藏真象的自取角度，使讀者不自覺地預設錯誤的發展情節，造成末了「留學生變酒店公主」的情節急轉直下的衝突，鳳儀的「家書」使讀者誤讀的詮釋，形成小說意外的效果，這樣高超的書信安排，形成情節錯覺的用法，白先勇確實使達到了相當的成就。

於梨華也擅長以寫家書的形式，暗藏異國倫理與文化的衝擊。〈女兒的信—ABC 的問題〉以九封在美國長大的華人女兒的口吻，寫給身處美國的保守中國父母的信，探討母女之間的文化異位的不同觀點，如交友、性的觀念與七〇年代在美出生的華人與留學生的青年的思想觀念，也充分顯現在美國的中國家庭，難以避免的兩代間隔膜的問題。

三、訊息反轉之友人書信

以友人書信的形式，出現在旅美作家的小說中數量最多，例如劉大任〈落日照大旗〉[9]；歐陽子〈美蓉〉[10]；黃娟《啞婚》中的短篇〈花

[9] 原載於《文學季刊》第 1 期，1966，10，10；同時收錄於《五十五年短篇

燭〉、〈帖子〉、〈冬陽〉；《世紀的病人》中的〈魔鏡〉；《故鄉來的親人》中的〈一封信〉；《婚變》中的〈不同的委屈〉都有友人書信的穿插。於梨華的〈三束信〉則是純粹以朋友交誼的向華與立蘋兩人通信而構成的標準書信體小說。

黃娟小說的特色之一便是使用書信反映海外生活，利用拆讀書信，表述人物心境的轉變，或用書信對話發言，這樣的安排在黃娓的小說中持續出現，每一封信就推展一步劇情，像旁白，有時又超出旁白的功能，許多隱藏在幕後的情勢，都藉著書信中的一段簡短自白而交代出來，跳脫直線的安排，使敘述更為靈動。於梨華的〈三束信〉是藉著書信的往返，透露兩位女性向華與立蘋的在海外的課業艱辛與愛情婚戀的過程，表達留學生的辛酸與異鄉人的寂寞。第一束信的往返共有六封，重點在向華初到異國，寫其出國前後心情的落差；第二束信的往返，時空多所轉變，立蘋已出國，五封書信互相表達她們各自的課業問題與愛情遭遇；第三束信共有八封，向華從任性出嫁，到落入主婦後仍不甘寂寞，風波不斷；立蘋則追求平實的婚姻，鼓勵向華，珍愛家人。於梨華說〈三束信〉的書信創作，是「用心寫而效果卻不甚好的一個長的短篇」[11]，事實上，就於梨華突破自己的小說結構形式，嘗試以書信體來創作實驗而言，〈三束信〉不僅具有前瞻性，也表現得可圈可點。

平路與張系國合寫的《捕諜人》，是兩位作家共同用書信溝通合

小說選》，臺北：爾雅出版社，1984，12，5 初版，頁 75-92。

[10] 原載於《現代文學》第 29 期，1966 年；同時收錄於《五十五年短篇小說選》，臺北：爾雅出版社，1984，12，5 初版，頁 59-71。

[11] 參見於梨華《歸・自序》，頁 16。

作的「互動小說」，為書信體小說另開新局。小說本來企圖以中共間諜金無怠的故事為本事，由兩位文學觀、風格迥異的作家共同合作寫成一部間諜小說，藉著兩位作家的大量書信，溝通他們對金無怠事件的不同推理與構思轉變，甚至提出對對方的創作意見，進而討論補述。小說藉書信接力，在一來一往的互動過程中，挖掘出一個個開放性的問題，從後設到顛覆後設，讓讀者與作者穿梭在真實與虛擬的反射鏡裡，在文字書信裡過招交手，諜對諜的過程只是虛構的歷史，書信的真實性也僅是小說虛擬的時空，遠遠超出書信原有的共時性的傳遞功能。

四、禍心包藏之文件

應用文中的公文信函或文件證明，原本只為公事的使用，張系國的〈紅孩兒〉卻運用私人書信與官方文件的穿插組成精彩的短篇小說。私人書信部分分別是高強的父母兄長與其同學好友給他的信函，從信中讀者可以逐步組織出留學生高強參加保釣運動前後的思想上的變化，及其家人與友人對保釣的不同態度。另外的六個文件則分別交代了保釣運動的盛況與漸次分裂的過程，及高強忽然轉左而失蹤在美國茫茫人海中，而後下落不明，凶多吉少的悲慘結局。在十六封書信與六個文件中，唯獨不見收信人高強本人留下的信，這樣蓄意的缺席，增強了保釣事件特殊詭譎的政治氛圍；而聯邦調查局的官方文件出示，正式簡潔，卻為高強的失蹤留白收束，也隱示釣運風雲散去，海外遊子愛國不成的悲劇下場。

廖清山〈遺產〉是一九八一年吳濁流文學獎的得獎作品，小說以島內外親友，因為遺產繼承事件而衍生的貪嗔癡欲等種種表現。小說中書信的語言風格，表現出草根性強的鄉土人物與留美知識份子不同典型的具體性格。全文以二十四封書信，包括若干文件，如「繼承權拋棄書樣本」、「立法院公報第 64 卷 57 期的土地法條文」、「駐洛磯山總領事館給許新賢的明信片」等，表現「財產是子孫禍」的主題，勾勒出楊家舅甥之間的對立與溝通過程的辯詰。這篇書信體小說的發信人次繁而有序，從甥舅到姨姪的親人對談，將臺灣自六、七〇年代以來的重要土地政策變革，與臺灣人心的微妙變化，巧妙接合；將傳統的「本省習俗」與海外親友的新觀念對話交通，發人深思。以一個單純的土地繼承案件，勾劃出臺灣本土的農村百姓對土地與祖先的倫常觀念，既有歷史縮影的時代性，亦有深刻準確的批判性；對於島內與海外親屬在不同時空下逐漸形成的相異觀點，廖清山的捕捉可謂貼切細膩。

五、折疊生死之遺書

在黃娟長篇小說《愛莎岡的女孩》中，每一個重要人物如陳玫君、于啟光、倪南輝等，都與黎瑛有重要的關係發展，但小說中的黎瑛，卻僅在開頭驚鴻一瞥，其餘的部分都是在別人的描述中逐漸成形，唯獨第五章〈黎瑛的遺書〉是以一封黎瑛寫的長信，用生死折疊的訣別書，以澎湃熱切的情感，寫下六〇年代青年們經歷的苦悶與悲哀。從黎瑛童年悲慘的身世，到她身處悲多於喜的年代裡，召喚過去的時代記憶，找到失落的女人自覺，在深思與理性的判讀下，決心享受「死亡」的抉擇。在黎瑛的遺書內容中，說明她選擇死亡的潛在因素，因為時代的悲歌，使生命的本身成為一種無法揮別的負荷，長久以來她的內心始終藏著自我毀滅的衝動；就整部小說而言，這封訣別信卻是作者賦予黎瑛的藝術生命的創造，也是小說中死亡印記的凌厲書寫。

六、發洩怨氣之心靈劄記

殘二（劉紹銘）的長篇小說《浪子》運用了大量的書信，寫留學生袁思古拋家棄子、追尋自我的浪子故事。小說中的袁思古活在疏離與偏執（paranoia）中，對於婚姻與現實生活進退失據，為了留在美國，只好將家境優越的老處女搞大肚子，以便順理成章地結婚，生活上他處處仰仗妻子的權勢協助，內心充滿焦慮與不滿的情緒，因此必須以寫作來平衡自卑感。小說中的書信，不少正是他發洩怨氣的心靈劄記，也是寄不出去的信。一封信之間偶爾斷裂，插入浪子自己紛紜的思緒，信件之間也無必然的連貫性，從寫給系主任到毛婆江青；從寫給魯迅先生到香港的母親，這樣次序的顛倒混雜，充分表現出浪子離家、困居斗室的精神錯亂，也因為信件是在心中寫完而不投郵長信，語多牢騷，行文充滿強烈的自嘲，對於學界中知識份子的眾生相，更是苛刻調侃，將浪子在異鄉的不滿情緒，心靈的壓縮，全數在書信裡淋漓快言，冷言放箭。主角袁思古運用書信作為精神勝利法，一廂情願地發洩情緒，這個靈感是其來有自：

> 袁思古擲下了筆，覺得非常洩氣。但隨即記得多年前讀過的一本叫「何索」的小說來。梭爾・貝羅在那本書中，憑著書信、記憶和所謂「心靈劄記」這幾種方式，不但一方面能神遊古人，在精神上與外界保持接觸。而且，這種不用筆諸於

> 文字的信還有一大效用，使自己的怨氣找到發洩，不必積鬱成疾。[12]

因此，「心靈劄記」在袁思古腦海中引筆直書，在旅美作家的書信體小說中，《浪子》寄不出的情緒信件，也形成獨樹一幟的特色。

第三節　書信體小說中之發音功能與修辭技巧

在臺灣旅美作家的書信體小說中，書信的發音類型可分為單音式、雙音式與多音式三種，每一種書信的發音功能又有慣見的修辭技巧，現在說明如下：

一、單音示現

所謂單音式書信體是指小說中的書信只由一方信件寄出發言，未有對方回應的單信模式（single letter）。胡錦媛在比較東西方書信體小說的發展上指出，西方書信文類的歷史貫時發展中，雙音式的對白模式較單音式的獨白模式更早出現；而中國與臺灣則與西方呈現相異的對比[13]。若考察旅美作家的書信體小說亦然，單音式書信體小說出現時間較雙音早，作品數量也較多。這種單音的書信體模式，其實與書信一往一復的觀念是相互衝突的。胡錦媛進一步引用艾曼特（Altman, Janet）的解釋，強調書信往來的「交換」原則：

---

12 見殘二《浪子》，頁 5-6。

13 見胡錦媛〈書寫自我－《譚郎的書信》中的書信形式〉，參見註 8。

> 書信敘事與日記敘事的區別在於「交換的欲望」。在書信敘事中，信件的讀者（收信人）被要求以書信對來信做一種回應，他/她的回信因此對書信敘事有所貢獻，成為敘事整體的一部分……這就是書信契約——要求某個特定的讀者對自己所寄發的信息有所回應。[14]

藉著一往一復的溝通回應，方能完整地構成小說的敘事整體，每一封信，實際上都關連著以前對方所反應的話語，因此說「交換的欲望」是一般書信體模式的共通原則。單音式書信體小說可謂是逆向操作的寫作模式，故意使回信被消音，剝奪對方的發言權及語言空間（linguistic space），使收信人被邊緣化、被放逐到想像的領域（realm of the imaginary），終至變成對方的「缺席」（absence），使小說中只有「你」之名，而無「你」之實，書信的言談由是以自我中心的書寫取代書信的交換原則。徐淑卿談到單音式書信體小說是彷若「作者的獨舞」，她說：

> 單音式書信體小說具有孤獨本質：所有的讀者包括收信人只能在一旁觀看，而且以作者所架構的視角觀看。這是一場只有作者的獨舞。[15]

仔細探究徐淑卿點出的單音式書信體小說的特色，所謂「作者的獨舞」其實正是作者打破交換原則，關閉收信者的回應，造成故意性的缺席，使發信者藉書信充分的自我書寫，擁有「恆久持續的特權」[16]，

---

[14] 胡錦媛引用 Altman, Janet《Epistolarity：Approaches to a form》中的說法，參見註 8，頁 69 與 90。

[15] 見徐淑卿〈虛擬的真實—文學中的書信〉，《中國時報》，1996 年 8 月 1 日 43 版。

[16] 胡錦媛引用 Barthes, Roland《A Lover's Discourse： Fragments. Trans.》中

作情感的抒發與欲望的投射，形成作者個人的獨舞。

至於單音式的作者獨舞，如何獨舞，其表現的精彩與否，則進一步要考究作者在信中語言的表意層次及其修辭之美的技巧運用。考察單音式書信體小說作者的自我書寫與獨舞特色，作者必須善於把感官的觀察及想像所得，鮮活地呈現，使讀者也產生似有所見，如有所聞的臨場感，而與發信人產生情緒上的共鳴，同時也是通過文字的媒介，以書信抒情的優美形式，令讀者產生卓越新穎的觀感。換言之，單音發言的書信體小說所達到的「獨舞」性質，最主要是呈現在修辭學上表意方式的「示現」功能。黃慶萱先生談到「示現」的意義如下：

> 文學，原就是作者將自己對人間相的卓越新穎的觀感及想像，通過文字的媒介，以優美的適當形式使之再現。文學活動注重觀察與想像，訴之於感官，要求形式上的效果。而『示現』恰是把作者感官的觀察及想像所得，活神活現地描述一番，使讀者感官上也似有所見，似有所聞，而產生情緒上的共鳴。[17]

因此，「示現」的表意功能，基本上就是作者運用想像力突破時空的限制，超越時空的功能，使讀者產生精神上的互動與感應。單音式書信體小說，便是藉著時空的遙隔，發信者將現實生活存在的景象，再現於語言文字，使收信者或讀者彷彿看見現實生活不存在的景象，接收發信者折現出的抽象情感，如此視通萬里，情誼互動，神思之致，如在眉睫。

有關「示現」的表意功能，在書信體小說的運用上，又有「追述

的說法，參見註 8，頁 70 與 90。

[17] 見黃慶萱《修辭學》,（台北：三民書局，1985，9，第 5 版）頁 370。

的示現」、「預言的示現」、「懸想的示現」及「示現的呼告」等多種技巧的穿插運用，試舉例說明如下：

（一）追述之示現

所謂「追述的示現」是指「把過去的事跡說得彷彿還在眼前一樣」[18]。李黎《浮世書簡》是單音書信體小說，基本上便是運用「追述的示現」，省察二十年來的生命轉折。女子藉著十八封書信向少年情人報告滄海桑田的坎坷往事，以抒情之筆，追述多年來的心境起落，包括曾為收信人該男子未婚懷孕而墮胎的祕密，而後一場與死亡交臂而過的病痛，以及日後因為自己不孕的原罪而離婚等。通過緬懷的省視，追述的如實語氣與想像的美化情境，引起讀者面對這一虛一實的現世軀體，逼視一動一靜的魂靈，宛轉曲折的愛戀之情，在錯置的時空之中，愛的形象顯得鮮明壯美。此外，如於梨華〈寄小安娜〉，在單音的發信裡，也是運用追述的示現，藉著給女兒小安娜的信，追述父母過去養育子女的艱辛歷程，與現今父母又為作者及女兒子孫兩代勞碌，內心產生的無盡愧疚，是用追述之法表明親情的「示現」效果，激起讀者共鳴的情感。

（二）預言之示現

所謂「預言的示現」本來的意思「是把未來的事情說得彷彿已經發生在眼前一樣」。[19]在書信體小說中的預言的示現，未必將未來之事說得神靈活現，只是巧用預設的線索，遮掩部份事實的修飾，折疊（the pli，fold）[20]部份原始的面相，使收信者或讀者自取角度詮釋信

---

[18] 同註 17，頁 370。

[19] 同註 17，頁 372。

[20] 「折疊」是「pli」，或「fold」的譯詞，該詞常用於說明西方書信體小說的

中的內容，讓想像的推理與現實的結果產生衝突對立，引起小說的懸宕趣味。例如白先勇的〈謫仙怨〉鳳儀的家書與〈芝加哥之死〉吳漢魂的履歷表，都暗藏小說未來可能發生的情節，作者藉著反轉情節的收束，造成收信人與讀者的驚詫與唏噓。鳳儀給母親的信裡，有三個重要的線索對照了小說後半部真實現況的預現，一是鳳儀不忍心看到母親因為家境衰落，對舅媽低聲下氣地借錢，「我就存了心要賺錢給你用了。」（頁 320）第二是信中透露她在美國已經輟學，目前正在酒館工作：「我想通了，美國既是年青人的天堂，我為什麼不趁著還年青，在天堂好好享一陣樂呢？我很喜歡目前在酒館裏的工作，因為錢多。在這裏，賺錢是人生的大目的。」（頁 322）；第三個預示未來的線索，是她提到不能原諒初戀情人司徒英因為一時衝動，在生病時與一位美國護士發生關係，現在兩人已經分手，司徒英也和那位護士結婚，「有時候一個女孩對那種事情看得很認真，何況司徒英又是我大學裏頭一個要好的男孩子呢？不過初戀那一種玩意兒就像出天花，出過一次，一輩子再也不會發了。」（頁 322-323）信中的這三個線索，逐步架構出好強叛逆的鳳儀，出國時本已無意向學，在異國為了順利賺錢還債給舅媽，替母親掙一口氣，再加上初戀男友國外出軌背叛，使她淡出貞節的防線，故從一個單純困苦的留學生，轉身而為在紐約酒店裡出賣青春的「蒙古公主」。信中鳳儀為了勸慰母親，輕描淡寫地表述自己的紐約生活，暗藏了未來情節發展的可能性，信

功能之一。德勒茲（Gilles Deleuze）將 pli 解釋為「意義本身基本的轉叉，差別的起始面相」（a fundamental trope of meaning，the original figure of difference）；姜森也以此使用 pli 此字的意思，當成隱蓋某事的修飾。參見 Thomas O. Beebee 作，羅青香譯的〈禍心包藏：論馬拉小說中的死亡黑函〉，《中外文學》，第 22 卷，第 11 期，1994，4。頁 36-37。

上輕率的態度，其實是對母親隱瞞真象的修飾，而存在這信中的善意委婉，也加強了真象對照的強度。

此外白先勇〈芝加哥之死〉則是以自傳形式開頭和結尾，中間敘事者的描述，均是為小說人物吳漢魂作死亡預言的示現。小說是以吳漢魂的自傳先開了頭：「吳漢魂，中國人，三十二歲，文學博士，一九六〇年六月一日芝加哥大學畢業」（頁 221），這樣的開頭，點出一個學有所成的中國留學生，並且有了時間、地點，確實給讀者無限的想像。離開自傳部分，緊接著是吳漢魂海外求學的回顧：用歲月與精力注入學問的深淵，將自己囚禁在學識孤寂的高牆，居處陋室的苦讀，打工買成的匯票，封到信裡，結果卻是母親病亡未能奔喪，鍾情的女友黯然求去，這逐步累積的情節，正是小說預告死亡的結尾：「吳漢魂，中國人，三十二歲，文學博士，一九六〇年六月一日芝加哥大學畢業——一九六〇年六月二日凌晨死於芝加哥，密歇根湖。」（頁 238）正是隱藏式的預言的示現。

（三）懸想之示現

所謂懸想的示現是指「把想像的事情說得像真在眼前一般，同時間的過去未來一點也沒有關係。[21]」例如，於梨華《又見棕櫚．又見棕櫚》天磊給意珊的情書之一：

> ……我坐在公寓裡，剛剛準備完明天的教材。外面盡是雪，不是潔白的，而是染了人間的齷齪。這裡的冬天真長，每年冬天，我最想念臺灣，有時真想狠一下心，放棄了在這裡十年辛苦所得的果，而回到臺灣長居。在那一個學校教教書，住在鄉間，種點花，種點菜，與世無爭地過一輩子……（頁

[21] 同註 17，頁 373。

127）

意珊未曾到過美國，天磊形容他所看見的雪景，卻不同於亞熱帶居民想像中的雪白，反用「人間的齷齪」形容身居異鄉的無盡長冬，既寫實景，也引發讀信者作人間不快意的懸想。另外，回到臺灣的愜意心境，也只是天磊想像中的情形，與過去、未來並沒有直接的關係。正因為天磊的信上總是充滿著懸想的示現，營造異鄉飄蕩的寂寞，意珊與天磊兩人情感在信上，也在雙方的心上發展。又如黃娟《愛莎岡的女孩》中〈黎瑛的遺書〉裡，也有不少段落是運用懸想的示現，凝結出黎瑛自我毀滅、接近死亡的氣息。遺書的開頭和結尾幾乎是一樣的懸想：

我只聽見海邊的浪濤聲，那一波又一波地起伏的浪濤，不停地湧向岸邊，輕輕地拍打海岸，我幾乎看見了那蔚藍色的海水和浪濤崩潰時濺起的白色浪花。

> 我不明白我的眼底為什麼映著海邊的景色，我也不明白我的耳根為什麼老響著浪濤聲？
>
> 一個人在記憶的深處擁有的，究竟是她渴望的？還是她想拒絕的？（頁 67 與 107）

黎瑛在萬籟寂靜的深夜書寫遺書，所聞所見俱是浪花與濤聲，這來自心耳與心眼的懸想，是她死前記憶的示現。

（四）示現之呼告

對於正在敘述的事情，忽然改變平敘的口氣，而用對話的方式呼喊，叫作「呼告」[22]。這種呼告，把不在面前的人當作在眼前一樣，

[22] 同註 14，頁 379。

帶著「示現」的性質，所以叫「示現呼告」[23]。有關書信體小說，幾乎都使用到示現呼告的表意模式，發信者多將不在面前的收信者，當作在眼前一樣，這樣的指名詢問，突顯出發信者神情的專注，情緒的起伏及發信的宗旨等。聶華苓《桃紅與桑青》中，桃紅在逃亡途中寄給移民局先生的信裡，「我就在地圖上那些地方逛。要追你就來追吧」發出挑釁的呼告，藉著廣大時空的移位交錯中，吟唱流亡曲調；白先勇〈謫仙怨〉中，鳳儀給母親的信中，示現的呼告與對話流露出子女對母親的嗔嬌；黃娟〈黎瑛的遺書〉中，黎瑛一再對友人拋出存在荒謬的沉痛呼告；於梨華《又見棕櫚‧又見棕櫚》天磊的充滿鄉愁的情書中，重覆喚著意珊的名字，訴說流放的寂寞心情。李黎《浮世書簡》中，寫信女子屢屢對逝去戀人的收信者，發出如在目中前的示現呼告，現以第四封信〈前塵〉為例：

> 記得嗎，從前我說過我能在你的信箋裡聞知你的氣息，你不甚相信地一笑置知。……你的信在枕旁，讀了許多遍每一遍也像第一回讀，昔時峰火歷劫中的萬金家書大概就像這樣被讀著的吧，而我們經遭的是不是另一種烽火和流離呢？……請相信我：多年前當我面臨生命中最大的難題時，我都不願於事無補的令你為難，而獨自隱忍承擔了一切……更何況如今。（頁 43-45）

從女子信中的開頭得知，收信者目前遠在瑞典，兩人迢迢千里相隔，女子卻以渾厚的文字，對昔日戀人陳訴回想的往事，從「記得嗎」一段開始重拾流逝的記憶，以「另一種峰火和流離」代替了世事的變遷，用「請相信我」真摯呼告遠方友人，並詮釋沉澱多年的心情，收信者

---

[23] 同註 14，頁 380。

雖在遠方，發信者卻以示現呼告，時空距離由遠而逼近，從虛渺而如在目前般，侃侃而談，澎湃的感情真摯，如怨如慕；時空鴻溝中的悲情，如泣如訴。由此可見，示現的呼告，在書信體小說中的運用可謂高潮迭起，淋漓盡致了。

二、雙音設問

所謂雙音式的書信，是立基於兩方相互往來的交換原則，書信幾乎是共時性的一往一復，藉書信的溝通功能，以平行對等的方式，以語言上演雙方內在微妙的感覺與生命的歷程。書信的目的，原本是為了溝通，但雙音式的書信體小說，也可能因為弔詭的語言歧義，造成誤解的來源，或形成各說各話的局面，這也就是雙音書信體小說的布局技巧之一，使讀者閱讀興趣大增。於梨華的〈三束信〉及平路、張系國《捕諜人》就是雙音對話的書信體小說之例。《捕諜人》中的書信，處處可見男女作家提出連續的設問，藉著間諜故事的狂想，在兩位作者激盪的問答與辯詰中，提出想像/虛幻信件、現實/真實生活的文學觀答客問，同時也深入觸及海外華人的處境等重要議題。於梨華的〈三束信〉則是女性藉著信函來書寫自己的故事，擺脫「哀嘆」（lament）的女性書信特質，讓書信成為女性自己遠行旅程中的心靈成長里程碑[24]。

---

24 劉開鈴〈女性書信特質：《女英雄們》與《米花拉書簡》〉一文提到西方文學中，女性與書信寫作的密切關係，並提到「哀嘆」（lament）是早期女性書信的重要特質：「『哀嘆』隱含女性深沉的感情，而這真摯的情感之言正是西方十七、八世紀書信小說風行時被人們認為最感人、最自然，也最

雙音式書信體基於交換的原則，在《捕諜人》一書常有所見。例如第一章〈極端的偏見〉，男作家致女作家的傳真：「第一章結束，但戲還要演下去。你說呢？這是戲還是真實？你為什麼要寫這篇小說？」（頁 20）緊接著第二章〈複葉的玫瑰〉，平路便舉漫畫「間諜對間諜」為例，企圖反問：「嘿，用情報『交換』你的想法好嗎？你為什麼寫這本小說？」（頁 25），「與你『交換』一個令人狐疑的場景……」（頁 25），「『交換』不成，一分錢買你的想法好了－－你為什麼在在地強調，你絕不相信金無忌是自殺的呢？」（頁 26）藉著信件的往返，帶來寫作欲望的交換，是雙音書信體小說的常態。然而，交換的形成，主要來自前一封書信中的「設問」，換言之，形成雙音書信體一往一復的巧妙，全在於作者對於「設問」技巧的運用。所謂設問，沈謙《修辭學》中說：

> 講話行文，刻意設計問句的形式，以吸引對象注意的修辭方法，是為設問。其中又可分為兩類：一、提問：自問自答，先提出問題，引發對方好奇與注意，再自行作答。二、激問：問而不答，以問句表達確定的意思，答案必在問題的反面。[25]

沈謙認為嚴格的修辭方法中的「設問」，僅包括內心已有定見的「提問」和「激問」，不包括內心確有疑問的設問，然而在《捕諜人》一書中有許多虛擬真實的內心疑問，雜揉在男女作家寫信覆信的過程中，有必要作進一步討論。以下就以《捕諜人》為例，說明書信體小

適合『女性書寫特質』（feminine epistolaity）的根本要素。」特別是由閨中女子寫給遠行的愛人的情書裏，「女人的寫作祇成就了男人旅程裏的一個里程碑。」該文見於《中外文學》第 22 卷，第 11 期，1994，4，頁 57-58。

[25] 沈謙《修辭學》，台北市：國立空中大學出版，2000,7 月再版，頁 258。

說雙音設問的表意功能：

（一）**諧擬文體之疑問**

《捕諜人》雖是長篇的書信體小說，但事實上平路與張系國只能算是各五分之一的作者[26]，讀者的解讀或誤讀，推想或推翻，作者都容許小說有各種不同間諜版本的產生空間[27]。藉著男作家與女作家通信對話，探索虛構與真實的關係、語言文字的迷障及讀者和作者的角色與寫作的問題，無疑是藉書信體作為「後設小說」(metafiction)的新風貌。小說中男女作家在信中都提出連續性的疑問，看似是內心確有疑問的設問，目的卻是形成每一章的小說本事的另一種聲音，彼此對立抗衡，繼而在對方互相的回信裡回答與再質疑，或重新提出疑問，既解間諜金無怠真相之謎，也衍生更多無解之謎。間諜生涯如同平路在小說中比擬成艾略特的詩與美國間諜安格頓（James Angleton）的畢生志業，「說穿了都是語碼的迷宮」(頁 24)，而小說作者其實又雷同於間諜工作，「都在解一本其厚無比的語碼書」(頁 25)。真實/虛構，語碼/解碼是小說懸而未決的謎團，更使整部小說的文學架構形成數重的對立狀態：一是男女作家書信的文學觀不同的敵對狀態；二是男女作家小說本事發展的不能銜接，前者傾向虛擬的浪漫，後者

---

26 在《捕諜人》一書中的「致讀者/作者—代序」:「其實《捕諜人》至少有五位作者：金無怠、董世傑、平路、張系國和您。」頁 i。其中金無怠是真實的華裔間諜，也是故事撰寫的底本人物；董世傑是兩位作者虛擬金無怠的小說人物。由此可見，該小說從一開始便非常強調作家與作品和讀者共同討論小說情節、角色和語言的共同創作，這也是後設小說的最大特徵。

27 書中的作者代序中說:「《捕諜人》既是互動小說，每個版本的內容都可能不一樣。如果您不滿意手頭的版本，不妨尋找過去的版本或等待未來的版本。您也可以拔刀相助，自行撰寫下一個版本。」頁 i-ii。

傾向真實的再現；三、董世傑的小說本事與金無怠的真實間諜生涯的衝突，這形成間諜小說與報導文類的扭曲解讀。因此，綜括書信往來，看似男女作家發出的內心疑問，其實正是要營造出後設小說中兩組相關的溝通模式，也就是藉「諧擬文體」質疑傳統小說「再現真實」的信念。「諧擬」（parody）本是後設小說運作的一種方式，它的特徵是「雙碼」（two codes）或雙聲（two voices）兩種符碼或聲音併存其中，彼此抗衡。西方學者蘿絲（Margaret A. Rose）說明諧擬文體如下：

> 諧擬文體至少包含二組(相關的)溝通模式——諧擬作者與被諧擬作品的作者之間的通訊，以及諧擬作者與讀者之間的通訊。簡而言之，被諧擬的作品乃是經由諧擬者解讀(decoded)後，以「扭曲」的方式(編碼—encodeed)提供與另一位解讀者——讀者。讀者由於先前已熟諳原始版本〔即此一被諧擬的作品〕，故能將原本與諧擬體兩相比較。[28]

《捕諜人》處處可見諧擬體的後設運作，將看似平常的內心疑問，變成有機組織，既可重組又可粘合的雙音書信，造成彼此敵對抗衡的無窮疑問。試舉小說中第七章〈巧得聚寶盆〉中，男作家給女作家的信為例：

> 真沒有這種念頭嗎？你對臺灣的感情又怎麼說呢？臺灣之於

[28] 有關後設手法的諧擬文體，另一位批評家摩森（Gary Saul Morson）更列舉三點特色：一、必須有另一聲音作為「目標文類」；二、目標文類和諧擬版之間必須處於敵對狀態；三、諧擬版本須較原始版享有更大的權威，更令人折服。原文轉引自張惠娟〈臺灣後設小說試論〉，收錄於鄭明娳主編《當代臺灣評論大系 3：小說批評》，台北市：正中書局，1998,9 月再版，頁 216。

> 你，不正如大陸之於金無怠？將來你的孩子，不會覺得你有多少扭曲的矛盾嗎？……
>
> 你說金無怠才是小說家，把我們都騙過去了。他的故事是小說，還是董世傑的故事才是小說？他倆中間，誰才是間諜？我倆中間，誰才是小說家？也許兩人都是？也許都不是？
>
> 無論如何，我們在迷宮徘徊的同時，一連串的機緣湊巧及預兆，又似乎暗示故事之謎並非不可解，但我們有必要解開謎團嗎？（頁 138-139）

從信中的上下文來看，張系國是為了回覆平路的前信的問題及小說本事內容，進行溝通，例如平路提出對間諜金無怠同時產生天真與世故的氣質產生疑惑，發出內心的疑問：「到底他是怎麼樣的人……多麼想聽聽你身為『局外人』的意見」，以及回覆一九四九年後的兩代海外華人，對於報效祖國的認同與妄想差距，是所謂的「愛國者的神話」等問題而回答。然而在回答的同時，張系國也提出自己內心的疑問，是否有解開謎團的必要性。而這一段的看似真心的疑問，自會掀起平路另一番解讀後的「逆轉」（invert）及「破壞」（undermine），使讀者意識到兩者理念的扭曲，於此以董世傑為主角的間諜小說（諧擬版本）又折服了金無怠事件的真相追查（原始版本），同時又造成下一回合逆向批判的可能。

（二）框架運用之提問

在中國修辭學中，提問是指作者先提出假設問題，激發讀者的疑惑，然後再自問自答，說出答案。而提問的技巧在《捕諜人》中，最微妙之處在於「框架」（frames）的運用。「框架」運用也是後設小說的另一種技巧，其精神是稟承解構主義勃興以來所強調的「偏離中心」的視野，批判核心／邊際二分法的武斷，也就是文學批評中「邊際」（boundaries）問題的延伸，例如指陳傳統所謂「開端」或「結尾」的武斷性[29]。至少在《捕諜人》的結尾方面，平路清楚指出結尾之不可能，後設色彩甚濃，在〈女作家的尾聲〉中，她說：

> ……在你貿然寫下〔全文完〕的字樣之前，我們始終沒有找出真正的答案。……我們的小說並沒有寫完，它永遠也不會寫完……
>
> 「終點又是我的起點。」
>
> 這是艾略特的詩句。漫漫長夜裏，我自己將努力地、不懈地寫下去。
>
> 【待續】（頁 212）

結束之前，她以提問的方式，先提出自已假設的問題：「同為小說作者的你，告訴我，一隻從箱子裡栩栩飛起來的蝴蝶，將是我們無限驚奇的結尾嗎？」（頁 209）平路藉此提問激起讀者的疑惑，並在〈男作家的結語〉「全文完」之後，立刻自問自答，說出她的看法，指出「結尾」不過是一個武斷的觀念，小說結尾永遠是寫不完的。

此外，「置框」（framing）與「破框」（frame-break）的技巧也是框架運用的一環，張惠娟的闡述如下：

> 所謂置框，原是作品區分「現實」和「虛構」的必要活動。然而後設小說的置框技巧——如故事中的故事——卻往往藉由「幻覺」（illusion）的建立，打破內/外、虛構/現實的藩籬。「框架」之固守「中立」、「透明」的角色似乎並無可能，而其與正文之間的「污染」狀況也是無由避免的。「框架」的模糊（imperceptibility）正是置框技巧的高明處，

---

[29] 參見張惠娟〈臺灣後設小說試論〉，頁 219-220。

也是幻覺得以建立的要素。[30]

在《捕諜人》的信件中，男女作家不斷地以提問的方式，穿插金無怠事件之外的故事，造成對金無怠事件的另一種幻覺推演，例如第三章〈流血到天明〉張系國提到一本老雜誌叫《拾穗》，其中一篇小說〈絳帷倩影〉引起一番話題，目的是要自問自答，引出「真實和虛構原來無甚區別！」及「所有的虛構終將成為真實。對創作懷疑才是最大的褻瀆。」（頁 44）等觀念。第四章〈罪惡的總合〉平路也緊接著提出美國新書《劍橋間諜》的真人真事，對整本書的宗旨提出一個很諷刺的問題：「這些間諜真的於歷史事件裏發生過作用嗎？」然後自問自答：「本來嘛！對峙的年代中，敵意一半是虛擬出來的——看看目前臺海兩岸，回想過去，就是明證。」（頁 62-63）諸如此類，兩位作者在信中所引述的故事、詩篇、諧謔的文學性或非文學性作品、文件等，原只是附數於信件中「正文」的一個自問自答的活動，然而提出故事或附寄的報導文件愈形真實，信件中所討論的金無怠事件與介入的故事報導等的界線，便愈趨於模糊，這樣自問自答的提問故事與回答，更顯露整部小說強調複雜性、反權威、反單一詮釋的特色。

（三）後設語言之激問

後設小說藉著小說探究小說理論，並探究小說中的語言、情節、角色的成規，以及作家與作品和讀者的關係。而此等探討所藉助的媒介就是所謂的後設語言（Metalanguage）[31]。激問是激發本意而發，

---

[30] 她又引西方批評家吳渥的說法：「置框與破框的交替（亦即藉框架模糊以建立幻覺及持續暴露框架以破壞幻覺）提供了後設小說主要的解構方法。」見張惠娟〈臺灣後設小說試論〉，頁 220。

[31] 後設語言一詞乃語言學家黑姆什列夫（L.Hjelmslev）或雅克遜（Roman

卻問而不答，因為答案就在問題的反面[32]。在書信體小說中，以後設語言發出一連串的激問，不只在雙音書信體，單音書信體也常出現。例如李歐梵的《范柳原懺情錄》就是借張愛玲小說〈傾城之戀〉中的范柳原的口吻，以二十二封書信對白流蘇作歷史的見證與情感的懺悔，陳建華評此書即點出這種類似自傳卻出自虛構的懺悔錄，在虛構性與互文性（Textuality）的雜揉中，既能擺脫個人經驗的局限，同時為文學再現開展更大的空間，因此稱該書是「後現代風月寶鑑」，而書信中所運用的後現代筆法，「最為詭譎的，莫過於『雙重』意象或修辭的頻繁使用。」[33]若細心考察其中「雙重意象與修辭的頻繁使用」的部份，以後設語言的激問，所營造出記憶與現實的疊影重合，構建出戲中人生的幻影與書信中夢囈的矛盾斷裂，正是後現代筆法書信體小說中最常見的用法之一。不僅單音書信體小說的《范柳原懺情錄》，在雙音書信體小說《捕諜人》更是常見以後設語言的激問，提出對於作品本身情節、角色以進行方式作一評斷，引發讀者產生比直述句更加警省的效果與啟示作用。現在以《捕諜人》第五章「天字第一號」中的一封信為例：

> 我不知道你有無同樣的經驗，無論寫什麼題材，一旦開始動筆，就會碰上許多真實素材，要躲也躲不掉。明明是虛構，眼見它就獲得自己的生命。就拿《拾穗》的故事來說，當初

Jakobson）所創，意為「以另一種語言為標的的語言」或「評論另一種語言的語言」。同註 30，頁 205-206。

32 見沈謙《修辭學》，頁 268。

33 參見陳建華〈後現代風月寶鑑：情的見證—讀李歐梵《范柳原懺情錄》〉。收錄在《范柳原懺情錄》，頁 183-198。

寫來只是好玩，萬萬想不到竟會遇到解讀人。

你在傳真裏說，決意將前面寫虛構部分完全刪去。你的意思是根據金無怠本人的事蹟繼續追查下去？我當初是有這個企圖，但是現在我們已經寫到第五章，再改變方向是否太遲？（頁 88）

這段文字一再凸顯寫作的刻意性，並且展露對於寫作行為的極端自覺與敏感，並顯露寫作在過程中的推進及未完的特質，這些都是後設語言在小說中的運作方式。男作家雖未正面回答女作家傳真中的問題，但答案明顯以為現在再追查真象來寫小說，顯然太遲，正是修辭中的激問之法。

三、多音映襯

在旅美作家的書信中，除了單音書信、雙音書信之外，還有少見的多音書信體小說，例如張系國的〈紅孩兒〉與廖清山的〈遺產〉等是。所謂多音書信體小說並非單純雙方書信的一返一復，而是超過三個以上的不同對象，以交錯書信或文件，藉多種對象的聲音呈現小說的主題。〈紅孩兒〉的特殊之處是包括主角高強的父母、兄長、學弟、朋友、陌生人等分別寫信給高強，唯獨高強本人卻在眾多書信中消音缺席；而從〈遺產〉中往來的書信可知，楊家家族甥舅等人物眾多，還有立委、領事館等來函，使情節更形複雜。然而在多音的書信體小說中，作家卻能顯現巧妙布局，使情節發展起伏迭宕，透過書信中人物的發音，對比出人物性格的多種樣貌。〈紅孩兒〉營造出保釣時海外留學生高強失蹤的神祕與詭譎；〈遺產〉裡楊泰和鄙俗顢頇與楊承宗鄉下士紳的矜持，兄弟二人諧趣對比，小說有強度的張力，同時書信的內容令人莞爾。張系國與廖清山在多音書信體小說中主要能善於運用「映襯」之法，不僅使小說緊扣主題，又能透視人性矛盾，使人物的性格呼之欲出，對比鮮明，趣味橫生。「映襯」之法在語文中，「是將兩種相反的觀念或事物，對立比較，從而使語氣增強，意義顯明的修辭方法」[34]，其中又可分為「反襯」、「對襯」及「雙襯」三類。多音書信體小說多見「反襯」與「對襯」的技巧運用，說明如下：

（一）以反襯描寫人物性格

所謂「反襯」是對於一件事物，用恰恰與此事物的現象或本質相反的詞語予以形容[35]。在書信中運用反襯之法以描寫人物性格，最突出的要算是廖清山在〈遺產〉筆下的二舅楊泰和了。小說藉他寫給外甥許新賢的信件，透過他口語色彩濃厚的通俗語言，成功地描繪出他的俚俗貪婪、沒有知識、不解時事、缺乏常識又要倚老賣老的習性。他因為想要分得更多遺產，企圖以長輩的姿態，要遠在美國的外甥拋棄繼承的權利。廖清山以道地的臺語方言，讓小說人物楊泰和套用聖賢之名與各種諺語格言，塑造出楊泰和看似發人深省，實則居心叵測、貪婪蠢惡的鮮活性格，他口口聲聲告誡晚輩許新賢，為人要一定要講「孝道」，信中說：

> 聖人孔子公有講，天頂天公，地下母舅公。這句話就是講，阿舅最偉大。你要聽我的教示；你的父母統統死亡，你的大舅和你的二舅就要頂替你父母說話，父母要兒子死，兒子不死，就是不孝。我不要你死，只要你拋棄（土地繼承權）。

---

[34] 同註 32，頁 82。

[35] 同前註。

> 你要簽名，你的人就是有孝，正有好風評，好名聲。（頁102）

楊泰和一生可說是「諸事不順因不孝」，卻用「孝道貴順無他妙」來要求新賢。信中一再強調「你要乖乖拋棄（繼承權），乖乖送過來（拋棄書）」，或者無中生有，造謠生事：「我已經寫了一封信給洛杉磯領事館館長，對你的不法行為做一個報告，他近日中可能用電話或召文通知，叫你去調查犯罪的事……這是你自作自受，也是你不孝的結果」，再加以威脅之言，如「吃祝酒，不好吃罰酒」等，反觀他本人，從其兄長楊承宗給許新賢的信裡得知，楊泰和賭博滋事，散盡祖產，令父母傷心，掛記至死，是真正的不孝之子，但他在信中卻與晚輩大談孝道，「踴躍拋棄（繼承權），做一個孝子，也做一個好國民，這是很光榮的」。要描寫他的不孝本性，卻從他口中處處講孝道，是善用反襯之法，將楊泰和迂腐鄙陋的性格，鮮活呈現。除了楊泰和的貪財，信中也藉楊泰和告誡晚輩戒色，反襯自己好色的本性。在遺產問題處理完畢之後，楊泰和最後一封信仍以長輩之姿，與外甥論起做人的道理：

> ……第六點，色魔不好，患性病真痛苦，而且你太太也會亂亂鬧，你過去很乖，米國人都亂亂來，你不可以受到感化，要保持清潔的身軀，來報答祖公。（頁136）

卻在小說中的最後一封信，敦厚的五姨的來信告知新賢：

> 二哥辦完了繼承不久，公開的娶了一個年輕女人為姨太太，二嫂自殺死亡。現在振初也為了財產，兩父子對簿公堂，幾個月時間，弄得家破人亡，這就是人生嗎？（頁139）

〈遺產〉一文時時可見以反襯之筆，通過書信中不同層次的口頭語體、談話語體以及書面語體，描寫人物性格雅俗不同的本質，既有輕鬆有趣的諷刺，又有耐人尋味的啟示，使反襯的作用成了小說中的一面鏡子，照見人性深處的矛盾與幽微軟弱的心靈。

（二）以對襯突顯主題

所謂「對襯」是「對兩種不同的人、事、物，從兩種不同的觀點加以形容描寫」[36]。在〈遺產〉與〈紅孩兒〉中，都可見作者在書信裡以風格迥異的告誡或答辯，針對一個觀點，陳述完全相對的談話比較，藉對襯之法突顯小說的主題。在〈遺產〉一文中，作者除了表達財產為子孫禍的主旨外，也明白揭露本省習俗中男人本位的傳統觀念，小說人物楊泰和重男輕女、認為只有男子才有繼承家產的權利，這種想法確實是存在於一般臺灣農村的典型觀念，在信中他對許新賢說：

> 你要知道詳細，我也講不清楚，你大舅生兩個女兒，我有三男一女，你大舅講為了公平起見，由他的兩個女兒和我的長男次男來繼承。我講應該男的有份，女的沒有份，他沒有生男的……應該拋祖公財產，由我這一房三個男孩共同來得，這正合理。（頁 101）

為了財產的繼承，雖然法律規定子女一樣平權，但在鄉下，姐妹都是沒有聲音地寫下拋棄書，連下一代的繼承權，也是男有份，女無權的現象。這種落後的習俗觀念，尤其是對女性的不尊重，新賢的五姨楊秀珍切身心寒的感受是「這個社會重男輕女！我不想忍，也得忍」，在兄長繼承財產的糾紛中，她們只是被置身事外的旁觀者，長久以來的不平之鳴也流露在她給新賢的信上：

> 阿賢，除了你，我想不出天底下還有那一個男人能真正的體會我們女人的存在？對於物質，我無心計較，但「女人不是

---

[36] 同註 32，頁 92。

人」這個觀念，在平時還無所謂，一到利害關頭，便把人憋得透不氣。而男人還要掩飾自己的犯錯，認為女人是沒有感覺的，這不是很可笑嗎？（頁 139）

當五姨得知在美國的新賢願意放棄來自死去母親的繼承權利，但是「條件」是替阿姨們爭取金環及項鍊，作為懷念長輩的紀念，在收到與平日毫不相干的飾物時，長久以來在家族中「女人不是人」委屈，使她胸中灼痛，眼淚直流。廖清山以楊泰和與楊秀珍兄妹情境的強烈對襯，使讀者對於男尊女卑觀念的針砭，發人深省。小說並藉許新賢的信，提出相對於深植長輩觀念的看法：

二舅一直罵臺灣的法律，認為它不應該提到男女平等（他不知道日本、美國的法律更尊重女性），我覺得誰都有母親，而母親全部屬於「女性」，根本就沒有理由輕視她們。以為他們不是東西，那最是要不得的觀念，早就該「拋棄」，根本就不應該「繼承」。新賢以為在這次的事件中，最應該拋棄的不是財產棄權書，而是不合時宜的男尊女卑的觀念；應該繼承的也不是單純的祖先財產，而是法律保障婦女的觀念。〈遺產〉藉書信往返，傳達人物內心的感受，透過對襯的運用，使讀者對於人生的處世態度與認知觀念，都能產生心有戚戚的共鳴感。

張系國的〈紅孩兒〉也是多音書信體小說，作為眾人書信傾訴對象的主角高強始終沒有出場，連回信聲音也沒有。由於主角的隱形，讀者必須在書信中拼貼高強在保釣事件之下的左右派分裂鬥爭中，可能是如何不明不白的失蹤。張系國以三個高強在保釣運動中的朋友作了強烈的對襯，不僅隱示海外遊子愛國不成的悲劇，也表達了知識份子在海外無法停止漂泊的精神放逐主題。在給高強的書信中，顯見友人經過一番痛苦的掙扎，均對於釣運過程的爭權奪利非常失望。陳紀綱最後去了大陸，王復城回到臺灣，鍾貴皈依上帝結了婚，三個人給高強的信都從義正辭嚴、信心滿滿，到最後的信裡無不流露內心的矛盾與困惑，而回應他們的主要人物高強不僅沒有聲音，並且從聯邦調查局回函中得知高強下落不明，生死未卜，藉書信一動一靜的對襯運用，每個人各自選擇了一片土地再出發，相對於高強的失蹤流離，更增強了釣運風雲與遊子魂魄的漂泊悲傷。

第四節　書信體小說展現之意義與價值

微觀旅美作家的書信體小說，其中不少書信確實是優美的書信散文體，例如李黎《浮世書簡》的女子情書，單篇寫景或段落抒情，都屬記敘散文與抒情散文之上乘；而書信體小說卻又能不同於散文書信的範疇，除了情書家書，友人書信，連純應用的書信文件，通知便條，劄記遺書，在小說中都成了穿針引線、推進情節、粉碎又捏合的關鍵線索。臺灣旅美作家充分掌握並運用中國原始書信的特質，藉書信傳達兩方的情意、思想，在書信中，又能別出書信體小說特有的形式與語言風格。除了保有中國書信的特色，彷彿面對一個特別的對象說話，真摯誠懇，又善於運用修辭技巧，使書信體小說顯現多樣的表意空間，除了上述的「示現」、「設問」、「映襯」等技巧之外，在小說情節的推演與傳遞功能上，也巧妙結合了修辭學中「層遞」、「錯綜」、「跳脫」等作用，值得進一步推察尋繹。除此之外，這些書信體小說的另一質素確是來自旅美作家群能兼融西方書信體小說的理論，同時嘗試後現代筆法「戲擬、拼貼、懷舊」等特徵，使六〇年代到九〇年代的旅美作家書信體小說有了「中學為體，西學為用」的融合實驗演出。在考察這些作品的同時，對於作家善於使用語文中的修辭法既不得輕忽，對於作他們擷取西方文學技巧的嘗試操作，也應當有自覺性的理解闡釋，如此方能體現書信體小說裡中國語文與西方文學藝術技巧的雙重菁華，解開臺灣旅美作家書信手法的多重意義。

第七章　六、七〇年代臺灣重要旅美作家作品論

以下有關臺灣旅美作家的先後排序，依作家的重要性及其代表著作發表時間的先後排列。

第一節　於梨華（1931～）

於梨華，祖籍浙江鎮海，一九三一年生於上海，少年時代，由於戰亂，隨家人四處逃難，一九四七年隨家人到臺灣，轉入臺中女中，一九五三年國立臺灣大學歷史系畢業，一九五六年獲美國加州洛杉磯分校新聞碩士，同年與物理學教授孫至銳結婚。曾執教於紐約州立大學奧本尼分校，一九七五年後多次前往中國大陸。曾以英文短篇小說〈揚子江頭幾多愁〉獲一九五六年美國米高梅創作首獎；《又見棕櫚‧又見棕櫚》獲得一九六七年嘉新文藝獎等。

於梨華一生幾乎都在異鄉漂泊中，創作是她傳達懷鄉依戀與情感意向的最佳出口。大學期間已有小說〈苦難中的成長〉及〈鞋的喜劇〉等作品，真正開始大量創作，並形成自己風格是到美國以後，尤其對於留學期間的苦悶、家庭主婦的寂寞，以及留學生性格及心理狀況，皆有細緻精微的捕捉。她的小說幾乎都是探討留學生及旅美華人在異鄉的種種經歷與反省，從六〇年代到九〇年代，創作不輟，讀者可從

她小說中的臺灣留學生、第一代旅美華人到第二代的華裔青年身上，看見時代座標的移轉，以及作者心靈變化的軌跡。早期的作品情感基調是傷感的，後期逐漸冷靜理性，在寫實的基礎上，有她獨特的表現手法與藝術成就，既有中國現代文學的傳統繼承，又能消融吸收西方文藝的創作藝術，她的創作是個不斷超越的歷程。由於她的作品較多，以下將她的小說分成兩個階段來考察：

一、於梨華六〇年代小說之意義與成就

於梨華在六〇年代的小說集包括《夢回青河》（1962）、《歸》（1963）、《也是秋天》（1963）、《變》（1965）、《雪地上的星星》（1966）、《又見棕櫚・又見棕櫚》（1967）、《燄》（1969）、《白駒集》（1969）等。

《夢回青河》是一部以時代變亂為背景的大家庭小說，以一對表兄妹的三角戀愛悲劇為經，以幾對不能融洽相處的長輩夫婦為緯，是於梨華對浙東鄉村童年的緬懷，也是她少有幾部以大陸家鄉人物為題材的小說。《歸》收集了九個短篇小說，也是於梨華花了前後九年的心血結晶，她說：「九年，從一個把夢頂在頭上的大學生，到把夢捧在手中的留學生，到一個把夢踩在腳下的女人—家庭主婦。」[1]這段回顧的感言，也預告了該書猶如一個女留學生的成長日記，從女留學生在異鄉的心酸寂寞（如〈三束信〉），歷經為人母時的工作夢想與主婦天職的衝突（如〈小琳達〉），在進入婚姻家事綑綁後，成為逐漸解事的中年女人（如〈情盡〉）等，顯然留洋婦女的婚姻城堡，並

[1] 見於梨華《歸》自序，頁15。

不盡然幸福快樂。《也是秋天》是於梨華對普鎮小城風光及小圈中國人的悲喜的紀錄；《變》是一個大學城中的另一種中國人的離合；《雪地上的星星》有作者對父母的感恩及對兒女的歉意；《又見棕櫚・又見棕櫚》留學生牟天磊在職業與抱負的抉擇。綜觀於梨華在六〇年代的臺灣留學生小說的地位與成就，可從幾方面來說明：

（一）深化留學生之心靈探索

於梨華在留學生文學上的最大貢獻，是她緊隨著時代的步伐，深化了留學生的心靈探索，開創了一系列留學生的海外塑像。她所以被稱譽為留學生文學的開山祖，或「留學生文學的鼻祖」，實在當之無愧。就臺灣的留學生小說而言，她以留學生為題材的小說，不僅有相當可觀的創作數量，就時間上而言，也是臺灣文壇六〇年代所出現留學生小說的先聲。若是將於梨華的作品放在中國現代文學的脈絡裡，於梨華顯然不是最早以反映留學生為小說題材的作家，然而，她的作品卻有別於五四時期以來的中國留學生小說，不同之處有二：一是五四以來的留學生作家群，習慣將留學生小說直接導向社會研究，將留學生的情緒歸結到「弱國子民」的心態，如魯迅、郁達夫、老舍、冰心的作品等是，而於梨華針則對六〇年代自臺灣自我放逐的留學生群體，那種獨有特殊的濃重虛空與失望情緒作個人深度的心理分析；其二，於梨華筆下的留學生是由於對現實、人生以及社會的迷惘，而去美國尋求精神寄託以拯救自己，與五四以來的新文學開創者懷著尋求救國良方到異域的動機不同。於梨華筆下的留學生前往美國勝地，卻發現美國並非理想樂土，在濃重的思鄉情緒之下，加深了「國土斷裂」與「自我流放」的兩大愁思，因此小說中所表現的種族歧視、留學生個體心靈的根源探討，以及留學生在文化差異的夾層中摸索挺進等，都是以往不曾有過的留學生文學特質。因此從留學生心靈自我探索來看於梨華的小說，她確實對留學生文學具有開創之功。

（二）「無根的一代」之代言人

臺灣留學生小說之所以在六〇年代受到青年讀者的喜愛，更形成文壇一個受重視的文學現象，與於梨華在《又見棕櫚．又見棕櫚》中提出「無根的一代」的說法確有微妙的關係，於梨華甚至成了六〇年「無根的一代」的代言人。於梨華在《又見棕櫚．又見棕櫚》提到臺灣在「二十世紀一個最奇怪的現象」：「上到大學生，下到廚子，都想往美國跑；去讀博士，去討洋太太，反正是要離開這個地方，真叫人想不通。在這裡，即使是不苦，還是想出去，在那邊，即使是太苦，還是不想回來。」（頁 276）小說精微地反映臺灣當時的崇美風氣，而這種風氣的內在原因是不少人真切感受到「沒有根」的不定飄浮，小說藉著牟天磊之口，數次表達了外省子弟在臺灣寄居無根的感受，尤其當留學生到了國外，就更清晰的看清內心的惶惑，實來自於新土與舊土的無根之感：

> 我沒有不快樂，也沒有快樂。在美國十年，既沒有成功，也沒有失敗。我不喜歡美國，可是我還要回去。並不是我在這裡不能生活得很好，而是我和這裡也脫了節，在這裡，我也沒有根。（頁 132）
>
> 他們的情形不同（指臺灣同學在國外讀完學位回來），他們在此地有根，而我們，我不知道別人怎麼想，我總覺得自己不屬於這裡，只是在這裡寄居，有一天總會重回家鄉，雖然我們那麼小就來了，但我在這裡沒有根。（頁 158-159）
>
> 我在那邊（美國）也沒有根，但是，我也習慣了，認了，又習慣了生活中帶那麼一點懷鄉的思念。（頁 159）
>
> 在那邊的時後我想回來，覺得為了和親人在一起，為了回到

> 自己成長起來的地方，可以放棄在美國十年勞力痛苦所換來的一切。可是回來之後，又覺得不是那麼回事，不是我想像的那麼樣叫我不捨得走，最苦的，回來之後，覺得自己仍是一個客人，並不屬於這個地方。（頁 197）

這種無根的感覺，是精神上失去認同的空虛與寂寞，大陸淪陷，臺灣政經格局沉悶，美國又不是自己的國家，使遊子猶如置身摻了異味或不合人體的空氣，逐漸地產生莫名的焦慮或不適症候群，在臺灣感到窘迫窒息，在美國也生活得不對勁。於梨華的小說在遊子失根的空間裡拓展，並與西方文學中的「失落的一代」形成本質的區別，正因為當時的留學生與中國文化傳統的緊密聯結，使異鄉困守自身的傳統價值顯得更形孤獨，這與西方當時失去傳統道德、跟他人之間形成的陌生疏離的自甘墮落的一代，本質完全不同。於梨華的留學生小說絕不僅是留學生流離異鄉的傳記，她試圖將人物與當時的社會背景及文學傳統聯繫起來，小說藉臺灣留學生這一特殊對象，對於整個中華民族的文化結構、精神傾向及時代環境，作了深刻的現代透視，使留學生心理抽象的文化觀念，折射出具體精緻的文學藝術，作品因而能脫離留學生「打工文學」或「愛情小說」的刻板框架，深化了留學生小說的文化意義與精神生活的美感等級。

（三）從留美女性到男性之觀照

於梨華早期的小說，有許多都是針對早期留美的女性形象加以書寫，《也是秋天》、《歸》、《變》、《雪地上的星星》等小說，都對旅美少婦那種「失去了一個夢，而又過了再做夢的年齡」的惘然心跡，有詳盡的描繪。女留學生顯然不能滿足現實配給她們所扮演的主婦與母親的角色，誠如〈三束信〉裡向華描述她嫁了人，放棄雄心，夢一個一個地成為泡影乃因為「家的羅網」：「我們涉洋過海，閉著眼睛往自己設想的天地跑，到頭來還是落入這個被我們輕視，而對我們暗笑的羅網來。四壁是我們的聽眾，圍裙是我們的密友，丈夫是我們的靈魂」（頁 154）。《變》裡的主婦文璐，同樣也在十年的婚姻生活中失去自己的身份，只成了丈夫與孩子的影子。類此看似安逸的婚姻縮影圖，對於留學的女性主婦心理，於梨華有充滿關切與愛的感性筆觸，在悲劇性的細膩刻劃下，將女性對自我身份（identity）的問題深入透視，脫俗闡發。

於梨華從她最熟悉切身的體驗著手，成功地描繪留美婦女愛情的失落與家庭生活的苦悶，並且逐漸延伸，從留洋女性人物寫到男性人物。她的文學成就，是她能將自身的感受基礎擴大，並不拘泥在女留學生形象的書寫格局，廣開觀照的視野，將自己對人生的瞭解逐步擺脫個人的好惡，將眾多的留學生群體的經驗，過濾並轉化為自己投射的創作對象，寫出六〇年代留學生的男性形象，並能概括一個時代的留學生苦悶，《又見棕櫚‧又見棕櫚》正是她的留學生小說代表作，而文中的牟天磊更成為六〇年代的留學生典型人物。於梨華曾說：「書中牟天磊的經驗，也是我的。」在融入自己的留學感受之餘，也將中國傳統價值的薰陶與影響，及異鄉生存環境與家鄉崇美的價值追求，指出「無根的一代」的特殊歷史境況。在二〇〇〇年發表的〈三十五年後的牟天磊〉一文中，仍不時比較一九六五年與現今的留學生的時代處境與心理分析，她說：

> 留學生的定義，也不同於當年牟天磊出國留學的本意了。七〇年代的留學生，很多學而不留，回臺灣去發展事業了，八〇年代從大陸出來的，更有不少留而不學。….九〇年代呢？當然更是五花八門。出國的路，不光靠留學，有移民、有短期的訪問、有貿易交流、有探親，更有為了一張綠卡偽裝結

婚、短期或長期賣身，或成為留而不惜屈身為二奶及雖無其名卻有其實的小妾。……

他（牟天磊）的時代已經過去了，但他不認為自己是個過時的人。他們（指現今的留學生）有的：聲色享受，華屋跑車，他當然沒有，卻也不羨慕。而他擁有的，是他們的財富絕對購買不到的，一份落寞、一份淡泊、一份遠在聲色享受之上的意境的開拓，一份「草色人心相與閑，是非名利有無間」的出世心態，這是六〇年代給予的。[2]

於梨華對於海外留學生群的觀照是宏觀的，她不僅能細膩書寫為一般人忽略的女留學生群，更能以簡馭繁地統括出早期的臺灣留學生肖像，為臺灣留學生小說呈現歷史感的質地，展示豐盈的藝術美感層次，同時，她成功地嘗試以女留學生的身份，來解說男留學生的內心世界，審視留學生群體，塑造了屬於六〇年代的臺灣留學生人物的典型，這樣新的嘗試與自我突破，無論在小說藝術的廣度與深度，於梨華的《又見棕櫚‧又見棕櫚》，在留學生小說中確實呈現了新風貌與新意義。

（四）描寫環境之藝術技巧

小說中故事情節的發展，人物的塑造，都需要一個進行過程的舞臺與活動的環境中展開。六〇年代的臺灣社會，在出國令人好奇羨慕、但也非常不易的時空背景下，留學生小說的出現，令人耳目一新的藝術特點，即在於對異國環境的描寫與刻劃。於梨華在《又見棕櫚，又見棕櫚》一書中，用文字描繪的美國奇風異景甚多，純粹寫景則如同優美散文，她也擅長用東西方不同的環境，加以比較，提出她對異

---

[2] 見於梨華〈三十五年後的牟天磊〉，《文訊》第 172 期，2000,2，頁 38-39。

國的社會文化的質疑與批判。例如萬花筒似的紐約，因為煩、雜、緊張，反而使生活不單調呆板，還提供了「思想的糧食」[3]，這是她對紐約環境客觀觀察後的反思；回臺灣搭乘觀光號火車，牟天磊想起從柏城到芝加哥的高架電車內外的景觀，與一般人心目中的美國繁華景象，迥然不同：

> 車裡肥胖呆木，翻著厚唇的黑女人，多半是在芝加哥北郊森林湖或微而美一帶給有錢的白人做打掃洗刷的短工的。外還有醉醺醺、臉上身上許多毛的波多黎各人，以及手裡有一本偵探小說，鉤鼻下一支煙的猶太人。當然還有美國人，多半是去密西根大街裝潢華麗的時裝公司搶購大減價的中級家庭主婦。還有，分不出是韓國還是中國的東方人，像他這樣。高架鐵車經過的路線，都是大建築物的背面、大倉庫的晦灰的後牆、一排排快要倒坍而仍舊住著貧苦的白種人或生活尚過得去的黑人的陳舊公寓的後窗，後窗封著塵土，後廊堆著破地毯、斷了腿的桌椅、沒了彈簧的床。……[4]

於梨華細膩地刻劃各色人種與形貌，以及車窗外的人物與景致，淋漓盡致的刻劃了貧富雜揉的美國社會，透顯文明與落後的另一種強烈的對比。此外，描寫從三藩市到卡美爾的濱海公路的沿途美景與山崖的峻峭絕壁，神出鬼沒，用之以比較臺灣花蓮到蘇澳的驚險彎路與工程的艱鉅，動魄驚心，「就好像喝了一杯白水之後，端了一杯黑而濃的咖啡」（頁 281），對比映襯的用法，足見於梨華修辭技巧的靈動與

---

[3] 有關紐約環境的描寫，原文見於梨華：《又見棕櫚，又見棕櫚》（皇冠出版，台北市，1996 年 2 月，頁 85）。

[4] 原文見前註，頁 236。

鮮活。

二、七〇年代於梨華小說之轉變

於梨華在七〇年代的作品包括《會場現形記》（1972）、《三人行》（1972）、《考驗》（1974）、《傅家的兒女們》（1976）等。而七〇年代於梨華的小說風格也顯現了程度上的轉變，過去抒情感性的描述逐步收束，擺脫沉滯的悲戚心境，轉向理性冷靜的寫實筆法，加深對留學生人物正負面性格的多向探索，以及異國處境的剖析反思。以下分為幾項申述七〇年代的於梨華小說的轉變：

（一）從感性發音到理性陳言

於梨華六〇年代的作品，特別注重意象的表現與情感的傳達，將主觀情意與外在物象作為感性的結合，藉藝術形象表達留學生濃重的失鄉之情。例如《又見棕櫚・又見棕櫚》中，以「棕櫚樹」的根深蒂固與筆直挺拔，與牟天磊的失根之苦與尋找水源地的茫然，成為鮮明的對比，既有柔婉的抒情姿態，又有凝重的人物心境，使小說的情感陷入傷感，夏志清盛讚她小說中製造恰當的意象時，永遠不落俗套，是為「近年來罕見的最精緻的文體家」[5]。此外，像〈雪地上的星星〉裡的「雪花」及〈撒了一地的玻璃球〉中的「玻璃球」，都可見於梨華運用了明靜含蓄的意象，為生命意義作感性的發音。七〇年代發表的作品，於梨華逐漸以冷靜之筆，為旅美華人生活作紀實描繪，理性地反映人物的悲歡離合，而時代的印記，也加重了留學生與旅美學人的真實性與深刻性。余光中在《會場現形記》序中說：「她在下筆之

---

5 見夏志清序《又見棕櫚・又見棕櫚》，頁 14。

際常帶一股豪氣，和一種身在海外心存故國的充沛的民族感。在女作家之中，她是少數能免於脂粉氣和閨閣腔中的一位。」[6]七〇年的作品，於梨華不斷嘗試創新，《會場現形記》既有古典小說《儒林外史》中對儒生扭曲的性格作感而能諧的諷刺，也有《官場現形記》裡那種揭發伏藏、顯其弊端的糾彈，這是於梨華從傷感的留學生文學走向諷刺譴責性的一項嘗試。小說不僅暴露美國上層社會的黑暗，同時對美國智識界裡形形色色的中國人，以幽默調侃的語調，反映醜惡的現實，對那些患有「軟骨病」的留美華人作有力的鞭撻，指出旅美學人普遍犯了「身份不明」的苦惱，在中國人面前以美國人自居，在美國人面前又不得不做中國人的精神矛盾，為了生存而吹捧逢迎，對學人作遠距離的觀察與理性的探索反思，此時期的小說，已不見單純感性的「留學生」，而是各種各樣在美國成家立業的「留學人」與「自留人」，既有強烈的現代節奏，又具有中國古典小說中婉而多諷的婉曲風格，明顯地在此時期的作品已從留學生對家國的感性認同，蛻變為留學人理性客觀的自省陳言，對於學界的描寫，足見作者明睿的智慧與深刻的人生感興。

（二）從頹廢現實到覺醒一代

六〇年代的《又見棕櫚‧又見棕櫚》，於梨華對當時產生「無根的一代」的社會原因與留學生苦悶心境作了深刻的剖析，增強了留學生小說的思想蘊含。在七〇年代後期的小說裡，於梨華寫出了兩類的留美學人，一是頹廢現實的留學生；一是從文化夾縫、時代夾縫中覺醒的留學者。這樣轉變過程的代表作是《傅家的兒女們》。

---

[6] 余光中序《會場現形記》，頁 13。

於梨華大概花了兩年半的時間才完成《傅家的兒女們》[7]，除了延續以往關心留學生生活內在的思想層面，於梨華也轉移視角，企圖從單純的留學生立場，擴大到「要寫一個由中國大陸到臺灣到美國的留學生的心態，以一個中國人立場作出發點的心態」[8]。從《又見棕櫚・又見棕櫚》到《傅家的兒女們》其中的人物精神有其相似繼有相連之處，也有於梨華不同以往的新特色，可見得她對於留美學生的描寫，有著內在的聯繫，同時對於留學生生活又有深化的審視。雖然二者對於那種身處異國失落與寂寞都有所描述，但側重的表現已有不同：《又見棕櫚・又見棕櫚》著重人物主體的精神與情感世界；《傅家的兒女們》加強了人物和環境關聯性的探求，考察人物掙扎生存的不同體認以及生命發展的追求層次。《又見棕櫚・又見棕櫚》牟天磊的痛苦是來自於對逝去的青春和喪失的理想哀悼，這種痛苦失落本已隱藏精神困頓與突破的嚮往；《傅家的兒女們》將傅家兄妹留學生如豪、如傑、如俊、如曼等人在美國被生活徹底擊敗，退縮到邊緣，精神顯得萎頓、現實而迷惑。他們以失去了精神與理想的追求，因而造成情感世界的枯竭，這種不再相信情感的真實性與理想性的結果，正是臺灣盲目崇美的心態，以及長期生活在美國，因為金錢壓力與利害衝突，導致對人性的扭曲戕害，故而流露出麻木的精神傾向，處處顯示在殘酷無情的競爭之下受傷的心靈。《又見棕櫚・又見棕櫚》寫出失根的中國人的困頓；《傅家的兒女們》寫出留學生在強力競爭下的

---

7 於梨華於一九七四年初開始撰寫，一九七五年中到大陸去旅行半年，而後中斷原先的思維，原稿完成已到一九七六年中，中間近一年的停頓，是她思考轉變的醞釀期。可參見於梨華〈前言，也是後語—序『傅家的兒女們』〉，頁 9-12。

8 見於梨華〈前言，也是後語—序『傅家的兒女們』〉，頁 10。

筋疲力盡與放棄掙扎的現實面。除了代表頹廢的一群留學生，如傅如曼、傅如傑，以及現實的一群傅，像傅如俊、傅如豪，《傅家的兒女們》另外塑造一批具有歸屬感的新一代，使於梨華的留學生小說在黯淡朦朧中露出一抹新生的曙光，小說中的傅如玉、如華及李泰拓等人，正代表從兄姐友人身上得到教訓的覺醒者。他們在留美思潮之下顯出自己獨立的意志，「一個人除了要做些主觀上有意義的事情之外，應該做些客觀上有價值的事，更應該有好奇心去了解一個新世界」[9]，在年輕一群的留學生身上，逐漸擺脫無根失落的感情流向，繼之以奮起積極的精神，深入到民族性的使命感及認識整體民族的價值觀，這確實是於梨華小說在七〇年代傳遞出的新信息。此外，在《三人行》一書中，於梨華進一步建構出更具體積極的覺醒的一代，留美知識份子紛紛勇敢面對自己，重新抉擇人生之路。從於梨華筆下的人物變化，不難看出作者心靈變化的軌跡，這也是七〇年代留學生小說發展的新動向。

第二節　白先勇（1937～）

白先勇，廣西桂林人，一九三七年生於桂林，一九四七年隨家人到香港念小學，一九五二年到臺灣就讀臺北建國中學，曾就讀國立成功大學水利工程學系，而後進入國立臺灣大學外文系畢業，大學時期曾與王文興、歐陽子、陳若曦等人創辦《現代文學》，後來又創辦「晨鐘出版社」。美國愛荷華大學「國際作家工作坊」碩士，曾任美國加

[9] 同前註，頁12。

州大學聖塔芭芭拉分校教授，現已退休。他的小說內容主要有三方面：一是描寫舊日官宦世家的興衰；二是對於大陸遷臺人士和旅美華人為主，寫他們對故國家園的縈念；三是刻劃臺灣社會人民的側影。若按照發表時間的先後順序，白先勇的小說可分為三個時期：前期小說發表在他赴美留學前，約於一九五八到一九六二年，如〈金大奶奶〉、〈我們看菊花去〉、〈小陽春〉、〈玉卿嫂〉、〈寂寞的十七歲〉等，作品大多收在《寂寞的十七歲》中，此時作品著重抒發個人自我體驗，主觀色彩濃厚，受西方現代小說影響較深；中期作品大多描寫旅美生活，以反映華人生活圈為主，寫留學生對於家鄉的思念與異國斷根的迷惘之情，深刻細膩，代表作如〈芝加哥之死〉、〈謫仙記〉、〈上摩天樓去〉、〈火島之行〉、〈香港——一九六○〉等，主要發表在一九六四到一九六五年間，這一部分的作品被稱為《紐約客》系列；後期作品以反映臺灣生活，主要作品收在《臺北人》，如〈永遠的尹雪豔〉、〈金大班的最後一夜〉、〈遊園驚夢〉、〈國葬〉〈花橋榮記〉等，對臺灣上層社會紙醉金迷的生活及下層人民悲苦的境遇都有深刻的描繪。以下針對白先勇有關旅美華人的《紐約客》部分來觀察，說明其小說的特點：

一、地理與文化之雙重位移

白先勇在一九六三年到美國，一九六四年發表了〈芝加哥之死〉，這是他創作的一個分水嶺，創作也真正進入成熟期。他在美國之後陸續的創作約有二十篇，結集為《紐約客》與《臺北人》，《紐約客》系列先完成，而後有《臺北人》裡的小說。《臺北人》雖然是以臺灣現實感的人物為主，表現尊貴無常、繁華無常、人生無常的歷史命運，但這本書中的小說與白先勇到美國後的生活質素有密切關係，身處異國的時空位移，給作家帶來客觀反思臺北社會在時代中的衰變，看清了達官貴人的命運衰落，上層家庭的歷史滄桑，還有時間巨輪下的時代巨變，正是身居海外文化鄉愁的漂泊感，打開了白先勇《臺北人》總體架構的思維之鑰，歷史意識的滄桑加深了人物悽愴的人生感慨。因此《臺北人》是白先勇到美國後回顧臺北人的歷史命運的新體會，是在距離改變、生命豐厚之後，近似「無我之境」的透徹遠觀；《紐約客》則是他初到美國時，身處異國他鄉，深刻感應到中國人的飄零狀態。白先勇說：「在那段期間，對我寫作更重要的影響，便是自我的發現與追尋。像許多留學生，一出國外，受到外來文化的衝擊，產生了所謂認同危機。對本身的價值觀與信仰都得重新估計。」[10]究竟「外來文化的衝擊」所指為何？林安梧指出，「所謂華人文化傳統便是以漢族為核心而其他族群為參與者，所型塑而成的文化傳統。」[11]，他並指出，在這樣的約定稱呼，雖以漢族為中心而發展出來，但是對於漢族其實很難以「種族」的視點去理解，而較適合的理解視點仍是文化的[12]。因此，白先勇在留學生時期所體會的文化衝擊不只是「華人」與「異族」的相對性，更有涉及歷史、社會、族群、宗教等多方面世界觀的總理解。《紐約客》與《臺北人》的重大成就是它們都反映了華人文化心靈的深度理解，但二者仍有差別。《臺北人》雖然經

---

10 白先勇〈驀然回首〉，《寂寞的十七歲‧後記》，臺北：遠景出版社，頁 339。

11 見林安梧〈「我」與「無我」的連續性與斷裂性：華人文化心理的特點〉，臺北：中央研究院「第五屆華人心理與行為科技學術研討會」，2000,12。

12 同前註。

過時空劇烈變換的「地理位移」，產生今昔對比的漂泊之感，人物卻仍處於以「漢族」為中心的華人文化之中；《紐約客》不僅與《臺北人》一樣遭逢地理位移，更甚一步是「二度漂泊」的身心移植記錄，二度的地理移位造成文化的錯置（misplace），留學生因而被置放在一個非以「華人」為中心的文化系統之中，這不僅是華人在異國人口上的「多寡之別」，而且是抽象心理的「主客易位」，留學生一時顯現對西方文化的憎惡與文化家國的追尋，身陷傳統斷裂、文化斷裂的心理特點，飄零與失落感更顯深沉，在蒼鬱的身世之感外，催化出家國之變後心靈無法還鄉的焦慮，白先勇《紐約客》的人物，由此處處展現華人心靈積澱的文化根本與心理底層的結晶概括。

二、土地與倫理之雙重斷根

白先勇《紐約客》與於梨華《又見棕櫚・又見棕櫚》的小說主題不約而同都觸及「無根」所導致的失落，但兩者想要表達失根的意涵仍有所不同。《又見棕櫚・又見棕櫚》中的牟天磊，在美國時別人總是問他「你打算何時回家」；回到臺灣，家人或親友也追問他何時回美國，因此他感受到「無根的一代」主要是來自美國與臺灣兩邊都無法落地生根，環境的隔絕，使牟天磊失去精神上的支點，造成雙重意義的失落與寂寞。《紐約客》中的留學生群，幾乎都沒有「回家」的過程，主要原因之一是因為父母在他們留學期間，離開人世。因此，白先勇詮釋留學生對於「根」的認知，不僅有「土地」上的意義，更有「血緣」倫理上的雙重意義。換言之，「土地的失根」是於梨華留學生小說中「無根的一代」的主要意涵；「血緣的斷根」才是導致白先勇《紐約客》裡人物悲觀厭世的主要原因。林安梧從中國哲學與文化心理學的結合研究中，也同樣指出華人心理特點與「血緣性縱貫軸」的密切關係，他說：

> 華人心理之特點與「血緣性縱貫軸」的社會總體結構有密切關係。所謂「血緣性縱貫軸」乃是由「血緣性的自然連結」、「宰制性的政治連結」、「人格性的道德連結」所構成。這三者的頂點，依序是：父、君、聖。華人文化傳統，長久以來是以宰制性的政治連結做為控制的頂點，而以血緣性的自然連結做為基底，以人格性的道德連結做為關係，三者通貫為一，密不可分。[13]

父、君、聖三層環扣，終究仍以親情血緣的自然連結為基底。白先勇筆下的男女留學生，他們逐步追求學位或尋求穩固工作以穩定現實生活，卻因為缺乏文化與歷史的實存感，使留學生遲遲沒有歸期。但他們總難忘記家鄉的父母，於梨華的《又見棕櫚‧又見棕櫚》及《傅家的兒女們》終於相偕回臺探望父母；白先勇〈謫仙怨〉的鳳儀也以書信與母親聯繫。而〈芝加哥之死〉中的吳漢魂卻在準備博士班資格考時收到「令堂仙逝」的電報；〈謫仙記〉裡的李彤，也因為父母的輪船出事罹難而萬念俱灰；〈安樂鄉的一日〉的依萍尚能忍受丈夫偉成的西化，最不能忍受女兒寶莉不能認同她，並以「我不是中國人！我不是中國人！」的語言來唾棄她的民族感情。白先勇筆下的留學生，一旦遭逢自然連結的至親血緣發生斷裂或折損，「斷根」的傷痛將使留學生走上絕境。因此，欲從留學生小說中探求「華人文化心理」，必置於「血緣性縱貫軸」上加以考察，白先勇留學生小說中的「血緣

---

[13] 同前註。

斷根」與於梨華「土地失根」的基本差異，亦宜置於此方得善解。

三、融會中西之藝術魅力

白先勇注重心理刻劃，除了採用西方小說常用的心理分析、內心獨白、意識流技巧外，他還繼承了傳統小說以形傳神的手法，借助環境，尤其是人物衣著、神態、室內陳設的工筆細描，烘托人物心理性格，融會中西，使中國古典的傳統巧現於西方現代之藝術魅力。他的描寫技巧，與於梨華也有所不同，例如他擅長用異國環境的描寫，來渲染氣氛，加強情節，寄寓人物的心境。〈芝加哥之死〉的吳漢魂，走過芝加哥繁華的夜，金璧輝煌的大旅館，華貴驕奢的百貨公司，莫不烘托著吳漢魂的迷失與徬徨；而喜街燈紅酒綠的沉淪景象，加強了人物的孤寂感；最後面對密歇根湖的晝夜交替，近兩千字用於刻劃湖面的變化與湖邊公園的與巨靈似的大廈，吳漢魂的焦慮不安在空氣的沉悶與堅鳥的鼓噪中爆破，「芝加哥，芝加哥是個埃及的古墓，把幾百萬活人與死人都關閉在內，一同消蝕，一同腐爛」，白先勇用芝加哥形形色色的景物敘述，來對比吳漢魂生命內在的虛無。另外，如〈安樂鄉的一日〉、〈火島之行〉與〈上摩天樓去〉也都有精采之處，作者藉描繪異國景物環境，襯托人物心理的變化，推展故事情節，成為小說的藝術特點。〈安樂鄉的一日〉首先對「安樂鄉」這個小城的地理位置與人口作一簡單描述，接著描寫安樂鄉人民的生活習性與居家的安寧，其目的正在增強依萍與偉成內心的無助感。為了安樂鄉白鴿坡的寧靜與優越感，他們成了住在安樂鄉中唯一的一家中國人，安逸的外在表象，支撐不住一波波內心深沉的的孤立與失落。〈火島之行〉

中松林灘上熱力散放的景致，〈上摩天樓去〉高處憑欄的夜景眺望，不僅使留美學生小說饒有異國情調與奇趣，也使讀者時有懸崖撒手的驚心，又能體悟空際轉身的玄妙情味，成就了此類小說在環境與人物之間，值得細細品味的藝術特色。

四、熔鑄社會象徵與民族圖騰之人物塑像

在白先勇的小說中，「今昔之比」、「靈肉之爭」、「生死之謎」是他小說神秘感的凝聚處，歐陽子曾指出白先勇流露出感受最深沉的敏感，重點就在於他「對無法長保青春的萬古長恨」[14]。他的小說具有磐石一般難以撼動的心理、文化、社會、乃至於政治的時代基礎，小說的藝術已臻至巔峰，既有塑造傳統文化的意圖，縱向承襲中國小說的血脈，又向外延伸，橫向移植西方文藝的技巧，熔鑄新體的現代派小說主流，卻獨樹一幟地呈現臺灣六〇年代臺灣中上層的社會象徵以及知識份子的血淚魂魄，在歷史的沖刷下，其小說在文化及政治意識裡浮雕出清晰的民族圖騰。白先勇早期的作品曾描寫知識份子，但是他把知識份子作為一個重要的社會階層來考察，還是在赴美留學之後，像小說中的吳漢魂、李彤雖然只是留學生，但是他們的悲劇也反映著中國知識份子整個階層的悲劇。這些年輕的留學生的出現絕非偶然，而是在特定的社會與歷史條件、特定的社會經濟結構下所產生，國家的分裂、經濟的窮困，形成一個特殊時期的留學熱，整個社會都植根在一個崇美的社會現實與國民心態之下。白先勇筆下的紐約客，

---

[14] 見張殿〈台北人白先勇—訪小說家白先勇〉，《聯合報》1999,3,15，第 41 版。

不僅與留學生個體精神價值的尋求有關，「客」所體現的同時也是一種文化的放逐與文化的排斥，熔鑄出臺灣六〇年代特殊時空下知識份子的社會象徵。

五、關切人性之終極主題

白先勇的作品充滿浪跡天涯而無根漂流的悵然體驗，不時流露對西方文化的憎惡以及記憶家國的嚮往之情，這構成了《紐約客》系列小說的主要基調。他的小說巧妙地保存傳統小說對社會和自我平衡的關心，既不以政治區分文學國度，也沒有為了方便意識形態的討論而犧牲現實的描寫，始終關切人性之終極主題，以悲憫之筆，寫人性內心的不安，又能彰顯時代青年的苦悶象徵。他的小說不論是對故土的悠悠情思，或是千絲萬縷的感情糾葛，總能緊扣著人性轉折處，精雕細刻；從人物身世的悲涼中，凸顯歷史的蒼涼，及其對於家國無所依頓的失落之情中，體驗厚實的中國記憶。紐約客系列中都是男女留學生飄蕩的魂魄與沉重的泣血，到了一九七九年的〈夜曲〉及一九八六年的〈骨灰〉，每篇小說幾乎都觸及人與人之間無法真正達到調和的一種充滿哀怨的孤獨，從靈與肉的分裂，到生與死的謎團，進而到旅美學人傷悼文化的悲慟之情，都是白先勇鍥而不捨地關切人性與思索中國之情的心靈點滴。

第三節　吉錚（1937～1968）

吉錚（1937-1968）是六〇年代早逝的青年作家。她的小說是六〇年代「留學生文學」的先聲與代表作家之一，作品細膩地傳達海外失鄉路上的青年苦悶與徬徨。她的小說字句爽利，文筆洗鍊，寫的雖是海外中國青年的愛與夢想，卻將青年朋友在美國甘苦的生活經驗，精簡而剽悍地刻劃出六〇年代青年的落寞心境。吉錚對人生的陰暗面看得比當時的青年更深切詳盡；對自身價值的追尋也比別的青年人早一點。海外的孤獨，時代的迷亂，使她少年初識愁滋味，對親情、友情的珍惜，對愛情真諦的追尋認真任性。吉錚自稱身上佈滿不死的寫作菌[15]，在六〇年代的文學花園裡，她的早逝令人惋惜，而早逝的原因也間接地導起於她對文學創作的熱愛。但凋零的芳菲，卻充分把握住短短的花季，在六〇年代留學生文學的發展上，散放清新的芬芳與獨特的氣息，作品留下了青春芳華與俊秀姿影。

一、吉錚及其小說簡介

吉錚，河北省深澤縣人。民國二十六年生，五十七年六月二十七日在美國舊金山附近芭城去世，時年三十一歲。吉錚與大部分當時大學畢業後才出國的留學生不同，她尚在台大外文系讀書之時，同時考取高中留美，十九歲就到美國貝勒學院繼續唸英國文學，民國四十四年出國，四十七年畢業，四十八年結婚。她前後的寫作生命只有六、七年，且都是在婚後，當了母親，才開始實現她由來已久的寫作夢想，她與孟絲、於梨華同是六〇年代留學生文學代表作家，在美國她們也是交往密切的文友[16]，常有書信往來，交換創作心得。

---

[15] 見吉錚《海那邊》序。

[16] 孟絲與吉錚是本是中學同學，先後出國前後，書信往返密切。其交往過程

吉錚共有三本小說集，分別是《孤雲》（文星書店，民國五十六年出版）、《拾鄉》（皇冠出版社，民國五十六年出版）以及《海那邊》（純文學出版社，民國五十六年出版）。《孤雲》一書包含〈會哭的樹〉、〈門檻〉、〈黑色鬱金香〉、〈負情〉等十二個短篇小說及中篇小說〈孤雲〉。吉錚說：「這本集子中的十二篇小說都是離開可留戀的國，可依賴的家，在美國自己獨當一面開始生活在現實裡以後寫的。」[17]，她自稱在創作時的心境「失去『為賦新詞強說愁』的天真，拒絕『卻道天涼好個秋』的愴惶」，只想在文學領域裡，不斷尋覓[18]。其中以《孤雲》中的〈黑色鬱金香〉發表得最早[19]，書中描寫形形色色的男女留學生在學成前後、婚前婚後，失婚或不婚的狀態下，分別面臨失落了自己之後共同的寂寞與悲哀。《拾鄉》則是吉錚的第一部長篇小說，書名本取《失鄉》，吉錚原想引用李白江南懷舊詩「青春幾何時，黃鳥鳴不歇。天涯失鄉路，江外老華髮」中的失鄉路意象，因嫌「失」字悲觀，後更名《拾鄉》[20]。內容以留學生的愛情為主軸，由上船倒敘之怡與昭谷九年失意的婚姻路。從他們在美國的相識經過、結合及長久的艱辛奮鬥中，流露出異鄉人的失落。小說兼寫身處海內外三代間的哀怨與無奈，表達他們對於當時生活的態度

可參見孟絲〈逝者—悼亡友吉錚〉一文，收錄於孟絲《吳淞夜渡》，台北，三民書局，1970 年 11 月。

17 見《孤雲》一書「後記」水牛出版社。

18 同註 5。

19 〈黑色鬱金香〉原載於民國五十一年十月，但不是吉錚最早之作。她的第一個短篇創作是發表在《作品》雜誌，是寫一個蘇珊的女孩，但吉錚對此處女作不表滿意，因此沒有收在《孤雲》一書中。

20 見吉錚〈寫在《拾鄉》出版前〉。

及對異國環境的觀感。《海那邊》也是以留學生為中心的長篇小說，「寫初來的人較尖銳的感覺，寫 Love's young dream」[21]。小說中的主要人物各代表一種留學生的典型：于鳳是個任性倔強、充滿幻想的女留學生，她美而脫俗，才華洋溢，但也具有遺傳自母親性格的飄浮性。在艱辛的求學與打工生涯中，不斷在理想與現實中搖擺，且有逐步放棄夢想，自甘墮落的傾向；范希彥是她相識六年的情人，為了將來工作而在美國轉讀理科，使他的留學生活，不論課業或經濟情形，始終擺脫不了窘態；雷亨瑞是聰慧闊綽的富家大少，他對于鳳一見鍾情，展開追求，更增添了范希彥的不安。結尾是于鳳擺脫了所有女留學生抓住安全、捨棄愛情的俗套，「與其萬里迢迢跑來美國出賣自己，我不如讓移民局送回去！」（頁 238）吉錚的留學生小說，以明敏色彩，呈現失落心境，雜揉悵惘之情而成。她是用年輕生命的絢麗，以她善良、真誠、熱情的性格特質，來描述苦悶、黯然的鄉情離愁。因此，羅蘭說她的文章「爽脆有力，豪縱任性」，喜歡她小說中「一點可愛的任性，一點屬於善良靈魂的任性」，並以彩虹的炫爛多彩來形容吉錚的小說[22]。

---

21 見林海音〈「海那邊」的吉錚〉一文引述吉錚信函所言。此文收於《海那邊》一書。

22 羅蘭說：「她的文章是有顏色的，而且都是強烈的顏色，好像六月的陽光下的世界—豔紅、綠、金黃、鮮橙、明藍與深黑。她筆下的人物都是動的，而且是快速果決的。」見羅蘭〈吉錚，逝去的彩虹〉一文，收錄於《海那邊》一書。

二、吉錚小說之特色

（一）濃厚的真實性

吉錚的小說，因為創作時期正值年輕之時，因此多寫自身及周邊故事，濃厚的真實性正是其小說動人之處，自傳色彩也不可避免。但她在創作的態度上，卻力圖避免自傳性對小說人物的局限與僵化，她說：

> 福樓拜說『包法利夫人就是我』，我不敢，而且也不願效顰，如果硬說之怡是我，那麼昭谷是我，子平是我，韻華是我，黎斌也是我，因為寫『拾鄉』時，他們確實鮮烈的活過，我曾為他們流過淚，生過氣，發過愁，含過笑，而且會永遠在心深處祝福他們。[23]

她將自己周遭所接觸的留學生人物性格，經過文學技巧的消融潤飾，使採集來的材料花粉，釀造而成文學創作的芬芳花蜜。用小說的筆法，突出對照的留學生人物典型，擺脫青年自戀的心理，真實面對留學生涯對成長的體悟轉變，追求作品具有人生啟示性及文學美兼具的要求。

吉錚在寫作上的不斷摸索[24]，就小說人物而言，吉錚小說的典型

---

[23] 見吉錚〈寫在《拾鄉》出版前〉。

[24] 吉錚曾經把她和寫作的關係比喻成無能的母親和私生子，她說：「我對寫作猶如一個無能的母親偏愛自己那見不得人的私生子一般，既不敢光明正大的愛他，又狠不下心置之不顧。」見〈會哭的樹〉。又說她在寫作過程的不斷尋覓：「寫作，對許多人，也許是因為文字流在血裡，不寫痛苦，寫得不滿意往往是更大的痛苦，至少試過，至少掙扎過，至少沒有輕易的

人物，特色在彰顯「複雜性」與「變化性」的轉折，除了〈會哭的樹〉一文，使用第一人稱之外，大多都使用第三人稱的全知觀點，使故事的人物、情節、場景、對白，可以流暢進行，符合情節邏輯的順暢。她的小說人物既有普遍性與特殊性的對照，但她更用心於刻劃人物的複雜心理與轉變過程。以《拾鄉》的之怡為例，從留洋之前，跳躍的心情止不住翱翔欲飛的喜悅，到回鄉路上裝載失鄉迷離的哀傷；從初戀記憶對愛情的無比嚮往，到只剩一個空洞軀殼的失意婚姻，其中對子怡這個人物的性格、心理與形象三方面的變化性與複雜性，正是小說最耐人尋味之處。

（二）濃烈的憂傷感

吉錚的小說，有屬於個人與地域的「內在分裂」心結。她乘船出洋留學，從臺灣小島眺望黃金海岸，登上美洲大陸，經驗卻是美而不真切。她的熱情浪漫，帶著藝術家的涵養與青年的幻想，一旦與現實碰撞，驚覺理想與現實的背道而馳，自我與他人的孤立睽隔，愛與恨、美與醜、真實與虛偽的對立觀念，便構成了他們小說的基本藍圖，小說中的人物常有理智與感情矛盾現象，因此小說充滿了濃烈的憂傷感。以下分三方面來說明小說的憂傷感所由來：

1、失落的青春夢

吉錚的小說，常流露出「斯人獨憔悴」的寂寞，無論是海這邊的青春狂想或海那邊的年輕之夢，都在徬徨與失落中覺醒；生存的掙扎，痛苦的本質，就是她初次體會的真實人生。吉錚小說的內容也多見海外打工經驗的描述，或被剝削，或出賣尊嚴，賺取學費。「失落

放棄，所以寫作的本身，對我仍是快樂的經驗。……在文學的領域裏，我自願的迷失已久，……我只想不斷的尋覓。」見《孤雲》後記。

的青春夢」具體表現在小說中的情節便包括：不合興趣或迫於現實的讀書苦澀、學不能致用的痛苦、教育制度的僵化、初到職場的受騙經驗、沉重的生活壓力、兩代間的觀念差距等，例如《海那邊》的范希彥決定放棄碩士虛名，重新由理科大學讀起，正是為了將來工作的需要。吉錚善於慘澹氣氛的營造，來表現小說中失落的青春夢，沒有憤懣、怨懟之言，卻有徹骨的辛酸。她對於青春夢醒有無奈之感，但小說人物卻有積極自省的過程與豁達的智慧，在最繁華的國度，體會最深刻的寂寞後，重新抉擇人生之路。

2、失意的愛情路

「愛情」是青年成長的重要課題，也是吉錚小說憂傷感的形成主要因素之一。她的小說中既有自己的初戀告白，更多是海外失意婚姻路上的男女形象，包括已婚、離婚、不婚等多種愛情路上的複雜樣態。

吉錚對海外留學生的婚姻故事，有極深入的描寫與多樣的探討，例如《海那邊》的于鳳與范希彥，兩人雖然相愛，但婚姻卻不是他們的愛情歸宿，于鳳知道海外求生的困境，愛情往往變成幻覺，她說：「你我都是掙扎在急湍裡的泅水人，束在一起勢必滅頂。我無力幫你念書，你無法幫我謀生，婚姻只是幻覺。」（頁 122）而在〈負情〉中的乃茜，是一個選擇錯誤而離婚的女子，當時為了海外生活的安全感，選擇了多金的理想丈夫喬治，背棄心愛的狄克，婚後物質的補償，仍然填不滿心靈的空虛，並艱辛地與前夫爭取孩子的撫養權；〈孤雲〉中的蘊茹與〈夕霧〉中的之盛大姊，或忙於學業事業而錯失良緣，描述她們在海外即使有豐富的見聞與收入，也消解不了她們心靈的貧瘠及對婚姻的渴望。《拾鄉》中的昭谷和之怡的結合，平凡無奇但牢靠無比，不是完全沒有感情，沒有激情，沒有狂戀，他由她的朋友變成她的丈夫，她對他始終有一份類似友情比友情更貼心，類似親情比親情更溫存的意念，但他們面臨的是婚姻的瓶頸是因為多年的婚姻生活沒有內容：「他們的婚姻是一隻摘取得太早，又擱置得太久的椰子，一旦敲開封牢的硬殼，才發現裏面空空的乾枯，珍藏的乾果竟沒有內容。」此外，在留學生文學中另外一種由愛情而衍生的憂傷感，是來自夫妻因為學業未竟或工作尚未穩定，不得不把初生嬰兒送回臺灣老家，而造成父母與骨肉生別離的痛苦，甚至造成家庭失和，父母與子女親情疏離的無可奈何。例如《拾鄉》中的之怡，回臺灣與她五年不見的小女娃辛希亞相見，她內心的吶喊著：「接受我，孩子，接受我的愛，給我一個機會，我不求妳愛我，只求妳讓我愛妳。」子女拒絕接受母愛，也是形成留學生小說憂傷感的原因。

3、失根的民族情

吉錚的小說所以充滿憂傷感的另一原因，是因為她有失根的民族情，使她的小說，悲哀多於喜悅，苦悶多於歡樂。例如〈孤雲〉中的蘊茹跟著旅行團，來到歐洲，心裏卻不由自主的反應：「『羅馬廢墟跟中國長城比起來，又算什麼？』自然，她沒有出聲，她立刻警覺的截斷自己飄遙的思緒，她禁止自己想長城，想中國，想回不去的家，想見不著的人……，她獨自一個人遙遠的從紐約來歐洲，不像每年夏天上千上萬的遊人為的是製造記憶，她來為的是要遺忘。」（頁 198）《海那邊》的于鳳，也常常因為失根的感覺強烈，而產生不能控制的心悸：「大千世界圍著你旋轉，而你連站腳的地方都尋不到，這種虛晃的感覺，這種無根的感覺，怎麼辦，怎麼辦呢？」（頁 122）《拾鄉》中的之怡感受最深刻的也是有家歸不得的迷失與失根的民族情感。這樣的情緒，使小說更增添一份沉重的憂傷。

（三）靈動的哲思巧現

吉錚小說的另外一個特色是充滿靈動的哲學巧思。有時是藉著對苦樂意義的呈現，直探生命的本質；或從無到有的創造過程，從有到無的成長體會，闡釋以無為本、以有為末的辯證。這些靈動的哲思巧現，都豐富了小說的內涵，提高了文學的價值。

在吉錚的留學生小說中，苦與樂、有與無的感覺常被靈巧的描繪出來，這過渡的關鍵常常產生在學位的獲得，找到高薪，生活安定之後的重新反省自我。《拾鄉》的之怡，為了完成先生的理想，自己獨自吞飲現實的苦澀。在先生得到學位以前，奮鬥是為了唸完書後的將來，未來的夢是眼前簡陋生活精神的支柱，有形的苦，卻有精神的快樂，即使一無所有，卻怡然自得。在先生獲得學位、戴著方帽，喜不自勝的片刻，她卻沒有預期的快樂，她告訴自己：「我快樂，我要快樂，我必須快樂！」她反覆叮嚀自己、提醒自己、警戒自己，卻迷惘自己為什麼她自己的快樂需要這般的說服和堅持。從此開始追尋有無的哲思與人生苦樂的意義，最後面對人生殘缺的實象，擺脫失去自我的空虛，放棄「塗抹上五彩繽紛的真空玻璃管似的快樂」，實現還鄉之夢與自我完成的喜悅。實存的自我、生命的境界。從憂患中逼問存在的價值與存在的意義。在吉錚的小說中情人求愛、學生求名位、商人逐利、父母以子女揚眉吐氣等，活動形態不同，卻都來自一種內在的焦灼，需藉著追求的過程，經驗的刺激，擁有的事物，來不斷證明自己的存在，並經驗存在的價值，評價苦樂的義蘊，以自身所擁有的如金錢、名位、榮耀、愛情等，來證明實存的自我不是蒼白而無意義的。透過時空的移轉，有無得失，小說人物經驗追尋自我與生命意義的重新肯定。

總之，吉錚掌握了生命存在的每一剎那，在有限而短暫人生，用文字對時代環境作批判性透視，用心靈對生命活動作明徹觀照，用愛與真誠對人性流露作深刻的剖析。她的小說真實而充滿濃厚的憂傷感，卻讓讀者在陋劣的現實掙扎中，體會人性的至好；在描述現實的醜陋時，揭示內在的真實，激發讀者深刻的美感與文學想像。換言之，她將人性的軟弱卑微，當作是背景，用來襯托生命追求真善美的麗質。吉錚的小說寫活了留學生流不出淚水來的寂寞。她對短暫的人生意義，有嚴肅的思考；對於文學藝術的追求，有相當可佩的熱誠。

第四節　孟絲（1936～）

孟絲（1936～）本名薛興霞，祖籍江西省徐州市，民國二十五年生於南京，畢業於台中女中，國立臺灣師範大學英語系學士，美國匹茲堡大學碩士，現旅居美國東岸紐澤西州。

孟絲開始創作是在 1963 年去美國以後的事，以前則翻譯過不少現代西洋短篇小說，並替皇冠雜誌社翻譯過四本英文暢銷書[25]。她的作品多為短篇小說，作品主要發表於中央日報副刊。共有短篇小說集四部，包括《白亭巷》（1969）、《生日宴》（1969）、《吳淞夜渡》（1970）、《楓林坡的日子》（1986）。前三部小說作品發表時間從 1964 到 1968 年，其中有不少篇是六〇年代優秀的留學生文學。《楓林坡的日子》則是孟絲停筆十幾年後，八〇年代重新提筆撰寫有關旅美華人的作品集。

[25] 此四本英文書分別是《櫻夢橋》、《沒有影子的》、《金屋春宵》及《夏威夷》等。

旅美女作家的創作歷程常見中途輟筆的現象，這個創作的休耕期一停往往便是十年以上，陳若曦、叢甦、黃娟、孟絲都是例子。雖然每個人停筆的經歷不同、原因不同，但再次筆耕的成果都清晰可見作品中人物、題材、風格的轉變。換言之，十年的創作休耕，累積了作者豐富的生命視界，改變對許多事件的態度及看法，使孕育寫作的想像土壤獲得充分的滋養。因此，對於孟絲的作品，應分為前後兩期來考察，前期為六〇年代的《白亭巷》、《生日宴》及《吳淞夜渡》等；後期則為八〇年代的《楓林坡的日子》為代表作。

一、孟絲及其小說簡介

六〇年代的留學生小說，記下的是無根的遊子鄉愁，或是自我放逐的寂寞壓抑。同時期的孟絲，在六〇年代的創作，的確可以看見二十世紀中國的戰亂動盪，以及中國人在兩岸三地的逃難遷徙，但她並不強調於描述留學生的失根徬徨與苦悶。孟絲的特色，是善於捕捉二十世紀中國人，包括老、中、青三個世代的旅美女性心境的轉變。她開始的創作，便見多樣的素材與題旨，除了留學生的鄉愁，更有探親的中國老太太、唐人街的華人難民，甚至是異邦黑人的悲哀。也許，當時孟絲的作品之所以沒有受到更多讀者的注目，是因為她沒有集中焦點，長篇鉅製地去描寫「留學生」形象，像於梨華的《又見棕櫚・又見棕櫚》或如吉錚的《海那邊》那般清晰地寫下留學生文學典型。現在重新考察臺灣旅美作家之時，孟絲的獨特之處，是她在當時的留學生文學熱潮下，以留學生之外的新穎題材，開拓並豐富留學生文藝的天地，作品素材的多樣性，人物塑造的複雜性，在六〇年代確實少見，卻為七〇年代留學生小說範圍大開大闔。綜觀孟絲《白亭巷》、《生日宴》及《吳淞夜渡》三本小說集的題材，可分以下四類：一是寫戰亂離情的人世滄桑，如〈吳淞夜渡〉、〈燕兒的媽媽〉、〈白亭巷〉、〈除夕夜〉等是；二是著重從愛情的夢想到現實的領悟，如〈落花飄零〉、〈殷紅色的死〉、〈黃昏・南瓜節〉等是；三是專寫異國婚戀題材，如〈聖誕紅〉、〈白亭巷〉、〈姐妹〉等是；第四類是以旅美華人生活見聞為主，如〈唐人街的故事〉、〈花旗國〉、〈黑浪〉、〈嬌車遲暮〉、〈彼岸的悒鬱〉、〈微笑的那天〉、〈倦鳥〉、〈艾瑪〉、〈小紅屋〉、〈雨夜話鬼〉等。當然這四類並不都是獨立存在的題材，也有一篇中題材兼容並重的現象。

有關以「留學生」為題材的小說，〈微笑的那天〉寫的是留學生求學的艱辛。之邁拿到碩士之後，在某學院教書，但為了進修博士，辭職而前往著名的 T 大，三年多的苦讀，卻飽受指導教授 C 教授刁難而口試失敗，而後東山再起的故事。〈倦鳥〉寫一位滿懷鄉愁的留學生，在去國十年後，回國停留半年，眼看滄海桑田，面對人事全非的寂寥心情。〈彼岸的悒鬱〉、〈花旗國〉寫的都是女留學生打工經過的受挫經驗。孟絲極少寫留學生的愛情，留洋的女性心中雖都有屬意情人，但因無法出國，十九歲的初戀，神聖無瑕，卻只能在心中膜拜追憶。孟絲小說最特別的應屬旅美生活見聞一類，如〈唐人街的故事〉、〈黑浪〉及〈艾瑪〉。〈唐人街的故事〉寫難民鄭秀娟和店工小韓的情慾故事。難民鄭秀娟因為機運，被物色而成了唐人街老闆陳興發用錢買來的填房，生了兒子阿旺，興發卻因心臟病突發去世，而與新來的工人小韓互相扶持，進而相戀。無奈小兒子阿旺抵死排斥小韓，使秀娟陷入親情愛情衝突的兩難。小說中對於描寫填房的女性悲哀，情欲的靈肉之爭及母愛的專注癡憐，入微細膩。〈黑浪〉寫女留學生琳琳與黑人室友黛兒一家人的深厚友誼，並表現美國社會對黑人的種族歧視問題，及「黑皮膚就是罪惡的標幟」的命定悲哀。黛兒的爸爸曾為黑人族群的不幸奔走，結果死於三 K 黨；黛兒的哥哥因為在保守而排斥黑人的小城中租不到房子，只好再次辭職，他對於身為這個族群而無可避免的諸多不平等遭遇，感到困惱忿恨，他也因此自覺地對母親說：

> 媽媽，我們不能像你們那一代容易妥協了。否則，黑人的命運和印第安人一樣，被白人完全消滅。最後剩下幾百個人，豢養在阿內桑那州的高原上。像斑馬，犀牛，人猿那樣，關在籠子裏，任人觀賞。[26]

全文表達對暴力動亂的厭惡，對邊緣族群的悲憫，以及對盛世太平的珍惜，是當時留學生小說中比較罕見的題材。〈艾瑪〉表面上寫的是古巴女子艾瑪的癡情，她等待多年，一心以為參加古巴豬玀灣反擊戰的男友羅南會平安歸來，結果不幸消息傳來，因戰爭而失去和平的時代悲劇，使情人們為離別生死懸心。小說中反戰之意強烈，說明戰爭使人失去的不僅是至愛之人而已。留學生姍姍在文中只是次要人物，藉留學生的視野，來探討美洲世界的政治問題、社會問題，這也是孟絲留學生小說與眾不同之處。

《楓林坡的日子》是孟絲在八〇年代重出文壇之作，所收的六篇小說皆以美國華人移民社會中的人物事件為題材，小說著重在快速變動社會中人心的轉變與現實，常見男女事業伙伴背棄原有家庭，發生萍水相逢、一面之雅的露水姻緣，朱炎評論〈白蘭花〉之說可見梗概：「孟絲把轉化期社會中的婚姻與人生真是寫絕了。人們是這樣隨心所

---

26 見孟絲《吳淞夜渡》，頁 94。

欲，聚散無常，現代人的無情無義，見異思遷、將就亂遏等情，寫來力透紙背，入木三分，非常深刻有力。」[27]〈白蘭花〉從秀晴不幸的婚姻經歷，引發女老闆秦心蓮回溯十多年前相似的姻緣坎坷路，末尾秦心蓮以「花開花謝，因緣聚散本無常」點化年輕受挫的秀晴，也鼓舞自己，描寫失婚女性的心路歷程，大開大闔，又細膩動人；〈小城秋冷〉寫異族通婚的失敗之例，盧亦蘭與范邁可、阮素梅與史提芬，都因為「文化迴異的山」成了分手的催化劑，夫妻終於離異分散；〈塵緣〉寫大陸來的李峰，單純上進，在異鄉的孤寂中，愛上明豔美人何琳琳，若有似無的情愛，終究只是春夢一場；〈藍哲春〉寫大陸女子攜女前往新大陸，丈夫程啟人卻已移情別戀職場女強人杜咪咪，而後藍哲春否極泰來的奮鬥故事；〈楓林坡的日子〉寫羅少仁、楊鳳儀從留學生到美籍華人的高薪移民，忙碌的生活，使鳳儀病情惡化而過世，羅少仁撫養三子多年後，認識葉丹青，在哀樂中年重拾美麗人生；〈恰似春紅〉寫錢九鴛因憎厭主婦生活，後來因為愛慕虛榮而迷失在風塵煙花的奢豪享樂中。六篇小說中的女性人物均已擺脫孤苦悲戚的留洋主婦面容，重新塑寫在情感上放浪大膽或事業有成的女性形象，除了是現世人生悲苦的浮世繪，孟絲對於感情世界的變化無常，人心的善變思變頗有批判之意。

二、孟絲小說之藝術特徵

孟絲的小說題材，背景從逃難的重慶時代到台北，又從臺灣遷到美國，視角也因為環境的遷移而寬闊，小說既是藝術結晶，又有大時

---

[27] 見孟絲《楓林坡的日子》自序中引朱炎先生之評論，頁6。

代的人生哲理，以悲憫心懷面對可憐之人，筆下的無奈卻又是寫實的人生，豐盈而有深度。在文字的處理上，孟絲很少用超過十個字以上的句子，卻可以給人凝重深沉的悲戚之感。隱地說：「孟絲的文字沒有拖泥帶水的地方，她句子的特色是簡短、明朗、通暢。她的小說儘管沒有長得令人窒息的句子，卻一樣能收到現代小說給人的震撼力量。」[28]悲憫的胸襟與細膩的構思修鍊，都是孟絲善寫小說的特長。綜觀其小說，還有以下幾個特徵：

（一）為哀樂中年做深邃之心靈註腳

孟絲早期的小說除了注重手足親情與鄰家親友的牽制失衡，但創作路上始終對於徘徊在中老年的留美華人做深刻的心靈註腳。於梨華說：

> 每次讀她的文章，都像看到一雙清秀細緻的女人的手。沒有寶石，鑽石與翡翠裝飾的手。她的文章不用很多 metaphor，也很少用整段文字形容人或景。但一篇看完，我都感到它的清秀細緻而熨貼，有時也帶點蒼白（這裏指的是哀傷）。有幾篇反映出作者成熟得幾帶蒼老的心緒，雖然我知道事實上她只是個年青人。[29]

細察孟絲的小說，她善於刻劃由夢想少女走向中年婦女的心理過程。雖然是短篇小說的篇幅，但幾乎是人物經歷十年甚至數十年的人生歷程。例如〈白蘭花〉從助手秀晴的經歷，回述主人翁秦心蓮十多年前相似的經驗；時間延續長久。戰爭與流亡歲月，人世的悲哀，「時間」這個計時器，是孟絲小說變化的源頭。〈生日宴〉從主人翁笑青

[28] 見隱地《隱地看小說》，臺北：大江出版社，1967。

[29] 見於梨華序《生日宴》，頁 1。

的五十大壽開始，以過去的回憶和現在生日的場景揉合交錯，回顧一個命定的錯誤，使她失去丈夫的愛，而婚姻也變得病態，緊接著失去經濟的依賴，而終於失去兒子對他的需要，在五十大壽的宴會裡，笑青看似是福壽雙全的壽星，心裡盤旋著卻是下一步去留的苦惱。此外像〈楓林坡的日子〉的羅少仁，中年喪妻，投資失敗，父兼母職的捉襟見肘；〈藍喆春〉裡程啟人躺在病床上面對人生的現世報，孟絲確實為徘徊在中老年間的留美華人留下富有哲意的深邃註腳。

（二）善以顏色、四季、植物之特性，點染人物性格

孟絲在小說中善於以顏色、四季及植物的不同姿容，藉此描寫人物性格，象徵心境，並點化讀者，這是她創作藝術上的突出之處。從她小說的題目即可看出端倪，如，〈黑浪〉暗喻美國的黑人種族問題的暗潮洶湧；〈小紅屋〉、〈殷紅色的死〉、〈白亭巷〉等，顏色都成了小說中微妙的譬喻或象徵。以四季為題者更多，如〈恰似春紅〉、〈小城秋冷〉、〈落花飄零〉等，分別以春天與秋天隱喻了人物的處境與心情。不只是題目，孟絲小說常見對於季節轉變的微妙捕捉，通過象徵性的形象，表達小說人物感悟的意念，如〈生日宴〉的開頭：「後院葡萄藤呈露枯黃，葉已落盡。竟又是秋天了呢！寬闊的秋的黃昏，投擲了一抹淡黃，在這靜靜的後院。」（頁 153）。以秋天的青黃不接，代表笑青五十的年紀，以及她內心鬱鬱的淒楚。緊接著笑青內心的寂寞，也以小花與寒流的物境轉入心境：

> 年輕時她也感到寂寞，但那份寂寞很美。像牆角的一朵小花，暗自散落著清香，寂寞得令人憐愛。現在這份寂寞的味道兒，卻是冬夜的寒流，冷颼颼的，穿透骨髓，囂張得令人難耐。[30]

[30] 孟絲《生日宴》，頁 153。

將外物轉變為心中之情，沒有責備口吻或道學之語，隨物以宛轉，與心而徘徊，從物理境到心理場，使自然、四季皆成有我之情，這是孟絲創作藝術上的成就之一。因此在她的小說中，蓮花、茉莉、苦楝、蝴蝶蘭、木麻黃、聖誕紅、蔦蘿、水仙、白蘭花、榆樹、楓林等，都不再是單純的外物感知，而有深刻的審美觀照。〈白蘭花〉裡「淡淡的白蘭花，微帶混濁的月色」，既是巧妙的描繪，也是作者揣摩之下的伏筆；〈除夕〉三合院裏的大花圃，裏面種著各樣的花：

> 依蘭獨愛蔦蘿，蔦蘿紅而不豔，玲瓏細緻。夏天爬滿在碧綠的細籐上，給人一種裾傲、俏皮的感覺。如今嚴冬裏，還殘留著些水仙。姥姥最愛水仙，總說愛它的骨氣，鬥雪、傲霜、經久不謝，姥姥訓人的時候，也愛搬她出來做比喻。[31]

將蔦蘿、水仙等植物，超越表面的感性形象，而間接地比擬出人物的神韻，可見孟絲的藝術直覺，完整地把握了景物的形神，並能將人物與景物瞬間統一，使人物的性格心態，有了深層的意蘊。

（三）小說遣辭用字饒有古意

除了用字簡短明朗，孟絲小說的遣辭用字饒有古意，又有中國文學所持有的氣氛。例如〈除夕〉：

> 堂屋裏收拾過了。顯得窗明几淨，黑漆的八仙桌上，放著一些銅鑄的香爐，前面擺著香燭，地上擺著一張大紅的氈墊。打算半夜祭祖用的香爐、氈墊，都是姥姥帶來的。一路逃難，捨不得丟。雖是流徙不定的歲月，一年家祭一次，姥姥總不願免俗。「正是因為逃難，一家老小，才需要祖宗保佑啊。」[32]

---

[31] 孟絲《生日宴》，頁 14。

[32] 孟絲《生日宴》，頁 14。

文中的姥姥年輕時雖過得富裕，如今跟著女兒逃難，生命的氣勢仍在。除了八仙桌、香爐，還有貼在煙匆上的灶王爺的像，廚房裡混合著荷葉糯米的清香，門前貼的鮮紅對聯是「春來殺寇大江上，秋去收拾好還鄉」，把姥姥在逃難的流徙歲月，中國戰爭的憂患時代，作了深摯的見證；姥姥對於家鄉習俗的堅持，尤其描寫得神靈活現，饒有中國古意，這也是孟絲早期小說的藝術特徵之一。

（四）時空錯綜之手法

孟絲小說的寫作手法，除了平敘法，最常見的顯然是將現在的場景與過去的回憶雙管並進，從現在回溯過去，又從記憶回到現今的發展。基本上是以現在進行式為主線，昔日過去是支線，兩者交叉進行，小說便以這樣的今昔時態，錯綜進行。《楓林坡的日子》所收的六篇小說幾乎都沒有例外，其中最長的〈恰似春紅〉（約三萬二千字）也是使用片段的倒敘及現在與過去的揉合。一般而言，孟絲的小說是由現在時空開始，最後仍回到現在的時空主線。

孟絲的小說也有明顯，例如長篇的題材用短篇來寫，人物過多而不夠深刻，如〈藍喆春〉、〈倦鳥〉、〈微笑的那天〉等時間延續十數年，許多人物常常有了鮮明的開頭，後來又消失無蹤，所以給人一種「Let down」的感覺[33]。

33 於梨華便指出，像〈倦鳥〉應是長篇小說的題材，用短篇來表達，不免有壓縮與不深切之感，並稱此種閱讀的感覺是「Let down」。見於梨華序《生日宴》，頁2。

第五節　聶華苓（1925～）、彭歌（1926～）

一、聶華苓及其小說簡介

聶華苓（1925～）湖北應山縣人，一九二五年生，南京中央大學外文系畢業，在美取得科羅拉多大學等三個榮譽博士學位。一九四九年到臺灣，曾任《自由中國》編輯委員及文藝主編，也曾在臺灣大學及東海大學任教。一九六四年受聘為美國愛荷華大學「國際作家工作坊」顧問，後來並與美國詩人保羅・安格爾一同創辦愛荷華大學「國際寫作計劃」，對於推動各國作家的寫作與國際交流，貢獻卓著。聶華苓在負責《自由中國》的文藝欄主編時，也開始了創作。早期作品如中篇小說《葛藤》及短篇小說《翡翠貓》雖完成在「戰鬥文藝」、「反共文學」籠罩的五〇年代，但她的作品卻是忠實地記錄隨時代浮沉的人物圖像，更有別於當時女作家軟性呢喃的閨閣氣。《一朵小白花》與《失去的金鈴子》雖有現代派的手法，但以隱晦筆調來描述現實狀況，作品仍然扎根於現實之上。小說中也富涵強烈的女性意識，包括傳統封建對女性的殘害，以及現代女性在家庭、婚姻與社會的困境，並深入探究女性在情慾及愛情倫常上的遭遇，以細膩的觀察來思索時代社會及文化政治加諸於女性身心的枷鎖。

一九六四年聶華苓赴美之後，代表作品包括《桑青與桃紅》及《千山外・水長流》等。一九七〇年寫成的《桑青與桃紅》在臺灣聯合報副刊連載未完，即因用詞大膽，引起軒然大波而中途腰斬[34]。小說以近代中國為時代背景，政治的動亂加上敘述主角人格的分裂，桑青的保守天真，與桃紅大膽縱慾，其實是精神錯亂而分裂為二的同一人，歷經廣大時空的移位交錯，成為世紀性的漂泊者，在看似桃紅放浪形骸的獨特敘述中，讀來宛若一曲令人顫慄的亡命悲歌。創作於一九八四年的《千山外・水長流》是聶華苓到美國二十年後開始嘗試寫美國人、反映美國社會的小說。小說描述美國青年記者與中國女學生在中國抗戰、內戰時產下一名混血遺腹子蓮兒的故事。藉著蓮兒經過文化大革命到美國探望祖父母與表弟，反映美國六〇年代的反越戰及家庭制度對年輕一代的影響，是時空跨度大、又富有歷史感的小說。

二、彭歌及其小說簡介

彭歌（1926～），本名姚朋，河北宛平縣人，一九二六年生於天津。國立政治大學新聞系、新聞研究所畢業，一九六〇年赴美深造，先後獲南伊利諾大學新聞碩士及伊利諾大學圖書館理碩士。曾任《中央日報》社長、任教於政大、臺大、師大、文化大學等，現已退休，旅居美國。彭歌的小說創作近二十部，其中《在天之涯》、《從香檳來的》二部長篇小說書寫留學生唸書、打工、婚戀等生活實況，夏志清先生稱譽為「傑出的留學生小說」，《在天之涯》曾獲教育部文藝

---

[34] 當時的聯副主編平鑫濤回憶此事，委婉表示，就他記憶所及，小說所以被停，並非外界所揣測的是政治因素，而是以當時的道德標準，這部小說算是相當大膽的。參見楊明〈聶華苓《桑青與桃紅》—七〇年代被副刊腰斬的小說〉，《文訊》第 146 期，1997,12,頁 32-33。

獎；《從香檳來的》也獲得中山文藝獎。

五〇年代到六〇年代是彭歌小說創作量最豐富的時期，其中《在天之涯》是留學生郭平暑假打工記，也是留學生們辛勤打工、苦樂自知的實況。小說中裡的女主角林曉青則是一個新女性，她心口一致，是真誠討喜的女性形象，有別於彭歌以往筆下的貞靜的舊社會女性。小說以郭平為核心，寫他暑假到紐約近郊的山區旅館打工的經過，從職業介紹所坐板凳，到前往猶太人的餐館打工，這小小的活動，卻是青年學子尋夢踏實的第一步，並以這一段艱苦的磨鍊過程為放射中心，縱橫交錯地呈現六〇年代初期留學生生活的真實樣貌及美國社會的側面翦影。《從香檳來的》則是研究彭歌思想最重要的一部書[35]，以留學生鍾華為主線，帶引出多種多樣的中國留學生人物，既表現出留學生的憂患身世，也展示了留學生熱愛家國的理想與熱情，顯示海外青年不是「迷失的一代」，流露出擇善固執的骨氣與傲氣。

彭歌的留學生小說有幾項特色：一、留學生的道德意識強烈，他們熱愛家國，不失根不徬徨，除了吃苦奮鬥，積極求知，最可貴的是洋溢著一股執拗的堅持與傻勁。《在天之涯》的郭平，堅持掙錢也要找與所學專長相關的暑期打工，終於在報社找到性質相關的臨時工，卻因為與外國主管對於中國問題意見不合，堅持求去，不鄉愿及堅持原則，使他打工生涯吃盡苦頭，卻也甘之如飴。《從香檳來的》主角鍾華，既是作者自身行為的縮影，也是彭歌精神人格的最佳詮釋，在異國不怕與現實環境抗衡，維持正義的新聞專業精神，使他筆下的留學生有一致的正面形象。二是寫實性多，新聞性強，常常討論海外報業的狀況，以及時事問題在中美兩國不同意見的激辯，其中有些作

35　參見梅新〈夜讀「從香檳來的」〉，《文藝》第 27 期，1971,9,頁 26。

品，通過揭示東西方倫理道德、行為方式，以及價值觀念等方面的矛盾衝突，比較深入的觸及人物的獨特內心世界，給人以新意。三、他多寫留學生的扶持互助，而婚戀故事只成為小說中的穿插，且二者幾乎皆為正面的描述，例如《在天之涯》的郭平與林曉青、黎國強與魏蘭、岳紹鵬與范虹、岳紹舉與沈正華等。《從香檳來的》中呂守成與葉蘭煙的相愛，有較深刻細膩的描寫，但呂守成在送葉蘭煙前往香檳的途中車禍殘廢，卻不告而別地隱身到北方小城去更為不幸的人群服務，愛情淪為厚道中國性格的翻寫，反而減少了人物內心活動的真實張力。但是與外國人有強烈激辯。四、彭歌文字簡練，善用譬喻，處理對白也是駕輕就熟。不強調留學生的愛情，家國之愛勝於一切，小說洋溢著為國服務的熱情。

第六節　張系國（1944～）

一、張系國及其小說簡介

張系國一九四四年生於重慶，原籍江西省南昌縣，五歲時隨父親到臺灣。一九六五年臺灣大學電機系畢業，其後留學美國，學習電腦，獲柏克萊加州大學博士學位。先後擔任美國康乃爾大學助理教授，臺灣清華大學副教授，現任美國芝加哥伊利諾大學教授。主要作品有短篇小說集《孔子之死》（1968）、《地》（1968）、《香蕉船》（1976）、《不朽者》（1983）；長篇小說《皮牧師正傳》（1978）、《昨日之怒》（1978）、《棋王》（1979）、《捕諜人》（1992）等，另有理論隨筆，如《讓未來等一等》、《天城之旅》，以及科幻小說《星雲組曲》、《五玉碟》等。

張系國《昨日之怒》是以六〇年代到七〇年代的「保釣運動」為背景，《遊子魂組曲》的上卷《香蕉船》是以刻劃在動盪時代下流離的中國人面貌為目的。張系國刻意著力於小說人物的個人命運跟時代脈動的密切關係，充分表現知識份子在那個時代那個社會的精神和特色。他自己曾說「這些年來，困擾著我的，始終是同一個問題：我們這一群植根於臺灣的中國人，究竟是怎樣的中國人？我們應該如何安身立命？」[36]他關心民族社會，對於社會的病態，民族的危機，著墨最多。張系國的《昨日之怒》，因為將海外保釣運動的慷慨見證，在小說中處處點染，來顯示當時時代環境的景況，為此評論者針鋒相對，對此作品的評價也是毀譽不一[37]，但張系國個人以留美學生為題材的小說，所以在臺灣留學生文學發展上有其獨特地位，確實是對保釣運動記錄的意義在於民族性重於政治性。《香蕉船》每一篇小說則洋溢著濃重的民族意識，小說人物結局悲慘，大都與浪跡海外，失去了生命著立點的「土地」有關，這也反映了張系國當時創作的心情，他說：

---

[36] 張系國〈讓未來等一等吧〉，《書評書目》，（台北：1975 年 3 月）

[37] 《昨日之怒》因爲藉著海外保釣運動作背景，來描寫當時中國人的心態，不少評論者持正面肯定態度，理由是小說反映當時代中國人對中國命運的關切程度，同時題材也有所擴大，突破以往留學生文學風花雪月的風格以及流水帳似的生活記錄，如齊邦媛、許建崑，林聰舜，黃武忠等，都著有專文提出相近的看法。龍應台則認爲《昨日之怒》是張系國「最壞的」作品，理由是小說中的「中國情意結」的主題，使得說教載道的意味太重，壓垮了藝術的架構。參見龍應台〈最壞的與最好的〉及〈畫貓的小孩〉，收錄在《龍應台評小說》（爾雅出版，台北市 1987 年 8 月）。

> 如果我不能經常接觸我成長的這片土地，呼吸到自己國家的空氣，我知道我便喪失了我寫作力量的唯一泉源，我的存在亦完成沒有意義。多年來，我夢寐所思的，便是那片土地。每時每刻，我每一個細胞都呼喚著要回去。……我真希望如陀斯朵也夫斯基那樣自問：我為什麼不是一條蟲？如果我是一條蟲，至少還可以在祖國的泥土上遨遊。[38]

張系國善於表達個人生命情思的追尋與海外論國是的嚴肅主題，形成獨特而令人玩味的藝術特色。因著他對寫作的愛好與當時政治的雙元轉變，使得他的作品多了對海外與臺灣社會的關注。

二、張系國小說之主題特徵

（一）土地失根之艱苦掙扎

張系國小說始終掩藏著海外遊子心中巨大的傷痛與悲憤，尤其在他初到美國後所經歷的強烈情感波動。小說集《地》收集了他到美國最初幾年的作品，也是他以「留學生」身份寫的唯一一本小說集。〈地〉一文側寫立基土地、紮根生活的艱苦掙扎，背景雖是臺灣時期的生活，但是喪失立足土地的情緒卻是作者到美國之後產生；〈割禮〉寫猶太人嬰兒的割禮，由外族對禮節的傳承，對照出中國人的崇洋，映現著民族意識的覺醒。這本小說集中雖也描寫留學生的感情世界，卻少見直接抒發留學生在美國的生活感懷與失落之苦，而以側面迂迴或超現實的手法，如寓言、象徵或書信來寄寓對留學生問題的思考，然而強調身處異國，遠離土地的失落感仍是他小說的情感核心，小說中

---

[38] 張系國《香蕉船・後記》，（台北：洪範書店，1986 年 2 月），頁 148。

他明白指出，「要想生根，要想不失落，一定要靠近土地」（《地》，頁 55）。類此人與土地疏離之後，隨之而來的空間迷失與身份迷惘，成了認同身份的艱苦掙扎，這是他小說主題的第一特徵。

（二）揭示海外遊子與社會現實、國家命運之共振現象

強調海外華人與時事背景的聯繫，揭示海外遊子與國家命運的共振現象，是張系國小說主題表現的第二特徵。齊邦媛指出，留學生文學到了七〇年代的轉變特色是「從訴說失落之苦的灰暗格調中走出來，把關懷個人生活的種種抉擇擴大到對世事、國事乃至於人類共同命運的關懷。持這種態度的小說家，以張系國最具代表。」（齊邦媛，1990，頁 160）張系國的小說，如《香蕉船》、《遊子魂組曲》與《昨日之怒》等，都是他要讓留學生小說走出狹窄生活情思與個人抉擇的死胡同的最好例證[39]。《香蕉船》中的題材人物各異，有臺灣留學生、臺灣原住民女子、美國生活的寓公、大陸文革的逃亡者、跳船到海外的謀生者、為美國公司賣命職員等，這些悲劇人物與事件的發生，都有一個共同現象，就是與整個社會現實的大背景緊密相扣，〈冬夜殺手〉強調社會暴力事件的突發性；〈紅孩兒〉與〈藍色多瑙河〉分別與保釣運動及文化大革命的政治事件相連結；〈笛〉與〈本公司〉圍繞社會現象開展等。張系國在小說中並無意進行政治批判，但蓄意揭示海外遊子與國家命運的互動與共振現象，至為明顯。《昨日之怒》是以保釣運動為背景，展現海外留學生受到釣運洗禮的影響與轉變，

---

[39] 張系國對於六〇年代以來的臺灣留學生小說有深切的反省，尤其在留學生文學的創作始終囿於表現自我經驗情感感到不滿，他說：「不論如何，我拒絕再充當『留學生文學』這荒謬文學裡的角色。『留學生文學』是一條死胡同，除非變成那布可夫，寫寫《羅麗泰》，否則實在沒有出路的。」見張系國《地・增訂版後記》，臺北：純文學出版社，1983，頁 251。

小說中雖未能掌握整個運動過程的成敗關鍵，或揭露釣運的困境[40]，但從《香蕉船》到《昨日之怒》一脈相承的留學生小說，從小我生活到大我的關懷，由家事、國事到天下事，視野與關懷層面的擴大，是張系國小說的另一在主題特徵上的成就。

三、張系國小說之藝術特徵

（一）以反諷手法，冷靜審視遊子之不幸

與六○年代旅美作家書寫海外遊子生活比較，張系國的作品擺脫了近距離的自我情感糾結，而是以冷靜態度審視海外遊子的不幸，與早期的留學生小說閱讀時的傷感不同，他的小說帶有明顯的反諷意味，這是他小說藝術的第一個重要特色。他的作品常常通過人物的語言、行為、情境中的矛盾轉化，使事件背離自身的合理推展，情節急轉直下，最終走向反面，戛然而止，從而達到反面諷喻的審美效果。小說〈紅孩兒〉以書信組合而寫成，從父母兄長與朋友寫給高強的信中，都可以明顯看出高強的年輕的生命力及參與保釣的積極性，熱力四射，父母與兄長因而擔心他的課業，如母親的信開頭便是「強兒：收到你五月十八日的信你父親看完氣得發抖……」；高強大哥的信開頭是：「強弟：昨晚剛打長途電話給你，今天又收到家裏的信…..」；一個陌生人給高強的信是這樣的：「高強學長：上週參加你們主辦的國是討論會，聽到許多發人深省的議論，我感到非常激動。…..」信中開頭標明高強與他們聯繫的時間、地點，清清楚楚，最後幾封信，

---

[40] 見范怡舒《張系國小說研究》頁 66 之申論，及其引論林聰舜指出張系國《昨日之怒》之「最大的敗筆」一段。

情節急轉直下，父親的信：「強兒：好久沒有收到你的信是何緣故你母和我都甚焦急……」；兄長的信：「強弟：你怎麼搞的，幾個月不跟家裏寫信？我昨天打長途電話給你，電信局說你電話因電話費積欠太多，已被截斷。……」緊接著便是聯邦調查局回覆兄長的查詢，確定高強失蹤一案，目前仍下落不明。張系國首先使高強在書信組合中缺席，讓讀者從他人信中構建高強的活力與任性，未料下場是充滿希望的年輕生命無聲無息地失蹤，藉此反面書寫遊子愛國不成的悲劇，更顯現保釣事件的詭譎氣氛。此外〈香蕉船〉、〈笛〉、〈藍色多瑙河〉等篇都有類似反諷手法的運用。

（二）二元對立與擺盪間之現實性

張系國小說常顯現工商社會的時代特徵，而其小說人物總是在精神與物質、情感與欲念、理想與現實的二元對立衝突漩渦中，標誌著社會的趨勢及疏離的人際關係，人物在兩極之間擺盪，從擺盪間的複雜過程，顯示現實裡的人性深度。例如《昨日之怒》中的葛日新與洪顯祖，前者代表在海外堅持理想卻備受冷落的知識份子，後者是現實功利、理想性沉淪的海外知識份子。葛日新走出讀書人的象牙塔，在保釣運動中，心繫祖國，傾注個人力量，但在保釣運動之後，面對現實生活，卻付出沉重的代價；洪顯祖無論對婚姻、對事業，都是使盡所有手段，他具有堅強意志，卻是絕對自私的個人主義者。兩人的性格是清晰的二元對立，因此女主角王亞男的婚戀抉擇與成長歷程，也在他們的價值取向與生命層次的對立之下，有了新的省視與決定。另外一組女留學生的對照，王亞男個人情感及生活轉變，是從物質欲念的現實層面逐步往精神情感的理想層面走去，精微而深入人性；咪咪剛好相反，是從理想落入現實的層面。然而，張系國小說中的二元對立，並非在人物的性格塑造上作單純的對照組，精采的部份是人物游移在兩個極端中的摸索與試探，前進或退卻。〈笛〉裡的主角「我」，是個不受重用的地方新聞記者，見聞雖多，卻也世故老練，但是現實世故是他身為記者的一種防護色彩，他也有自己的理念堅持，他的頂頭上司郭主任明白嫌他發稿不勤快，其實要他報導吹捧性的酬酢文章，但是「我知道他喜歡甚麼樣的新聞稿，偏偏就是不願意寫，再逼我，了不起老夫不幹。」（頁 131）他為了一樁沒有下聞的雙屍命案，卻費盡心思，上山下海：「尤其我知道，我是世界上唯一掌握羅黛的一生的人。沒有人知道她的生平，沒有人關心她的死亡，只有我能查出。我因此竟有一種很奇特的責任感。她一生的謎，有待我來揭曉。」（頁 130）作為一位記者追查真相的理想與堅持，由此可見。

張系國的小說，除了人物塑造有二元對立與擺盪的現實性，在題材構思與技巧安排上，又有「通俗」與「反通俗」的藝術特徵。趙順宏說：

> 張系國在撰構故事的時候同樣表現出創作上的二元對立性。以通俗的故事結構展示藝術內容的時候，又總是不失時機地瓦解了小說的通俗結構，防止了通俗小說那種經過懸念直奔高潮式的章法，使作品出現了通俗小說結構上的懸空狀態。[41]

換言之，張系國小說深具故事性的情節衝突，看似通俗小說，可使讀者產生問題而引起尋求答案的好奇，然而小說結尾卻往往沒有答案，使滑翔式的閱讀活動突然中止，使讀者的意識陷於暫時性的停頓，這停頓的困惑與猜想，恰使張系國小說湧現多種詮釋與想像的可能。這樣放棄通俗化的處理，增生了作品的意義，是張系國反通俗的技巧安

---

[41] 見陳賢茂主編《海外華文文學史》第四卷第一章第六節，頁 81，此節由趙順宏撰寫。

排。例如〈香蕉船〉的黃國權回國省親兼相親，飛行途中幫忙一位跳機者的託付，帶回美金與短箋給他在臺灣的妻子，結尾卻是黃國權意外地收到一家船公司的信與包裹，說明這位非法登輪者在船上意外失足，包裹竟是僅有一面之緣的海員死者的遺物。像這樣沒有明白揭示謎底的藝術留白，反而激起讀者的錯愕與反思，更是顛覆了小說情節發展的邏輯，有別於一般通俗小說的結局處理，張系國小說，如〈紅孩兒〉、〈藍色多瑙河〉、〈笛〉、《棋王》、〈決策者〉都有通俗與反通俗、遊戲與非遊戲、高潮與反高潮的雙元擺盪的特性。

（三）從文藝假設性引出文藝真實性

張系國小說擅長運用假設的時空、變形的世界或誇示的手法，暗喻人類社會多樣的寫實現象，引出藝術的真實。而他小說中的假設性是幻想世界、也是象徵的藝術，是他「為藝術而藝術」的文學成就；藉假設作為現實的類比，可謂深具「為人生而藝術」的文學使命。例如小說〈焚〉就是變形寫意的小說，藉留學生自焚時的所思所感，反映在美國處境的艱難與絕望。然而張系國虛構這種超現實的場景，卻使自焚者不再感到痛苦，圍觀者不感到驚慌，以過程的平靜，反映出現實的殘酷冷漠，如此更加深了海外遊子心中的哀慟與無力之感。〈決策者〉以電腦探險遊戲的語言新貌，運用是非對錯的作答，隱喻人生的選擇，是寫實與象徵的複合體，新奇的構思魅力，可見其圓熟的小說藝術；《棋王》以大智若愚的神童聚焦，神童背後的功利世界卻是商業社會、金錢周旋的寫實眾生相，張系國以假設性的未來神童，作為一種認知上的調整，藉此更鮮明有力地表達出對於現實的觀感，將幻想與寫實的交集，更突顯了他特殊的寫作風格。

（四）以時代背景描寫環境

張系國的《昨日之怒》是以六〇年代到七〇年代的「保釣運動」

為背景，《遊子魂組曲》的上卷《香蕉船》是以刻劃在動盪時代下流離的中國人面貌為目的。在環境上的表現用法，張系國與於梨華、白先勇的著眼點顯然不同。他刻意著力於小說人物的個人命運跟時代脈動的密切關係，換言之，他描寫環境在表現故事的時代背景，充分表現知識份子在那個時代那個社會的精神和特色。他自己曾說「這些年來，困擾著我的，始終是同一個問題：我們這一群植根於臺灣的中國人，究竟是怎樣的中國人？我們應該如何安身立命？」[42]余光中先生則說張系國，「他研究的是科學，關心的是民族與社會，創作的卻是小說。他寫小說，是有感而發，有為而作，因此對於社會的病態，民族的危機，著墨最多。」[43]張系國的《昨日之怒》，因為將海外保釣運動的慷慨見證，在小說中處處點染，來顯示當時時代環境的景況，而張系國個人以留學生為題材的小說令人印象深刻，確實是因為強調用環境來描寫故事發生的時代背景之故。

第七節　叢甦（1939～）、二殘（1934～）

一、叢甦及其小說簡介

叢甦，本名叢掖滋，生於山東，長於臺灣。臺灣大學外文系畢業後，赴美留學，美國華盛頓大學文學碩士，哥倫比亞大學圖書館學碩士。六〇年代初期至紐約，僑居至今。叢甦創作以離臺赴美為界限，

---

[42] 見張系國《讓未來等一等吧》，書評書目社，臺北市：1975，3。

[43] 見《棋王》余光中序，洪範書店，臺北市：1978,11。

出國前已在臺灣發表了《白色的網》、《秋霧》等小說，赴美之後的作品主要收集在《想飛》和《中國人》兩部小說集。她的創作文風，可謂多樣繁富。白先勇稱讚她的小說特色在於「作者對小說中的細節有效的控制與巧妙的安排」及「表諸於小說文字中比喻的塑造」[44]。一九六六年，叢甦因母親過世，異常悲痛，封筆十年。[45]一九七七年，她回臺灣探親，也是她離開臺灣十幾年後第一次回去。十年後，叢甦再次提筆創作，也走出了年輕時代的文學象牙塔，由為文學而文學轉為為生命而文學。她的留學生小說有以下的特點：

（一）以象徵手法折射留學生存在之困境

叢甦大部分作品都有融寫實與象徵於一體的特質，她說「自從我開始寫作以來，從來沒敢脫離過寫實主義和象徵主義的路線。」[46]七〇年代叢甦的創作無論在思想內容和情感色彩方面都發生了較大的轉變，「不同點倒不在於技巧或構造，而在於個人的經驗和感受」[47]。白先勇曾說臺灣的留學生小說有三個階段：「第一階段以於梨華為代表；第二階段以叢甦為代表；第三階段以張系國為代表。」叢甦的小說與於梨華最大的不同點，是她善用比喻與象徵以代替敘述，描寫人物的心理反映。〈盲獵〉是她赴美之後早期的作品，寫狩獵者在陰森黑暗的森林裡摸索前行，尋找出口，藉著漫無目的的奔走與孤獨的摸索畫面，折射留學生心理存在的焦慮懼怕、迷惘不安的內心感受。叢

---

44 見白先勇在叢甦《秋霧》前序。

45 見潘業暾、汪義生《海外華文文學名家》，廣州，暨南大學出版社，1994年9月，頁71。

46 見叢甦《想飛．寫在後頭》，台北，聯經出版事業公司，1987年12月，頁184。

47 同註4。

甦善於現代派的象徵手法，書寫「生之不安」的成長痛苦，創造失常感受的獨特性，對人物心理與感覺本身，透過圓融嫻淑的藝術技巧，將海外人物形形色色的性格形貌，以寓言般的神韻點化，濃縮具觀於微型，使小說的主題意識，言有盡而意無窮地上升到對人生哲理的思考。例如〈豔茱莉夫人〉是一位外表強悍、內心孤寂的老房東，在時間的鞭打和侮辱下，只有在記憶裡才能復活；〈芝加哥的一夜〉寫瘦小的菲律賓女子瑪麗亞及柔絲、若彬等不同種族女子的雜處，描述女同性戀的內心世界，在橫豎擁抱的軀體下，表達對存在的妥協與畸形的抗議等。因此，同樣是描繪海外華人的流浪身影與掙扎死滅的個人命運，叢甦明顯偏向哲學的關懷，著重個人在永恆宇宙中的命題，探究海外族群基本的生存困境。

（二）強調精神漂泊之流放意識

叢甦以數篇小說的人物，組合成七〇年代「四海為家實無家」的流浪中國人形象，在這些人物心境的探索之下，表現了流浪者精神漂泊的一致特點。在《想飛》與《中國人》二書中，叢甦極少對人物作歷史與文化的追尋，也不強調「根」的意識，她著重表現人物流浪的心態，是精神上疲乏、貧窮、無家可歸的漂泊。〈自由人〉裡的古言泉，在美國社會中，像一道有形無影的模糊角色；〈癲婦日記〉癲婦在家庭生活中深受壓抑與精神的落寞；〈百老匯上〉寫老處女遭到強姦，卻不願道出真象，引發心理醫師的對話探究，勾出年少成長過程的艱辛歷程等。這些流浪的中國人，不只反應了時代的問題，也顯示了中國人在異鄉社會的成長。〈想飛〉中的沈聰，從童年飛到成年，從大陸飛到臺灣、飛到美國，卻從知識的高峰跌入現實的深淵，最後他爬上世界最高的建築物頂層，飛向落地的塵土；〈偺這半輩子〉、〈半個微笑〉、〈偶然〉、〈巴黎・巴黎〉展現多重風格、多樣身份的流放於海外的中國人行影。〈窄街〉以唐人街陰暗的販毒事件為背景，記述年輕男孩劉小荃無辜被槍殺的經過。小說中另有通尼李、郭三、黑龍等唐人街交錯複雜的人際關係與黑貨交易，觸及華埠傳統道德維繫力的衰頹，以及新生一代與保守自制、古老精神疏離。這些創新的題材與濃重的悲慟情節，多樣的海外華人塑像，正是叢甦忠於自己的情感轉變所側寫的流放意識與流放感受。

二、二殘及其小說簡介

二殘（1934～）本名劉紹銘，亦有筆名殘二、袁無名。廣東惠陽縣人，生於香港，臺灣大學外文系畢業，美國印第安那大學比較文學博士。論述、散文創作及翻譯外國著作都非常豐富，在七〇年代則陸續發表以美華知識份子眾生相的小說作品。《二殘遊記》共有三集，以章回小說的體裁來描寫留學生及海外學界的雜感。藉著二殘到美國各州會見昔日舊友或開會之時所見海外學人，探討學界學人多樣心態、華僑社會與母國之間的各種關係、消息，引發二殘自己獨到的看法。行文雖有強烈的自嘲性，但仍是知識份子感時憂國之作。劉紹銘《二殘遊記》系列充滿苦中作樂的心態，也是《老殘遊記》故事新編的文學類型，只是小說之情節骨幹、人物、時間已舊瓶裝新酒，主題含義也迥異其趣，小說語調也跟著大不相同。在敘述的語調上是誇張詼諧，近乎滑稽，實則正言若反地表現美華知識份子眾生相與艱辛的心路歷程。題材是現成的眾知識份子的混合體，「他不代表什麼政治理想，只堅持『獨善其身』的道德情操。」（《二殘遊記新序》）因此，看似懷舊心情的消閒之作，在輕怠嬉嘲筆調下顧影神傷，殘生有限，哀樂時時，所寄感慨，如階前聽雨，聲聲入耳，既深且遠。《浪子》一書運用了大量的書信體，寫留學生袁思古拋家棄子離家「追尋自我」的浪子故事。離家後投靠昔日友人陶天然，到他的餐館打工，倒敘自己在海外求學成家的無奈經過。語多牢騷，欲吐胸中塊壘。兩本小說人物雖都是留學生或海外學人，卻顛覆以往所見的留學生典型人物。書中行文酣暢，在敘述的語調上是誇張詼諧，近乎滑稽，實則正言若反地表現美國學界的內幕與求生存的心路歷程。劉紹銘寓居海外多年，所關心的還是華文文學及家鄉社會。他們不約而同地患了一種叫「Obsession With China」的相思病，而這樣的症狀正是他們對家國的基本態度。《浪子》中的袁思古與《二殘遊記》中的二殘不約而同地對故國故土有濃郁的思鄉之情，而這樣的感懷正是不少留美學人對家國的基本態度，《二殘遊記》與《浪子》也成了七〇時代留學生文學的另類書寫。

第八章　八、九〇年代臺灣重要旅美作家作品論

第一節　陳若曦（1938～）

陳若曦，本名陳秀美，臺灣省臺北縣人，一九三八年生，國立臺灣大學外文系畢業，一九六一年赴美，一九六四年與段世堯先生結婚，一九六五年獲美國馬里蘭州約翰霍普金斯大學寫作碩士學位。一九六六年與夫婿取道歐洲前往中國大陸，其時正值「文化大革命」。一九七三年離開大陸，前往香港，一九七四年移居加拿大溫哥華，一九七九年到美國加州柏克萊大學中國研究中心任職，一九九五年回臺灣定居，曾任國立中央大學駐校作家，現為慈濟醫學院兼任教授。

陳若曦可說是現代作家中，創作風格轉變過程最清晰的一位。她的小說展現豐富的歷鍊與絕倫的生命力，不論是大學時期創作的神祕色彩，或七〇年代離開大陸後的客觀寫實，或八〇年代以海外華人生活為題材的諷刺筆調，都有她一貫的人道關懷與敏銳的時代嗅覺。從題材的轉移和藝術風格的流變觀察，陳若曦的創作歷程可分為幾個階段，現分述如下：

一、摸索期：陳若曦六〇年代之鄉土小說

陳若曦早期的小說，是指六〇年代她在大學時期以臺灣經驗鄉土題材為主的短篇小說，主要作品有〈欽之舅舅〉、〈灰眼黑貓〉、〈巴里的旅程〉、〈收魂〉、〈辛莊〉、〈喬琪〉、〈最後夜戲〉、〈婦人桃花〉、〈燃燒的夜〉等，作品大多發表於《文學雜誌》及《現代文學》，現在均收錄在聯經出版的《陳若曦自選集》中。陳若曦早期小說透顯著神祕的氣氛、宿命的色彩以及虛無晦暗的情調，以臺灣舊社會為背景，以貧窮、無知的人物為角色，寫出他們生活的掙扎和悲哀。小說的內容與特點如下：

（一）對死亡命題充滿不安

陳若曦早期作品中充滿了對於死亡的探索與不安的凝重氣氛，小說人物幾乎都是在非自然狀況下以死亡收束，無論是〈收魂〉中的可愛孩童柳萱，〈喬琪〉裡花樣年華的少女，或正值而立之年、圓熟睿智的〈欽之舅舅〉，抑或〈灰眼黑貓〉賢淑少婦文姐，或弱病、或輕生、或跳水自盡、或瘋狂至死，小說人物並非依循生老病死的人生常規，而是無法逃脫迷信或舊制度底層的壓迫力量，充分顯現面對病痛死亡所感受到的震驚。小說人物多以死亡作悲慘控訴，也是作者對於死亡命題難以承載的不安迷惑。

（二）反迷信、破封建

在死亡命題的陰影之下，陳若曦急欲破除存在於下層民眾的愚昧迷信與腐朽封建，〈灰眼黑貓〉、〈收魂〉、〈婦人桃花〉等篇，藉普通百姓追求幸福的過程，表現反迷信、破封建的立意，至為明顯。

〈灰眼黑貓〉反映了臺灣封建與迷信下的悲劇，揭露買賣婚姻的不人道，並以灰眼黑貓的出現代表厄運的化身，並糾纏了文姐的一生，愚昧的百姓只嫁禍於灰眼黑貓的噩運徵兆，作者則以高妙的藝術手法控訴了偏見與迷信，深化小說抨擊的力道。〈收魂〉寫小弟阿萱正在病危的手術中，心急的父親在親情召喚下，只好對質疑的收魂儀式，姑且一試，然而道士的招魂，東方的貴人，皆無法挽回幼苗的夭折。陳若曦的小說對於愚昧迷信雖富批判精神，但也對於人們面對生命脆弱的本質，對抗現實環境的無奈，流露出深切的同情。

（三）遷徙特質與時代心結

陳若曦早期的小說人物有濃重的遷徙特質，他們面臨時代共性的問題，或逃避出走、出國、流浪，甚至隱居，表現出一個時代感的飄泊心結。例如〈欽之舅舅〉的一生，從外省讀書到新疆旅行，因為戰爭而到西南邊境，印度遊學，而後隱居平湖莊園；〈喬琪〉大學畢業，即將赴美深造，卻「絲毫感覺不到喜悅，對這憧憬已久的遠行，有的只是困惑和莫名的躊躇。」而喬琪的心結，正是六〇年代青年苦悶的表徵：「在我們這個時代，在我們這個社會，我豈不是典型的青年嗎？苦悶是癥結，絕望是象徵；我害著世紀病哪。」此外，〈婦人桃花〉中的梁在禾、〈灰眼黑貓〉裡的阿青、〈週末〉的主人翁等，都是為了逃避不合理的婚姻壓迫，躲避感情的傷痛，以出走表達沉默的抗議。

（四）多樣筆法刻劃人物心理

她對於中下階層的小人物悲喜，以寫實細膩的筆法，對於內心的世界、人性的刻劃，都相當透徹。例如〈收魂〉中的病童柳萱的父母，〈辛莊〉中一對貧賤夫婦的掙扎與悲哀，〈最後夜戲〉裡的金喜仔，〈灰眼黑貓〉裡的文姐等，這些平凡而不為人看重的弱勢小人物，在封建孱弱的社會底層中，拙苦翻滾，按捺求生，陳若曦以質樸寫實的筆調，將下層人物的苦難形象具體生活化，又親切自然，塑造了臺灣社會裡許多典型人物的形貌，也將小說化為歷久彌堅的人間畫像。此外〈欽之舅舅〉、〈巴里的旅程〉、〈喬琪〉、〈燃燒的夜〉等是嘗試之作，以西方現代小說的技巧，運用意識流的手法，透過主觀意識的流動，或回憶過去生命的經歷，或暗藏作者對於社會體制的懷疑，展現心理內在理路，雖然在技巧操作上不免因為語言過度的誇張，情節過度跳躍而失真，卻也能客觀反映臺灣當時現實社會的紛亂，呼應青年心中的焦慮與不平。

二、轉變期：《尹縣長》爲七〇年代傷痕小說之先聲

自一九六六年進入大陸，身歷文革七年後，在一九七三年離開大陸到香港，陳若曦因為懷念大陸友人而再度動筆，開始對大陸這段生活進行深刻反思，小說集《尹縣長》以洗鍊的文筆，樸實無華的白描，將文革悲慘恐怖的經驗，提煉昇華，化為闡釋人性的藝術之作，讀者不僅看見陳若曦小說脫胎換骨的風格轉變，《尹縣長》也成為七〇年代大陸「傷痕文學」[1]的先聲。她在七〇年代取材於文革時期的小說，

---

[1] 「傷痕」一詞出自上海復旦大學中文系學生盧新華一篇名為〈傷痕〉的小說，內容在描寫一個十六歲女孩王曉華在「文革期間」與母親劃清界線，而後母女二人生離死別的故事，小說造成相當的轟動。後來旅美學者許芥昱首先在學術界提出「傷痕文學」一詞，他說：「（中國大陸）自一九七六年十月以後，文學作品以短篇小說最為活躍，最引起大眾的注目的內容，我稱之為“Hurts Generations”，就是傷痕文學。因為有篇小說叫做『傷痕』，很出鋒頭，這類小說的作者，回憶他們在『文革』時所受的迫害，不單是心靈和肉體的迫害，還造成很大的後遺症。我把這一批現在還繼續不

除了《尹縣長》之外，尚有《老人》、《歸》、《文革雜憶》等書，這一系列最後是以長篇小說《歸》為總結，也是陳若曦自傳色彩甚濃的文革經驗回憶與結束。

陳若曦在大陸七年，人生體驗更加深刻，視野變得更加開闊，她以平實手法，從不同角度描寫文革中善良無辜的受害者的慘劇，在樸實無華的文字中，令人感受驚心動魄的震撼，其中〈尹縣長〉、〈晶晶的生日〉、〈值夜〉、〈查戶口〉、〈任秀蘭〉、〈耿爾在北京〉等篇，作者以冷靜紀實的筆法，利用旁白、自白或小說人物的對話，沒有口號或教條，卻能細膩道出他們潛藏不露的心聲；以深湛的紀實功力，將人物事件真實客觀地在我們眼前演出，感受其中不寒而慄的情境。小說中大多以知識份子為主角，描寫他們在文革生活中身受的迫害和壓制，以及在文革之下，人性人倫遭受嚴重的考驗與扭曲。《尹縣長》是陳若曦追求烏托邦理想的幻滅，不僅成功地刻劃了文革期間中國的橫斷面，也為她在八〇年代書寫以兩岸三地，題材包括美國、臺灣、大陸合為一體的移民小說，奠立厚實的生活基礎與人情交錯的特殊魅力根基。

三、豐收期：陳若曦八、九〇年代移民小說之成就

八〇年代以後，陳若曦以描寫美國華人社會為題材，以寫實主義為主體，將豐富的生活經驗化為寫作的泉源，運用兩岸人民在海外的

斷受人注意討論的文學，稱為『傷痕文學』。」許芥昱，「美國舊金山州立大學中共文學討論會的發言」，高上秦主編，《中國大陸抗議文學》，臺北：時報文化出版社，1979,8，頁 86。

交流，化成多彩多姿的移民小說。其移民小說的意義與成就如下：

（一）從傷痕小說轉向移民小說

一九七四年十一月，陳若曦在香港《明報月刊》發表的〈尹縣長〉，被稱為大陸「傷痕文學」的濫觴，她把握了身處海外文學創作的自由環境，首先披露了一系列文革時期的慘痛沉思，較大陸劉心武創作的〈班主任〉[2]、盧新華的〈傷痕〉[3]都早了三年多。在一九七八年，中國大陸文壇掀起了「傷痕文學」熱潮之後，陳若曦以其敏銳的觀察力，放棄了文革題材，開始轉向八〇年代的美國華人社會。她善於在轉換環境的同時，立意捕捉當下的時代感與歷史性。一九八〇年發表的《向著太平洋彼岸》，標示著陳若曦創作的新轉折點，成功地由傷痕文學轉向寫從大陸或臺灣去美國的華人知識份子生活。其中〈城裏城外〉是她第一次小說場景搬到美國，以中國大陸學者訪美為經，華人教授尤義辦的家庭餐會為緯，以巨視的眼光，細膩地掃瞄了海外中國人的表情、言語及心態。到了〈路口〉這篇小說，移民小說的視野更廣，她立意刻劃時代，非出於特殊政治立場，卻有政治小說的效果，將美國、臺灣、大陸三地的中國生活經驗熔於一爐，彰顯時代意識與政治風貌。小說背景落在一個人心不確定的年代，在一九七九到八〇年間，正當中美斷交後臺灣政局人心激盪之時，臺灣女子文秀身在美國，因為大陸學者方豪情感的追求，而面對回臺灣或去大陸的文化認同與政治地理的抉擇路口。陳若曦此時的作品已擺脫七〇年代中期的

---

[2] 劉心武〈班主任〉發表於《人民文學》，1977 年第 11 期，頁 16-29。內容是透過宋寶琦、謝惠敏這兩個畸形的青年學生，揭示共產主義意形態對大陸年輕一代靈魂的扭曲，也是大陸傷痕文學發表最早的代表作。

[3] 盧新華〈傷痕〉發表於上海《文匯報》1978 年 8 月 11 日。

傷痕小說乾冷的筆調與悲怨的氣息，小說題材也見大幅度的轉變，對於兩岸三地的中國人形象所表述的情懷與反映的深度，都有耳目一新、不同以往的成就與表現。

（二）臺灣、大陸新舊移民之另類接觸

八〇年代的臺灣旅美作家小說創作題材大抵可分為兩類，一是擺脫留學生素材，著力於旅美學界的真相與知識份子的心態，例如於梨華《會場現形記》、《考驗》等是；一是以新移民到美洲新大陸的奮鬥故事為主，如周腓力《洋飯二吃》、顧肇森《貓臉的歲月》等可為代表作品。陳若曦在八〇年代創作的移民小說可謂兩者兼而有之，又能獨樹一格。她充分運自己對臺灣、大陸與美國三個社會的深刻洞察，轉換成得天獨厚的創作優勢，致力於臺灣、大陸的新舊移民在美國華人社會的另類接觸，包括美國學界華人知識份子等舊移民的感情世界，以及為了綠卡而前往美國的新移民，在相遇碰撞後的種種境遇，又能融入社會議題或弱勢族群等新課題，如自閉兒童家庭成員或愛滋病患及家屬的心路歷程剖析等，提供大量的新信息，具有先知先覺的洞察力與預見性。這些新作無論在題材、主題及人物塑造上都作了前所未見的開拓探索，使旅美移民小說在八〇年代成為嶄新的文學領域。陳若曦此時期的代表作品都是長篇小說，包括《突圍》、《遠見》、《二胡》、《紙婚》及短篇小說集《貴州女人》。

長篇小說《突圍》寫居住在舊金山灣區五十九歲中國教授駱翔之的生活境遇，以及與他小三十歲的大陸姑娘欣欣兩人歧出於婚姻之外的愛情追求。最後駱翔之與妻子美月為要成全家庭的安定與道義的責任，只有忍受婚姻的枷鎖；小琴的自閉症也將自己困在無法出走的圍城。小說展示了正處於蛻變中的美國華人知識界孤獨的存在本相，也描繪自閉兒童家庭的無奈辛酸，不論是學術有成的教授，負責盡職的家庭婦女，年輕貌美的女留學生，或是天真無邪的孩童，每個人都生活在無形的牢籠中，尋覓突圍的道路而不可得。《遠見》加重了八〇年代華人移民在人生道上的不同追求、探索與追尋。廖淑貞是臺灣的中年婦女，為了丈夫吳道遠的「遠見」，以及女兒的教育問題而申請綠卡，前往美國，偶然結識大陸訪美學者應見湘。作者借廖淑貞和應見湘這兩個人物，對美國、臺灣和中國大陸三個社會進行多角度多層面的審視，展現了大陸、臺灣和美國的種種世態人情與社會風貌，涉及的層面比《突圍》更開闊。廖淑貞經過兩年幫傭的艱苦求生與寂寞奮鬥，拿到綠卡，回到臺灣，卻得知丈夫已外遇生子。作者藉著廖淑貞這個靈魂人物的掙扎和內心矛盾的衝突揭示，所反映的現象與意義，預見了後來臺灣社會廣泛討論的「內在美」（內人在美國）的社會問題，這也是陳若曦以敏銳的洞察力，捕捉時代感的真知灼見。《二胡》是陳若曦又一部展現大陸、臺灣和美國種種世態人情與社會風貌的代表作，將中美文化的衝突碰撞與融合化解，表現得更為突出。小說寫一位居住美國五十年的老華僑胡為恒回國探親的所見所聞，以及前後思想變化為主線，寫一個叔姪卻是兩家的悲歡離合，當美國化的老華僑遇上中國傳統典型的中國婦女，兩種文化從對比抗衡到彼此的審視理解，小說對於人生社會、戀愛婚姻、倫理道德以及民族命運的思考與討論更顯深刻。《紙婚》以日記方式，敘述來自大陸女子尤怡平為了合法居留，而與同性戀的美國男子項·墨非開始一段真誠執守的紙上婚姻關係。這部小說除了富於人性與道德的探索，更對於愛滋病的社會根源，以及由此引發的一系列社會問題進行多層面的人文探討，是移民小說中少見而精彩的人文與社會醫學的對話。

（三）從海外社會回歸臺灣母土之女性主體思考

九〇年代陳若曦仍然創作不輟，尤其以短篇小說為主，繼續她對於移民小說創作的餘續，作品有《王左的悲哀》、《女兒的家》、《清水嬸回家》、《完美丈夫的秘密》等。《王左的悲哀》是描寫關於海外中國人的生活與感情為主，其中〈為了留下，你要先走〉、〈丈夫自己的空間〉、〈啊，蕭邦的故鄉〉寫香港對於九七大限將至的恐懼，為了移民，夫妻失婚、家庭失和的無奈；〈草地上燒焦的十字架〉、〈長春谷〉、〈雖是你的房子、卻是我的家〉、〈不認輸兩萬元的話〉寫美國一些假民主之名的非法亂象，使善良百姓的權利與財產未能受到保障；〈王左的悲哀〉內容寫一名對中國一片赤誠的中國佬，掏出畢生的積蓄，回家鄉長沙辦圖書館，目的是給「劫後餘生的湖南人送精神食糧」，結果卻大失所望，因為圖書館年年丟書，「拜改革之賜，經濟是日益繁榮了，但精神文明卻墮落到谷底」，老僑返鄉，卻有新愁悲傷。

陳若曦在九〇年代的短篇小說創作中，除了接續移民小說多元題材的書寫，其中另一個明顯特色是，她將書寫焦點集中在「女性議題」的探討上，從童養媳、納妾、婚姻暴力、婆媳問題、外遇事件等一系列小說的內容，開掘女性覺醒的深度性。她在《女兒的家》一書序言中提到，臺灣婦女的地位仍依附在「民法‧親屬篇」的夾縫裡，她說：

> 儘管臺灣創造了民主政治與經濟奇蹟，男權思想仍然徘徊不去。……從無法可依到有法不依，可見女人真正能依靠的就是自己。依靠自己的覺悟和堅持；依靠包容、愛心和耐心；尤其要自食其力。思想覺悟並非一蹴可就，仍有賴自身摸索和社會教育，而同儕的攙扶更不可或缺。[4]

[4] 見陳若曦《女兒的家》自序〈女人依靠什麼〉，臺北：探索文化事業有限公司，1999,2。

陳若曦在《女兒的家》與《清水嬸回家》兩書中，時空背景橫跨臺灣、香港、大陸、美國等華人世界，探討兩性角色扮演與資源分配現象的遲滯不進，不僅對於海峽兩岸三地社會轉型，留下註腳，書中對於中年男子的情欲世界與中年婦女的精神生活，有數種典型形象與時代性意義；《王左的悲哀》裡的〈圓通寺〉與〈玫瑰和菖蒲〉探討傳統與現代婦女不同的人生觀與婚姻觀；《完美丈夫的秘密》是回顧百年來臺灣婦女走過的婚姻路，將母女、父女、夫妻和婆媳的關係，在傳統兩性關係的僵化及其難以鬆動的機制之下，對照出女性成長的艱辛，呈現女性自覺的精純可貴。因此，陳若曦最新創作的淑世悲憫心懷，已從海外時空下的社會婦女，逐步回歸到臺灣母土之女性主體思考的特質，她以美國、臺灣、中國大陸三個社會進行多角度的審視，關懷臺灣兩性平等教育的發展，以飽覽世情的眼眸，吐哺出對於海內外及臺灣女性生命的反思，寫出超越文化與時空的人情小說。

第二節　周腓力（1936）

周腓力，四川省資中縣人，一九三六年生於上海。國立臺灣大學外文系畢業，曾任美商公司業務副理，澳洲駐華大使館華籍商務官、琉球美軍翻譯官等職。現旅居洛杉磯，他的第一篇小說〈洋飯二吃〉被輯入七十三年度小說選，第二篇小說〈一周大事〉獲中國時報文學獎小說首獎。小說皆以在美華人移民的艱辛生活為題材，以自我調侃的幽默風格，將苦悶的移民塵世，描繪成趣味的人生翦影。他的出版作品到目前為止共有七本，包括小說集《洋飯二吃》、《離婚周年慶》，散文集《幽自己一默》、《萬事莫如睡覺急》、《婚姻考驗青年》、

《出門靠幽默》《盡情幽默》等。綜觀周腓力的移民小說創作量並不多，但在臺灣旅美作家卻有獨特的成就與意義，尤其在八〇年代的臺灣旅美作家的作品中，他的小說可以明顯地看出留學生小說與移民小說的分野，無疑地周腓力成了八〇年代臺灣留學生小說到渡到移民小說過程中最重要的指標作家，值得研究者的關注。他的小說特色分述如下：

一、聚焦於第三波華人移民之浮世繪

八〇年代大陸留學生文學大量出現，成了美華文壇的新寵，而臺灣留學生文學自從六〇年代開始，卻已發展了將近二十年，而在八〇年代有了根本的變化。二十年來留而不走的留學生成了美籍華人，新的留學生有了更豐厚的經濟能力與多重的去留選擇，更重要的是所謂的第三波華人移民加入了寫作的行列，此時的留學生文學已經異質異構，所謂的「打工文學」色彩盡褪，「移民文學」、「旅居文學」取而代之。周腓力曾清晰地指出八〇年代臺灣旅美作家與以往的不同，他說：

> 在美國的華人，約可分為三種類型：第一波華人，在十九世紀中至二十世紀初抵達，他們多充當苦力，如礦工、鐵路工人、洗衣工人等；第二波是學人與留學生，在抗戰勝利後的十數年間抵美，他們多有高學位，謀職比較容易，從事的也是高層次的工作，最多的是教書或做研究；第三波應屬一九七〇年以後湧到的新僑，一般而言，他們在體力上不如第一波華人，在學問上不如第二波學人，因此如需在美國謀生，

> 往往高不成、低不就，這些人中有很多人是移民過去的，身上帶了些過往的積蓄，可以做些小買賣。[5]

周腓力是第三波華人新移民，作品自然地反映他們生活的實況，旨在表現美國謀生不易的一斑，由此道出了廣義留學生文學題材和主題重心轉移到經濟層面的現實原因。因此，周腓力的移民小說顯現的第一個特色是：遠離過去留學生小說中的鄉愁之苦與家國之思，題材落入移民的芸芸眾生，凡夫俗子為了三餐溫飽的基本生存條件而奔波傷神，「食色性也」這看似不登大雅之堂的第三波華人移民的通俗題材，卻使他的小說除了認識功能、審美功能之外，多了輕鬆歡悅的娛樂功能，大大鬆綁以往臺灣旅美作家悲愴沉重的寫作基調，提供了新的寫作素材與角度。例如〈洋飯二吃〉是描述兩位前後期同學，在雙雙失業之後，合夥開餐廳，卻因現實逼人，而變得爾虞我詐、勾心鬥角的故事。小說將嚴肅的謀生大事，以輕鬆戲謔的文字，將移民生涯的赤裸真實，在諧謔中輕輕化解，使移民者既不必承受以往海外知識份子對於家國的苦戀，讀者也可在笑語中見到了光明與黑暗交叉行走的真實人生。〈一周大事〉描述新移民一家大小為了三餐溫飽而日以繼夜地忙碌工作，因此夫妻關係也如例行公事一樣，而規定每周一次正式列入計畫執行的畸形奇特現象。〈先婚後友〉以誇張的漫畫式手法，配合詼諧的自嘲，刻寫旅美華人靠假結婚幫人申請綠卡以謀生。周腓力的小說常常從移民生活的食衣住行的民生問題入手，尤其是利用「飲食」與「性愛」的違於常態，以顯現移民沉重的生計壓力。他常將夫婦的性愛生活，擺脫浪漫的情感色彩，凸顯其滑稽而尷尬的處

---

[5] 見田新彬〈「老蚌生珠」的文壇「新秀」周腓力〉，收錄在《洋飯二吃》，頁237。

境，藉此類情節的安排，反向宣洩移民者在現實中遭受的壓抑；在莫名的焦慮中，卻以反其道而行的幽默口吻，擺脫自憐自艾、怨天尤人的晦暗情緒。因此，他所創造的移民人物的妙處，是在情感、自尊受傷之後，不耽溺於挫敗的打擊，反而產生訝然失笑的透悟。他的小說往往笑中有淚，使這種發乎內、形乎外的幽默諷刺，能在娛樂讀者、消遣抒壓的同時，也真確地反映了他身為移民者的豐富歷練與豁達人生，小說既以深沉閱歷為鋤斧，所開掘的人生山林透顯得醇美自然。

二、自嘲自諷之天籟幽默

一般的幽默小說，常被認為作者要傳達人生存在的無奈困境；諷刺小說則偏重針砭世態，兩者都有某種程度的教化作用。周腓力的移民小說，也有教化讀者之意，他曾明指出創作移民小說的目的，不只是為了抒發新移民者在新環境不順的境遇，也有以己身為讀者借鑒的警訊意義。他說：「我寫小說反映第三波華人的生活，其實還有個目的，就是希望國人對移民美國之事能多作考慮，不要像我一樣，糊里糊塗去了，如今已是後悔莫及。」[6]然而他小說中的幽默不同於一般作品，是他選擇了以第一人稱「我」來敘述故事，既免除影射或挖苦他人的疑慮，以「自我消遣」的敘述方式，反而化解了他人的防衛心，更獲得讀者的共鳴與同情，他的小說如〈洋飯二吃〉、〈一周大事〉、〈死有餘溫〉、〈先婚後友〉、〈風水輪流〉、〈愛情的學問〉等，都是以第一人稱的男性「我」為敘述觀點，這成為周腓力小說明顯的創作特徵。他的小說雖然以第一人稱書寫，卻始終能保持作者與小說

---

[6] 同前註，頁 246。

「我」的距離，能進又能出。馬森說：「作者是以第一人稱來敘述故事，自己雖是當事人，但很能跟自己的處境保持距離，且有相當自嘲的雅量。」[7]龍應台在評論周腓力的〈一周大事〉時，同樣提到他表現的獨到之處，她說：

> 〈一周大事〉最大的優點在於它語調和敘述觀點的選擇。……小說的第一人稱也是個非常聰明的選擇。表面上，他是旁觀者、敘述者；事實上，他扮演一個極重要的角色。一方面，敘述者極端的自嘲自貶（他完全失去了作為丈夫、男人的尊嚴），使他成為一個活例來印證人性受到環境扭曲的這個主題。另一方面，他對自己的生活方式與環境，既無自憐又無批判，以玩笑的態度來說好像「人生本來如此」；他的缺乏「自覺」因此使他也成為一個非常值得探索玩味的主角。但是敘述者的不自覺，並不代表作者的不自覺。相反的，敘述者的「我」其實成為作者批判的角色之一。[8]

周腓力在〈一周大事〉中，將主角「我」寫成一個如同玩具店中上了發條，被疾言厲色的老婆操控而不能自已、任人擺弄的玩具，以女主人的強硬與冷漠，對照出「我」的無能與軟弱，「一周大事」其實是忙於生活戰場的夫妻無可無不可的性事，小說的語調愈是若無其事，與殘酷世界的對比愈是強烈鮮明。換言之，周腓力是以自嘲自諷的方式，把握著幽默溫厚的原則，發揮詼諧的才情，不為世俗時尚所左右，建立個人幽默嘲弄的風格，使幽默中帶有喜感哲理，將諷刺化為無骨

---

[7] 見馬森評〈洋飯二吃〉，收錄在《七十三年度短篇小說選》，臺北：爾雅出版社，1988,1，5 版，頁 22。

[8] 見龍應台評「一周大事」，收錄在《洋飯二吃》，頁 255-257。

入味的滋養高湯，作者的人生態度嚴肅，但處世態度輕鬆，使移民小說的浮生現象，能夠亦莊亦諧地與趣味玩笑搭配而恰到好處。周腓力不愧為幽默小說的佼佼者，雖是中年出道之文壇新秀，出手雖遲，卻愈見其沉潛蘊藉的練達功力，尤其是天籟般幽默的語言風格，在移民小說中選取題材與表現題材上的突圍演出，在臺灣旅美作家小說的發展上，確有獨步創新的成就。

三、明朗美之美學風格

周腓力的小說作品不多，卻以別樣的敘述形態和審美張力，豐富了移民小說的藝術寶庫。他的小說特別具有通俗文學中「明朗美」的美學風格[9]，而構成明朗的美學風格，主要是從周腓力小說中「主題的顯露」、「人物性格的確定」、「情節的傳奇與完整」以及「語言的透明性」等四個要素所形成。首先從主題的顯露性來看，周腓力的小說一致地在凸顯這一代臺灣移民糾纏不清的「美國結」。在〈先婚後友〉中，誇大的「綠卡追逐戰」裡的荒謬及趣味，與武俠小說「尋寶學藝」的母題頗有異曲同工之妙；〈一周大事〉裡的玩具店，其實是個活生生的血汗戰場，小說背景中「跳蚤市場」裡複雜的人物，老闆與顧客間過招拆招，儼然是現代版的武林江湖；〈洋飯二吃〉餐館

9 盛子潮在〈作為一種文體樣式的通俗文學〉一文中指出通俗文學的美學風格為「明朗美」。他說：「不管從表面上看上述類型的作品存在著多大的差異，但在作品的主題、人物、情節和語言等方面卻有著驚人的相似之處。也許，我們可以將這種相似之處共同顯示出來的美學風格界定為明朗美。」收錄在盛子潮《小說形態學》，福建：海峽文藝出版社，1993,6,第 1 版，頁 290。

經營的爾虞我詐，土洋之間的心理戰術，黑人亮槍的驚險要脅，都將移民心酸，投訴無門的主題顯露無疑。其次，從小說人物性格的確定性考察，周腓力小說中的人物，可以尋繹出女強男弱的現象，最明顯的例子如〈一周大事〉與〈洋飯二吃〉裡的妻子，〈愛情的學問〉中的劇作家賈亦真等，都對強悍能幹的女性有極其傳神的描寫。此外，周腓力的小說情節完整，並且饒有新意。他筆下的移民世界是尋常生活中的非常態，將人生腐朽的枝節化為神奇。他擅長將部份真實生活加以渲染、誇張、剪接，小說情節的安排也是以奇為趣，例如〈死有餘溫〉中的畫家羅彼德，從開始計畫裝死以提高賣畫的價錢，到佯死卻弄假成真，心臟停止跳動後又甦醒復活，小說情節的偶然與巧合、意外與驚險、設謎與解謎，到最後的真相大白，都令讀者嘖嘖稱奇。他的小說屢見新意而不落俗套，在嘻笑怒罵的移民愁雲中，化為「苦盡幽默來」的甘霖，使讀者在第一次的閱讀他的小說時，便能獲得明朗愉悅的享受經驗，沒有複雜的心象摹寫，無需苦思語言背後的隱喻深意，讀其文如聽老友恣意暢談，親切自然，為苦悶的移民塵世，帶來許多意外新奇的人生趣味。在語言方面，他以平易曉暢的敘述語式，巧妙地借用成語、顛倒成語，或運用成語的反向類比，或將成語裡作一字的更動，使自然本色的語言風格中，又能增添成語運用的巧思與新鮮度，趣味十足。例如從他小說題目的選取，如〈先婚後友〉、〈死有餘溫〉等，到配合小說正文的「一死兩得」、「淚無虛流」等，這樣的活潑生動的語言風格與他幽默的故事情節，不僅相輔相成，也增加了小說的喜感。其他如小說人物的取名，編劇家「賈亦真」小姐，律師「史不了」等，姓名的玄機，一目了然。諸如這些成語使用與姓名安排的透明性，都使周腓力的小說讀來明朗輕鬆，成為他獨樹一幟的敘述風格。周腓力的小說，無論是移民大事或芝麻小事，一經他的敘述便妙趣橫生，卻又無損於生命意義的嚴肅探討。他以舉重若輕、以小見大的寫作方式，以謙沖童真的樂觀態度，將人生注入歡笑，使灰暗的移民生活引進陽光，作品中乍驚乍喜，時抑時揚的生動情節，更使他的作品流露親切的魅力。

第三節　黃娟（1945～）

臺灣旅美作家予人一個粗梗印象，幾乎是外省第二代的異鄉抒情曲，研究者較少注意到海外文學中的臺灣遊子吟。其實，「省籍」並非海外作家研究的必要劃分，但是當作家內心的意識形態產生清晰的「中國結」與「臺灣結」，使海外書寫呈現異樣的生命記憶與文化母體時，臺灣籍的海外作家應該進行內在與外延的專題研究。綜觀臺灣籍的海外作家不少，例如六〇年代便旅居加拿大的東方白，不僅有大河小說《浪淘沙》巨著，也曾為「留學生文學」留下「冰河之美」的註腳[10]；陳若曦的海外創作質量皆相當可觀，但小說中對海外臺灣人

---

[10] 齊邦媛在〈留學「生」文學〉一文中說到東方白的長篇小說《露薏湖》，因為他筆下的冰河融解美景，勾起她嚮往之心，夢縈多年。齊邦媛說：「寫加拿大的只有東方白的〈露薏湖〉。原名林文德的東方白用了四百三十多頁的細膩流暢的文字寫一個來自新竹的癡情男子的愛。他對黎美的愛橫被她保守的家人拆散；但是他對這初見『驚為仙境』由冰河融解灌注而成的露意湖之愛卻是雄偉的啟發。.....讀此書而心嚮往之的讀者大有人在，筆者即已夢縈多年，前數年鍾肇政先生曾去一遊，回國發表文情並美的長文，更增此湖魅力。」本文收錄在齊邦媛《千年之淚》，臺北，爾雅出版社，1990，頁 175。

的政治運動鮮少正面敘述[11]。八〇年代一股新的移民潮，海外移民文學繼之而起，被稱為「尋美的旅人」杜國清[12]，是「以汗水灌溉鄉土，以腳印播種詩苗」的旅美詩人兼翻譯家；廖清山短篇小說集《年輪邊緣》[13]，以臺灣為基準的思考方式，描寫臺美族的艱難處境，並以臺美族人眼光觀察臺灣社會病灶；蔡明殿則以散文書寫為主；近日的「臺灣查某」作者群，以群體創作的方式，撰寫《臺灣女留學生手記》[14]，以異國書寫來反映九〇年代島內知識世界的多元向度等。然而，談到海外的臺灣省籍作家，最重要者非黃娟莫屬，她的作品所呈現的藝術風格與主題意識迥異於海外文學慣見的傳統。尤其是她從六〇年代的傳統閨秀作家[15]，到八〇年代重新復出，將自己的寫作定位為「臺美族旗手」，立意從遞變的角度，替八〇年代臺灣文學換血的年代，《邂逅》寫下海外臺灣人的心聲，包括「臺美人」感情婚姻生活為主題，

---

[11] 謝里法在〈從政治邊緣切入的臺灣故事〉一文說到陳若曦的「祖國結」:「陳若曦是六十年代回歸『祖國』，又於七十年代出走『祖國』的女作家，當回歸之後發現這是一條離家越走越遠的路時，思想又一度大轉變，於是出走後的第一篇小說就命名為〈歸〉。不出數年她把「祖國」經驗都寫光了，寫作又進入新的階段—以美國華人生活為題材，這裡頭自然脫離不了政治活動，可是她的『祖國結』怎麼也解不開，對海外臺灣人的政治運動便不能有正面的記述。」該文收錄於黃娟《故鄉來的親人》頁 310。

[12] 參見古遠清〈尋美的旅人－記旅美臺灣作家杜國清〉一文，《文訊雜誌》，1996、8，頁 8-11。

[13] 廖清山《年輪邊緣》，臺北，名流出版社，1987、9。

[14] 臺灣查某《臺灣女留學生手記》，

[15] 彭瑞金〈十年沉澱－序婚變〉:「包括黃娟的自序在內，若干黃娟文學的評論者也都不能完成擺脫六〇年代黃娟的印象，到底曾經是一個非常家庭、傳統女性觀的閨秀作家。」收錄於黃娟《婚變》，頁 5。

以及海外華人的孤立與無奈，《故鄉來的親人》更以臺美斷交後的移民熱潮為經，美麗島事件等臺灣大事為緯，鋪敘而成，確立她作為臺美文學旗手的地位。

一、黃娟及其早期小說簡介

黃娟，本名黃瑞娟，臺灣省桃園縣人，一九四五年生於新竹市。臺北女子師專畢業，高等考試教育行政人員及格，曾任教職。曾任北美臺灣文學研究會會長、北美臺灣客家公共事務協會會長等職，小說曾獲扶輪社文學獎及吳濁流文學獎等。作品包括短篇小說《小貝殼》、《冰山下》、《這一代的婚姻》、《世紀的病人》、《邂逅》、《山腰的雲》、《彼岸的女人》、《啞婚》，長篇小說《愛莎岡的女孩》、《故鄉來的親人》、《婚變》、《虹虹的世界》等。另有散文《心懷故鄉》、《我在異鄉》及論述《政治與文學之間》等。她從一九六一年開始從事創作，一九六八年移居美國後作品銳減，一九八三年重拾筆耕，再受文壇注目。其創作可以赴美為界，分前後兩期。黃娟早期寫作即信守「生活化」的創作信條，題材不論正面或反面，都站在人性不可受扭曲變造的嚴正立場。小說內容以反封建迷信為主，或描準社會怪現象，著重刻劃人性尊嚴的崩落與重建。黃娟以女性溫婉、細膩筆觸經營小說，長篇小說《愛莎岡的女孩》瞄準臺灣的「不確定時代」，寫出六〇年代臺灣高壓統治下的留美熱潮，以及青年階段的虛無迷失，為見證時代之作。當時她的作品多在《臺灣文藝》，聯副、純文學等刊物中發表。除了《愛莎岡的女孩》，黃娟早期另有短篇小說集《小貝殼》、《冰山下》、《這一代的婚姻》等書，寫親情、愛情，多見婚姻與家庭的人間故事，簡練地將綺年少女的心理作鮮明的描寫。

二、黃娟八、九〇年代有關海外題材之移民小說

黃娟的小說是根植在現實的生活與社會上，刻劃人性，她將平凡的、瑣碎的、醜惡的人事生活，將異地與本土的社會問題與特殊現象，以嚴肅的態度，悲憫的心情，溫潤的筆法，藉著多元的寫作素材，深入的描繪人性，讓讀者來分享人類的歡樂與痛苦，並積極達到她滿懷的鄉土關愛，進而將作品視為回饋故土的熱切之情。她在一九八三年復出後的小說，大概可以分成「海外生活」及「關心臺灣」兩個部分來探討，這也是她後期小說創作內涵的兩個清晰脈絡，黃娟說：

> 我深知一個作家，除了刻劃人性，也要能反映出「時代」和「社會」。我自然不會把自己囿限在「海外生活」的框框裏，寫出故鄉的「土地」和「人民」，也是我今後努力的目標之一。[16]

簡言之，「海外生活」是黃娟微觀新世界的短期工程；「關心臺灣」是她宏觀老故鄉的長期計劃。首先就黃娟小說中的「海外生活」的題材，提出主題的呈現，驗證其創作的生活性、社會性的基本內涵：

（一）雙面書寫海外孤寂

書寫海外的孤寂感，幾乎是所有旅美作家的共性，黃娟也不例外。《世紀的病人》、《邂逅》是她旅美初期的生活感慨和無奈，既寫羈留異邦的苦難與淒楚，間接也反映了作者對美國社會的觀察及西

---

[16] 黃娟〈文學之路－《世紀的病人》自序〉，頁 9。

方文化的思考。〈炎夏的故事〉寫留學生太太因為太過孤獨，又對黑人有莫名的恐懼，在深沉的孤寂中，竟因過渡的焦慮，導致心臟麻痺死亡。小說中，留學生太太強烈的孤獨感，是旅美作家群翻寫不斷的典型題材：「半年來，這『只有一個人』的『孤獨感』，是多麼深刻地刺進了她的肺腑。這近乎『絕望』的『孤獨』的感覺，絕不是『寂寞』二個字，可以形容的。」（1994a，頁 106）這是黃娟海外孤寂的柔性宣言。除了〈炎夏的故事〉，〈野餐〉、〈冬眠〉等篇，皆以海外孤寂浮雕出小說人物的生命刻痕。〈冬眠〉一文以嚴冬窗外的冬眠狀態，比擬在異鄉遺失自己，陷入無邊的寂寞，雪白的生命情愫，細膩的沉靜幽怨，深化了與世隔絕的孤獨感，黃娟女性的溫婉筆觸，於此表露無遺。

除了抒情之筆，黃娟寫海外孤寂的另一種風格表現，卻是現實的、生活的、辛辣的、殘酷的。懷才不遇的困窘，種族歧視的升遷窒礙，裁員的無形壓力，治安敗壞等所形成的生活不安，凡此皆是海外移民揮之不去的夢魘與孤寂之由。與現實生活結合共生的孤寂之感，遠離意識原鄉的無根情結，這是黃娟不同於旅美作家寫孤寂之處，也是她一貫信守「生活化」的創作信條的具體表現。〈彩色的燈罩〉中的秀琴，擺脫得了傳統婚姻觀的束縛，卻因懷才不遇，致使雄心壯志被囿限而不得發揮；〈弱點〉寫臺美族在美國職場受到的種族歧視，主管東尼的一句話，「你的弱點不是『語言』，身為『東方人』，才是你真正的弱點！」（1994b 頁 228），這也是臺美族群心有戚戚的無奈之感。另外，長篇小說《故鄉來的親人》中，移居美國多年的義雄，對於美國公司剝削移民學人的智慧與學識，使之淪為「高科技苦力」，生活在被裁員的強大壓力之下，是現實的揭露；〈劫〉裡的綺華，在美國從事飯館經營的辛酸歷程與身為店長遭劫持的不幸遭遇，並不是種族歧視，而是敗壞的治安，數度的夜間搶劫金錢幾乎使她喪命，此為具實無解的海外天問。這些現象既反映了臺美族海外生活的孤寂之感，也與歷來所有的「流浪的中國人」在土地、語言、族群同屬弱勢情況下，自然衍生的孤寂本質是相通的。黃娟用美族的敏銳感觸，移民者的獨到眼光，審視美國的生活現實，民族雖然不同，人性卻是一樣，其題材不論正面或反面，對於人性的可鄙心態，職場的黑暗內幕，可謂辭氣淋漓，筆無藏鋒，以剛強勁健風格，直率醒世的揭露，為海外孤寂的移民寫作，注入寫實的活力。

（二）對新世界的人文關懷

黃娟將美國多樣的社會問題，包括愛滋病患、失蹤兒童、家庭暴力、單親家庭、流浪漢以及反戰聲浪，逐一納入她海外生活的小說題材。她對於社會的觸覺極為敏銳迅速，關懷的層面深厚寬廣，小說中將家庭主婦的個人小愛，跨越國界族群，成為延伸到海外的人類大愛。〈世紀的病人〉、〈大峽谷奇遇〉觸及愛滋病患者的身心歷程，並對患有這樣世紀病人的家屬，內心所承受的恐懼與悲傷，據實描述。〈奶盒上的相片〉中，小朋友一句問話：「媽，如果我的相片印在那兒，你會哭嗎？」問得媽媽又辛酸又恐懼。小說將失蹤兒童案子層出不窮，導致身為父母心理的不寒而慄，一筆勾出。《婚變・男人的拳頭》點出的不只是華人家庭的婚姻暴力問題，更披露了美國家庭暴力事件的嚴重性。〈秋晨〉寫劫車凶殺的恐怖事件；〈艾美的迷思〉寫單親家庭對小孩成長過程的負面影響，使孩提時的艾美竟然產生擁有自己 baby 的寂寞幻境。〈波斯灣風雲〉以三段式的多元視角寫反戰心語；〈安娜的故事〉寫無家可歸者的流浪心聲，以及志工人員服務無家可歸者的心路歷程。每篇文章帶讀者親歷其境，跳脫地理的距離，心理的隔膜，使讀者能感同身受，小說筆觸平易近人，充滿悲天憫人之感。

（三）生死線上的臨終哲學

黃娟的對於死亡的命題是誠懇面對的，她以筆代口呼籲醫療觀念的提昇轉變，應使現代的醫學除了可以減輕人類的病情，並儘可能把「死亡」的過程變得容易忍受一些，除去患者對死亡的恐懼和死前被劇痛煎熬的憂慮，使人們得以享受和維持高品質的餘生，小說〈「死亡」的設計〉及〈妻之死〉都是這類環繞臨終哲學的作品。小說中黃娟對故鄉的民間習俗，以及西方先進的醫療觀念都多所著墨，並對生死交關的臨終教育提出積極的觀念。例如〈「死亡」的設計〉一文談到臺灣民間有許多方法，使病重卻無法安寧離去的病人，自然斷氣，而這些傳說中的靈光方法有的非常荒唐，卻被當作「妙方」來傳述，甚至是助人的善舉。小說中的母親病重，所承受的痛苦，看了令人不忍，而且是家人很沉重的精神與經濟負擔。於是藉由護士之言：「我延長他們在死前遭受巨痛的時間，使『死亡』經驗變成更加難以忍受的過程。」（1995，頁 72）點出醫療觀念應該更走向人性化的嚴肅思考，例如安樂死的可能性、安寧療護的必要性與迫切性等，進而提出西方預先立下活現遺囑（Living Will）以及荷蘭的醫師有「設計死亡」的職責，為病人減輕死前的痛苦，幫助他們獲得安詳而具有尊嚴的死亡。

（四）原創的兩性意識成長

「愛情」與「婚姻」是黃娟前後階段小說創作的主要核心。從早期對少女情懷的心理描寫，著重塑造健康活潑的色彩，有別時下的病態濫情，到後期對結婚後的女性，面對婚外情、婚姻暴力等婚姻危機處理的種種微妙心理轉折，蛻變得健美厚實。細數黃娟三十年來對婚戀題材的創作流變，不僅細膩傳達女性的成長意識，成為「這一代本省婦女逼真的寫照」[17]，更是「在新舊與臺美文化夾縫中的臺美族女性成長經驗史」[18]。其中短篇小說〈擒〉、〈不是冬天〉、〈美人關〉以及長篇小說《婚變》都是以海外的婚姻故事為題材，記述婦女在不圓滿的婚姻狀況之下，走出痛苦掙扎而終於覺醒，細膩刻劃她們走向自立的心路歷程。〈擒〉寫一名藉出國考察名義的女性，與筆友國外相見，但不愜意，於是在異鄉另起爐灶，苦心積慮地設計一場美麗的陷阱，自導自演一幕女追男，為自已在國外找到心怡的歸宿。小說採用寫實的筆法，從笑中帶淚，淚中有笑的過程中，以喜劇收場，淡化了一般「留學生文學」中的哀傷與苦澀[19]。〈不是冬天〉寫依賴丈夫的黛西，在丈夫逝世後努力成為獨立、堅強的女人，渡過生命中的冬天。〈美人關〉寫愛慕虛榮的醫生太太艾美，對於陷入瓶頸的婚姻展開深切的自省。長篇小說《婚變》則純粹是臺美人的婚姻故事，將臺美族面臨新社會與新世代婚姻關係、婚姻衝擊，與本身具有的臺灣根源文化，人情觀念，如何跳脫或折衝，表現了臺美人在異文化交雜的處境下，所具有的特殊婚姻思考方式。玉英、美玲與淑珍三個女人的婚姻路，不僅緊扣著臺灣傳統的婚姻型態，在身處新社會的多種婚姻病變中，女性在痛苦煎熬後修鍊的高度智慧，像夜空中射入的幽幽青光，在暗夜成長發皇。小說中最特殊的是，黃娟不只對女性成長細膩琢磨，對男性在婚變中的自處與思考，也有傲人之處。例如古慶光和

---

[17] 原文見葉石濤評論黃娟小說，《臺灣日報》，1969，1。轉引自黃娟〈我的文學歷程－長篇小說《婚變》代序〉，頁 13。

[18] 彭瑞金〈十年沉澱－序《婚變》〉，《婚變》頁 8。

[19] 黃娟有關海外生活的小說，都能「就地取材」，並有意「淡化哀傷」。有關〈擒〉這篇小說，黃娟自己便說是「確實有意淡化『留學生文學』中太多的哀傷和苦澀味。」見黃娟〈異國鄉音〉，頁 57。

美玲兩顆平行而不交集的心靈，使原本幻滅的婚姻生活，有了根本的轉變。古慶光從友人的婚變中，看見東方夫妻的平淡關係，也有雋永的價值。耀宗與惠英離異八年，則是藉助宗教，修心養性，在「婚變」的慘痛經驗中恢復過來，但不願結婚再娶。他但求自我的解放，享受身心的自由，視人生如天上浮雲，是另一種失婚男性的成長版本。

（五）華人相輕的民族性

黃娟海外小說中有關職場的反映現實部分，常常探討華人相輕的民族性問題。合理的思考是，海外生活艱辛寂寞，遇見故鄉人理應格外親切，結果反而是彼此刻意的冷淡，這樣的心理令人費解。例如〈相輕〉，陳世華第一天到新的職場上班，遇見來自同一國度的凱西，相迎的卻一臉冰霜，她對白人同事反而真誠熱絡，大方友善。其次，陳世華碰見 M 廠統計部負責人林博士，也對他擺了臭架子，「那差別是因為「熟」與『不熟』而定，抑或是純粹地根據了『膚色』？即『黃』的老中與『白』的老美？」（1988，頁 64）黃娟對於同胞在海外彼此的相輕現象，華人微妙的自我歧視心理，捕捉得相當精準，可惜未對這樣的可議心態作深度思考。到了〈燭光餐宴〉中，同樣提出海外「中國人總是犧牲自己人，如果有裁員的機會，一定先向自己人開刀……」（1991b 頁 35）裁了能幹的人，既可以排除自己的心腹之患，又可以向老美獻媚地說「我是大公無私的，我絕不袒護自己人」。回家的夜間新聞唐人街流氓作案，也找華人餐廳作案，華人幫派也找自己同胞下手，令人悻然。小說中，主人翁思索這樣的現象是否來自傳統文化的精義，陳義過高？外國人得知中國人的「大義滅親」和「己所不欲，勿施於人」說法，感到相當的不合常理，因為照顧自己人是人之常情，犧牲自己人才是反人性，「你們那個孔夫子，我以為是什麼哲學家，原來他教人做不公道的事！」這樣的理解失之片面，未必周延，卻是從東西文化的撞擊，給予傳統文化另一種詮釋觀點。〈劉宏一〉是寫另一種海外職場上東洋奴才的取巧典型，最善於討好人，不靠自己的專業，只會施展「拍馬屁」的小技，一路高昇，對於同樣來自故鄉的臺灣同胞，反而輕侮冷淡。黃娟對於來自同鄉的對立心態，在小說中多所描繪。

三、黃娟以關懷臺灣為題材之小說

黃娟身處異鄉，然而她創作的血液奔流，始終迴向心臟地帶的發源處。在「關心臺灣」部分，黃娟以海外文人的眼光，冷靜客觀的特色，對談臺灣農民、原住民、社會政治與文化問題均有涉獵。彭瑞金認為黃娟小說所以異於海外作家，正是她「身在異國，心懸故鄉」的寫作態度：

> 黃娟此作以超越了台美人以家書報平安式的台美人文學自限，而將作品的重心以潛藏的形式放在臺灣，既可避開不在場缺席發言的詰責，實則達成積極參與關懷故鄉的責任，為台美人文學找基礎，找到根，實則也為台美人文學精神歸鄉開闢了一條路。[20]

黃娟的小說一如冷眼的第三者，藉文學返航，讓臺灣文學海外發音，從異鄉回到故鄉。謝里法說：「我們閱讀黃娟的小說將有如雙手觸摸到臺灣人的身形，感受她脈搏的躍動，從而看到一個活生生的臺灣人在自己的歷史舞台現身。」[21]黃娟在小說中追尋臺灣人的尊嚴，刻劃

---

20 彭瑞金〈鱒魚返鄉的方式－寫在《故鄉來的親人》前面〉，頁 9。

21 見謝里法在〈從政治邊緣切入的臺灣故事〉，收錄於黃娟《故鄉來的親人》，

形形色色的臺灣人內心，善盡一名臺灣作家的使命，同時顯現一股欲已不能的對故土的眷戀，從六、七〇年代的留學生文學到八〇年代的海外移民小說中，確實極少作家的作品直接觸及臺灣本島發生的事件，而黃娟以關懷臺灣為題材的小說，無論質量，都是第一人。其相關作品特色如下：

（一）民間信仰的記錄，封建觀念的批判

黃娟小說有不少是對於臺灣民間信仰的記錄，例如〈陰間來的新娘〉，寫曾在臺灣農村流傳的人鬼聯婚的姻緣故事。死去的小女孩因為在陰間長大，要求嫁人，而使陽間家人病痛，不得不代找陽間夫婿，娶其牌位，供養新娘。在人心淳厚的農村，因為害怕觸怒鬼魂，皆能照一定儀式，舉行人鬼聯姻。〈妻之死〉討論民間對小乘佛教的死亡輪迴觀念，由「此岸」到「彼岸」，「三途河」的上、中、下游的天壤之別，初七到七七的超渡亡靈，六道輪迴。黃娟小說對這些民間信仰沒有批判的意味，只有獵奇般的寫實的記錄。但是對於根深蒂固的重男輕女及娶細姨的大男人文化，則是大加撻伐，嚴厲批判。例如《婚變》中的藉著陳和雄醫師的憶往與追今，批判臺灣社會重男輕女不合理的傳統，陳醫師所以認為作丈夫除了努力於事業及穩定家庭經濟，尋求外遇應是被允許的，因為記憶中的臺灣便是男尊女卑的社會，他的父親在外面也有女人，既厭惡父親的跋扈自私，也認為那就是現實生活，因此他自己也是個天生的大男人，對傳統社會給男人的特權和地位從無批判的眼光。他無需反對或改變對他自身也方便的環境，他認為父親那一代男人比較幸福，時代進步，反而剝奪了男性特權。又如《故鄉來的親人》中，楊振家也是生活在典型的重男輕女的家庭，

頁 320。

姊姊因而被剝奪受教育的機會。重男輕女的社會，會使一個受傳統歧視的女性無意中也跟著傳統歧視自己的女兒，這是傳統鄙陋意識的積重難返。

（二）夢想祖國的變形，省籍情結的迷思

黃娟的省籍身份，使她的海外創作充滿著清晰的臺灣意識，同時具有追求獨立自主的強烈本土意識。在她的關心臺灣系列作品中，最具特色的便是突顯臺灣從日據到光復後的人民心聲，以及這段歷史的意義，並將臺灣這段特殊的歷史性遭遇反映在小說中，描繪第一代、第二代省籍混融的「臺灣熔爐」特有現象，其中的苦楚、感慨與根深蒂固的矛盾情感，進一步再對習俗各異的本省人與外省人組合的婚媾關係，從南轅北轍的生活形態、南腔北調的語言，在相處時的吞忍與衝突，歡樂與哀怨，到逐步融合為一個共同體發展的過程。〈祖國傳奇〉便是灣人嗚咽沉痛的悲歌組曲，小說中的阿信，正是黃娟成長在臺灣的心路歷程寫照。小說分成「夢幻祖國」、「夢魘祖國」與「夢想祖國」三段。「夢幻祖國」寫日據時代，鄰近小學不收土生土長的臺灣孩子，學校的家庭訪問，其實是驗收家長對「皇民化運動」的推行情形。信子在那個時代，就像舅舅也曾懷著一顆苦惱的心，嚮往祖國，在異族統治之下，不得不把希望寄託在幅員廣大的祖國。第二段的「夢魘祖國」，日本已經投降，再沒有殖民統治了，可是難民似的祖國官兵，與大陸來台的接收人員，不僅貪污走後門，對臺灣人仍然排斥歧視，以差別待遇相對，使戰後比戰時還要艱苦。接著二二八暴動，派兵鎮壓臺灣百姓，「事變」以悲劇結束，美麗的夢幻祖國幻滅，成了臺灣人心中最恐怖的夢魘。「夢想祖國」重點在描述臺灣的現況，在經濟繁榮和政治改革背後，臺灣付出的巨大代價：「山明水秀的美麗島嶼早已消失，工業污染嚴重破壞環境。而高度商業化結果的臺灣，也使樸實忠厚的臺灣人，蛻變成唯利是圖的經濟動物。」（1995，頁 204）結尾反問「夢想的祖國」是在逐漸地形成？還是正在無聲無息地消失？三段式的祖國傳奇，從呼喚仰望到痛心厭棄，忠實地道出臺灣人對中國母體意識的曲折轉變及心中的陰影憤懣。〈何建國〉寫省籍混融的表面現象與省籍意識分歧的內在暗流。何建國是個出生在河南開封，七歲到臺灣的河北人。當時的「外省人」代表統治階級，自然產生的優越感使他和大部分外省人一般，對本省人抱有或多或少的輕視。從小學時是抱著「鶴立雞群」的心態，瞧不起不會說「國語」、不會寫「作文」的臺灣人，到高中時因為功課跌落在本省秀才之後，才明白「臺灣人並沒有想像中那麼笨！」。大學時對「外省人」的身份已不如小學得意，但依舊強烈感到自己與本省人不同。同時何建國受父母影響，內心存著「返鄉」的強烈慾望，而出國留學後，終於有了返回故鄉的機會，而回去卻沒有回到「故鄉」的親切感，反而像觀光客：「在大陸訪問，只有遊客的心情而沒有返鄉的『激情』。我一直被灌輸了大陸才是家鄉的觀念，但是真去了，才發覺『故鄉』應是你生長的地方，絕不是地球上的一個地名。」（1995，頁 116）千里迢迢的返鄉人，面對親人貪得無厭的物質慾望和近乎勒索的金錢需求，當禮品、衣物和金錢被一洗而空之後，返鄉人只剩下回到客居地一條路。從父母不再提返鄉的願望，「落葉歸根」的話題，他們沉默消沉的背後，何建國體會到他們內心的失望。再看看外省第三代子弟和他的姪兒都認同臺灣，支持臺灣獨立建國，更增加「四十而惑，五十而不知天命」的迷惑。〈彼岸的女人〉寫外省人振光與本省人郁芬的三十年夫妻，因為大陸的元配，婚姻面臨破碎的關係。振光婚後一個月返校成了流亡學生，接著投筆從戎加入軍伍行列，兵荒馬亂的局勢變化，上船到了臺灣，在學校因為「省籍特權」當了教務主任。郁芬父母本對外省人印象惡劣，但終於成全。三十二年後，振光堅持要接元配香芝來台，不是情慾，而是為了贖罪。她不懂振光：「難道一個月的少年夫妻，勝過我們三十年同甘共苦的偕老夫妻？」「當然不是。我只想贖罪，讓我自己晚上可以睡得安穩些。」「你睡得安穩，卻叫我夜夜失眠……」（52）振光是個因為戰亂而無法返鄉，被迫在外地流浪的傷心人。郁芬沒想到「老之將至」的年頭，與她相依的丈夫居然掉頭而走，海峽兩岸的婚姻問題關鍵還是來自歷史環境，而非人為影響。黃娟在小說中提出夢想祖國的變形與省籍情結的迷思，但卻能超越省籍的囿限，在小說《故鄉來的親人》中，〈一段情〉玉霞與素梅，義雄與老王心照不宣，避談政治，以免影響彼此感情。「我們在國外，光是為了膚色，就被人歧視，再不覺悟、不團結，哪能在這裡成家立業？大家關心故鄉的政治是應該的，可不能為了故鄉的事傷了國外的團結……」（1991a，頁 77）。

（三）臺灣的出路，政治的關懷

黃娟以新大陸為題材的小說，不同以往常見的留學生的小說，除了對於社會人文的關注，她始終留心於臺灣的出路，流露對於政治的關懷。小說《世紀的病人》、《邂逅》把大陸、臺灣、美國錯綜複雜的政治關係作為縱線背景，是具有深厚政治性和意識形態的小說[22]。在這兩本集子裡，雜混著臺美二族社會的取材，透露著近鄉情怯的試探心情，也顯露出她內心裡一些朦朧追尋的痕跡，試圖找出切入臺灣本土意識的角度，黃娟說：

近年來我很關心臺灣的民主運動，我認為「民主」與「法治」

---

22 參見葉石濤〈異地裏的夢和愛－－評黃娟小說集《世紀的病人》、《邂逅》〉，頁 13。

是臺灣的命脈。但是我的「關懷」，尚未反映在我這兩本小說集來。我寫小說，必求與作品「合而為一」，不拿「文學」做任何工具。……我深知一個作家，除了刻劃人性，也要能反映出「時代」和「社會」。我自然不會把自己囿限在「海外生活」的框框裏，寫出故鄉的「土地」和「人民」，也是我今後努力的目標之一。」[23]

黃娟關懷故鄉的土地與人民，注意到旅美同鄉的生活感受，以及臺灣社會在時代變遷的過程中受到許多外來文化，產生不少負面污染的慘痛事實。因此，她的長篇小說《故鄉來的親人》捕捉時代的脈搏，反映臺灣人逐漸地民主意識的覺醒，所形成的一股新興政治力量。同時在小說中，也反應創業的同鄉，受到了島內許多政治事件的衝擊。小說中對於美麗島事件、釣魚台事件、林義雄家慘案、二二八事件、陳文成事件等，都有黃娟內心沉痛的怒火與呼籲，〈蘋果花香〉一章標題為「離家始識居家好，愛國方知救國難」，說明了海外書生愛國之熱切，提醒臺灣政府要能真正落實民主，接受時政善意的批評。小說以移民美國十多年的義雄、玉霞一家人為主線，為了幫助臺灣來的親人振家合法移民，決定合夥開店，未料卻被向來養尊處優的振家恩將仇報。義雄無奈的心情猶如臺灣的命運：「我覺得自己的命運很像歷史上的臺灣人，幾番辛苦所獲，全被外來者侵占。」最後振家因為非法居留而被移民局帶走，處境猶如「天罰降臨」，義雄雖然全身而退，想到晚輩的貪婪與中傷，仍然掩飾不了內心的感懷。《山腰的雲》中的〈秋子〉寫黃伯母把翠蓮誤認為五〇年代白色恐怖時期失蹤的女兒Akiko（秋子），當時的情治人員跑到學校操場抓人，在「寧可錯殺

[23] 黃娟〈文學之路－《世紀的病人》自序〉，頁9。

一百，絕不能錯放一個」的時代，歷史上的愁雲疑霧套牢著許多臺灣人的心靈。小說藉著老者思念女兒悲痛的心，寫白色恐怖對無辜老百姓的精神傷害。

除了對於臺灣的未來方向，政治事件的批判與關懷，黃娟同時提出臺灣與海外華人的語言迷思，例如〈閩腔客調〉講的是美國臺灣同鄉會中客家少數族群的語言弱勢的壓力。她也非常關懷原住民等弱勢族群的生活困境，小說〈山腰的雲〉以象徵的手法，描摹原住民因為山地開發而被迫遷村的無奈：「浮在山腰的雲，就是我們原住民，我們頭不頂天，腳不立地，只是浮在半空……我們的生命沒有依據……」（頁 66）。〈警棍下的兒子〉記農民請願遊行時的不幸事件，為農民權益請願；〈尊姓大名〉寫原住民姓氏被改為漢姓的荒謬，並藉著他們的名字變更，反映出臺灣人在異族統治下的一段歷史，以及還原姓氏的重要性；《虹虹的世界》以一個護理人員，探望病患家屬七十歲的老兵老張開始，因為他新近喪偶，以大回溯的書寫方式，寫智障人士虹虹與臺灣老兵的感人故事。可見黃娟以海外文人的眼光，對於臺灣農民、原住民、社會、政治、文化等問題，涉獵多樣的題材，主題呈現也能大開大闔，形成自己獨有的特色。

第四節　章緣、張讓、裴在美

章緣、張讓、裴在美都是九○年新世代的海外女作家，其文學創作，已截然不同於二十世紀初的華工血淚史，亦有別於六、七○年代留學生文學「無根」的斷弦之音[24]。她們以全新的文學視野與文學感性，弦歌新唱，巧妙運用「新移民」浮生現象為題材，翻新的寫作手法，在臺灣所舉辦的各項重要文學獎中，初聲啼鳴，不僅反映出當今文學潮流的遞嬗，也成為九〇年代新移民小說風貌的具體縮影，傳達有別於六〇年代以來海外小說創作的審美信息。首先，是新移民小說題材的多元化：冷漠的都會，騷動的情欲，游走在文化認同的迷宮，審視科技文明的恩澤與宰制，並且深度關懷女性的處境等。其次，後設的創作手法，轉趨個人自省式的獨白，甚少傳統上的束縛，也少見意識型態的偏執，注重文化的異同互補，反映解構特色，具有相當的後現代色彩。此外，小說裡對海外華人自我定位的演化歷程，也呈現貼切的闡釋，其可貴之處，在於它蘊含了東西文化碰撞交融後的昇華，突顯「移民文化學」上的意義，這些都是九〇年代新移民小說不同以往之處。新世代女作家的小說，也像一隻風向球，預領了未來海外創作的新風潮，她們的作品未必都是極品或上品，卻具有在異文化中認識自己、以邊緣洞見主流癥結的意外驚喜。本節針對九〇年代臺灣新移民女作家章緣《更衣室的女人》、《大水之夜》、張讓《我的兩個太太》、《不要送我玫瑰花》以及裴在美《無可原諒的告白》、《小河紀事》、《海在沙漠的彼端》等小說，進行解讀，且看在海外自比泅游異鄉的失聲人魚[25]，如何將新移民的生命漫遊，原音傳唱。

---

[24] 有關六〇年代留學生文學的「無根」主題，可參見拙著〈六、七〇年代臺灣留學生小說述論〉，收錄於陳義芝主編《臺灣現任小說史綜論》，（臺北：聯經出版事業公司，1998，12 月），頁 248-272。

[25] 章緣在〈美人魚穿鞋〉一文中，以美人魚失聲換足，隱喻新移民在異文化中的自我認同危機，並藉此說明移民者在新世界無法用新語言適當表達自己，猶如在主流社會中的失聲狀態。

一、章緣及其小說簡介

章緣，本名張惠媛，臺灣省臺南縣人，一九六三年十一月二十九日生，臺大中文系畢業，美國紐約大學表演文化研究碩士。〈舊衣〉一文曾獲八十四年度第七屆中央日報文學獎小小說第一名；〈更衣室的女人〉一文獲八十四年第九屆聯合文學新人獎短篇小說第一名；〈李桃三十〉獲八十五年度第十屆中央日報新人獎；〈天生綠拇指〉獲八十六年度第十一屆中央日報文學獎短篇小說第二名；〈大水之夜〉獲八十六年第十九屆聯合報文學獎短篇小說佳作。曾任職於《漢聲》雜誌社、台視文化公司執行製作、教育部駐紐約文化組，現居紐約，任職世界日報。著有短篇小說集《更衣室的女人》及《大水之夜》。

章緣的小說特色可從幾方面說明。首先她從中國的傳奇故事以及西方著名的童話中，借其形貌，襲其精神，換上新世代的時空座標，自申新意。例如〈白貓阿弟〉借用中國戲劇「白蛇傳」裡偉大的愛情挑戰道德的精神，探討「同志之愛」是否為現代版至死不悔的愛情。小說以白蛇的奮鬥，暗喻現今同性戀弱勢族群的艱難處境，隱含今日的開放社會裡，道德的紀律仍然暗潮洶湧。〈舊衣〉、〈四季再見〉也有張愛玲小說的貌合神離[26]，雖沒有張愛玲小說由抒情轉變獨有的傳奇性，卻有章緣自己透過新移民的自我認知，掙脫傳統所產生的獨

---

[26] 梅家玲評介《更衣室的女人》中說：「作者用心最多的，恐怕還是張愛玲吧？試看〈四季再見〉幾乎是「黃玫瑰」的名目，向〈紅玫瑰與白玫瑰〉致敬；全書多篇作品皆與『衣服』有關，更是〈更衣記〉論述的高度發揚。如〈舊衣〉寫女人對一件舊大衣欲捨又不能捨的曲折心情，不啻是『再沒有心肝的女子說起她去年那件織錦緞夾袍的時候，也是一往情深』之說的九〇年代小說版。」《中國時報》，1997，8，7。

特見解。

其次是小說的體式結構多樣。除了短篇小說常見的直敘式、回溯體與時空錯綜之外，章緣最善於「劇場設計」及「主從錯綜」的體式結構[27]，如〈關於倒影〉、〈七天〉、〈四季再見〉、〈今天有記者來訪〉等篇，既有戲劇般的演出效果，又有「環境時空」的內在規律與「心理時空」的美學特徵。

章緣也喜用託物寄意的方式，不論是水的波紋善變，夢境虛幻無常，鏡子的反射，呈現本質，或洗衣、曬衣、晾衣、賣衣的種種環節，都是人物曲折的心情。在她筆下，水、衣、夢、鏡，都成了醒世滄桑的多變情境，呈現意象豐富的人間盛衰，女性寂寞的幽微紋理，在平淡的口氣中，發揮文字的感染力，傳達個人的孤獨感。此外，寫父母與子女之間的關係，童年受傷的心靈，婆媳關係與母性權威的拔河，也是章緣小說常見的題材，如〈天生綠拇指〉、〈女兒心〉、〈害怕一扇窗〉、〈登樓〉等是。〈天生綠拇指〉用植物栽培作比喻，適當地詮釋了母女情感的苦心經營。全文雖無奇譎的光采，然而在「天堂樹」與「聖母百合」的象徵遐想中，穿針引線，將看似斑斕的人間塵囂中，具實地呈現母女不捨的懸念與萬千況味；〈害怕一扇窗〉講兩性與同性的關係，兒時家庭失和起因於父親不斷的外遇，未料意外證實母親也曾有過情夫，自己害怕的一扇窗，是心眼迷障的窗。全文流露怨懟以外的自譴，無奈而自傷的悲哀。另外，小說人物多見藝術工作者，如舞者、畫家、琴師等為主角，章緣藉此探討功利的價值觀，作為衡量名利得失的砝碼。

---

27 有關章緣「劇場設計」及「主從錯綜」的小說體式結構，詳述於第三節第四項「視覺與聽覺的戲劇演出」。

二、張讓及其小說簡介

張讓，本名盧慧貞，福建省漳浦縣人，一九五六年生於金門，臺灣大學法律系畢業，美國密西根教育心理學碩士。曾任華視「科學天地」節目助理，《小讀者》雜誌編輯，現旅居美國，自由寫作。〈並不很久以前〉曾獲民國七十六年聯合文學中篇小說新人獎第一名，〈蒲公英〉獲七十九年中國時報文學獎推薦發表，〈迴旋〉獲八十六年第十九屆聯合報文學獎推薦獎，作品包括小說集《必並不很久以前》[28]、《我的兩個太太》、《不要送我玫瑰花》；散文集《當風吹過想像的平原》[29]、《斷水的人》[30]、《時光幾何》[31]、《剎那之眼》[32]等。

張讓從最早的小說集《並不很久以前》開始，就常用第一人稱來敘述，寫成長的經驗，也就是「失去純潔的過程」[33]。從父母與子女的不同的眼光中，表達失真虛偽的成人世界，懷念童年無邪的真正快樂，如〈無邪的對抗〉、〈一點一點把時間往回拉〉等。在〈愚騃的完美主義〉、〈清松的路〉及〈不可言說的事〉、〈談笑英雄〉等文裡，感懷成人失真以前的自然本性與堅持，笑看成長後人們苟且忍受的可能性。在成長的欲望場域裡，看見不完美，失去真樂園，這是她

---

[28] 張讓《並不很久以前》，（臺北：聯合文學出版社，1988，4 月）。

[29] 張讓《當風吹過想像的平原》，（臺北：爾雅出版社，1991，6 月）

[30] 張讓《斷水的人》，（臺北：爾雅出版社，1995，3 月）。

[31] 張讓《時光幾何》，（臺北：麥田出版社，1997，10 月）

[32] 張讓《剎那之眼》，（臺北：大田出版社，2000，7 月）。

[33] 參見張讓〈失真的世界—關於「並不很久以前」〉，文中說：「我寫它，為了寫成長的經驗，也就是，失去純潔的過程。」《聯合文學》（臺北，第 4 卷第 1 期，1987，11 月），頁 101。

小說中永不褪色的主題。

其次，張讓的小說不刻意劃開小說與散文的版圖，使散文與小說水乳交融，感性而兼知性。這不僅是張讓體悟西方文學大師對於「小說」與「散文」場域理論的反省結果，也是她實踐於創作時的文學觀[34]。例如〈面具〉[35]一文描述陶藝教室中捏泥作陶的過程，結合了現實、想像與哲思的趣味，既能強化小說的主題背景，又不失為傳神細膩的記敘兼哲理性散文；〈皮箱〉與〈道歉〉的懷舊抒情，是企圖以散文來寫小說之例。張讓刻意壓制故事的戲劇性，極少逐步凝成的衝突高潮，反倒是由散文般清淡雋永的敘述筆法，將十年二十年的家庭瑣事，素顏般的書寫，一篇篇都像未完成的小說，沖淡內斂，冷靜理智，以看破世事的目光，回顧成長的人生道場。小說中她關懷被歷史遺棄、受生命嘲笑的老人，在不幸的歷史中，跌落迷茫的憂怨；她也寫戰後成長的新一代，對於幸福的無知與迷惘，在快樂的成長裡，帶著莫名的哀傷。因為長年住在美國，張讓不少題材著力勾勒移民者的故事，如〈吳老的早晨〉描寫文化認同的迷惑焦慮，〈我的兩個太太〉表達移民者的失落陰鬱；〈不要送我玫瑰花〉、〈流血〉、〈不可言說的事〉、〈迴旋〉等篇，顛覆自由顯豁的女性形象，以低調無華的

---

[34] 張讓在〈對月嗥呼－張讓創作觀〉及〈在知識與感情的場域－大師的混血文類〉兩篇文章中，同時提到對散文與小說分界的問題與思考。在後者文中，她從米蘭‧昆德拉、羅蘭‧巴特、伊塔羅‧卡爾維諾等大師的作品裡，指出他們對小說與散文的傳統書寫，積極進行的拆解與重建的現象，進而提出對於「散文」與「小說」的創作原理重新反省與認定，打破小說、散文二分疆界，讓兩者水乳交融，既是散文又是小說的可能性。

[35] 小說原載於《中華日報》「中華副刊」，1996 年 9 月 10、11 日，亦收錄於《八十五年短篇小說選》，（臺北：爾雅出版社，1997，2 月），頁 222-235。

風格，探討新移民女性的婚姻處境與婚戀觀，脫俗而耐讀。

三、裴在美及其小說簡介

裴在美，本名裴洵言，山東省諸城縣人。一九五七年生於臺北。美國南康州大學美術系畢業，紐約電影電視藝術中心畢業。〈死了一個人〉獲民國七十九年聯合文學小說新人獎佳作；〈耶穌喜愛的小孩〉獲民國八十二年時報文學獎短篇小說首獎；洛杉磯 P.V.藝術中心繪畫獎並多次獲得新聞局優良劇本獎等。著有小說集《無可原諒的告白》、《小河紀事》、《海在沙漠的彼端》；散文集《異鄉女子》[36]、《殘酷得像詩》[37]，現有長篇小說〈迷惑與誘惑〉在《中國時報》副刊連載中。

作家王作華以「穢質人生的真實顯影」來統括裴在美《小河紀事》一書的內涵[38]，其實這也是裴在美目前為止小說創作的基調：從人生的陋劣之處激發深刻美感；從成長過程的陰暗印象襯托蛻變麗質。短篇小說《無可原諒的告白》裡，〈卸妝〉寫現代女性在精神上所受的傳統束縛，難以鬆綁；〈便車〉以十五年前在異國一次搭便車的經驗，對照「強說愁」與「好個秋」的心境成長記錄；〈無可原諒的告白〉以一對表姊妹通信方式，表現兩種截然不同的人生觀。愛蓮藉書信交談揭開內心隱衷，建構自己理解的愛情；念慈表姐仍然是傳統以「謀生」為中心的婚姻觀，愛蓮自由純真的愛情境界，自然得不到念慈表

---

36 裴在美《異鄉女子》，(臺北：健行文化出版公司，1992，9月)。

37 裴在美《殘酷得像詩》，(臺北：皇冠文化出版公，司，1998，7月)。

38 王幼華〈穢質人生的真實顯影〉中國時報 1996.5.16. 38 版

姐的尊重諒解。〈死了一個人〉寫人的貪欲與善變；〈迷戀與失落〉、〈前妻·後記〉、〈咩咩的小羊〉、〈李若的縫衣女郎〉或用後設敘述，故佈疑陣；或電影剪接，拼貼虛空的人生遭遇，標榜邊緣處境，掃描異鄉的卑微現實。

《小河紀事》是海外新世代改寫懷鄉的新方式。相較於蕭麗紅《千江有水千江月》，同樣用江水緩流的意象，卻是六〇年代臺灣小人物的「壞境」演出[39]；同樣緣於濃厚的思鄉之情，卻擺脫傳統寫法，將真相與假象、記憶與真實，在歷史與回溯的更迭之間，反芻擺盪。裴在美的《小河紀事》，不再體現中國傳統濃郁的倫理道德，而在故意展現老舊封建的陰晦權欲；不見空靈雋永的愛情，而是彰顯藏匿在人性底層蠢動的原始情欲。小河旁邊人事的來龍去脈，城市記憶的存廢興衰，均是追尋過去生活的陋劣，讓蟬蛻的美感，對比顯露；在豐富和貧乏之間，產生令人不安的對照，認真地面對虛空生命的本質。因毀滅而重建，由混亂而重組，既是用心要顛覆懷鄉書寫的悲情傳統，也決意呈現不浪漫的新懷舊氣息。

小說《海在沙漠的彼端》始於利比亞的童年記憶，裴在美坦言並非真有北非的成長經驗[40]，於她而言，「最要計較的並非它們所攜帶真實成分的多寡，卻是相對的永恆意義。」[41]，「人生的時序成長」是裴在美小說概括的主題，《小河紀事》算是對童年的觀照和一個揮

---

[39] 王幼華說：「本書描述了敗德、偷竊、無恥的『壞境』，而這些人理直氣壯的惡行，來自與窮困的掙扎。」同註 12。

[40] 裴在美說：「寫完這個長篇小說，不可思議的事發生了：好像自己真的曾在北非生活，在那兒成長過似的。」見〈海和沙漠的意象〉，《海在沙漠的彼端》自序，頁 14。

[41] 〈再會，利比亞〉，《海在沙漠的彼端》，頁 95。

別童年浪漫的手勢；《海在沙漠的彼端》就是接續游離於童年與青少年、青年之間的一股迷惘之情[42]。她最常見以第一人稱的「我」來敘述，使小說中的獨白部分，具客觀寫實難及的魅力，相對的，也使裘在美的小說有時會產生閱讀上的困難。然而，影像的剪輯跳動，視覺及聽覺的營造，加上自然生物的品貌，人文理序的意境，裘在美儼然將小說搖身一變而為掌鏡實驗動畫的大導演，讀者必須在閃動的畫面中，補捉她玄虛的意圖，與新懷鄉語調的藝術精靈。

---

[42] 參見〈海和沙漠的意象〉，《海在沙漠的彼端》自序，頁 14。

第九章　結論

第一節　研究意義：文學領域之新開拓

五〇年代以來，一年比一年多的臺灣留學生到海外深造，到七〇年代末期到八〇年代的新移民潮，「美國」始終是臺灣學生的留學聖地與移民理想國。從六〇年代開始的臺灣留學生小說，也一路發展傳衍到九〇年代的臺灣移民小說，這確實是一個特定且特殊的文學範疇。近來受到文壇的關注，實因為其作品帶有特殊的社會、歷史、文化與文學複雜的成因背景，因此在現代文學的發展中，能形成它獨立又多面向的詮釋空間與文學概念。是故針對臺灣地區近半個世紀的旅美作家小說的研究，其意義與開展空間尤其顯現在文學發展史上新領域的開拓。這些旅美作家的作品，不僅在臺灣，也同時在香港和大陸發表或出版，因此，被視為「海外華文文學」這一特定範疇的同時，也納入「中國文學」的研究部分，以及「臺灣文學」的研究新領域。

一、就海外華文文學史而言

首先，在海外華文文學史的研究範疇內，美國華文小說在發展中已逐漸形成了自己的特色。以海外作家的「海外性」[1]與「本土性」[2]而言，美國華文小說便與東南亞華文小說極為不同。旅美作家表現出來的作品本土性顯然較南洋華僑作家強；東南亞華文作品中的「僑味」[3]幾乎是滲透熔鑄到了作品的字裡行間，其海外性強過本土性由此可知。理由是華人在美國是少數民族，加上東西文化差異巨大，留學生與新移民難以融合於新土，所以旅美作家大多數帶著本土經驗，作品中不斷出現過去與故鄉以滿足懷鄉情緒，即使在美國生活多年，新土經驗仍難根植於故土經驗，絕少浸染異國風味與生活氣息，常見「書卷氣」與「學者氣」，「中國味」超過「西洋味」，與東南亞華文小說迥異其趣。[4]

然而目前在海外華文文學中的「美國華文文學」部分，臺灣旅美作家及大陸旅美作家之小說常見綜合論述，往往忽略這兩個區域時代、社會背景等差異所造成作品的不同質素，例如目前最新、內容最

---

[1] 海外性是指「作家由於身處海外給創作帶來的影響，從而導致創作動機到情感表現乃至作品的色調的一系列變化。」見陳賢茂《海外華文文學史》第四卷第一章，福建：鷺江出版社，1999,8，頁 11。

[2] 一般而言，海外作家的本土性包含著兩個基本層次，即經驗層次和語言文化層次。參見陳賢茂《海外華文文學史》第四卷第一章，福建：鷺江出版社，1999,8，頁 11。

[3] 泰華著名作家姚宗傳曾把南洋華文文學特色概括為「僑味」。鍾秋指出：「『僑味』既不等同於『中國味』，也不等同於『南洋味』。它聯繫著僑居地和故土，融會著南洋風情和家鄉習俗，交雜著番畔語言與唐山鄉音。它脫胎於中華民族母體文化，扎根於華僑生活深厚的土壤，浸染了異國社會的風氣，絕少西方華文小說中常見的學者氣和書卷氣，而更多鄉土色彩和生活氣息。」鍾秋《東南亞華文文學論》，重慶：重慶大學出版社，1994。

[4] 參見前註鍾秋對南洋華文小說與西方華文小說之比較。

完整的海外華文研究叢書—陳賢茂主編之《海外華文文學史》在美國華文文學部分，將臺灣旅美小說家張系國與大陸旅美作家柯振中放入一節並談；將香港旅美小說家伊黎與臺灣旅美小說家周腓力並放論列，內容雖無混雜，但缺乏臺灣、大陸、或香港旅美作家作品中的同構異質，不免欠缺各地區的美華作品縱貫線的關聯與橫切面的呈現。筆者以為，若能以臺灣地區、大陸地區等作分區之旅美作家小說，別為系統論述，更可在美國華文小說經典作品上，俾補作品中的區域文化、出版文化及政治文化上的研究突破。另外，將小說、散文、詩等概況綜合而論，旅美詩家、小說家、散文家羅列同述，當然無法細緻成就旅美小說史的獨特性與高成就。

二、就中國現代文學史而言

其次，不論是留學生文學或移民文學，都與中國當代文學的研究密不可分。唐德剛對於美華文學極其看重，甚至視為「正統中國文學的重要部門」[5]。他說：

> 每一特殊國民，都有其與眾不同的特殊文化傳統，和與眾不同的生活方式，和由這種特殊傳統、特殊生活方式，所孕育出來的特有的民族心態——這一種特有的民族心態，就是所

[5] 唐德剛說：「我認為『華美文學』應是正統中國文學，乃至『美國文學』甚至『世界文學』的一個重要部門！它所反應的是一個有血、有淚、有恨、有愛，有良心、有罪惡……的特殊社會，和不為人知的特殊現象。」見唐德剛〈書中人語—序劉著「渺渺唐山」〉，劉紹銘譯著《渺渺唐山》，臺北：九歌出版社，1983,1，頁 40。

謂本土性。[6]

因此，不論是留學生或移民身上，始終帶有中國傳統與異國當地的雙重文化精神，筆下雖是異鄉事，寫的卻是故鄉情，透過中國文化的心眼，寫發生在異鄉的中國人情，這樣的本土性與中國精神，涵融在海外作家的文學態度上，即使入籍他國，創作上的流變，將中國文學精神滋養海外地方特色的奇異果實。此外，六〇年代以後的臺灣旅美作家小說，其與中國文學在源流關係上值得探究的另一轉變關鍵，顯現在二十世紀中外文化、東西文化交融的特質。微觀臺灣旅美作家小說發展的歷史迄今不過半個世紀，在二十世紀的後半期，臺灣旅美作家接受外來的西方文學理論，並從外國文學的語言形式與創作手法上，大膽地借鑒、轉化與創新，於梨華對於西洋近代小說與戲劇花了深厚工夫，將重要的歐美小說家及劇作家亨利・詹姆斯，伊德絲・華頓，卡夫卡，海明威，福克納，阿塞・密勒，諾門・梅勒，哈洛・平德等諸人的作品細心研讀[7]，借助諸家在創作實踐的上的滋養，在《又見棕櫚・又見棕櫚》出現不少歐化句法，卻不流於歐化刻痕；白先勇更是典型之例，他受到臺灣六〇年代西方現代主義文學運動的衝激和影響，接受正統西方文學訓練，將西方小說技巧與中國傳統藝術表現相結合，成就了他對小說的獨特貢獻。從西方現代主義到後現代主義的各派文學理論，臺灣旅美作家進行不斷的嘗試與實驗，驚人的表現在中國文學歷來的鄉愁情結主題與精神家園追尋的傳統上，產生幻化萬

[6] 唐德剛於發表於 1985 年 11 月，出席美華作家在紐約市立大學召開題為「海外作家的本土性」座談會中。本段轉引自趙遐秋、馬相武主編《海外華文文學綜論》，山西：新華書店，1995,9，頁 11。

[7] 參見夏志清在於梨華《又見棕櫚・又見棕櫚》一書序言，頁 16。

千的姿態，可稱是文學與文化雙管齊下的推陳出新[8]，除了於梨華、白先勇之外，歐陽子、叢甦、陳若曦、張系國、平路、周腓力，一直到九〇年代的臺灣旅美新作家，如裴在美、章緣、張讓等，都可見他們對西方文學理論、文學現象有不同程度的選取、改造、融合等消化過程，並且轉化在自己的創作裡。因此，除了既有的本土性，並在不同的文學環境之下接觸西方文藝的刺激，注入新的文學質素與文化營養，使之進入中國文學的舊系統，更新發展了新文學。是故臺灣旅美作家小說與中國文學的源頭關係已成為共識之時，其尚未開拓的遼闊空間，仍有待在中國文學研究上進一步的探求。

三、就臺灣小說發展史而言

最後，從臺灣文學的角度來看臺灣旅美作家小說，從六〇年代的留學生文學開始，它是相對於臺灣鄉土文學之外另一批深受現代思潮影響的臺灣海外作家的創作，留學生的失根徬徨與無根漂泊，主要起因於離散族群在異國的國族認同出現危機，它是因無根而尋根的鄉愁小說，誠如於梨華說自己所寫的無根作品的主題「幾乎就是一個：尋根。」而在臺灣文學中，從日據時期的文學依違在文化母體與殖民母國之間；一九四五年臺灣光復後，未料回歸的過程備極艱辛，臺灣文

8　人類學家李亦園用「試管文化」與「文學試管」的概念來形容華僑社會與海外華文的變異性。他說：「這些試管或多或少提供中國文化在若干新『變項』下的『函數關係』，因而使研究中國文化的人更能深入地了解其屬性。」他進一步推言：「對海外華文文學來說，世界各地的華僑與華人社會，也是中國的『文學試管』。」見李亦園《東南亞華僑的本土運動》，《東南亞華人社會研究》上冊，臺北：正中書局，1985。

學的心靈幾經摧殘之後，仍不得安頓，直到七〇年代關切臺灣現實，回歸民族傳統，臺灣本土文學從長期蟄伏到躍躍欲動的發展過程，尋根文學或帶有尋根意識的其他題材，幾乎在一整個世紀裡都是舉足輕重、帶有主導地位的文學。旅美作家小說的尋根意義在臺灣文學的發展意義上更不容小覷，值得尋繹比較。

第二節　開展空間：文學藝術之新視野

一、域外小說共性之集體呈現

以區域文化的角度來研究二十世紀的中國文學，已蔚為現代文學研究的顯然趨勢之一，而臺灣旅美作家小說的研究，正好提供一個深究特定區域文學現象的實驗樣本，臺灣旅美作家群的集體書寫，正詮釋了在美國區域產生的華文小說共性的集體呈現。臺灣旅美作家群以美國為生存環境，從留學生到新移民都逐步濡染異地的人情風土，小說除了反映美國華人的生活情感，也有不少作品專注於描寫異鄉的人事、社會制度、宗教節慶與文化觀察等。細心觀察臺灣旅美作家的創作心態，作品確有不少融合轉化了美國的思想文化，帶著美國地區的特徵色彩，使臺灣旅美小說在「雙傳統」與「多中心」的域外小說格局[9]，另有美國區域煥發的創作特色與風格個性。張系國《昨日之怒》、

[9] 王潤華指出海外華人作家在繼承中華文化與文學傳統的同時，也會逐漸認同和融入所在國的文學傳統，從而形成華文文學的「雙傳統」和「多中心」的格局。參見杜元明〈試論華文文學的母土性、區域性和環球性〉，中國

《香蕉船》裡的保釣記錄與浪子遊魂，叢甦《中國人》、《想飛》中的唐人街現況與美國的同性戀，黃娟《世紀的病人》與《邂逅》以新移民家庭主婦的眼光看美國的生活現實等，皆使美華小說在海外華文文學的共通性之外，自有無法取代的美國區域性的精神魅力及文學彩度的新格局。

二、小說美學之新視野

臺灣旅美作家小說不僅是精緻華語的傑出表現，在中國小說美學藝術上更有不同凡響的成就。首先，小說中的語言文辭，不僅流露深厚的情韻，更蘊含豐盈的文化意義與人文精神，為文的器識，恢宏的氣度，精審的修辭，使不少作品在傳達時代意識的同時，更是文學美的藝術極品，表現作家獨到的靈慧之光。不同於三、四〇年代活躍於美華文壇作家，如林語堂等，他們都是在中國接受五四新文學運動後的影響之後東渡北美，經歷的是被迫的「政治放逐」；六〇年代的臺灣留學生，大多是因為對於臺灣政局與經濟缺乏信心下的留學熱潮中，主動選擇了「自我放逐」。在失根與失語的情況下，作家從最根本的近身經驗重新開始，從寫實與浪漫出發，以寫實之態描繪親臨之地的風光見聞，以浪漫之筆直抒胸中之鬱。寫作的形式常採用兩度以上的時空並置，錯綜手法，以對比修辭，多元映襯，如大陸與臺灣、臺灣與美國、傳統與現代、理想與現實、出走與回歸等等，藉由兩相對照，體現在時代急遽變遷、文化斷裂下產生的不連續性感受；將異國飄零的落寞感、兩種文化衝突下的幻滅感，與「現代流浪中國人」

社會科學院文學研究所編《走向 21 世紀的世界華文文學》，頁 46。

的歷史感，藉深刻之筆，使中國語文充分發揮表情達意的功能，並使小說的質感達到實綺實腴的美境。小說同時將知識份子現代化過程的邊緣處境與放逐心態，新移民者在不斷遷徙過程加重原鄉的眷戀，既有心靈痛苦的藝術昇華，更有走向歷史必然之無奈轉折，因此旅美作家小說在表現「流亡美學」上，確有研究的新空間。此外，在中國小說中並不多見的「遊記體小說」與「書信體小說」，臺灣旅美作家群卻是不約而同的運用在小說中，並有不少經典之作。對於「遊記體小說」中旅行的寓意及人物「去」與「歸」之間的辯證，「書信體小說」之結構與藝術特徵等，都將使臺灣旅美作家小說與「遊記體」及「書信體」文類展現新的研究視野。

三、臺灣旅美作家作品之發掘與新詮

有關臺灣旅美作家小說的研究現況，大多集中在六、七○年代的幾位著名的留學生小說作家，如白先勇、於梨華、歐陽子、張系國、叢甦等，實在未能全面觀照到留學生小說的整體樣貌。以六、七○年代而論，重要的臺灣旅美作家尚有吉錚、孟絲、彭歌、劉紹銘（二殘）、鄭慶慈等，其作品都有相當水準，卻仍未受到現代文學研究者的注重。在八○年代，評論者多以為留學生文學已西山勢微，這其實是未知新舊的旅美作家創作不斷的真象，於梨華、陳若曦、朱秀娟、曹又方等老將創作不輟，新崛起的旅美移民作家如周腓力、李黎、顧肇森、平路、郭松棻、劉大任、保真等作家的作品，風格題材豐富多樣，寫作技巧推陳翻新，逐步擺脫西方現代派的技巧模式與審美特質，走出新移民文學自己的創作主體，擺脫漂泊無根的徬徨情緒，以新移民不同的身份地位，敘述傾向面對生存艱難與不同價值觀的激烈碰撞，主題意義更加寬泛，涵蓋面與著眼點自然不同以往。九〇年代出現更多年輕一代的臺灣旅美作家，戴文采、張讓、章緣、裴在美、洛杜意、宇文正、康乃仁、紀大偉、陳漱意、褚士瑩等，後設的創作手法，甚少傳統上的束縛，冷漠的都會、騷動的情欲、文化認同的迷宮，多樣的華人移民素材，令人目不暇給。此外，旅美文學大家或英美文學研究頂尖的學者，甚至非文學類的專業人士，也在九〇年代紛紛發表新小說，如李渝、林太乙、李歐梵、夏烈、琦君、許倬雲、劉安諾等，他們的創作心路與新出發，作品的藝術成就與價值，都有待進一步的全面整理，更須細心探討，予以新詮。

第三節　未來展望：跨文化之旅的文學新園地

一、加強縱向與橫向的開拓

臺灣旅美作家小說可以當作一種較為獨特的文化現象看待，她不只是作為華夏民族文化的移植或其他民族文化同化的產物。考察臺灣旅美作家小說，無論從其源起與發展來看，不僅作品本身的文化意涵充滿複雜性，更受到時代、社會、歷史、政治、經濟的制約，而形成她自身的特質。然而，中國文化與語言畢竟是臺灣旅美作家群創作的根源，當作家移居國外，西方的環境與文化成為華文作家賴以生存與延續文學創作之路的土壤與營養。因此，加強與自己血脈相連的第一文化母國縱向的聯繫，以及努力向第二文化母國橫向開拓，使「海外性」與「本土性」雙向成長，這將是華文作家繼續發展的需要。加強臺灣旅美作家對國內縱向與海外橫向的開拓，促進國內外華文文學的交流與溝通，是目前研究者對現階段研究範疇的未來展望之一。

二、從「臺灣旅美作家小說」出發的多種可能

本論文從「臺灣旅美作家小說」的留學生小說與移民小說研究開始，已為將來可能的研究開拓多象限的可能。首先，針對「留學生小說」與「移民小說」而言，此文學現象自在六〇年代以來的臺灣文壇豐碩呈現其創作成果。在八〇年代以來，中國大陸實行改革開放的二十年間，在大陸也出現了大陸留學生文學與移民文學的熱潮，這樣的文學現象甚至跨海反映在臺灣的文壇上，值得關注其創作主體與作品風格等文學內涵的研究，比較臺灣旅美作家小說與大陸旅美作家小說的區別。以嚴歌苓為例，這位來自上海，移民美國的女作家，近十年來的創作，以「移民」為題材的長短篇小說，在臺灣文壇經常獲獎[10]，短篇小說集《少女小漁》、《海那邊》等或以留學生或移民人物為主體，長篇小說《扶桑》則以一百多年前的早期移民婦女與華工為題材，使早期第一代移民婦女與現今第五代的移民女性互相觀看審視與對話，是重要的大陸「新移民作家」之一。其次，未來的研究方向亦可以朝「臺灣作家群」出發，檢視旅居美國之外，在海外其他國家的華

[10] 嚴歌苓，一九八九年赴美，一九九〇年開始在臺灣發表作品。其中〈少女小漁〉獲得「第三屆中央日報文學獎」小說類第二名（1992）；〈女房東〉獲得〈第五屆中央日報文學獎〉小說類第一名（1993）；〈天浴〉獲得全國學生文學獎（1995）；〈海那邊〉獲得聯合報文學獎第一名（1994）；〈紅羅裙〉獲得時報文學獎評審獎（1994）；〈扶桑〉獲得聯合報文學獎長篇小說第一名（1995）等。

文作家小說狀況。例如旅居歐洲的趙淑俠，旅居加拿大的東方白；曾旅居海外多國的學者暨小說家馬森，旅法作家鄭寶娟，或在香港或東南亞成長的作家，包括鍾曉陽、李永平、王潤華、黃錦樹等，以及後來移居到香港的作家如西西、施叔青等，多方位地觀察作家群在不同文化、不同地域等條件下，究竟使文學創作產生如何不同文化意蘊與藝術特色的新開啟。最後，「小說」只是文學中的一種文類，臺灣旅美作家之散文與詩歌的研究，目前也未見全面系統的研究。以臺灣旅美作家的散文為例，旅美作家群陣容相當壯盛，從早期散文大家到近期的創作者，如吳魯芹、王鼎鈞、琦君、彭歌、歐陽子、劉紹銘、許達然、杜蘅之、何秀煌、莊因、木心、楊牧、喻麗清、吳玲瑤等，不少作品卻能彰顯出「旅美散文」獨有的題材與風韻特色。詩歌部份如鄭愁予、張錯、楊牧、杜國清等，詩篇佳作也蕩漾著海外漂泊感，異鄉心情特別容易感悟到流動的人生，或為變調的歷史而沉思。總之，這些多面向而尚未開拓的研究空間，仍待新世紀有志於跨文化之旅的文學研究者，共同參與開墾。

重要參考書目

一、創作集

于潤琦主編《清末民初小說書系・社會卷》上、下冊，北京：中國文聯出版公司，1997,7。

于潤琦主編《清末民初小說書系・警世卷》，北京：中國文聯出版公司，1997,7。

王文華《寂寞芳心俱樂部》（短篇）：臺北，允晨文化公司，1991,7。

王文華《天使寶貝》（短篇）：臺北，皇冠文學出版公司，1992,11。

王文華《舊金山下雨了》（中篇）：臺北，聯合文學出版社，1994,9。

王智弘《一個臺灣小留學生到哈佛之路》，臺北：健行文化出版社，1995,1。

王智弘《菜鳥醫生上前線》，臺北：健行文化出版社，1999。

《中國近代小說全集》第一輯《晚清小說全集》，臺北，遠博出版有限公司，1984,3。

水晶《青色的蚱蜢》（短篇）：臺北，文星書局，1965。

水晶《鐘》（中篇）：臺北，三民書局，1973,2。

古蒙仁編《小說新語》（短篇）：臺北，中央日報出版部，1988,6。

古蒙仁編《小說大觀》（短篇）：臺北，中央日報出版部，1988,6。

古蒙仁編《海外小品》（短篇）：臺北，中央日報出版部，1988,6。

古蒙仁編《浮雲遊子》（短篇）：臺北，中央日報出版部，1988,6。
古蒙仁編《人在天涯》（短篇）：臺北，中央日報出版部，1988,6。
平路《玉米田之死》（短篇）：臺北，聯合報社，1985,8。
平路《椿哥》（中篇）：臺北，聯經出版公司，1986,3。
平路《捕諜人》（長篇）：臺北，洪範書店，1992,7（與張系國合著）。
白先勇《謫仙記》（短篇）：臺北，文星書店，1967,6。
白先勇《遊園驚夢》（短篇）：臺北，仙人掌出版社，1968,10。
白先勇《臺北人》（短篇）：臺北，晨鐘出版社，1971,4。
白先勇《寂寞的十七歲》（短篇）：臺北，遠景出版公司，1976,12。
白先勇《驀然回首》，臺北：爾雅出版社，1978,9。
白先勇《骨灰》（白先勇自選集續編）：香港，華漢文化公司，1987,11。
正中書局編審部輯《六十年小說選》第 1~3 集，臺北：正中書局，1982,11。
台灣查某編著《台灣女生留學手記》，臺北：玉山社，2000,7。
宇文正《貓的年代》（短篇）：臺北，遠流出版公司，1995,10。
吉錚《孤雲》（短篇）：臺北，文星書店，1967。
吉錚《拾鄉》（長篇）：臺北，皇冠出版社，1967。
吉錚《海那邊》（長篇）：臺北，文星出版社，1967。
朱秀娟《破落戶的春天》（長篇）：臺北，皇冠出版社，1972,2。
朱秀娟《內人在美國》（長篇）：臺北，皇冠出版社，1992,7。
李渝《溫州街的故事》（短篇）：臺北，洪範書局，1991,9。
李渝《應答的鄉岸》（短篇）：臺北，洪範書局，1999,4。
李渝《金絲猿的故事》（短篇）：臺北，聯合文學出版社，2000,10。
李黎《最後夜車》（短篇）：臺北，洪範書店，1986。
李黎《天堂花鳥》（短篇）：臺北，洪範書店，1988,6。

李黎《傾城》（中篇）：臺北，聯經出版公司，1989,10。
李黎《浮世》（短篇）：臺北，洪範書店，1991,9。
李黎《袋鼠男人》（長篇）：臺北，聯合文學出版社，1992,3。
李黎《浮世書簡》（中篇）：臺北，聯合文學出版社，1994,3。
李黎《初雪》（短篇）：臺北，聯合文學出版社，1998,9。
李歐梵《范柳原懺情錄》（長篇）：臺北，麥田出版公司，1998,5。
於梨華《夢回青河》（長篇）：臺北，皇冠出版社，1963。
於梨華《歸》（短篇）：臺北，文星書店，1963。
於梨華《也是秋天》（中篇）：臺北，文星書店，1964。
於梨華《變》（長篇）：臺北，文星書店，1965。
於梨華《雪地上的星星》（短篇）：臺北，皇冠出版社，1966。
於梨華《又見棕櫚‧又見棕櫚》（長篇）：臺北，皇冠出版社，1967。
於梨華《燄》（長篇）：臺北，皇冠出版社，1969。
於梨華《白駒集》（長篇）：臺北，仙人掌出版社，1969。
於梨華《會場現形記》（短篇）：臺北，志文出版社，1972。
於梨華《考驗》（長篇）：臺北，大地出版社，1974。
於梨華《傅家的兒女們》（長篇）：臺北，皇冠出版社，1978；。
於梨華《三人行》（長篇）：臺北，皇冠出版社，1980。
於梨華《尋》（短篇）：臺北，皇冠出版社，1983。
於梨華《柳家莊上》（短篇）：臺北，皇冠出版社，1988。
於梨華《相見歡》（短篇）：臺北，皇冠出版社，1989。
於梨華《情盡》（短篇）：北京，中國文聯出版公司，1989。
於梨華《一個天使的沉淪》（長篇）：臺北，九歌出版社，1996,12。
於梨華《屏風後的女人》（中、短篇）：臺北，九歌出版社，1998,3。
林之平《我要回家——一個小留學生發自內心的吶喊》，臺中：日之昇文化事業有限公司，2000,9。

林之平《享受孤獨——個小留學生的住校日記》，臺中：日之昇文化事業有限公司，2000。

林太乙《好度有度》（長篇）：臺北，九歌出版社，1998,12。

孟絲《白亭巷》（短篇）：臺北，仙人掌出版社，1969。

孟絲《吳淞夜渡》（短篇）：臺北，三民書局，1970,11。

孟絲《生日宴》（短篇）：臺北，大林出版社，1980,10。

孟絲《楓林坡的日子》（短篇）：臺北，中央日報社，1986,6。

阿仁《囝仔兄》（長篇）：高雄，派色文化出版社，1989,10。

阿仁《重金屬吉他手》：高雄，派色文化出版社，1993,7。

周腓力《洋飯二吃》（短篇）：臺北，爾雅出版社，1987,3。

周腓力《離婚周年慶》（短篇）：臺北，希代書版公司，1992。

保真《邢家大少》（短篇）：臺北，九歌出版社，1983,10。

紀大偉《膜》（中篇）：臺北，聯經出版公司，1996,3。

紀大偉《戀物癖》（短篇）：臺北，時報文化公司，1998,10。

唐德剛《五十年代底塵埃》（短篇）：臺北，傳記文學出版社，1980,3。

唐德剛《戰爭與愛情》（上、下冊）：臺北，遠流出版公司，1988,3。

夏烈《最後的一隻紅頭烏鴉》（短篇）：臺北，純文學出版社，1990,4。

夏烈《夏獵》（長篇）：臺北，九歌出版社，1992,5。

夏烈《白門再見》（短篇）：臺北，九歌出版社，2000,4。

荊棘《荊棘裡的南瓜》（合集）：臺北，爾雅出版社，1983,11。

荊棘《異鄉的微笑》（合集）：臺北，爾雅出版社，1986,12。

荊棘《蟲及其他》（短篇）：臺北，爾雅出版社，1996,11。

章緣《更衣室的女人》（短篇）：臺北，聯合文學出版社，1997,7。

章緣《大水之夜》（短篇）：臺北，聯合文學出版社，2000,3。

陳若曦《尹縣長》（短篇）：臺北，遠景出版社，1976,3。
陳若曦《陳若曦自選集》（短篇）：臺北，聯經出版公司，1976,5。
陳若曦《歸》（長篇）：臺北，聯經出版公司，1978。
陳若曦《老人》（短篇）：臺北，聯經出版公司，1978,4。
陳若曦《城裡城外》（短篇）：臺北，時報文化公司，1981,9。
陳若曦《突圍》（長篇）：臺北，聯經出版公司，1983。
陳若曦《陳若曦小說選》（短篇）：北京，廣播出版社，1983。
陳若曦《遠見》（長篇）：臺北，遠景出版公司，1984。
陳若曦《二胡》（長篇）：高雄，敦理出版社，1985,8。
陳若曦《紙婚》（長篇）：臺北，自立報系出版部，1986,9。
陳若曦《貴州女人》（短篇）：臺北，遠流出版公司，1989,6。
陳若曦《陳若曦集》（短篇）：臺北，前衛出版社，1993。
陳若曦《女兒的家》（短篇）：臺北，探索文化公司，1998。
陳若曦《清水嬸回家》（短篇）：臺北，駱駝出版社，1999,5。
陳若曦、於梨華、琦君等著《三相逢—海外華文女作家小說選集》（短篇）：臺北，爾雅出版社，1993,9。
陳漱意《流浪的猶他》：臺北，皇冠文化出版公司，1985,10 。
陳漱意《上帝是我們的主宰》：臺北，皇冠文化出版公司，1996,1。
陳漱意《蝴蝶自由飛》：臺北，皇冠文化出版公司，1996,1。
黃娟《小貝殼》（短篇）：臺北，幼獅文化公司，1965,10。
黃娟《冰山下》（短篇）：臺北，臺灣商務印書館，1968,1。
黃娟《愛莎岡的女孩》（長篇）：臺北，純文學出版社，1968,3。
黃娟《這一代的婚約》（短篇）：臺北，水牛出版社，1968,5。
黃娟《世紀的病人》（短篇）：臺北，南方出版社，1988,6。
黃娟《邂逅》（短篇）：臺北，南方出版社，1988,6。

黃娟《故鄉來的親人》（長篇）：臺北，前衛出版社，1991,11。
黃娟《山腰的雲》（短篇）：臺北，前衛出版社，1991,11。
黃娟《黃娟集》（短篇）：臺北，前衛出版社，1993,12。
黃娟《婚變》（長篇）：臺北，前衛出版社，1994,5。
黃娟《彼岸的女人》（短篇）：臺北，前衛出版社，1996,4。
黃娟《啞婚》（短篇）：臺北，前衛出版社，1998,4。
黃娟《虹虹的世界》（長篇）：臺北，前衛出版社，1998,4。
黃娟《失落的影子》（短篇）：臺北，前衛出版社，2000,10。
黃娟《媳婦》（短篇）：臺北，前衛出版社，2000,11。
黃娟《歷史的腳印》（《楊梅三部曲》第一部）：臺北，前衛出版社，2001,1。
曹純《後移民心情—一個陪讀母親的告白》，臺北：旺角出版社，1999,12。
張系國《皮牧師正傳》（長篇）：臺北，皇冠出版社，1963。
張系國《地》（短篇）：臺北，純文學出版社，1970,9。
張系國《棋王》（長篇）：臺北，言心出版社，1975。
張系國《香蕉船》（短篇）：臺北，洪範書店，1976,8。
張系國《昨日之怒》（長篇）：臺北，洪範書店，1978,8。
張系國《黃河之水》（長篇）：臺北，洪範書店，1979,10。
張系國《遊子魂組曲》（短篇）：臺北，洪範書店，1989,5。
張系國《捕諜人》（長篇）：臺北，洪範書店，1992,7。
張系國《張系國集》（短篇）：臺北，前衛出版社，1993,12。
張讓《並不很久以前》（短篇）：臺北，聯合文學出版社，1988,4。
張讓《我的兩個太太》（短篇）：臺北，九歌出版社書局，1991,1。
張讓《不要送我玫瑰花》（短篇）：臺北，九歌出版社，1994,2。

郭松棻《郭松棻集》（短篇）：臺北，前衛出版社，1993。
郭松棻《雙月記》（中篇）：臺北，前衛出版社，2001,1。
曹又方《美國月亮》（長篇）：臺北，洪範出版社，1986。
彭歌《在天之涯》（長篇）：高雄，長城出版社，1963,10。
彭歌《從香檳來的》（長篇）：臺北，三民書局，1970,6。
彭歌《彭歌自選集》（短篇）：臺北，中華書局，1971,12。
喻麗清《紙玫瑰》（短篇）：臺北，光啟出版社，1980,7。
喻麗清《喻麗清極短篇》：臺北，爾雅出版社，1988,11。
喻麗清《愛情的花樣》：臺北，爾雅出版社，1991,11。
褚士瑩《吃向日葵的魚》（短篇）：臺北，尚書文化出版社，1990,9。
褚士瑩《丼》（短篇）：臺北，皇冠文學出版公司，1992,11。
褚士瑩《裸魚》（長篇）：臺北，探索文化公司，1995,5。
廖清山《年輪邊緣》（短篇）：臺北，名流出版社，1987,9。
裴在美《無可原諒的告白》（短篇）：臺北，聯合文學出版公司，1994,5，
裴在美《小河紀事》（短篇）：臺北，皇冠文化出版公司，1996,4。
裴在美《海在沙漠的彼端》（長篇）：臺北，九歌出版社，1998,4。
裴在美《疑惑與誘惑》（長篇）：臺北，時報文化公司，2000,11。
鄭慶慈《鄭慶慈自選集》：臺北，黎明文化公司，1980,5。
歐陽子《那長頭髮的女孩》（短篇）：臺北，文星書店，1967,6。
歐陽子《秋葉》（短篇）：臺北，晨鐘出版社，1971,10。
歐陽子《歐陽子自選集》（合集）：臺北，黎明文化公司，1982,7。
劉大任《杜鵑啼血》（短篇）：臺北，遠景出版公司，1984,10。
劉大任《浮遊群落》（長篇）：臺北，遠景出版公司，1985,6。
劉大任《秋陽似酒》（短篇）：臺北，洪範書店，1986,1。
劉大任《劉大任集》：臺北，前衛出版社，1993。

劉紹銘（二殘）《浪子》：臺北，聯合報社，1976 。

劉紹銘（二殘）《二殘遊記》（一～七回）（長篇）：臺北，四季出版社，1976,1。

劉紹銘(二殘)《二殘遊記》(八～十四回):臺北,洪範書店,1977,2。

劉紹銘（二殘）《二殘遊記》（十五～二十四回）（長篇）：臺北，洪範書店，1977,12。

劉紹銘（二殘）《九七香港浪遊記》（長篇）：臺北，時報文化公司，1986,9。

劉紹銘（二殘）《二殘遊記新編》（一～十回）：臺北，時報文化公司，1987,1。

劉紹銘（二殘）《二殘遊記完結編》（十一～二十回）：臺北，時報文化公司，1987,9。

黎明文化事業股份有限公司編印《海內外青年女作家選集》第 1-14 冊（短篇）：臺北，黎明文化事業股份有限公司，1983,3。

戴文采《哲雁》（短篇）：臺北，洪範書局，1989,5。

戴文采《蝴蝶之戀》（短篇）：臺北，出版社書局，1991,7。

戴文采《在陌生的城市》：臺北，九歌出版社，1995,12。

聶華苓《失去的金鈴子》（長篇）：臺北，學生書局，1960 。

聶華苓《一朵小白花》（短篇）：臺北，文星書店，1963。

聶華苓《遣悲懷》：臺北，晨鐘出版社，1970。

聶華苓《桑青與桃紅》（長篇）：香港，友聯出版社，1976。

聶華苓《千山外・水長流》（長篇）：四川，人民出版社，1984,12。

叢甦《白色的網》（短篇）：臺北，向日葵出版社，1969,。

叢甦《秋霧》（短篇）：臺北，晨鐘出版社，1972,11。

叢甦《想飛》（短篇）：臺北，聯經出版公司，1977,7。

叢甦《中國人》（短篇）：臺北，時報文化公司，1978,12。

顧肇森《貓臉的歲月》（短篇）：臺北，九歌出版社，1986,3。

顧肇森《月升的聲音》（短篇）：臺北，圓神出版社，1989,2。

顧肇森《季節的容顏》（短篇）：臺北，東潤出版社，1991,4。

顧肇森《冬日之旅》（短篇）：臺北，洪範書店，1994,2。

顧肇森《槍為他說了一切》，臺北，東潤出版社。

二、理論與批評

大衛・柏納（David Burner）著，許授南譯《60 年代》，臺北：麥田出版社，1998,7。

文訊雜誌社編印《中華民國作家作品目錄—1999》，臺北：行政院文化建設委員會，1999,6。

方祖燊《小說結構》，臺北，東大圖書，1995,10。

王宏志、李小良、陳清僑著《否想香港》，臺北：麥田出版社，1997,7。

王德威《小說中國》，臺北：麥田出版社，1993,6。

王德威《閱讀當代小說》，臺北：遠流出版社，1991,9。

中國社會科學院文學研究所編《走向二十一世紀的世界華文文學》，北京：中國社會出版社 1999,10。

公仲主編《世界華文文學概要》，北京：人民文學出版社，2000,6。

古繼堂先生《臺灣小說發展史》，臺北：文史哲出版社，1992,3。

司馬長風《中國新文學史》，臺北：傳記文學社，1991,12。

比爾・阿希克洛夫特（Bill Ashcroft）等著，劉自荃譯《逆寫帝國—後殖民文學的理論與實踐》，臺北：駱駝出版社，1998,6。

令狐萍《金山謠—美國華裔婦女史》，北京：中國社會科學出版社，1999,10。

行政院研究發展考核委員會編《人民外移現況及問題之探討》，臺北：行政院研考會，1989,7。

沈謙《修辭學》，臺北：國立空中大學出版，2000,7。

朱壽桐《中國現代主義文學史》上、下卷，江蘇：江蘇教育出版社，1998,5

李又寧主編《華族留美史：150 年的學習與成就國際學術研討會論文集》，紐約天外出版社，1999,9。

李仕芬《女性觀照下的男性—女作家小說析論》，臺北：聯合文學出版社，2000,5

李亦園《東南亞華僑的本土運動》，《東南亞華人社會研究》上冊，臺北：正中書局，1985。

李歐梵《現代性的追求—李歐梵文化評論精選集》，臺北：麥田出版社，1996,9。

吳前進《美國華僑華人文化變遷論》，上海：上海社會科學院出版社，1998,10。

吳景超《唐人街共生與同化》，筑生譯，天津：天津人民出版社，1991,4。

吳劍雄《海外移民與華人社會》，臺北：允晨文化出版，1993,10。

呂正惠《小說與社會》，臺北：聯經出版事業公司，1992,4。

貝爾《後工業社會的來臨》，臺北：桂冠出版社，1989。

余秋雨、齊邦媛等著《評論十家》，臺北：爾雅出版社，1993,12。

余英時，《中國文化與現代變遷》，臺北：三民書局，1995,8。

何秀煌、王劍芬合著《異鄉偶書》，臺北：三民書局，1971,8。

何欣《現代歐美文學概述》上、下兩冊，臺北：書林出版公司，1996,10。

何曉明《百年憂患—知識份子命運與中國現代化進程》，上海：東方出版中心，1997,6。

佛斯特著，李文彬譯《小說面面觀》，臺北：志文出版社，1987,6。

波士頓通訊編輯委員會《留學生的十字架》，臺北：時報文化出版公司，1982,6。

阿英《晚清小說史》，臺北：天宇出版社，1988,9。

Ruthanne Lum Mccunn 著，金恆煒、張文翊譯《悲涼之旅》，臺北：時報文化出版社，1980,5。

林明德編《晚清小說研究》，臺北：聯經出版事業公司，1988,3。

林水福、焦桐主編《趕赴繁花盛放的饗宴－飲食文學國際研討會論文集》，臺北：時報文化出版事業股份有限公司，1999,12。

金耀基《中國現代化與知識份子》，臺北：時報文化出版公司，1994,5。

周敏著，鮑靄斌譯《唐人街—共生與同化》，商務印書館，1995,1。

亞菁《現代文學評論》，臺北：東大圖書公司，1983。

胡尹強《小說藝術—品性與歷史》，上海：上海文藝出版社，1993,3。

紀元文主編《第五屆美國文學與思想研討會論文選集：文學篇》，臺北：中研院歐美所，1997,12。

高上秦主編《中國大陸抗議文學》，臺北：時報文化出版社，1979,8。

高上秦主編《現實的邊緣》，臺北：時報文化出版社，1975,12。

高宣揚《後現代論》，臺北：五南圖書出版公司，1999,10。

孫康宜《耶魯・性別與文化》，臺北：爾雅出版社，2000,1。

夏志清著，劉紹銘編譯《中國現代小說史論》，臺北：傳記文學社，1991,11。

陳向明《旅居者與外國人—留美中國學生跨文化人際交往研究》，湖南：湖南教育出版社，1998,2。

陳義芝主編《台灣現代小說史綜論》，臺北，聯經出版事業公司，1998,12。

陳賢茂主編的《海外華文文學史》（1999），（共四卷），福建：鷺江出版社，1999,8。

陸國俊《美洲華僑史話》，臺北：商務印書館，1994,9。

盛子潮《小說形態學》，福建：海峽文藝出版社，1993,6。

張小虹編《性/別研究讀本》，臺北市，麥田出版股份有限公司，1998,8。

張妙清、葉漢明、郭佩蘭合編《性別學與婦女研究—華人社會的探索》，香港：中文大學出版社，1995。

張德明《語言風格學》，高雄：麗文文化事業有限公司，1995,10。

張錯《黃金淚》，臺北：時報文化出版，1985,6。

張寶琴、邵玉銘、亞弦等編《四十年來的中國文學》，臺北：聯合文學出版社，1995,6。

黃重添《台灣長篇小說史》臺北：稻禾出版社，1992,8。

黃娟《心懷故鄉》，臺北：前衛出版社，1994,5，

黃娟《文學與政治之間》，臺北：前衛出版社，1995,4。

黃萬華《文化轉換中的世界華文文學》，北京：中國社會科學出版社，1999,10。

黃慶萱《修辭學》，臺北：三民書局，1985,9。

郭實渝《由台灣前往美國的「小留學生」問題之研究》，臺北：中研院歐美所，1992,7。

麥禮謙《從華僑到華人—二十世紀美國華人社會發展史》，香港：三聯書店有限公司，1992,1。

彥火著《海外華人作家掠影》，香港：三聯書局，1984,2。

單德興、何文敬《文化屬性與華裔美國文學》，臺北：中研院歐美所，

1994,11。
單德興、何文敬《再現政治與華裔美國文學》，臺北：中研院歐美所，1996,10。
游勝冠《臺灣本土論的興起與發展》臺北：前衛出版社，1996,7。
葉石濤先生《台灣文學史綱》，高雄：文學界雜誌社，1996,9。
葉維廉《解讀現代‧後現代—生活空間與文化空間的思維》，臺北：東大圖書股份有限公司，1992,3。
董乃斌《文化紊流中的文學與文士》，鄭州：河南人民出版社，1995,12。
楊昌年《現代小說》，臺北：三民書局，1997,5。
楊照《文學的原像》，臺北：聯合文學出版社，1996,11。
楊照《文學、社會與歷史想像》，臺北：聯合文學出版社，1996,3。
齊邦媛《千年之淚》，臺北，爾雅出版社，1990。
齊邦媛《霧漸漸散的時候》，臺北，爾雅出版社，1998,10。
趙遐秋、馬相武《海外華文文學綜論》，山西：山西教育出版社，1995,9。
鄭明娳主編《當代台灣評論大系3：小說批評》，臺北：正中書局，1998,9。
鄭明娳、林燿德編著《時代之風》，臺北：幼獅文化出版公司，1991,7。
潘亞暾《海外華文文學研究現狀》，北京：人民文學出版社，1996,8。
潘亞暾《海外奇葩—海外華文文學論文集》，廣州：暨南大學出版社，1994,11。
潘亞暾、汪義生著《海外華人文學名家》，廣州，暨南大學出版社，1994,9。
劉登翰、黃重添等主編《台灣文學史》（上、下卷），福建 1993,1。
劉昌元《盧卡奇及其文哲思想》，臺北：聯經出版事業公司，1991,12。

閻純德《二十世紀中國女作家研究》，北京：北京語言文化大學出社，2000,1。

龍應台《龍應台評小說》，臺北：爾雅出版社，1987,8。

隱地《隱地看小說》，臺北：大江出版社，1967。

盧卡奇著，楊恆達編譯《小說面面觀》，1997,7

鍾秋《東南亞華文文學論》，重慶：重慶大學出版社，1994。

應錦襄、林鐵民、朱水湧著《世界文學格局中的中國小說》，北京：北京大學出版社，1997,11。

Virginia Woolf 著，瞿世鏡譯《小說與小說家》，臺北：聯經出版事業公司，1990,12。

羅盤《小說創作論》，臺北：東大圖書，1980，2。

饒芃子、費勇著、《本土以外：論邊緣的現代漢語文學》，北京：中國社會科學院，1998,12。

顧燕翎主編《女性主義理論與流派》，臺北：女書文化事業有限公司，1997,1。

三、學位論文

吉廣輿《孟瑤評傳》，香港：新亞研究所碩士論文，1996,5。

江寶釵《論《現代文學》女性小說家—從一個女性經驗的觀點出發》，臺北：國立臺灣師範大學國研所博士論文，1994。

朱芳玲《論六、七〇年代台灣留學生文學的原型》嘉義：中正大學中國文學研究所碩士論文，1995,12。

林燕珠《劉大任小說中的家族國族》，臺中：國立中興大學中研所碩士論文，2000,8。

范怡舒《張系國小說研究》，臺北：國立臺灣師範大學國研所碩士論文，1999,6。

夏誠華《旅美國學人、留美學生對中華民國政治態度之研究》，臺北：文化大學民族與華僑研究所碩士論文，1985。

許擇昌《從留學生到美籍華人—以二十世紀中葉台灣留美學生為例》，國立暨南國際大學歷史研究所碩士論文，1999,6。

賴芳滋《民國初期的留日學生與愛國運動》，臺北：淡江大學日本研究所碩士論文，1989。

賴惠蘭《清末留美幼童之研究》，臺北：文化大學中美關係研究所碩士論文，1984。

蕭義玲《臺灣當代小說的世紀末圖象研究—以解嚴後十年（1987-1997）為觀察對象》，臺北：國立臺灣師範大學國研所博士論文，1998,6。

四、期刊論文

丁果在〈華人的第三種文化—海外華人的自我定位〉，楊樹清《天堂之路》，臺北：旺角出版社，1997,1，頁 228-231。

方仁念〈中國現代文學的發展與文壇上留學生隊伍的分化組合〉，美國：哥倫比亞大學「留學生研討會」，1989,2,24。

王永中〈留美學界的保釣運動〉，《人與社會》第 6 卷第 3 期，臺北：1978,8，頁 24-36。

式謙居士〈中國第一位留學生—法顯大師〉，《覺世旬刊》第 966 期，高雄：1984，頁 2-5。

田新彬〈「老蚌生珠」的文壇「新秀」〉周腓力〉，周腓力《洋飯二吃》，臺北：爾雅出版社，1987,3，頁 233-248。

朱雙一〈文化衝突：從倫理到政經—旅美華人— “留學生文學” 比較論〉，《廈門大學學報》（哲社版），廈門：1994，第 2 期，頁 25-30。

沈清松〈從現代到後現代〉，《文學雜誌》第 4 期，臺北：1993,4，頁 4-25。

李瑞騰〈鄉愁的方位・前言〉，《文訊》第 172 期，臺北：2000,2，頁 30。

呂良弼〈海外文學研究三題〉，《福建論壇》（文史哲版），福州：1991,3，頁 47-53。

於梨華〈三十五年後的牟天磊〉，《文訊》第 172 期，臺北：2000,2，頁 38-39。

林安梧〈「我」與「無我」的連續性與斷裂性：華人文化心理的特點〉，臺北：中央研究院「第五屆華人心理與行為科技學術研討會」，2000,12。

林燿德〈從異鄉客到世界人〉，《中縣文藝》第 5 期，臺中：1991,10，頁 25-28。

胡錦媛〈書寫自我－《譚郎的書信》中的書信形式〉，《中外文學》第 22 卷 11 期，臺北：1994，4，頁 71-96。

姚維榮〈談海峽兩岸留學生文學的交匯與融合〉，《中國現代、當代文學研究》，西安：1993,1，頁 80-83。

唐德剛〈回憶五十年代來美留學生的文藝活動〉，美國：哥倫比亞大學「留學生研討會」，1989,2,24。

高宗魯〈容閎（1828-1912）與中國幼童留美（1872-1881）〉，李又寧主編《華族留美史：150 年的學習與成就國際學術研討會論文集》，紐約天外出版社，1999,9，頁 47。

高淑清〈來自異鄉華人的心聲：海外華人留學生太太的生活世界〉，臺北：中央研究院「第五屆華人心理與行為科技學術研討會」，2000,12。

唐德剛〈書中人語—序劉著「渺渺唐山」〉，劉紹銘譯著《渺渺唐山》，臺北：九歌出版社，1983,1，頁 5-40。

凌燕〈旅外文學研討會述略〉，《中國現代、當代文學研究》（文學評論），1993,2，頁 153-155。

徐淑卿〈虛擬的真實—文學中的書信〉，《中國時報》，臺北：1996,8,1，第 43 版。

馬森〈評洋飯二吃〉，《七十三年度短篇小說選》，臺北：爾雅出版社，1988,1，頁 21-24。

馬森〈「台灣文學」的中國結與台灣結〉，《聯合文學》第 8 卷第 5 期，臺北：頁 172-191。

曹仕邦〈釋法顯抑朱士行—誰是中國第一位留學生？〉，《大陸雜誌》第 70 卷第 5 期，臺北：1985,5 頁 195-197。

陳秉華〈台灣留學生經驗：自我統合的改變經驗〉，《教育心理學報》第 27 期，臺北：1994,6，頁 105-139。

陳娟〈於梨華與留學生文學〉，《上海文論》，上海：1991,6，頁 51-56。

陳建華〈後現代風月寶鑑：情的見證—讀李歐梵《范柳原懺情錄》〉，李歐梵《范柳原懺情錄》，臺北：麥田出版公司，1998,5，頁 183-198。

張惠娟〈台灣後設小說試論〉，鄭明娳主編《當代台灣評論大系 3：

小說批評》，臺北：正中書局，1998,9。

張殿〈台北人白先勇—訪小說家白先勇〉,《聯合報》,臺北：1999,3,15，第 41 版。

張讓〈鄉愁的方位〉，《文訊》第 172 期，臺北：2000,2 頁 63。

〈陳若曦、張錯—談「海外作家本土化」〉，《文學界》第 7 期，臺北：1986,5，頁 60。

黃光國〈臺灣留學生出國及返國服務之動機〉,《民族學研究所集刊》第 66 期，臺北：1987,8，頁 133-167。

黃紅娟〈海外華人女性文學綜論〉，《華僑大學學報》（社科版）泉州：1996,2，81-87。

黃錦樹〈神州：文化鄉愁與內在中國〉，《中外文學》第 22 卷第 2 期，臺北：頁 129-172。

彭瑞金〈鱒魚返鄉的方式－寫在《故鄉來的親人》前面〉，黃娟《故鄉來的親人》，臺北：前衛出版社，頁 3-10。

葉石濤〈異地裏的夢和愛－－評黃娟小說集《世紀的病人》、《邂逅》〉，頁 11-14。

詹明信（Fredric Jameson）〈現實主義、現代主義、後現代主義〉，《文星》第 109 期，臺北：1987,7，頁 52-62。

廖咸浩〈複眼觀花、複音歌唱—八十四年短篇小說選的後現代風貌〉，《八十四年度短篇小說選》，臺北：爾雅出版社，1995,頁 1-22。

楊明〈聶華苓《桑青與桃紅》—七〇年代被副刊腰斬的小說〉，《文訊》第 146 期，1997,12,頁 32-33。

楊學萍〈試論清末留學制度〉，《遼寧大學學報》第 128 期，遼寧：1994 第 4 期，頁 63-79。

趙淑俠〈從留學生文藝談海外知識份子〉，《文訊月刊》第 13 期，臺北：1984,8，頁 147-155。

趙淑俠〈留學生文學的蛻變〉，《文訊》第 172 期，臺北：2000,2，頁 40-42。

賴芳伶〈清末小說《東歐女豪傑》析論〉，《文史學報》第 23 期，臺中，頁 63-79。

鄭美蓮〈中國留學生為何選擇居留美國之研究〉，《東吳政治社會學報》第 2 期，1978,12，頁 137-147。

劉秀美〈試論留外華人題材小說中之「悲情意識」〉，《中國現代文學理論季刊》第 10 期，臺北：1998,6，頁 291-304。

劉秀美〈略論留外華人小說中主題意識之轉變〉，《文訊》第 172 期，臺北：2000,2，頁 35-37。

劉登翰〈論台灣移民社會的形成對台灣文學性格的影響〉，《福建論壇》，福州：1991,5，頁 29-34,56。

劉源俊〈我所知道的留美學生保釣運動〉，《人與社會》，臺北：第 6 卷 3 期，1978,8，頁 41-52。

劉開鈴〈女性書信特質：《女英雄們》與《米花拉書簡》〉，《中外文學》第 22 卷，第 11 期，臺北：1994，4，頁 57-58。

謝里法〈從政治邊緣切入的台灣故事〉，黃娟《故鄉來的親人》，臺北：前衛出版社，頁 309-320。

謝其濬專訪白先勇〈一個小說家要懂得人性的孤獨〉，《遠見》雜誌第 177 期，臺北 2001,3，頁 220-236。

顏子魁〈美援對中華民國經濟發展之影響〉，《問題與研究》第 29 卷第 11 期，臺北：1990,8，頁 85-98。

叢甦〈沙灘的腳印—「留學生文學」與流放意識〉，《文訊》第 172 期，臺北：2000,2，頁 48-51。

聶華苓〈華人心情〉，顧肇森《槍為他說了一切》，臺北，東潤出版社，頁 128-129。

簡政珍〈張系國：放逐者的空間〉，《中外文學》第 24 卷第 1 期，1995,6，頁 20。

簡政珍〈放逐詩學〉，《中外文學》第 12 卷第 6 期，頁 7。

譚雅倫〈了解與誤解：移民與華裔在創作文學中的互描〉，張錯、陳鵬翔編《文文學史學哲學—施友忠八十壽辰紀念論文集》，臺北：時報文化出版事業有限公司，1982,2，頁 201-230。

饒芃子、費勇著〈海外華文文學的中國意識〉，《暨南學報》（哲社版），廣州：1997,1，頁 81-89。

國家圖書館出版品預行編目資料

從留學生到移民：臺灣旅美作家之小說
析論／蔡雅薰著.　--初版
--臺北市：萬卷樓,民 90
面；　　公分.
參考書目：面
ISBN 957－739－374－8 (平裝)

1.　中國小說－評論

827.8　　　　　　　　　　90021063

從留學生到移民
——臺灣旅美作家之小說析論

著　　者：蔡雅薰
發 行 人：許錟輝
出 版 者：萬卷樓圖書有限公司
臺北市羅斯福路二段 41 號 6 樓之 3
電話(02)23216565・23952992
FAX(02)23944113
劃撥帳號 15624015
出版登記證：新聞局局版臺業字第 5655 號
網站網址：http://www.wanjuan.com.tw
E --- mail：wanjuan@tpts5.seed.net.tw
經銷代理：紅螞蟻圖書有限公司
臺北市內湖區舊宗路二段 121 巷 28 號 4F
電話(02)27999490
FAX(02)27995284
承印廠商：晟齊實業有限公司
定　　價：380 元
出版日期：民國 90 年 12 月初版

ISBN 957－739－374－8